Jule Brand

Küsse niemals deinen Boss

HERZ ATTACKEN

BASTEI LÜBBE

BASTEI-LÜBBE-TASCHENBUCH
Band 12 886

Herausgeber des Sammelbandes:
Bastei Verlag Gustav H. Lübbe, GmbH & Co.,
Bergisch Gladbach
Printed in Germany November 1998
Einbandgestaltung: Herrlich & Herrlich
Titelfoto: Mauritius
Satz: hanseatenSatz-bremen, Bremen
Druck und Bindung: Elsnerdruck, Berlin
ISBN 3-404-12886-9

Der Preis dieses Bandes versteht sich einschließlich
der gesetzlichen Mehrwertsteuer.

BASTEI
LÜBBE

Für *FRANK*

vielen *DANK*

für den KleiderSCHRANK.

(Hättest du eine Kommode gemacht,
wäre der Reim zum Teufel gewesen.)

Jule Brand

Küsse niemals deinen Boss

BASTEI LÜBBE

Personenverzeichnis

Laura:	Wermelshovens Klatschobjekt Nummer eins, vorher eine graue Maus.
Georg Blender:	Ihr Boß, Chef einer Werbeagentur.
Tante Ella:	Lauras Tante, die sie zusammen mit *Onkel Kurt* großgezogen hat, der aber im Buch wie im Leben nur eine untergeordnete Rolle spielt. Tante Ellas Spruchweisheiten können einem nämlich das Leben ganz schön vermiesen.
Klaus-Martin:	Lauras Cousin, wegen seiner Haartracht Ponyman genannt.
Yoyo:	Klaus-Martins punkiger Freund.
Annette und *Cordula:*	Zunächst Lauras Freundinnen, später allenfalls Statisten.
Jolanda van der Bloom:	Das dümmste und zugleich boshafteste Mädchen der Schule, Lauras beste Feindin.
Elmar König:	von Beruf Sohn, ein echtes Ekelpaket.
Aline Blender:	Blenders neunzehnjährige Tochter (auf dem Cover links, die mit den Zöpfen).

Alessa Blender:	ihre kleine Schwester, trocknet gerne Katzen in der Mikrowelle.
Frau Kerbholz:	Blenders Haushälterin, benötigt öfter mal eine Gehaltserhöhung, da sie ungern Katzen in der Mikrowelle findet.
Constanze van der Bloom:	Besitzerin der Nobelboutique vor Ort mit großem Interesse an Blender.

ferner kommen vor:

Léon:	Prominentenfriseur von Wermelshoven – wenn es dort Prominente gäbe.
Sylvia Barfus:	Angestellte der Agentur, die größte Menschenfeindin in der Stadt, auf der Liste der möglichen Amokläufer ganz oben.
Gabriele Klotz:	Blenders Sekretärin und der vorgebliche Scheidungsgrund, gleich zweifach.
Jasper Jürgens:	farbloser Mitarbeiter von Blender Multimedia, nur in diesem Verzeichnis, weil er Sylvia Barfus' Angebeteter ist.
Udo Hoffmann:	Blenders Freund, Anwalt und Notar.

noch ferner, also ohne oder fast ohne Textpart tauchen auf:

Naomi Campbell, Nadja Auermann und *Cindy Crawford:*	Alessas Katzen.
Helga König:	Elmars Mutter, über die und deren Mann *Hagen* man ständig stolpert. Im Tennis-, Golf-, Bridge- und Lionsclub. Schrecklich.
Jakob Lebermann:	Blenders Tennispartner, der die Frechheit besitzt zu gewinnen.

sowie:
ein namenloser Texaner mit Cowboyhut, vermutlich *J. R.*, seine Frau *Mandy*, der Hausmeister, der Tennistrainer, ein kleiner Junge und der Hund, der in den Aufzug gepinkelt hat. Wenn es denn ein Hund war.

1.

Elmar König war der tollste Junge der Schule.

Vom allerersten Schultag an hatte Laura ihn angehimmelt, acht Jahre lang. Und Elmar hatte sie acht Jahre lang ignoriert. Dann, im letzten Sommer, hatte Laura sich vorübergehend in den Sport- und Geschichtsreferendar verliebt, und seitdem waren ihre Gefühle für Elmar erloschen. Vollständig ausradiert, weggewischt, getilgt. Und ausgerechnet jetzt, sechs Wochen vor dem Abitur, fing Elmar an, sie zu bemerken. Er hatte ihr schon dreimal zugelächelt.

Die ersten beiden Male hatte Laura noch an eine zufällige Gesichtsmuskelzuckung geglaubt, aber beim dritten Mal war jeder Irrtum ausgeschlossen. Sie und ihre beiden Freundinnen Cordula und Annette waren Zeugen, wie Elmar sein BMW-Cabrio mit feuerroter Sonderlackierung – Elmar hatte einen reichen Papi mit eigenem Autohaus – vor der Schule einparkte. Im absoluten Halteverbot zwischen der Bushaltestelle, der Feuerwehrausfahrt und der Ladezone des Supermarktes.

»Das kostet mindestens hundert Mark«, sagte Cordula voller Bewunderung.

»Wenn er nicht abgeschleppt wird«, setzte Annette hinzu. »Dann kostet es mehr!«

Elmar sah dieser Belastungsprobe für sein Taschengeld scheinbar gelassen entgegen. Er stieg aus, ohne die

Fahrertür zu öffnen. Mit einer einzigen geschmeidigen Bewegung sprang er aus dem offenen Wagen, wie die Jungs in den amerikanischen Serien, die Laura nie gukken durfte. Ebenso lässig überwand er die Schulhofumzäunung. Mit einer Hand puhlte er eine Schachtel Lucky Strikes aus der Gesäßtasche seiner Levi's, und während er sich eine Zigarette anzündete, schlenderte er so nah an den drei Mädchen vorbei, daß sie sein Mundwasser riechen konnten.

»Hallo, Elmar«, sagte Cordula etwas atemlos. »Klasse Parkplatz.«

»Morgen fahre ich auf den Lehrerparkplatz«, verkündete Elmar und blieb stehen. »Hi, Laura, tolle Frisur. Great.«

Laura faßte sich verwirrt an den Kopf. Ihre dunklen Haare waren im Nacken zu einem ordentlichen Zopf geflochten, wie immer, seit Tante Ella vor Jahren beschlossen hatte, daß dies eine anständige Frisur für ein junges Mädchen sei. Für Tante Ella gab es nur drei Frisurvarianten im Leben einer Frau: Zöpfe links und rechts für ein kleines Mädchen, ein Zopf im Nacken für ein junges Mädchen ab dreizehn, Knoten im Nacken für alle Mädchen von fünfundzwanzig bis fünfundachtzig. Alles andere war Firlefanz. Und wehe, Laura hätte die Haare einmal anders getragen!

Aber Elmar schien sie zu gefallen. Er lächelte sie an, als sehe er sie zum ersten Mal, inhalierte einmal tief und setzte schließlich seinen Weg fort. Seine Clique erwartete ihn am Fuß der Treppe und klopfte ihm wegen des Parkmanövers anerkennend auf die Schultern.

»Mensch, Laura«, sagte Cordula. »Er hat echt mit dir gesprochen! Wahnsinn!«

Laura zuckte mit den Schultern. »Da kann ich mir nichts für kaufen«, sagte sie. Das sagte Tante Ella auch immer.

Annette starrte noch eine Weile zu Elmar und seinen Freunden hinüber und beschloß dann, das Thema zu wechseln. »Hast du deine Tante schon gefragt wegen unserer Frankreichreise?«

Laura nickte. »Daraus wird nichts. Tante Ella hält Interrail für einen internationalen Mädchenhändlerring, und es gibt so viel in der Gärtnerei zu tun, daß ich an Urlaub nicht mal denken soll, sagt sie.«

»Also echt!« Cordula war empört. »Das ist doch immer das gleiche bei deiner Tante. Arbeiten, arbeiten, arbeiten und bloß keinen Spaß haben!«

»Du bist volljährig und mußt dir von ihr nichts mehr sagen lassen«, meinte Annette.

Laura schnippte einen Krümel von ihrem T-Shirt. »Volljährig sein bedeutet leider nicht, daß plötzlich Geld vom Himmel rieselt. Ich will Tante Ellas Laune mit dem Frankreichurlaub nicht überstrapazieren, ich brauche meine ganze Überredungskunst noch für die Sache mit dem Studium.«

Annette und Cordula schwiegen sofort. Daß Laura nicht studieren durfte, hielten sie für nur halb so schlimm wie die Tatsache, daß Laura nicht Urlaub machen durfte, wann und mit wem sie wollte. Aber Laura reagierte sehr empfindlich auf das Thema Studium. Auch wenn es in Annettes und Cordulas Augen noch in weiter Ferne lag und dazwischen ein ganzer Sommer voller Abenteuer und Sonnenschein auf sie wartete.

»Nicht auf mich«, erklärte Laura. »Pikieren, rechen, pflanzen und Läusekolonien vernichten, das werden die Highlights meines Sommers sein. Für sieben Mark die Stunde, weil ich ja schließlich zur Familie gehöre. Aber das würde ich gern in Kauf nehmen, wenn ich nur mit euch studieren dürfte.«

»Wer weiß, vielleicht überlegt sie es sich ja noch mal. Wo du doch so tolle Noten hast!«

Laura schüttelte den Kopf. »Das ist keine Frage der Noten, es ist eine Frage des Prinzips. Tante Ellas Prinzip.«

Elmar Königs Interesse für Laura hielt an, ja man konnte sogar sagen, daß es mit jedem Tag stärker wurde. Seine Komplimente auch. Jeden Wochentag widmete er sich einem anderen Körperteil von Laura. Süßes Näschen, tolles Profil, klasse Beine und einen superschönen Hals, bescheinigte er ihr jeweils im Vorbeigehen, immer mit ein paar Brocken Englisch gemischt, die er seit seinem Jahr an einer amerikanischen High-School gerne mal einfließen ließ. Laura konnte er damit nicht besonders imponieren, weil sie im gleichen Leistungskurs saß und wußte, daß er trotz des High-School Jahres kaum einen zusammenhängenden Satz von sich geben konnte. Außer: »Well, I mean, I was in America, ähm«, aber das mit perfektem amerikanischen Akzent.

Am Freitag schließlich erreichte sein Interesse für Laura einen dramatischen Höhepunkt. Er blieb vor ihr stehen und sagte: »Laura, your lips sind überhaupt das Sinnlichste, das mir jemals über den Weg gelaufen ist.«

Da er offenbar diesmal eine Erwiderung erwartete,

sagte Laura, was ihr gerade in den Sinn kam: »Lippen können einem nicht über den Weg laufen.«

Elmar war ihr wegen dieser Bemerkung keinesfalls böse. Er berührte kurz, aber innig ihre Schulter, bevor er sich seiner Clique zugesellte. Mittlerweile war sein Interesse an Laura natürlich auch seinen Freunden aufgefallen. Man schien sie auf einmal mit anderen Augen zu betrachten. Selbst Jolanda van der Bloom und Aline Blender, die beiden arrogantesten Mädchen von ganz Wermelshoven, hatten begonnen, Laura morgens zu grüßen und sie vor dem Unterricht in nette, kleine Gespräche zu verwickeln.

Cordula und Annette, die die gesamte Schulzeit davon geträumt hatten, von Aline und Jolanda beachtet zu werden, waren blaß vor Neid. Normalerweise liefen die beiden mit gerümpften Nasen an allen vorbei, die kein eigenes Pferd, einen kleinen Sportwagen und jede Menge Designerklamotten besaßen, und Laura besaß nun wirklich nichts dergleichen. Trotzdem, an diesem Freitag, gleich nach Elmars inniger Berührung an der Schulter, wurde sie von Jolanda zu einer ihrer stadtbekannten Partys eingeladen.

»Wahnsinn«, flüsterte Annette überwältigt. »Weißt du, was du für ein Glück hast? Die haben ein Hallenbad mit Unterwasserbeleuchtung, und das Büffett wird von Berscheid Feinkost geliefert. Sogar Hummer soll es geben!«

»Da kann ich mir nichts für kaufen«, sagte Laura cool, aber in Wirklichkeit war sie von der ungewohnten Aufmerksamkeit, die ihr zuteil wurde, ziemlich verwirrt. Sie konnte Jolanda nicht ausstehen, sie hielt sie für oberflächlich und boshaft. Die kesse Aline hingegen bewunderte sie insgeheim für ihre lässige Art, mit den Lehrern umzugehen. Mit ihr wäre sie immer schon ganz gerne befreundet gewesen. Aber bis zu ihrer Entdeckung durch den großen Elmar war sie für Aline nicht existent gewesen.

»Auf deine alten Tage kommst du noch richtig in Mode«, sagte Lauras Cousin und Ziehbruder Klaus-Martin zu ihr. »Mit mir haben Jolanda und Aline noch nie ein Wort gesprochen. Jolanda hat immer nur von mir abgeschrieben.«

»Mich hat sie bisher auch nur nach Vokabeln gefragt«, sagte Laura. »Das letztemal hat sie im siebten Schuljahr richtig mit mir gesprochen. Das war, als sie sich über meinen Badeanzug lustig gemacht hat, den mit diesen gräßlichen, steifen Körbchen in Größe DD, weißt du noch? Ein Relikt aus den Fünfzigern, aber deine Mutter meinte, für den Schwimmunterricht würde er allemal gut genug sein. Er war geblümt, riesengroß geblümt und hatte einen Bindegürtel in der Taille, ich sah schrecklich damit aus.«

»Ja«, meinte Klaus-Martin mit leisem Schaudern. Seine Mutter, Lauras besagte Tante Ella, hatte schon in den Fünfzigern einen ausgeprägten Sinn fürs Praktische und Unschöne gehabt. Der Badeanzug war beides gewesen, praktisch, weil er Tante Ellas gewaltige Oberweite in zwei spitzen Tüten zusammenpreßte, und unschön, weil er dunkellila-fliederfarben gemustert war und aus aufgerautem Perlongemisch bestand. Das Ungetüm hatte sich dann allerdings bei Lauras nicht entwickelter Oberweite als äußerst unpraktisch erwiesen. Ihre Sportnote war dramatisch nach unten gesunken, und das schließlich hatte Tante Ella zum Neukauf eines Badeanzugs bewogen. Den hatte Laura heute noch.

Klaus-Martin entsann sich voller Mitleid. »Du hast jedesmal, wenn wir Schwimmen hatten, versucht, krank zu werden.«

»Die leeren Körbchen füllten sich mit Luft und Wasser«, spann Laura die Erinnerungen weiter. »Ich konnte damit höchstens rückenschwimmen. Ach, am liebsten wäre ich gestorben. Jolanda van der Bloom hat damals zu allem Überfluß diesen gemeinen Spitznamen für mich erfunden. Laura-leere-Wundertüte. Und jetzt lädt sie mich zu ihrem Geburtstag ein. Das soll mal einer verstehen.«

»Tja, Wunder geschehen jeden Tag. Genieß es, solange es andauert, du kleine Wundertüte«, meinte Klaus-Martin liebevoll. Er gönnte Laura diesen ungewöhnlichen gesellschaftlichen Aufstieg aus vollem Herzen, auch wenn er selber daran keinen Anteil haben würde. Seine Mutter, eben Tante Ella, hatte ihn systematisch zu einem hoffnungslosen Außenseiter erzogen. Wie auch bei Laura, sparte sie die Friseurkosten für ihren einzigen Sohn, indem sie das Haar selber schnitt. Das wirkte sich bei Klaus-Martin dramatischer aus als bei Laura, die ja einfach nur gebändigtes, aber schönes langes Haar hatte. Nicht so Klaus-Martin.

Ein Pony, wie mit dem Lineal abgezirkelt, teilte seine an sich attraktive Stirn in zwei Hälften, ein Seitenscheitel sorgte zusätzlich für Ordnung auf seinem Kopf. Ponyman, nannten ihn die anderen Jungs hinter seinem Rücken. Seine Klamotten waren wie die von Laura nach dem Grundsatz: »Praktisch, haltbar und proper muß es sein« ausgesucht, vorzugsweise in Dunkelblau, zu Festtagen mit weißen Krägelchen aufgeputzt. Seine Brille war selbstverständlich ein Kassenmodell, und zwar aus dem Versandhauskatalog, bei dem Tante Ella auch ihre blickdichten Stützstrümpfe bestellte.

Aber nicht nur durch diese Äußerlichkeiten, an die sich Klaus-Martin im Laufe der Jahre im übrigen längst gewöhnt hatte, hob er sich von den anderen ab, sondern auch durch eine Menge anderer Kleinigkeiten. Während andere Kinder skateboardfahren oder inlineskaten durften, mußten er und Laura in der familieneigenen Gärtnerei arbeiten, getreu Tante Ellas Grundsatz Nummer zwei: »Erst die Arbeit, dann das Vergnügen.« (Nummer eins lautete: »Arbeit ist das halbe, im Idealfall jedoch das ganze Leben.«)

Immerhin, Vergnügen war durchaus vorgesehen in Tante Ellas Erziehungsplan, nur sah ihre Vorstellung davon etwas anders aus als Klaus-Martins und Lauras Vorstellungen. Beide mußten jahrelang zum Folkloretanzkreis im Haus der Brauchtumspflege, erst eine in Tante Ellas Augen ungebührliche Gebührenerhöhung im letzten Jahr hatte sie davon befreit.

Klaus-Martin hatte außerdem Zitherunterricht, denn die Zither war neben dem Akkordeon Tante Ellas Lieblingsinstrument. Nur die hohen Preise der örtlichen Musikschule hatten Laura davor bewahrt, das Akkordeonspiel zu erlernen, um das volksmusikliebende Tantenohr damit zu erfreuen.

Völlig kostenlos war hingegen die Mitgliedschaft im evangelischen Kirchenchor. Zusammen mit Laura und seinen Eltern machte Klaus-Martin etwa ein Drittel des gesamten Chores aus, er war eine gewaltige Stütze der

Baßstimme – um nicht zu sagen, die alleinige Stütze, denn sein Vater, der einzige andere Mann des Chores, bildete zusammen mit drei brummigen Frauen den Tenor.

Die sportliche Komponente von Klaus-Martins Ausbildung kam bei Tante Ella etwas zu kurz, außer Volkstanz bildete er seine Muskeln nur noch beim Radfahren, hier allerdings besonders gründlich, da er, trotz der hügeligen Landschaft, in welche Wermelshoven eingebettet war, ohne Gangschaltung auskommen mußte. Aber seine muskulösen Beine und den echt knackigen Hintern konnte man in den bügelfreien Bundfaltenhosen natürlich kaum bewundern. Das Fahrrad war auch nach Erwerb des Führerscheins (– dafür hatte Klaus-Martin zwei Sommerferien lang auf den ohnehin kärglichen Lohn in der Gärtnerei verzichtet –) Klaus-Martins einziges Fortbewegungsmittel. Den elterlichen Kleinlaster durfte er höchstens mal von der Baumschule zur Gärtnerei kutschieren.

Nein, niemand konnte Klaus-Martin besonders flippige Hobbys bescheinigen. Er war ein kluger Kopf, aller Lernstoff der Schule schien ihm zuzufliegen, ohne daß er dafür etwas tun mußte. Aber gute Zensuren tragen nicht unbedingt zur Beliebtheit bei. Und die meisten warfen ohnehin nur einen Blick auf Klaus-Martins Pony und hakten ihn als Langeweiler mit schlechtem Friseur ab.

Um seine wirklichen Qualitäten zu erkennen, mußte man schon ein bißchen länger hingucken, und dann wurde man reichlich fündig. Klaus-Martin, das wußte Laura, war der sanfteste, hilfsbereiteste und auch witzigste Kerl der Welt, aber außer ihr hatte er nur einen einzigen Freund, der ihn so liebte, wie er war. Johannes Quabach, genannt Yoyo, der Schulpunk.

Yoyo war zur Zeit glatzköpfig mit Ausnahme einer grellblauen Bürste in der Schädelmitte, seine Ohren und Nasenflügel waren elffach gepierct, seine Jeans hatte mehr Löcher als Stoff. Genau über seine Halsschlagader hatte er sich einen Totenkopf tätowieren lassen. Selbstredend hatte Yoyo, von Tante Ella »Das Subjekt« genannt, Hausverbot bei Klaus-Martin, aber das hielt ihn nicht davon ab, Klaus-Martin unverbrüchlich die Treue zu halten.

Die beiden waren ein merkwürdiges Paar, Yoyo, der Schrecken eines jeden Kleinbürgers, und Klaus-Martin, der Schrecken aller Trendsetter. Aber wirkliche Freundschaft wird von solchen Kontrasten nur unwesentlich berührt. Klaus-Martin und Yoyo hatten die gleichen Träume von friedlicher Koexistenz der Menschheit in einer intakten Umwelt, daher engagierten sich beide in der örtlichen Arbeitsgruppe von Greenpeace, die einzige Aktivität, die Klaus-Martin jemals gegen den Willen seiner Mutter durchgesetzt hatte. Sonst war Tante Ella die stärkere. Die viel stärkere.

In der letzten Pause an diesem ganz besonderen Freitag kam Elmar König dann direkt auf Laura zu.

»Ich habe gehört, du kommst tomorrow night auch zu Jolanda auf die Party«, sagte er. »Wenn du willst, hole ich dich mit meinem Car zu Hause ab, und wir fahren gemeinsam hin.«

Laura wunderte sich über gar nichts mehr. Genieß es, hatte Klaus-Martin gesagt, und das wollte sie jetzt auch tun.

»In Ordnung«, sagte sie lässig. »Um wieviel Uhr?«

»Eight o'clock«, erwiderte Elmar with his nice american accent. Immerhin, die Uhrzeiten hatte er drauf.

»Okay, fine«, sagte Laura. Sie konnte sich wunderbar anpassen, wenn es sein mußte.

»See you«, sagte Elmar noch, und: »Ich freu' mich.«

»Was ziehst du an?« erkundigten sich Annette und Cordula, als er weg war.

»Weiß noch nicht«, sagte Laura. Aber sie wußte es eigentlich ganz genau. Die Auswahl war ja nicht besonders groß. Jeans und T-Shirt, das hellblaue, das war ziemlich neu und schön gerippt. Und die dunkelblauen Collegeschuhe, das war der unauffälligste und zugleich modischste Look, den sie zu bieten hatte. Leider.

»Du mußt etwas Besonderes anziehen«, belehrte sie Annette. »Da kommt keiner in Young Collections.«

Auch Cordula kannte Lauras tristen Kleiderschrank ziemlich gut. »Ich könnte dir was leihen«, schlug sie vor.

Leihen ist fast wie Stehlen, sagte Tante Ella immer, und Laura war geneigt, ihr recht zu geben. Sie war eben der hellblaue Ripp-T-Shirt-Typ und damit basta. Auf der anderen Seite: Mit Elmar dem Großen ging man ja nicht alle Tage auf eine Party mit Feinkost-Büffett.

»Deinen schwarzen Body und den schwarzen Minirock?« fragte sie.

Cordula nickte. »Und Netzstrumpfhosen und meine schwarzen Wildlederpumps.«

»Aber du hast Größe 38 und ich 39«, wandte Laura ein.

»Tja.« Cordula zuckte mit den Schultern. »Du kannst

natürlich auch deine schwarzen Gesundheitstreter anziehen. Wird sicher toll aussehen.«

»Gut zum Tanzen«, fügte Annette hinzu.

Laura seufzte. »Also gut, deine Pumps«, sagte sie.

»Wer schön sein will, muß leiden«, grinste Cordula. »Ich bring's dir heute nachmittag vorbei.«

Die letzten beiden Schulstunden träumte Laura vor sich hin. Eigentlich war das alles doch ziemlich aufregend. Wie bei Aschenputtel. In Cordulas schwarzem Outfit würde sie gut, nein, blendend aussehen, wahrscheinlich würde keiner sie erkennen. Und der Prinz – Elmar, versteht sich – würde nur mit ihr tanzen wollen. Um Mitternacht dann verlöre sie ihren goldenen Pantoffel, in diesem Fall schwarze Pumps, auf der Treppe, und Elmar höbe ihn auf und ... nein, niemand konnte einen Schuh Größe 38 verlieren, der an einem 39er Fuß festklemmte. Vermutlich würde sie ihn eher niemals wieder abkriegen. Laura schüttelte den Kopf. Während sie hier ein Märchen zusammenträumte, verpaßte sie wichtige Hinweise für die Abiklausur nächste Woche. Es war, wie Tante Ella immer sagte: Träumen ist was für Dummköpfe. Und Laura war keiner. Dachte sie jedenfalls.

An diesem ganz besonderen Freitag hatte Elmar sein BMW-Cabrio im absolutesten Halteverbot unmittelbar vor den Fahrradständern geparkt. Es hatte deswegen bereits einen Verweis vom Rektor gegeben, den Elmar genauso lässig hingenommen hatte wie die Drohung, abgeschleppt zu werden. Wermelshoven hatte nur einen einzigen Abschleppdienst, und der gehörte Elmars Vater, genau wie das große Autohaus, für das Elmar und sein Cabrio Reklame fuhren.

Nach der Schule sprang er lässig auf den Fahrersitz, wie immer, ohne die Tür vorher zu öffnen, und ließ warnend den Motor aufheulen. Die Schüler in seinem Rangierbereich beeilten sich, sich selber und ihre Fahrräder in Sicherheit zu bringen. Elmar grinste zufrieden und übersah prompt ein Fahrrad hinten links. Nach dem Kontakt mit Elmars Stoßstange – oder vielmehr der seines Autos – hatte das Fahrrad mehr Ähnlichkeit mit einem Einrad bekommen.

»Shit«, sagte Elmar und stieg wieder aus.

»Scheiße«, sagte auch Klaus-Martin, denn es handelte sich um sein Fahrrad.

Laura half ihm, das, was davon übrig war, wieder aufzustellen.

»Ich fürchte, es ist hinüber«, sagte sie, zwischen Bedauern und Freude hin- und hergerissen. Das Fahrrad hatte soeben sein Leben ausgehaucht, nach langen, strapaziösen Dienstjahren. Es war einst ein gutes Fahrrad gewesen, qualitätsvolle deutsche Nachkriegsware, damals gar nicht so häufig. In der Jugend von Klaus-Martins Vater eine echte Kostbarkeit. Klaus-Martin hatte diese Kostbarkeit zur Konfirmation verehrt bekommen und dem Fehlen einer Gangschaltung seine gute Kondition zu verdanken. Nicht, daß er sehr an dem Vehikel gehangen hätte, aber einen solchen Tod hatte es nun auch wieder nicht verdient.

Elmar, der Fahrradmörder, untersuchte unterdessen seine Stoßstange. Die qualitätsvolle Nachkriegsware hatte durchaus ihre Spuren hinterlassen.

»Shit«, sagte er wieder. »Voll zerkratzt.«

Klaus-Martin sah ihn böse an. »Und was ist mit meinem Fahrrad?«

Elmar gestattete sich einen Blick auf sein Opfer. Dann lachte er. »Fahrrad? Diese alte Nuckelpinne? This horrible thing? Das hat ja nicht mal eine Gangschaltung!«

»Na und?« Klaus-Martin war zunehmend empört. Es hatten sich bereits Zuschauer eingefunden, die meisten davon hatten sich schon immer über das Fahrrad amüsiert, als es noch ganz gewesen war. Jetzt lachten sie sich halb tot. Nur Yoyo und Laura machten ernste Gesichter.

»That thing there ist nicht mal ein Hundertstel von meiner Stoßstange wert«, sagte Elmar. »Also mach hier nicht so 'n Terz, Ponyman. Kannst noch froh sein, wenn ich dich nicht belange. Von wegen Behinderung eines Ausparkmanövers.«

Yoyo stellte einen ausgelatschten Turnschuh auf die demolierte Stoßstange und hob stumm die Augenbrauen. Der Totenkopfstecker an seiner Nase blitzte drohend auf. Elmar wich ein paar Schritte zurück.

»Ich finde dich ziemlich unfair«, sagte Klaus-Martin zu ihm. »Wenigstens entschuldigen könntest du dich ja.«

Das war ein typischer Tante-Ella-Satz, und die Kids rundherum grölten auch prompt höhnisch. Mittlerweile hatten sich ein paar von Elmars persönlichen Freunden eingefunden, darunter auch Aline Blender und Jolanda van der Bloom auf dem Weg zu ihren schicken Sportwagen. Elmar bekam wieder Oberwasser.

»Ja, dann entschuldige ich mich mal, Ponyman«, sagte er spöttisch. »Dafür, daß ich dieses vorsintflutliche Etwas plattgefahren habe, das übrigens super zu deinen Schuhen paßt. Wollte ich dich schon die ganze Zeit gefragt haben, ob's die bei Aldi im Sonderangebot gegeben hat.«

Ringsum wurde laut gelacht. Dabei war Elmar nicht mal besonders komisch. Laura sah allerdings, daß Aline Blender ein ernstes Gesicht machte. Immerhin.

Das Lachen tat Elmar offensichtlich gut. Er war jetzt geneigt, den Schmerz über seine beschädigte Stoßstange zu vergessen.

»So, und jetzt nimm dich und deinen Schrott aus dem Weg, sonst mach' ich dich auch noch platt, komischer Ponyman.«

Yoyo machte einen Schritt auf Elmar zu, aber Klaus-Martin hielt ihn am Ärmel fest.

»Keine Prügelei mit diesem Mistkerl«, sagte er. »Ist er nicht wert.«

»Das würde ich euch auch empfehlen«, erwiderte Elmar und sprang wieder in seinen Wagen. »Und jetzt Bahn frei für Elmar.«

Er ließ erneut den Motor an und sah sich noch einmal beifallheischend um. Dabei fiel sein Blick auf Laura.

»Hallo, Laura, Darling«, rief er. »Soll ich dich nach Hause fahren, dann kannst du dem Ponyman dein Fahrrad leihen.«

»Nein, danke«, sagte Laura eisig. »Der Ponyman ist zufällig mein Bruder.«

»Weiß ich doch«, sagte Elmar. »Aber du hast Gott sei Dank nicht den gleichen Friseur. Come on, dann kannst du mir schon mal zeigen, wo du wohnst, für morgen abend.«

Lauras Gerechtigkeitssinn war stärker als alle uneingestandenen Wünsche, von Elmar und seinen Freunden geliebt zu werden. Obwohl es schade wär, daß aus Aschenputtel wieder Aschenputtel wurde, bevor es die goldenen Pantoffel auch nur anprobiert hatte.

»Weißt du«, sagte sie laut. »Das mit morgen abend habe ich mir anders überlegt. Ich finde, deine Autofahrkünste sind nicht besonders vertrauenerweckend.« Nach einer kleinen Pause, in der ihr klar wurde, daß das eben Gesagte Elmar wohl eher schmeicheln als ihn beleidigen würde, setzte sie noch hinzu: »Vermutlich hat dein Papi den Führerschein für dich gekauft.«

Die Kids grölten wieder, zumindest die, die Elmar nicht persönlich kannten. Elmar glotzte überrascht.

»Was soll das? Machst du jetzt einen auf Zicke? Wenn das so ist, wird das aber nichts mit uns beiden. Ich hoffe, you know, daß du mindestens zehn Punkte unter meinem Anforderungssoll bist. Aber for you hätte ich eine Ausnahme gemacht.«

Zehn Punkte unter dem Anforderungssoll? Laura verstand nur noch Bahnhof. Aber egal. Für solche Detailklärungen war jetzt keine Zeit.

»Das wäre sowieso nichts geworden«, sagte sie. »Du liegst nämlich mindestens achtzig IQ-Punkte unter meinem Anforderungssoll. Mit deinem IQ-Wert bist du gerade mal in der Lage, eine Banane zu öffnen. Aber ich finde, Autofahren sollte man Affen verbieten.«

»Frigide Proletenziege«, knurrte Elmar und gab Gas.

»Das mußt du gerade sagen, mit deiner demolierten Stoßstange«, schrie Yoyo hinter ihm her. Es war nicht sehr wahrscheinlich, daß Elmar es hörte.

Die Zuschauer verkrümelten sich. Nur Jolanda van der Bloom blieb noch stehen.

»Ach, übrigens, du, ähm, Dings, ähm, Laura«, sagte

sie und strich sich das hellblonde Haar hinters Ohr. »Das mit der Einladung zu meiner Fete – vergiß es einfach. Es war ein Irrtum.«

»Ja«, erwiderte Laura resigniert. »Das scheint mir auch so.«

Aline Blender war unbemerkt verschwunden. Die Tage, in denen sie *beinahe* Freundinnen gewesen waren, schienen vorbei zu sein.

Jolanda betrachtete sie nachdenklich. »Ich habe sowieso nicht verstanden, was Elmar an dir findet. Du bist immer unmöglich angezogen.« Dabei schien ihr etwas einzufallen, und ihr Mund verzog sich zu einem schadenfrohen Grinsen.

»Sag mal, hast du eigentlich noch diesen komischen Badeanzug? Wie haben wir dich noch immer genannt? Ach ja, jetzt weiß ich es wieder: Laura-leere-Wundertüte, hahaha, das war wirklich komisch!«

»Zieh Leine«, knurrte Yoyo, Die Tätowierung an seinem Hals zuckte vor Wut.

Jolanda machte, daß sie wegkam.

2.

Tut mir echt leid«, sagte Klaus-Martin auf dem Nachhauseweg.

»Mir nicht«, sagte Laura heftig. Klaus-Martins Wohlergehen lag ihr mehr am Herzen als eine Beziehung zu Elmar oder eine Einladung zu Jolandas Party. Er war viel mehr als ein Ziehbruder, er war ihr einzig wahrer Freund.

Lauras Mutter war vier Jahre nach Lauras Geburt gestorben, Laura hatte fast keine Erinnerungen an sie. Einen Vater gab es nicht, nur einen Erzeuger, wie Tante Ella ihn nannte. Der Erzeuger hatte Lauras Mutter nach einer kurzen Affäre verlassen und ward seither niemals mehr gesehen. Laura war von Tante Ella und Onkel Kurt, Klaus-Martins Eltern, adoptiert und großgezogen worden. Einmal, mit sechzehn, hatte sie heimlich übers Jugendamt versucht, herauszubekommen, wer ihr Vater war. Aber dort konnte man ihr nicht weiterhelfen. Ihre Mutter hatte bei ihrer Geburt »Vater unbekannt« angegeben, und so hatte Laura sich mit der Tatsache abfinden müssen, daß Tante Ella und Onkel Kurt tatsächlich ihre ganze Familie darstellten. Und Klaus-Martin natürlich. Der liebe, immer hilfsbereite und solidarische Klaus-Martin.

Zum Teufel mit Elmar. Zum Teufel mit Jolanda und den Schickimickipartys – es war schon so, wie Tante Ella immer sagte: »Schuster, bleib bei deinen Leisten.«

Apropos Schuster – Laura mußte lächeln. Ein Gutes

hatte die Sache ja doch: Jetzt mußte sie sich nicht in Cordulas Pumps quetschen, sondern konnte einen Abend in Socken verbringen. Über dem Biobuch. Das war sowieso klüger.

»Es gibt echt Wichtigeres als so eine blöde Fete«, sagte sie zu Klaus-Martin. »Sollen wir heute nicht noch mal mit Tante Ella reden, wegen des Studiums?«

Klaus-Martin nickte. Dabei hatte er wenig Hoffnung, seine Mutter zu überzeugen. Ihre Kinder sollten etwas Solides machen, etwas Handfestes, Seriöses. Daß Klaus-Martin Schriftsteller werden wollte, auf dem Umweg über eine Journalistenausbildung, am liebsten an der Henri-Nannen-Schule, hielt sie weder für solide noch für handfest oder gar seriös. Journalisten waren für Tante Ella Zecken der Gesellschaft und Schriftsteller hoffnungslose Sozialfälle, Idealisten der schlimmsten Sorte. Nein, Klaus-Martin sollte mal was Besseres werden. Daher hatte sie bereits mit dem Filialleiter der hiesigen Kreissparkasse gesprochen. Klaus-Martin konnte gleich im Herbst mit einer soliden kaufmännischen Ausbildung beginnen. Und wenn er denn unbedingt schriftstellern wollte, dann bitteschön in seiner Freizeit.

Tante Ellas Bemühungen, für Laura etwas ebenso Seriöses, Handfestes und Solides zu finden, waren bisher nicht erfolgreich gewesen. Gegen Lauras innigsten Wunsch, Ärztin zu werden, hatte sie im Prinzip nichts einzuwenden, aber nur, wenn es ohne Studium vonstatten gehen würde. Psychologie, Lauras Wunschfach gleich nach Medizin, kam gar nicht erst in Frage, da weder seriös noch handfest noch solide. Blieb eine Ausbildung zur Hebamme oder Krankenschwester, aber da würde sie Tante Ella noch zu lange auf der Tasche liegen. Etwas Lukrativeres mußte her, etwas, das natürlich zugleich solide, handfest und so weiter war.

Tante Ella hatte bereits vorgeschlagen, in Sachen Laura noch einmal beim Filialleiter der Kreissparkasse vorstellig zu werden, schließlich sei er ein guter Kunde und bekomme seit Jahren Sonderkonditionen in der Gärtnerei. Aber Laura hatte gesagt, lieber würde sie sterben als eine Banklehre machen.

»Nun gut«, hatte Tante Ella gefaßt gesagt. »Was willst du dann?«

»Ich will Medizin studieren«, hatte Laura zum wiederholten Male gesagt und verwies ebenfalls zum wiederholten Male auf den Eignungstest bei der Berufsberatung für angehende Akademiker, den sie mitgemacht hatte. Dabei war ihr eine sehr gute bis ausgezeichnete Eignung zum Medizinstudium bescheinigt worden.

»Außer studieren, natürlich«, hatte Tante Ella gesagt. Eignungstests waren doch der reinste Schwindel. In diesen schlechten Zeiten konnten nur reiche und unvernünftige Eltern ihre Kinder studieren lassen, und Tante Ella war weder reich noch unvernünftig.

Laura hatte bleischwer geseufzt. »Dann wenigstens etwas Kreatives.«

»Kreativ?« Tante Ella hatte überlegt. Kreativ, das stand nach ihrem Verständnis im krassen Gegensatz zu handfest, solide und seriös, aber sie wollte für Laura etwas finden, das alle vier Begriffe miteinander verband.

Als Laura und Klaus-Martin an diesem schicksalsschweren Freitag nach Hause kamen, hatte Tante Ella es gefunden. Beim Nachtisch – selbsteingeweckte Pflaumen, für jeden genau elf Stück – rückte sie mit der Neuigkeit heraus.

»Ich habe eine Lehrstelle für dich, Laura!«

Laura kaute auf einem zähen Stück Pflaumenhaut herum und wartete schicksalsergeben auf die Fortsetzung.

»Etwas Kreatives, genau wie du es dir gewünscht hast.« Tante Ella machte ein sehr zufriedenes Gesicht. »Eine Lehrstelle als Werbekauffrau in einer angesehenen Werbeagentur. Blender und Partner, in der Innenstadt. Die haben unser Logo entworfen, weißt du? Einen netten jungen Chef haben die da, der war gleich begeistert von deinen guten Noten in Englisch und Deutsch und Kunst.«

Das Logo der Gärtnerei Everts war irgendwann in den Sechzigern entworfen worden, da mußte der nette junge Chef noch in den Windeln gelegen haben. Wenn er denn wirklich so nett und jung war, wie Tante Ella behauptete.

»Was sagst du?«

Laura schluckte die letzte Pflaume hinunter. »Ich weiß nicht. Werbekauffrau klingt auch nicht besser als Bankkauffrau.«

»Jedenfalls nicht für jemanden, der Medizin studieren will«, gab Klaus-Martin ihr Schützenhilfe.

»Ihr seid zu jung, um zu wissen, was gut für euch ist«, sagte Tante Ella. »Laura nimmt diese Lehrstelle an, und damit basta. Wenn sie sich so für Medizin interessiert, dann kann sie einen Erste-Hilfe-Kurs machen. Bei den Johannitern. Der ist umsonst.«

Klaus-Martin und Laura tauschten einen resignierten

Blick. Gegen Tante Ella war einfach kein Kraut gewachsen.

Die letzten Wochen in der Schule verliefen, zumindest was Elmar anging, genauso wie die acht Jahre vor seinem plötzlichen Interesse an Laura. Seit dem Eklat auf dem Parkplatz war sie wieder unsichtbar für ihn und seine Clique geworden. Man sah ihn statt dessen verstärkt mit Aline Blender aus Lauras Bioleistungskurs flirten, von der Annette und Cordula meinten, daß sie viel besser zu Elmar paßte als Laura. Schon rein äußerlich. Aline trüge einen Ring und Elmar eine Armbanduhr von Cartier, und beide trügen italienische Schuhe, das seien Gemeinsamkeiten, die man nicht überbieten könne.

»Da kosten schon die Schnürsenkel soviel wie alle deine Schuhe zusammen«, behauptete Cordula mit einem mitleidigen Blick auf Lauras überaus praktische und unschöne Gesundheitstreter, die getreu Tante Ellas Grundsatz Numero sechsundzwanzig ausgesucht worden waren: »Schuhe müssen nicht schön sein, sondern vor allem gesund und haltbar.«

»Aber das ist doch kein Grund, den miesen Charakter des Typen zu übersehen«, warf Yoyo ein, der Aline ganz im geheimen verehrte.

Annette und Cordula listeten sogleich noch andere verbindliche Gemeinsamkeiten auf. Daß Alines Eltern den gleichen Landschaftsarchitekten hatten wie Elmars Eltern und der beiden haargenau den gleichen Swimmingpool in den Garten gebaut hatte, zum Beispiel. Und daß beider Eltern im selben Golf-, Tennis- und Bridgeclub Mitglied waren und beim selben BMW-Händler einkauften, so was verbindet, behauptete Annette.

Aber Yoyo war davon nicht zu überzeugen.

»Du verliebst dich ja auch nicht in mich, nur weil unsere Alten denselben Friseur haben«, sagte er zu Annette. »Oder weil dein Opa mit meiner Oma einen Seniorentanzkurs macht!«

»In dich würde ich mich nicht mal verlieben, wenn du der letzte Mann auf Erden wärst«, sagte Annette. »Du verstehst eben die tieferen Zusammenhänge nicht.«

Sie schien recht zu behalten. Elmar und Aline waren schon wenig später ganz offensichtlich ein Paar. Laura sah sie am Morgen vor der Englischklausur küssend auf der Schultreppe stehen und betrachtete sie nachdenklich aus der Ferne.

»Na, neidisch?« Jolanda van der Bloom war unbemerkt neben sie getreten und ihrem Blick gefolgt. »Tja, Lauraleere-Wundertüte, wie heißt es so schön? Jeder bekommt, was ihm zusteht.«

Laura erwiderte nichts. Gleich während der Klausur würde Jolanda – aus alphabetischen Gründen – neben ihr sitzen und wie immer verzweifelt nach Vokabeln fragen, sie kannte nämlich höchstens hundert. Sonst lieferte Laura ihr immer genug Sätze und Satzbestandteile, um Jolanda zu einer Drei minus zu verhelfen, aber diese Schützenhilfe hatte sie sich soeben verspielt. Laura beschloß, sich diesmal taub zu stellen.

»Was heißt *Mauer* auf englisch?« flüsterte Jolanda gleich zu Anfang. »Ich meine, im übertragenen Sinn.«

Laura antwortete nicht.

»Kann man schreiben *fences for communication bet-*

ween two persons, wenn man Sprachbarrieren meint?« zischte Jolanda.

Laura blieb stumm.

»Oder der Graben zwischen den Geschlechtern, ist das *a big hole*, oder was heißt *Graben*?«

Aber Laura war nicht bereit, die Kommunikationszäune zwischen ihr und Jolanda einzureißen. Sie stellte sich taub. Zunehmend verzweifelt wiederholte Jolanda ihre Fragen so lange in immer heftigerer Lautstärke, bis der Lehrer sie an einen Einzeltisch in die Ecke verbannte. Dort war sie dazu verurteilt, ohne jede Hilfestellung eine glatte Sechs zu schreiben. Viele ihrer eigenwilligen Formulierungen wurden noch Jahre später als warnende Beispiele in den nachfolgenden Klassen zitiert.

Laura konnte es sich gerade noch verkneifen, anschließend zu ihr zu gehen und zu sagen: »Tja, Jolanda-leere-Hirnzellen, jeder bekommt, was ihm zusteht.«

Jolanda fiel mit Pauken und Trompeten durchs Abitur, möglicherweise war das die Strafe, die ihr für die Wundertüten-Hänseleien zustand.

Bei der Abiturfeier war Tante Ella sehr stolz auf ihre Zöglinge. Beide ordentlich frisiert – Klaus-Martin mit frisch geschnittenem Pony *und* sauber gezogenem Seitenscheitel – und in flusenfreies Dunkelblau gekleidet, hoben sie sich wohltuend von den ungepflegten, verzottelten Mitschülern ab, fand Tante Ella. Und auch mit der Leistung konnte sie zufrieden sein. Laura hatte immerhin einen Durchschnitt von 1,9, Klaus-Martin war mit 1,1 sogar der beste Schüler des Jahrganges. Ihm wurde in der Rede des Direktors als dem zweitbesten

Abiturient im ganzen Kreis eine ungeheure Begabung in allen Bereichen bescheinigt und eine glänzende Karriere prophezeit, an deren Ende mindestens ein Nobelpreis auf ihn wartete.

Unter dem tosenden Beifall vor allem der Eltern im Saal wurde diesem Ausbund an Talenten das Abiturzeugnis überreicht, und der Direktor konnte sich nicht verkneifen zu fragen, welche berufliche Karriere Klaus-Martin denn nun zuerst anstreben würde. Als das Wunderkind mit schamrotem Kopf antwortete, daß er eine Lehre bei der hiesigen Kreissparkassenfiliale begänne, war wohl jedem außer Tante Ella die Tragik bewußt, die in diesen Worten steckte.

Tante Ella in der dritten Reihe aber nickte zufrieden. Klaus-Martin würde sich ganz hervorragend durch den Bankendschungel schlagen. Und nach der Lehre standen ihm alle Karrieretore weit offen, durch eine berufsbegleitende Ausbildung auf der Bankakademie zum Beispiel, da hatte sich Tante Ella schon informiert.

»Und Schriftsteller kann ich auch noch werden«, sagte Klaus-Martin nach der Feier müde zu Laura und Yoyo. »Sie hat gesagt, wenn ich ihre robuste Gesundheit geerbt hätte, wäre noch genug Zeit für die brotlosen Künste, wenn ich nur erst die Rente durch hätte.«

Laura streichelte mitleidig über seinen Arm, und Yoyo warf einen hoffnungsvollen Blick hinüber zu Tante Ella. »Vielleicht ist ihre Gesundheit ja gar nicht so robust. Und selbst wenn, schon morgen könnte ein Ziegelstein auf sie niederfallen ...«

»So schlimm ist sie auch wieder nicht«, sagte Laura erschrocken, aber eine Woche später konnte sie nicht umhin, sich nach einem Ziegelstein zu sehnen, der auf Tante Ellas Kopf niedersausen würde.

Der Sommer ließ sich wunderbar warm und sonnig an. Alle außer Klaus-Martin und Laura schienen ihn aus ganzem Herzen zu genießen. Yoyo hatte von seinem Vater eine Amerikareise zum Abi geschenkt bekommen und war stolz wie Oskar nach Chicago aufgebrochen, wo ein Cousin der Familie lebte. Annette und Cordula waren mit Interrail nach Frankreich unterwegs, und auch der Rest der Welt schien die Stadt verlassen zu haben. Gerade als Laura sich an den Gedanken gewöhnt hatte, in diesem Sommer nichts als Gewächshauswände und die Baumschule zu erblicken, rückte Tante Ella ebenfalls mit einer Überraschung heraus.

Eine Kundin hatte ihr eine Ferienkate auf der Insel Nordstrand vermietet, und zwar zum Nachsaisonpreis mitten in der Hochsaison. Eine *kleine* Anerkennung fürs Abitur hätten sich Klaus-Martin und Laura schließlich verdient, sagte Tante Ella. Und Kurt und sie selber auch, nach über drei Jahren ohne Urlaub. Das Haus läge gleich am Deich, dahinter der Strand mit vielen Muscheln, und Fahrräder gäb's auch da für lange Touren rund um die Insel.

Klaus-Martin und Laura waren von Freudensprüngen meilenweit entfernt.

»Immerhin, dort gibt es keine Berge«, tröstete Klaus-Martin seine Ziehschwester. »Du wirst sehen, im Flachland wird dir das Radfahren richtig Spaß machen.«

»Außer bei Gegenwind«, seufzte Laura.

Das Schicksal meinte es wirklich nicht gut mit ihnen.

Kaum waren sie an der Nordsee angelangt, war es vorbei mit dem sonnigen Sommer. Der Himmel öffnete seine Schleusen und schloß sie während der nächsten zwei Wochen niemals länger als für eine halbe Stunde. Bei diesem Wetter wirkte selbst die gemütlichste kleine Kate wie ein Gefängnis.

Das schlimmste aber war, daß es zwar vier Betten, aber nur zwei Zimmer gab. Tante Ella bestimmte, daß Onkel Kurt sich ein Zimmer mit Klaus-Marin teilte und Laura ihre Zimmergenossin wurde, aus Anstandsgründen, und überhaupt.

Tagsüber Regen ohne Ende, Malefiz und Canasta im dämmrigen Wohnraum, und nachts Tante Ellas penetrantes Schnarchen – schlimmer, dachte Laura, konnte das Leben gar nicht mehr werden.

Aber es gibt immer eine Steigerung, das war die nächste Lektion, die das Leben für sie bereithielt.

Zurück in Wermelshoven, zeigte sich auch der Sommer wieder von seiner schönsten Seite, aber das allerhöchste der Sommerfreuden, die ihnen zugebilligt wurden, war ein Besuch im Freibad. Samstags, nach Feierabend.

»Immerhin, wir arbeiten an der frischen Luft«, sagte Klaus-Martin zu Laura beim Pikieren der Herbstastern. »Damit ist es bald auch vorbei.«

»Ja, ich weiß«, sagte Laura. »Sag mal, kann man Zyankali eigentlich ohne Rezept kaufen?«

Klaus-Martin lächelte nicht mal.

Annette und Cordula schrieben lustige Postkarten aus Frankreich, ganz tolles Wetter, superschöne Gegend und wahnsinnig nette Leute. Zum Beweis unterschrieben immer alle möglichen Unbekannten, Pierre, Fabien, Lutz oder Peter, heute trinken wir Rosé am Strand, schade, daß du nicht dabei bist – Laura gewöhnte es sich ab, die Postkarten überhaupt zu lesen.

Yoyo kam zurück aus Amerika und fand ein Schreiben von der Zentralen Vergabe für Studienplätze vor. Sein gewünschter Studienplatz in Germanistik in Köln war genehmigt worden. Klaus-Martin konnte seinen Neid nur mühsam unterdrücken.

»Du Glücklicher«, seufzte er.

Yoyo nickte. »Ja, ich bin der glücklichste Mensch auf Erden. Nur eine Wohnung brauche ich noch. Und einen Job. Ich krieg' vierhundert Mücken von meinem Vater, mehr rückt er nicht raus. Meine Mutter gibt nichts, aber meine Oma würde hundert Mark beisteuern, wenn ich sie lieb bitte. Leider kommt man mit fünfhundert Mark heutzutage nicht mehr weit.«

»Das ist wohl wahr«, stimmte Klaus-Martin zu, der so eifrig die Wohnungsanzeigen der Zeitungen studierte, als ob er selber suchte. »Soviel kostet schon ein Zimmer in einer WG.«

Yoyo brauchte den ganzen restlichen Sommer, um eine Bleibe zu finden, und was er schließlich fand, war nicht unbedingt neiderregend. Laura und Klaus-Martin machten am letzten Sonntag vor Beginn ihrer Ausbildung einen Einstandsbesuch.

Yoyos neues Zuhause war beeindruckend, ein Kellerraum mit nackten Betonwänden gleich gegenüber einer Spedition, Toilette und Dusche zwei Kellerräume weiter.

»In den anderen Kellern wohnen drei Aussiedler aus

Polen«, sagte Yoyo. »Jedenfalls sagen sie das. Ich schätze eher, sie arbeiten illegal auf einer dieser Großbaustellen. Mir kann's egal sein. Und dem Vermieter sowieso, Hauptsache, die zahlen ihre Miete. Immerhin löhne ich hier nur dreihundert Mark. Plus Heizkosten und Wasser und Strom, natürlich.«

Klaus-Martin sagte nichts. Die Kulisse sprach für sich. Grau, feucht, nackt, dunkel. Die unverkleideten Rohre an der Kellerdecke gaben gurgelnde Geräusche von sich, es herrschte ein muffiger Geruch. Das Ganze sah schlimmer aus als ein Gefängnisverlies.

Laura starrte durch die Gitterstäbe des Kellerfensters auf die Beine eines vorbeigehenden Fußgängers. »Nette Aussicht hast du hier.«

Yoyo seufzte. »War echt das einzige, was ich kriegen konnte. Vorher hat hier auch ein Student gewohnt.«

Der Vormieter hatte eine Reihe von traurigen Sprüchen auf der Betonwand hinterlassen. »Liebe in den Zeiten der Kohl-Ära«, stand an der Eisentüre. »Es ist so einsam im Sattel, seit das Pferd tot ist«, prangte direkt über der Stelle, wo Yoyos Matratze lag.

»Der ist heute sicher in der Klapse«, meinte Laura voller Mitleid.

»Möglich«, gab Yoyo zu. »Vielleicht aber ist er auch unheimlich inspiriert worden von der Tristheit dieses Ortes. Genies werden oft in der Gosse geboren.«

Laura erwiderte nichts. Sie sah einem Hund zu, der genau am Gitter vor dem Fenster sein Bein hob und dagegen pißte.

»Ich würde das Fenster an deiner Stelle geschlossen halten«, meinte Klaus-Martin.

»Ja, das muß ich schon deshalb, weil die Leute von der Spedition drüben morgens um fünf immer ihre Lastwagen warmlaufen lassen«, sagte Yoyo. »Aber das macht im Grunde nichts, so brauche ich keinen Wecker. Um sechs fange ich nämlich bei McDonalds an, Frühschicht.«

»Wie schön«, sagte Laura. »Wenn ich das so sehe, schätze ich, meine Träume vom Studentenleben waren vielleicht doch ein kleines bißchen überzogen. Annette und Cordula sind auch nicht unbedingt begeistert. Annette hat einen Studienplatz in Trier bekommen, und Cordula muß nach Landau in der Pfalz. Aber beide haben schönere Wohnungen als du.«

»Andere haben es besser«, stimmte Yoyo zu. »Immerhin hab' ich Fernsehen.« Er zeigte auf das funkelnagelneue TV-Gerät auf dem Fußboden. »Von meiner Oma.«

»Prima«, sagte Klaus-Martin.

»Nicht ganz so prima, leider«, meinte Yoyo. »Die haben kein Kabel hier, und die Zimmerantenne hat es schwer wegen der dicken Betonwände. Aber ich hab' den Dreh schon raus. Das Erste empfange ich supergut, wenn ich die Kiste auf den Schreibtisch hiefe, die dritten Programme kriegt man rein, wenn er da steht, wo er jetzt steht, und für RTL muß ich das Ding auf den Kleiderschrank stellen. Funktioniert tadellos.«

Laura streichelte mitfühlend über seinen Arm. »Mensch, Yoyo, sollen wir nicht wenigstens die Wände streichen? Dieses Betongrau macht einen ja ganz depressiv.«

»Ich mag die Graffitis«, sagte Yoyo. »Und ich will hier ja nicht für immer wohnen bleiben.«

»Nein«, sagte Klaus-Martin. »Das wirst du auch nicht.

Denn irgendwann werden wir ja eine ganz coole WG haben, wir drei.«

»Altbau in der Innenstadt, viele alte Bäume in der Straße. Eine Dachterrasse mit einer Hängematte und einer Katze«, ergänzte Laura. »Oder einem Hund, den wir aus einem Tierversuchslabor befreit haben.«

Yoyo kannte das Spiel. »Klaus-Martin schreibt Romane, ich bin erfolgreicher Reisejournalist, Laura arbeitet im Krankenhaus als Ärztin. Wir verdienen eine Mordskohle, die wir natürlich größtenteils an nützliche Organisationen spenden. Aber unser geheimes Hobby ist das Aufdecken von Umweltskandalen und anderen Verbrechen. Wir sind die Robin Hoods des nächsten Jahrtausends.«

»Aber manchmal, da sitzen wir abends bloß auf der Dachterrasse, trinken Rotwein aus biologischem Anbau und streicheln die Katze«, sagte Laura sehnsüchtig.

Klaus-Martin ließ sich auf Yoyos Matratze fallen. »Wie kann es sein, daß Menschen mit solch schönen Träumen in einem solchen Alptraum leben? Wie kommst du in dieses feuchte Kellerloch, Yoyo? Warum machst du diesen Mietwucher mit? Warum geht Laura ab übernächste Woche in eine Werbeagentur, anstatt Medizin zu studieren? Warum popele ich immer noch zu Hause bei Mutter und Vater die Läuse von den Rosen, und warum sitze ich demnächst hinter dem Schalter der Sparkasse und zähle Geld, wenn ich doch eigentlich was ganz anderes tun möchte? Wie können wir jemals auf diese Dachterrasse gelangen, von der ihr sprecht, wenn wir statt dessen diese schrecklichen Dinge geschehen lassen?«

»Warum ist die Banane krumm?« murmelte Laura.

»Wie bist du denn drauf?« Yoyo ließ sich neben Klaus-

Martin fallen. »Gut, im Augenblick sieht's schlecht aus, aber es kommen auch wieder bessere Zeiten, stimmt's, Laura? Laura?«

Laura starrte auf die fleckigen Betonwände und schwieg.

3.

Die Agentur Blender war im siebenten und letzten Stock eines 60er-Jahre-Baus mit vollverglasten Fronten untergebracht, für Wermelshovener Verhältnisse ein Wolkenkratzer. In den guten alten Wirtschaftswunderzeiten, als die Werbung noch in den Kinderschuhen steckte, hatte »Blender Mediawelt« alle sieben Etagen belegt, eine Armee von Kontaktern, Textern, Fotografen und Graphikern hatte namhafte Millionenetats betreut, so jedenfalls hatte es in der Festschrift geheißen, die vergangenes Jahr anläßlich des 30jährigen Firmenbestehens herausgegeben worden war. Die Zeiten hatten sich ganz offensichtlich geändert.

Wermelshoven war nicht gerade der Nabel der Werbewelt, und der letzte namhafte Millionenetat war irgendwann in grauer Vorzeit an Land gezogen worden. Blender hatte sich gesundgeschrumpft, sechs der sieben Etagen waren für gutes Geld an kleinere Firmen vermietet, die hier ihre Büros hatten.

In der Agentur waren noch elf Mitarbeiter beschäftigt, um das glorreiche Image von *Blender Multimedia*, wie es mittlerweile in Anpassung an den Fortschritt hieß, aufrechtzuerhalten, wenn man den Chef und die Putzfrau mitzählte. Und mit Laura waren es dann zwölf.

Sie erschien pünktlich Montag morgen um 8.30 Uhr

im siebenten Stockwerk, sagte Sylvia Barfus, die gleich im Flur hinter einem Schreibtisch saß, ihren Namen und stellte sich als die neue Auszubildende vor.

»Morgen«, erwiderte Sylvia Barfus, musterte sie kurz von oben bis unten und wandte sich dann wieder ihrer Kaffeetasse zu. Sie war von griesgrämiger Natur, eine alte Jungfer von neunundzwanzig, die ihren berechtigten Frust am Leben an jedem ausließ, der ihr über den Weg lief. Obwohl sie ihre Ausbildung zur Werbekauffrau abgeschlossen hatte, war sie hier bei Blender Multimedia immer nur eine Schreibkraft geblieben, die Telefonistin, die Kaffeekocherin, das Mädchen für alles. Selbst die Putzfrau hatte einen höheren Stundenlohn als sie.

Das niedrige Einkommen war einer der Gründe dafür, daß Sylvia noch zu Hause bei ihrer Mutter wohnte, und zwar im Kinderzimmer. Ein anderer Grund dafür war, daß Sylvias Vater vor Jahren das Zeitliche gesegnet hatte und die Mutter behauptete, nicht allein sein zu können. Sylvias Mutter war schuld daran, daß Sylvia keine Freunde hatte und niemals Leute kennenlernte. Sylvias Mutter war auch schuld an Sylvias Akne und daran, daß sie immer noch an den Fingernägeln knabberte.

Sylvia haßte ihre Mutter dafür, und sie haßte auch die Putzfrau, weil sie mehr verdiente, und sie haßte überhaupt jeden, dem es besserging als ihr. Und da es niemanden gab, dem das Schicksal übler mitgespielt hatte, haßte sie jeden Menschen auf diesem gottverlassenen Flecken Erde.

Mit Ausnahme von Jasper Jürgens, Blenders rechter

Hand und dem einzigen Grund, am Leben zu bleiben. Hätte es Jasper Jürgens nicht gegeben, dann hätte Sylvia Barfus auch keinen Grund gehabt, ihre Pickel zu hassen und ihre viel zu große Nase und die vorstehenden Schneidezähne und all die anderen Dinge, an denen ihre Mutter schuld war. Hätte es Jasper Jürgens nicht gegeben, hätte das Leben und Leiden keinen Sinn mehr gehabt. Und Sylvia litt heftig, weil Jasper Jürgens in ihr nichts weiter sah als ein pickliges Mädchen, das für ihn kopierte und seine Post öffnete.

Eines fernen Tages würde er allerdings bemerken, daß Sylvia Barfus die einzige Frau auf der Welt war, die zu ihm paßte. An diesem Tag würde er nach ihrer Hand greifen und mit ihr fortgehen, und ihre Akne würde verschwinden, als wäre sie nie dagewesen. Aber dieser Tag lag, wie gesagt, in weiter Ferne, besonders heute, weil Montag war und Sylvia die Wochenenden noch mehr haßte als die anderen Wochentage. Zum einen, weil sie zwei Tage das selbstmitleidige Gerede ihrer Mutter ertragen mußte, zum anderen, weil sie mit der ständigen Furcht lebte, daß Jasper Jürgens an einem Wochenende eine andere Frau kennenlernen und ihren Traum zunichte machen könne.

Und weil heute Montag war, konnte diese kleine Auszubildende da vor ihrem Schreibtisch schlecht erwarten, daß sie nett zu ihr war. Schon gar nicht, wo sie so eine beneidenswert glatte Gesichtshaut hatte, eine von der Sorte, die von nicht einem einzigen Mitesser verunziert wurde. Solch pickelfreie Frauen haßte Sylvia gleich mit doppelter Inbrunst.

Laura wartete noch ein Weilchen, ob sich etwas tat,

dann beugte sie sich erneut über den Schreibtisch und fragte: »Wo muß ich denn jetzt hingehen?«

Sylvia Barfus setzte ihre Kaffeetasse ab. »Woher soll ich das denn wissen?«

Spätestens jetzt war Laura klar, daß sie hier nicht auf eine hilfsbereite Seele gestoßen war.

»Merke dir vor allem eins, Kind«, hatte Tante Ella eben bei der Verabschiedung gesagt. »Verlaß dich nie auf andere, sonst bist du verlassen«, was ungefähr das gleiche war wie Regel Nummer dreiundzwanzig: »Wenn dir keiner hilft, hilf dir selber.«

Laura lächelte verbindlich. »Ist Herr Blender da?«

»Herr Blender?« Sylvia betrachtete griesgrämig Lauras weiße, gerade Vorderzähne. Solche hätte sie auch haben können, wenn ihre Mutter rechtzeitig dafür gesorgt hätte, daß sie eine Klammer bekommen hätte.

Laura erwiderte nichts, sie nickte auch nicht, sie wartete einfach ab.

»Um acht Uhr dreißig?« Sylvia sah voller Ärger, daß Laura nicht mal mit ihren langen Wimpern zuckte. Ihre eigenen waren blond und viel weniger dicht. Die Welt war ungerecht und schlecht.

»Ja. Oder gibt es jemand anderen, an den ich mich wenden könnte?«

Sylvia fand, daß sie jetzt genug Zeit geopfert hatte. »Fragen Sie doch Frau Klotz, das ist Herrn Blenders Sekretärin.«

»Und wo finde ich Frau Klotz?«

In diesem Augenblick öffnete sich die Aufzugstür erneut, und Jasper Jürgens trat heraus, ein kleiner, schmächtiger Mittdreißiger, dessen Anblick niemanden außer Sylvia Barfus zu einem solch überwältigend schönen Lächeln bewegen konnte wie dem, das sich nun auf ihrem Gesicht breitmachte.

»Guten Morgen, Herr Jürgens«, hauchte sie. »Hatten Sie ein schönes Wochenende?«

»Morgen, danke ja«, erwiderte Jasper Jürgens knapp, und er schenkte dabei weder Sylvia Barfus noch Laura einen Blick.

Sylvia wartete, bis er in seinem Büro verschwunden war, dann seufzte sie laut und deutlich in ihre Kaffeetasse.

»Entschuldigung, diese Frau Klotz, wo kann ich die finden?« erinnerte sie Laura, von dem plötzlichen Mienenspiel einigermaßen verwirrt.

Das überirdisch schöne Lächeln auf Sylvias Gesicht machte prompt wieder der sauertöpfischen Montagsmorgenmiene Platz. Sie wies mit der Hand auf eine der Türen hinter sich.

»Da drin«, knurrte sie.

»Vielen Dank«, sagte Laura. Die ersten fünf Minuten bei Blender Multimedia hatten ihr schon gereicht. Am liebsten wäre sie nach Hause gefahren. Aber da sie dort nichts erwartete als Tante Ella und garantiert bittere Vorwürfe, biß sie die Zähne zusammen und klopfte an die bezeichnete Tür.

Georg Blender, vom Juniorchef zum Seniorchef aufgestiegen, als seinen Vater auf dem Golfplatz der Herztod ereilt hatte, umfaßte das lederüberzogene Lenkrad seines Mercedes-Sportcoupés mit wütendem Griff. So konnte niemand mit ihm umspringen, nicht mal das Schicksal! Es verhielt sich eindeutig parteiisch, verteilte seine guten Gaben ungerecht und überschüttete ihn mit Unheil.

Dieser Tag war nur noch der Tropfen, der das Faß zum Überlaufen brachte – und dabei war es nicht mal Nachmittag! Acht Uhr morgens, beim monatlichen Haaretrimmen, hatte man ihm den ersten Stoß versetzt.

»Blenderlein, Blenderlein«, hatte dieser schwule Möchtegern-Starfigaro Léon geflötet. »Jetzt sieht es aber langsam zappenduster aus auf deinem Hinterkopf. Das kriegen wir nicht mal mehr mit meinen geschickten Fingerlein kaschiert.«

Leon meinte Blenders beginnende Kahlheit, jene Stelle auf seinem Kopf, an welcher die Kopfhaut empfindlich durchschimmerte.

»Durchschimmern? Nein, das kann man jetzt nicht mehr so nennen. Da spiegelt sich die Sonne drin, Blenderlein. Hast du mal über meinen Vorschlag mit der Haartransplantation nachgedacht? Ich kenne da eine 1a Adresse!«

Blender hatte ärgerlich mit der Hand nach der bezeichneten Stelle gegriffen und kurz, wirklich nur ganz kurz, seinen nackten Schädel gespürt. Eine Geste, die er sonst tunlichst unterließ. Leon, dieses schwule Spatzenhirn, hatte gelächelt, unter seiner beeindruckenden Lockenmähne, die so ganz allmählich an den Schläfen ergraute, in schönster Harmonie wie absichtlich. Blender suchte seinen Salon nur deshalb auf, weil er der einzige Friseur der Stadt war, der nicht als Feld-, Wald- und Wiesenschnipsler abgeurteilt wurde. Léon war ein Coiffeur, ein Meister seines Fachs, dazu bestimmt, den wenigen Reichen von Wermelshoven das Haar zu richten und das Geld aus der Tasche zu ziehen. Die anderen Friseure der Region teilten das niedrige Volk unter sich auf oder wickelten Dauerwellen im Altersheim. Blender hätte einen Friseur im vierzig Kilometer entfernt liegenden Köln aufsuchen müssen, um seine schwindende Haarpracht standesgemäß behandeln zu lassen. An diesem Morgen beschloß er allerdings, diese weite Fahrtstrecke in Kauf zu nehmen, um Léons beleidigenden Bemerkungen ein für allemal aus dem Weg zu gehen.

Als er mit frisch gewelltem und gesträhntem Haar – »Das plustert auf, Blenderlein, das plustert auf« – und einer Visitenkarte von Léons Freund, den mit den 1a Haartransplantationen, in der Tasche auf die Straße trat, rannte er in einen Pulk Grundschüler auf dem Gehsteig. Er erwischte einen der bunten, eckigen Schulranzen und riß den kleinen Jungen, der daran hing, zu Boden. Pflichtschuldig half er ihm wieder auf die Füße und murmelte eine Entschuldigung.

Der kleine Junge machte Anstalten loszuheulen.

»Nicht doch.« Unangenehm berührt griff Blender in seine Jackentasche und holte eine Tüte feinster englischer Weingummis heraus. »Magst du die?«

Der kleine Junge war natürlich bestechlich, auch wenn er den Wert dieser Delikatesse nicht zu würdigen wußte. Er heulte doch nicht los, sondern griff nach den bunten Süßigkeiten. Im Weitergehen hörte Blender ihn dann sagen: »Der Opa da hat mir Gummibärchen geschenkt!«

Opa!

Blender traf fast der Schlag. Opa. Er und ein Opa.

Der jugendliche, braungebrannte Georg Blender, der wilde Georg mit den charmanten Lachfältchen, ein Opa! Er war vierundvierzig, in einem Alter, in dem andere Männer gerade mal ihr Studium beendeten. Aber davon hatte dieses Proletenkind natürlich keinen Schimmer, wie sollte es auch? Es war vermutlich von einer minderjährigen Nutte geboren worden, die wiederum von einer minderjährigen Nutte abstammte, Väter jeweils unbekannte Fernfahrer. Vermutlich waren sie schon in einer dieser Talkshows zu Gast gewesen, zum Thema: »Großmutter mit Dreißig«.

Immer noch aufgebracht setzte Blender sich hinters Steuer seines Nobelschlittens und kurvte zum Tennisclub. Das morgendliche Match mit Lebermann, dem Leiter des hiesigen Baumarktes, würde ihm guttun. Aber auch hier schlug das Schicksal wieder gnadenlos zu. Nicht nur, daß dieser schmächtige Lebermann ihn mit 6 zu 3, 6 zu 4 vom Platz putzte, nein, zu allem Überfluß mußte es für diese Schande auch noch Zeugen geben. Hagen König hatte nebenan gespielt und sich nicht entblödet, ständig seine affigen Kommentare herüberzuschreien – »dem Lebermann mußt du mit Slice kommen, Georg«, und am Ende war Constanze van der Bloom mit einem ganzen Schwarm anderer Weiber über den Platz hereingebrochen.

»Du warst auch mal besser in Form, Georg, Süßer«, hatte sie geflötet und ihre silikonunterspritzten Lippen zu einem süffisanten Lächeln verzogen. Und dann, das war überhaupt das Unglaublichste an der Sache, dann hatte sie mit König einen heftigen Montagvormittagsflirt hingelegt, mit König, diesem Emporkömmling, der außerdem vergeben war an diese Oberspießerin Helga, geborene Lückerath.

Das war doch alles nicht wahr! Er, Georg Blender, frisch geschieden, in der Blüte seiner Jahre, wurde ausgebootet von einem verheirateten Gebrauchtwagenhändler. Dieser Lackaffe von König, dieses beschränkte Arschgesicht, das zusammen mit ihm die Hauptschulbank gedrückt hatte, ließ es sich nicht nehmen, mehrfach mit seinen teuren Jacketkronen zu ihm herüber zu grinsen.

Blender fühlte es ganz deutlich, sein Glücksstern war im Sinken begriffen, ach was, im Sinken begriffen, längst im Meer versunken war er, sein Glücksstern.

Zuerst hatte ihn seine Frau verlassen, nach einundzwanzig Jahren Ehe, und nur weil er ein Verhältnis mit seiner Sekretärin gehabt hatte, und die war wahrhaftig nicht sein erster Seitensprung gewesen. Vor lauter schlechtem Gewissen hatte er dafür gesorgt, daß seine Ex ohne finanzielle Nachteile für den immensen Verlust seiner Person abgefunden wurde, das Ferienhaus auf Mallorca hatte er ihr gratis dazugegeben. Niemand sollte ihm nachsagen, daß er ein Geizkragen sei.

Aber kaum waren die Papiere unterschrieben, da kam dann der wahre Scheidungsgrund ans Licht. Von wegen ständige Demütigung durch seine Seitensprünge, von wegen unhaltbare Zerrüttung durch wiederholte Vertrauensbrüche, das waren alles nur alberne Vorwände. Der wahre Scheidungsgrund hieß José, war zehn Jahre jünger als seine Ex und seit neuestem ihre Muse. Dieser mallorcinische Casanova ließ es sich von seinem Geld gutgehen, in seiner renovierten Bauernkate, schwamm in seinem Swimmingpool und bumste seine Frau! Und wenn sie das wenigstens für sich behalten hätte, wenn sie nur einen Rest von Anstand aufgebracht hätte, aber diese frigide Zicke hatte ja nichts Besseres zu tun, als jeden Bürger dieser Stadt über ihr neues Leben aufzuklären, und nebenbei sparte sie nicht mit Vergleichen zwischen dem angeblich so feurigen José und ihm, dem armseligen Kleinstadtgigolo.

Und wegen dieser hundsgemeinen Verleumdungen war er jetzt nicht ein begehrter Wiederjunggeselle in den besten Jahren, ein gefundenes Fressen für mannstolle Witwen wie Constanze van der Bloom, sondern ein bemitleidenswerter Gehörnter in einer tiefen Lebenskrise. So tief, daß ihm neulich im Golfclub jemand die Karte seines Analytikers zugesteckt hatte.

Als Blender wieder im Auto saß, hätte er vor Wut am liebsten seinen Schädel gegen die Windschutzscheibe geschlagen. Aber das konnte er sich gerade noch einmal verkneifen. Wenn es jemand gesehen hätte, hätte es nur noch zu seinem Ruf vom labilen Versager beigetragen.

Ja, das Schicksal meinte es wirklich nicht gut mit ihm. Nicht nur daß seine Frau auf Mallorca mit einem jugendlichen Lover rummachte und ihre beiden Kinder bei ihm zurückgelassen hatte – »es wird Zeit, daß du dich auch mal in die Erziehung einschaltest, Georg!« –, nein, auch mit seinen beruflichen Erfolgen konnte er keinen Hering mehr vom Teller ziehen.

Die letzte aufsehenerregende Kampagne von Blender Multimedia war für eine Damenbinde gewesen, na ja, aufsehenerregend war vielleicht nicht ganz zutreffend. Aber der kleine Werbespruch, den sie entwickelt hatten, war zu einer Art geflügeltem Wort geworden. Nicht ganz so wie: »Dann klappt's auch mit dem Nachbarn«, aber immerhin. Leider war er inzwischen schon wieder in Vergessenheit geraten, und der fähige Mitarbeiter, der den Spruch getextet hatte, hatte längst zu einer anderen Agentur gewechselt, mit ihm der kärgliche Rest halbwegs namhafter Kundenetats. Heute mußte Blender sich glücklich schätzen, wenn er die Wochenblattbeilagen der hiesigen Einzelhändler gestalten durfte!

Aber das Schicksal hatte sich verrechnet, wenn es glaubte, daß er sich soviel Mißerfolg auf einen Schlag bieten ließ. Noch eine klitzekleine Kleinigkeit, und er würde zum Amokläufer werden!

Bei diesem Gedanken klarte sich Blenders Miene kurzfristig auf. Eine Waffe brauchte er, vielleicht eine Sense, mit der er in Léons Salon stürmen und den Figaro maßgerecht skalpieren konnte oder, noch besser, ein gutes Maschinengewehr, mit dem er, rattattatta, rattattatta, im Tennisclub für frisches Blut sorgen würde.

Dann jedenfalls würde das Schicksal ein langes Gesicht machen, das war mal klar. Mit Schwung schwenkte Blender in die Tiefgarage unter dem Firmenhochhaus ein.

Aber das Schicksal hatte sich von seinen Drohungen nicht einschüchtern lassen. Auf dem kurzen Weg nach oben hielt es gleich noch zwei kleine, aber gemeine Stolpersteine bereit. Der Hausmeister, den sein Juniorberater Jasper Jürgens stellvertretend für ihn eingestellt hatte, grüßte ihn zwar, aber eindeutig nicht mit dem Respekt, den man dem obersten Chef entgegenzubringen hat, wenn man nur ein mieser, unbedeutender Hausmeister ist.

»Tag, Herr, ähm, eh«, murmelte er undeutlich.

Blender ärgerte sich, ohne den Gruß zu erwidern. Im Fahrstuhl ärgerte er sich dann gleich noch einmal. Es roch durchdringend nach Urin, und als er sich umsah, fand er auch gleich eine verdächtig aussehende Pfütze auf dem Boden. Entweder hatte hier einer eine schwache Blase gehabt, oder es war verbotenerweise ein Köter im Gebäude. In beiden Fällen war der Hausmeister dafür verantwortlich.

Wutschnaubend trat er aus dem Aufzug und bellte Sylvia Barfus hinter ihrem Schreibtisch an: »Telefonieren Sie sofort nach dem Hausmeister, sagen Sie ihm, er soll seinen Pflichten nachkommen. Im Aufzug sei eine Pfütze zu entfernen.«

»Wie bitte?« Die Barfus schaute wie immer drein wie ein Auto. »Eine Pfütze im Aufzug?«

»Ja«, sagte Blender und schlug sich vor die Stirn. »Urin, verstehen Sie, Frau Bartus?«

»Hä?« machte die Barfus.

Blender explodierte: »Pisse, Sie blöde Kuh! Pipi, Pinkel, Siffe, oder was sagen Sie zu dem gelben Zeug, das Sie täglich im Klo runterspülen?«

»Oh.« Wenn möglich glotzte die Barfus jetzt noch dämlicher aus der Wäsche. »Wie konnte das passieren?«

»Was weiß ich? Schwache Blase vermutlich. Jetzt rufen Sie schon den Hausmeister an, daß er die Schweinerei beseitigt!« Blender war mit drei langen Schritten an seiner Bürotür und knallte sie hinter sich zu.

Mein Gott, war er denn nur noch von Idioten umgeben? Vermutlich glaubte die Barfus jetzt, er, Blender, habe eine schwache Blase und habe in den Aufzug gepißt, blöd genug dafür war sie ja. Paßte doch auch, er war schließlich der Opa mit beginnender Kahlheit, der Matchlooser des Tages, war es da ein Wunder, wenn er nun auch noch mit Inkontinenz geschlagen wurde?

Gabriele Klotz, seine Sekretärin und der vermeintliche Scheidungsgrund, kam herein, wie immer bis zum Bauchnabel aufgeknöpft, die rotgefärbten Locken zu einem wackligen Gebilde auf dem Kopf aufgetürmt, auf das von Rechts wegen ein Schild gehörte: »Vorsicht, Einsturzgefahr!«

»Mir geht's total beschissen«, begann sie grußlos. »Ich hab' meine Allergie, schlimmer als im Frühjahr, weiß der Himmel, was das jetzt noch für Pollen sind, die durch die Gegend fliegen. Vielleicht ist es auch nur Hausstaub, und die Putze hat wieder mal nicht gesaugt. Die Erdnußschalen von letzter Woche liegen jedenfalls auch noch da rum. Also, wenn du mich fragst, ist die mehr als überbezahlt für das, was die tut. Oder vielmehr nicht tut. Vielleicht bin ich ja auch gegen Erdnußschalen allergisch. Na ja, egal, meine Nasentropfen sind jedenfalls leer, und ich gehe gleich zum Arzt, nur damit du's weißt.«

Blender faßte sich genervt an den Kopf. »War was Besonderes?«

»Die Anrufe sind notiert, die Post hab' ich noch nicht ganz durch. Aber ich mußte mich auch den ganzen Morgen mit diesem Gör beschäftigen, diesem Lehrling, den du eingestellt hast. Da kannst du dich jetzt drum kümmern, die hängt schon den ganzen Vormittag bei mir rum.«

»Ausgeschlossen«, sagte Blender. »Ich habe ja wohl

selber genug zu tun. Laß sie halt kopieren oder die Ablage machen.«

»Das hat sie schon den ganzen Vormittag gemacht, aber sie ist schließlich die Auszubildende, da mußt du dich schon selber drum kümmern. Außerdem muß ich jetzt zum Arzt.«

»Verdammt noch mal, so geht das nicht!« schnauzte Blender los. »Dann schick sie eben zu Jürgens rüber, sie kann ihm auf den Wecker fallen und bei der Arbeit zugucken. Den Rest lernt sie auf der Berufsschule.«

»Geht nicht.« Gabriele verlor niemals ihre penetrante Gelassenheit. »Jürgens ist außer Haus. Ich schick' sie dir jetzt rüber, dann kann sie dir bei der Arbeit zugukken.«

»Nein, verdammt noch mal«, brüllte Blender. »Bevor du abrauschst, findest du gefälligst noch eine Aufgabe für sie, oder du brauchst gar nicht erst wiederzukommen.«

Gabriele Klotz nieste griesgrämig.

»Deine Laune möchte ich auch nicht haben«, sagte sie und verschwand wieder nach nebenan.

Blender widmete sich grollend seiner Arbeit. Wenn man so was allen Ernstes Arbeit nennen konnte! Für armselige Wochenblattbeilagen mußte er Leuten in den Arsch kriechen, die er früher nicht mal mit demselben angeschaut hätte.

Am späteren Nachmittag, nachdem er in mehr als ein halbes Dutzend Ärsche gekrochen war, fand er, daß er sich eine Belohnung verdient hatte. Nebenan bei Gabriele im Kühlschrank lagerte seine tägliche Nachmittagsbelohnung. Wodka, eisgekühlt, und Limonensaft aus dem Delikatessenladen. Ein, zwei Gläschen davon, und der häßliche Geschmack auf seiner Zunge würde vergehen.

Mit dem Aufstoßen der Tür pflügte er einen schweren Gegenstand um, ein erschrecktes Quieken ließ ihn zur Seite schauen. Dort baumelte etwa in Höhe seines Gesichtes der süßeste Hintern, der sich jemals in eine Jeans gezwängt hatte. Er gehörte einem jungen Mädchen, aller Wahrscheinlichkeit nach der Auszubildenden, die sich mit beiden Händen am obersten Regalbrett festklammerte und sachte hin und her schwang. Der schwere Gegenstand, den Blender mit der Tür umgestoßen hatte, war ein Stuhl gewesen, auf dem sie gestanden und hoch oben Akten einsortiert hatte, Gabrieles Erfindungsgeist sei Dank.

Es war ein niedliches Mädchen mit dunklen Locken, die in einem Zopf gebändigt bis zu dem zauberhaften Hintern reichten, und als Blender ihre Taille umfaßte, um sie vor einem Absturz zu retten, nahm er den leichten, zartblumigen Duft wahr, der sie umgab. Ein Duft nach Jugend und Unschuld, der ihm beinahe den Verstand raubte.

Behutsam setzte er seine Last am Boden ab.

»Oh, vielen Dank«, sagte das Wesen mit ganz zauberhaftem Augenaufschlag. »Es hat nicht viel gefehlt, und ich wäre abgestürzt.«

»Nachdem ich Ihnen den Boden unter Ihren Füßen weggezogen habe«, meinte Blender galant. »Ich konnte ja nicht wissen, daß hier jemand ist.«

Das Wesen lächelte und hielt ihm schüchtern die Hand hin. »Laura Everts. Ich bin hier die neue Auszubildende.«

Blender griff nach ihrer Hand.

»Georg Blender«, sagte er und setzte zum erstenmal an diesem Tag sein Ich-bin-der-unbesiegbare-Georg-Lächeln auf, das in letzter Zeit so oft seine Wirkung verfehlt hatte. Diesmal nicht.

Laura machte erstaunte Augen. »Oh, Sie sind ...«

»Ihr Chef, richtig. Hatten Sie andere Vorstellungen von meiner Person?«

»Ja. Allerdings. Ich hatte Sie mir älter vorgestellt.« Schließlich soll er doch in den Sechzigern das Logo für die Gärtnerei entworfen haben.

»Älter?« Blender spürte, wie das Lächeln sein Gesicht breitzog, ohne daß er seine Gesichtsmuskeln dazu zwingen mußte.

»Ja, sehen Sie. Dieser Mann im anderen Büro, Herr Jo-, Ja-, ich habe den Namen vergessen ...«

»Jasper Jürgens«, soufflierte Blender gespannt.

»Ja, der. Ich dachte, wenn der Juniorberater ist, dann muß der Seniorberater, also Sie, älter sein«, sagte Laura. Die ganztägige Isolation hoch oben zwischen den Aktenregalen hatte sie richtig gesprächig gemacht.

»Sie halten Jasper Jürgens für älter als mich?« Lieber Gott, bitte, bitte mach, daß sie ja sagt!

»Ja«, erwiderte Laura in Erinnerung an den graugesichtigen, schütter behaarten kleinen Mann, der sie am Morgen nicht gegrüßt hatte. »Natürlich ist er älter.«

Blender sah in ihre leuchtenden blauen Augen und war versucht, auf die Knie zu sinken.

Es gab doch noch einen Gott! Dieses Mädchen hielt ihn für jünger als seinen Juniorberater. Und Jasper war gerade mal sechsunddreißig! Haha, was scherte ihn die Meinung seines schwulen Friseurs, was kümmerten ihn die Blicke von Constanze van der Bloom, der alten Fregatte – dieses göttlich junge, völlig faltenfreie Ding mit dem bezaubernndsten Knackarsch, den er seit der Lektüre des letzten *Playboy* gesehen hatte, dieses Wunder der Schöpfung, hielt ihn für jünger als sechsunddreißig! Danke, Gott! Danke, danke.

Blender lachte sein kehliges »Ich-bin-der-charmante-Georg«-Lachen. »Ich sehe schon, wir beide werden uns gut verstehen. Sagen Sie mal, wer hat Ihnen eigentlich gesagt, daß Sie hier für die Ablage zuständig sind? Ich denke, dabei kann ein kluges Köpfchen wie Ihres wohl kaum etwas lernen.«

»Na ja«, Laura lächelte beinahe verschmitzt. »Das Alphabet konnte ich jedenfalls vorher schon.«

»Dafür sind Sie ja nicht hierhergekommen, oder? Sie sollen hier eine Menge über die Mysterien der Werbung lernen, und ich denke, das kann Ihnen, bei allem Respekt, Frau Klotz sicher nicht beibringen. Hiermit ernenne ich Sie zu meiner persönlichen Assistentin. Meinen Sie, das würde Ihnen gefallen?«

Und weil Lauras »Ja« so ehrlich und inbrünstig klang, beschloß Blender, sich wieder mit dem Schicksal zu versöhnen.

4.

Na, wie war's?« rief Klaus-Martin. Er hatte sie an der Agentur abgeholt, und jetzt radelten sie nebeneinander her.

Laura dachte eine Weile über das passende Wort nach.

»Beschissen«, meinte sie dann. »Ich mußte den ganzen Tag langweilige Berichte kopieren und einen riesigen Haufen Papiere, Briefe und Artikel alphabetisch sortieren. Und dann mußte ich den Krempel in Aktenordner heften. Da waren Sachen bei, die müssen da schon Jahre gelegen haben, als hätten die nur auf einen Depp gewartet, der ihnen diese blöde Arbeit abnimmt.«

Klaus-Martin nickte. »Bei mir war es auch beschissen. Ich glaube, das ist die Grundstimmung in dieser Art Betrieb, dafür sind wir einfach nicht geschaffen. Alle sagen ›Mahlzeit‹, statt guten Morgen, und ›Mahlzeit‹ statt hallo und ›Mahlzeit‹ statt auf Wiedersehen, als würden sie den ganzen Tag nur essen.«

»Wenn sie wenigstens nett wären«, fiel Laura ein. »Von mir aus könnten sie dann so oft ›Mahlzeit‹ sagen, wie sie wollten. Aber bei mir waren alle ekelhaft. Alle, bis auf einen. Der Chef, der war echt nett. Er war richtig sauer, daß die mich nur so 'n Kinderkram haben machen lassen. Ab morgen bin ich seine persönliche Assistentin.«

Klaus-Martin bremste vor der Eisdiele. »Ich finde, auf den Schreck hin haben wir uns eine kleine Vorspeise verdient. Vor allem, weil es heute Grünkohl mit ausgelassener Blutwurst gibt.«

»Auch das noch«, stöhnte Laura und stieg bereitwillig vom Rad. Aber das einfache Vergnügen, friedlich ein Eis zu vertilgen, war ihnen nicht vergönnt. Kaum hatten sie sich an einem der Tische niedergelassen, fuhr ein feuerroter Sportwagen vor, dem Elmar König, Jolanda van der Bloom, ihre Freundin Aline und ein vierter Typ in noblen Sportklamotten und Sonnenbrillen entstiegen.

Sie setzten sich ausgerechnet an den Tisch neben Laura und Klaus-Martin und sparten nicht mit blöden Bemerkungen.

»Sieh an, der Ponyman und seine frigide Schwester«, sagte Elmar. »Wie geht es denn deinem Fahrrad?«

Jolanda setzte ein falsches Lächeln auf. »Na, Laura-leere-Wundertüte, nett, dich mal wieder zu sehen.«

Der unbekannte Typ mit Sonnenbrille grinste, aber Aline wenigstens schien diese Anmache unangenehm zu sein. Sie schaute auf die Tischplatte hinab, was Laura beruhigt registrierte.

Klaus-Martin war zu schlecht gelaunt, um sich auf ein Wortgeplänkel einzulassen.

»Halt einfach deinen Mund«, sagte er zu niemand Bestimmtem.

»Oh, unser Streberlein möchte sich nicht mit uns unterhalten«, sagte Elmar. »Wie schade, wo du doch always so very, very interesting bist.«

»Vor allem frisurtechnisch gesehen.« Jolanda kicherte. »Na, Laura-leere-Wundertüte, was machst du denn jetzt? Laß mich raten: Du studierst Theologie und Handarbeiten, stimmt's? Oder, nein, so wie du aussiehst, hast du eine Lehrstelle bei Woolworth bekommen. Als Verkäuferin bei den Miederwaren.«

Elmar schnalzte beifällig mit der Zunge.

»Leider falsch«, erwiderte Laura. »Ich bin durchs Abi gerasselt und muß das Schuljahr wiederholen, übrigens das zweite in meiner Schullaufbahn – oh, nein, stimmt ja gar nicht. Das war ja nicht ich mit den drei Sechsen im Abi, das warst ja du helles Köpfen.«

Das hatte gesessen.

»Weil ich eben Besseres zu tun habe, als rumzustreben und mich bei den Lehrern einzuschleimen«, schnappte Jolanda.

»Ja, und weil du sowieso mal die Boutique von deiner Mama übernehmen wirst«, ergänzte Aline unerwartet.

Jolanda wußte nicht so recht, ob sie ihr damit Schützenhilfe gegeben hatte oder in den Rücken gefallen war. »Unsere Boutique ist die einzige Möglichkeit, in diesem Kaff ordentliche Klamotten aufzutreiben«, sagte sie. »Oder kennst du vielleicht noch einen Laden hier, in dem man Jil Sander, Kenzo und Chanel kaufen kann?«

»Nein«, antwortete Aline. »Diese lebenswichtigen Dinge bekommt man nur bei deiner Mama.«

Jolanda musterte sie mißtrauisch. »Du bist in letzter Zeit immer so komisch.«

»Ach ja?« Aline zuckte mit den Schultern.

»Aline macht sich Sorgen«, sagte Elmar. »Sie hat sich für Kunstgeschichte eingeschrieben, und next week beginnen die Vorlesungen. Aline believes, daß es dann vorbei ist mit dem Dolce vita. Sie will mir nicht glauben, daß man das alles much better aus der Ferne erledigen kann. Look at me! In vier Jahren hab' ich meinen Betriebswirt in der Tasche und trotzdem vier Jahre lang ein schönes Leben gehabt.«

»Wetten, daß nicht?« sagte Klaus-Martin am Nebentisch. »Daß du die Schule geschafft hast, grenzt schon an ein Wunder, aber an der Uni muß man schon ein bißchen mehr können als Tennisspielen. Wenn du tatsächlich dein Diplom schaffst, du beschränkter Eiersack ohne Hirn, dann gehe ich freiwillig ins Kloster.«

»Das kannst du doch jetzt schon«, giftete Jolanda. »So wie du aussiehst, kriegst du sowieso nie eine ab.«

»Wenigstens habe ich meinen Kopf zu was anderem, als den Rotz darin aufzubewahren«, erwiderte Klaus-Martin. »Komm, Laura, wir gehen, lassen wir diese Superhirne unter sich.«

»Schade, schade«, rief Elmar ihnen nach. »Wo wir doch immer so gern mit Nobodys wie euch plaudern!«

»Widerlich«, sagte Laura draußen. »Ich kann nicht verstehen, daß ich den mal toll gefunden habe.«

»Ja, die sind echte Kotzbrocken«, stimmte Klaus-Martin zu. »Außer Aline, die hält sich wenigstens zurück. Yoyo schwärmt für sie, dabei hat er noch nie ein Wort mit ihr gesprochen. Aber wenn sie sich mit diesen Blötschnasen abgibt, ist sie vermutlich auch nicht viel besser.«

»Vermutlich nicht«, sagte Laura, aber insgeheim fand sie Aline immer noch sympathisch, genau wie Yoyo.

Sie kamen zu spät nach Hause, und Tante Ella war sauer, weil sie den Grünkohl hatte warmhalten müssen.

»Aufgewärmt gibt Kohl Blähungen«, sagte sie und: »Pünktlichkeit ist eine Tugend, die jedermann unbedingt einhalten sollte.«

»Wir arbeiten jetzt«, sagte Klaus-Martin. »Da kann man nicht immer so pünktlich aufhören.«

»Gut, daß du das ansprichst«, meinte Tante Ella sofort. »Dadurch ergeben sich zukünftig sowieso einige Änderungen. Ab heute sind wir alle gleichberechtigt in diesem Haushalt. Punkt eins: Jeder von uns muß die Mahlzeiten an bestimmten Wochentagen übernehmen, selbständig einkaufen und ist sowohl für die Vorbereitung als auch für die Beseitigung des Spüls zuständig. Ausgenommen Kurt, der kann nicht kochen und übernimmt daher die Zubereitung des täglichen Frühstücks. Punkt zwei: Die Wäsche-, Putz- und Blumengießdienstpläne bleiben bestehen. Seine Wäsche bügelt weiterhin jeder selber. Punkt drei: Ihr werdet euch, anders als bisher, an der Haushaltskasse beteiligen, und zwar ganz korrekt zu je einem Viertel. Sollte jemand über unsere Hausmannskost hinaus kulinarische Gelüste haben, muß er für diese selbstverständlich selber aufkommen. Außerdem sind Kurt und ich übereingekommen, einen Kostenbeitrag zum Unterhalt dieses Hauses zu erheben, eine Pauschale für Wasser, Strom und Gas sowie eine geringe Miete.«

Laura und Klaus-Martin sahen sich an.

»Vielleicht ist es euch ja entgangen, daß wir nur eine bescheidene Lehre begonnen haben«, sagte Klaus-Martin zu seiner Mutter. »Laura und ich verdienen weniger als siebenhundert Mark monatlich. Wie hoch hattest du denn gedacht, daß unser Beitrag zum Haushalt und zum Unterhalt des Hauses so ausfallen sollte?«

»Ich denke, fünfhundert Mark sind da durchaus realistisch«, sagte Tante Ella und faltete ihre Hände zum abendlichen Gebet. »Dafür bekommt ihr nirgendwoanders Unterkunft und ausgewogene Kost. Komm, Herr Jesus, und sei unser Gast und segne, was du uns bescheret hast.«

»Amen«, sagten Laura und Klaus-Martin.

»Weißt du, langsam bin ich sogar so weit, Yoyo um sein deprimierendes Kellerloch zu beneiden, und um seinen Job, bei dem er um vier Uhr morgens aufstehen muß«, sagte Klaus-Martin ein paar Wochen später zu Laura. »Er ist wenigstens frei und weiß, warum er das alles tut.«

»Sind wir doch selber schuld«, gab Laura zurück. »Wenn wir uns immer alles gefallen lassen.«

»Sag mir, was ich tun soll, und ich tu's«, erwiderte Klaus-Martin.

»Ganz ehrlich? Schmeiß deine blöde Lehre, sag Tante Ella die Meinung und zieh aus!«

»Tolle Idee«, rief Klaus-Martin. »Eine Zeitlang kann ich sicher unter der Brücke wohnen, jedenfalls, wenn ich meinen Schlafsack aus dem Haus schmuggeln kann. Und dann verklage ich Mutter und meinen Vater auf Unterhalt und lebe glücklich und zufrieden bis zum Ende meiner Tage mit einem schlechten Gewissen.«

»I wo, du schreibst so schnell einen Bestseller, daß du dir locker einen Therapeuten leisten kannst, der deine Schuldgefühle wegtherapiert«, meinte Laura. »Außerdem, wenn jemand ein schlechtes Gewissen haben sollte, dann ist es Tante Ella.«

»Tatsächlich glaube ich fest daran, daß sie nur unser Bestes will«, erwiderte Klaus-Martin. »Und deshalb hätte ich auch das schlechte Gewissen, wenn ich alles hinschmeißen würde. Aber ich könnte mein trauriges Los schon viel besser ertragen, wenn wenigstens du dir deine Träume erfülltest.«

»Tja«, entgegnete Laura mit einem Schulterzucken. »Da geht es mir wie dir. Außerdem habe ich furchtbare Angst, auf mich allein gestellt zu sein. Ich warte lieber auf den großen Coup des Schicksals, bei dem ich mit einemmal frei und reich und glücklich werde.«

»Solange du kein Lotto spielst, stehen die Chancen für einen solch wunderbaren Schicksalsschlag, grob geschätzt, eins zu einer Billion. Wenn du Lotto spieltest, sähe es schon besser aus, eins zu einer halben Billion, ungefähr.«

»Ja, und daher werde ich enden wie diese Sylvia Barfus aus der Agentur. Sie ist eigentlich noch ganz jung, aber der unglücklichste Mensch, den ich jemals getroffen habe. Das Miesepetrige hat sich in ihr Gesicht gefressen wie ein bösartiges Ekzem, sie ist ein Menschenfeind der schlimmsten Sorte. Sie haßt alle und jeden, bis auf Jasper Jürgens, das ist der kleine, häßliche Juniorberater der Agentur. Die Barfus himmelt ihn an, er übersieht sie noch extremer, als er mich übersieht, und das will was heißen. Eines Tages, das sehe ich voraus, wird sie es satt haben, immer nur zu hoffen und zu träumen, und dann wird sich die liebe Frau Barfus ein Gewehr besorgen und so richtig schön Amok laufen. Ich trete ahnungslos aus dem Aufzug, sage: ›Guten Morgen, Frau Barfus‹, und sehe direkt in den Gewehrlauf. Das letzte, was ich höre, sind ihre gezischten Worte: ›Von wegen guter Morgen‹, und dann – peng – hat mein Leiden ein Ende.«

»Ja, das wäre nett von dieser Frau Barfus«, spöttelte

Klaus-Martin. »Aber bis dahin würde ich dich bitten, noch ein paar Besitztümer anzuhäufen, damit ich wenigstens was zu erben habe.«

»Aber sicher doch. Von den hundertdreiundfünfzig Mark und achtzig, die Tante Ella mir von meinem Gehalt übrigläßt, kann ich schon theoretisch was auf die Seite schaffen. Vor allem, wenn ich darauf verzichte, Klamotten und Bücher zu kaufen und ins Kino zu gehen. Ich schätze, in tausend Jahren hab' ich dann das Geld für eine Vier-Quadratmeter-Wohnung zusammen.«

Klaus-Martin legte einen Arm um ihre Schulter. »Wir sind ganz schön zynisch für unser zartes Alter, was?«

»Ja, eigentlich sind wir zu jung, um unsere Träume schon zu begraben.« Laura schaute Klaus-Martin eindringlich in die Augen. »Wenigstens im kleinen sollten wir mal rebellieren, meinst du nicht? Um unsere Ehre zu retten.«

»Kleine Rebellion, kleine Schuldgefühle«, meinte Klaus-Martin. »Also gut, dann treten wir geschlossen aus dem Kirchenchor aus.«

Laura lachte mit zurückgelegtem Kopf, und Klaus-Martin freute sich darüber. Das Lachen war ihnen in letzter Zeit allzuoft im Hals steckengeblieben.

Aber auch in der nächsten Zeit gab es nicht oft Gelegenheit, über das Leben zu lachen, außer man fand es komisch, wie Tante Ella auf den Austritt der beiden beim Kirchenchor reagierte. Als sie merkte, daß alle ihre Moralpredigten nicht wirkten – für sie waren alle Fragen, die den Chor betrafen, moralische Fragen –, stellte sie die Kommunikation zu den beiden ein. Kein einziges Wort sprach sie mehr, sondern preßte ihre Lippen in ihrer Gegenwart zu einem Strich zusammen.

Darüber hinaus kochte sie auffallend oft Grünkohl, wenn sie an der Reihe war, und alle anderen Sorten von Kohl, von denen sie wußte, daß sie nicht eben zu Lauras und Klaus-Martins Leibspeisen gehörten. Klaus-Martin äußerte nur halb im Spaß den Verdacht, daß sie den Kohl extra aufwärme, um sie mit Blähungen zu strafen.

Er quälte sich jeden Tag in die Bank. Er war auch hier ein Außenseiter wegen seiner Klamotten und seiner Frisur, und auch, weil die anderen sehr schnell seine intellektuelle Überlegenheit registrierten und ihm übelnahmen.

Laura ging weiterhin in die Agentur und lebte dort eine Art Doppelidentität. War Blender abwesend, was er häufig war, saß sie entweder untätig herum oder wurde von Gabriele Klotz für Negerarbeiten eingesetzt, für die sich diese zu fein war. Immerhin war von Gabriele Klotzens Ablageberg, in den letzten Jahren zu einem wahren Mount Everest unter den Aktenbergen herangewachsen, nur noch ein kleiner namenloser Hügel übriggeblieben, und Laura hatte bei dieser Arbeit den Inhalt der Akten sozusagen auswendig gelernt. Suchte die Klotz nach einem bestimmten Dokument, wußte Laura mit hundertprozentiger Sicherheit, wo es zu finden war.

Trotz dieser unbestreitbaren Hilfe konnte Gabriele Klotz sie nicht ausstehen. Laura war zu jung, zu hübsch, zu klug und bei Blender viel zu beliebt, um sie sympathisch finden zu können. Es war Gabriele Klotz geradezu ekelhaft, mit anzusehen, wie Blender sie hofierte, wenn er in der Agentur war. Er hatte sie zu seiner persönlichen Assistentin ernannt und mit allen seinen Projekten vertraut gemacht. Außerdem weihte er sie in die Geheimnisse der Werbung ein – seine Worte. Ha, daß Gabriele Klotz nicht laut lachte! Das waren ohne Zweifel ganz andere Geheimnisse, in die er das Mädel einweihen wollte, naiv genug dafür war die ja.

Laura spürte Gabrieles Abneigung natürlich, genauso wie sie Sylvia Barfus' grenzenlosen Haß gegen alles und jeden spürte. Tatsächlich war Blender der einzig freundliche Mensch in diesen Hallen, sein Juniorberater Jasper Jürgens hatte sich immer noch nicht ihren Namen gemerkt, und die anderen Mitarbeiter bekam sie so gut wie nie zu Gesicht. Unter diesen Umständen war es kein Wunder, daß sie die Zusammenarbeit mit Blender in vollen Zügen genoß und ihn schmerzlich vermißte, wenn er nicht da war.

Blender seinerseits genoß ihre Bewunderung, ihre Freundlichkeit und ihren Eifer, etwas von ihm zu lernen, mindestens ebenso. Natürlich lag Gabriele Klotz mit ihrer Vermutung über die anderen Geheimnisse, in die er Laura einweihen wollte, vollkommen richtig. Blender war durchaus sexuell an Laura interessiert, sehr sogar, aber bisher hatte er einfach noch nicht die richtige Gelegenheit gesehen, ihr das klarzumachen. Laura war schließlich nicht wie Gabriele, der man bloß mal in den Hintern kneifen mußte, und schon riß sie sich die Kleider vom Leib. Außerdem hatte dieses keusche Beisammensein durchaus auch seine Reize.

Warum also eine Sache überstürzen, wenn man sowieso sicher sein konnte, daß sie einem nicht durch die Finger glitt? Die Gelegenheit, der Blender so gelassen entgegensah, kam dann ebenso unerwartet wie ungewöhnlich.

An einem verregneten Montag Ende Oktober hatte Blender nicht die geringste Lust aufzustehen. Die Tennisfreiluftsaison war zu Ende, und damit waren auch seine morgendlichen Matches mit Lebermann in die Halle verlegt worden. Und glücklicherweise nur mehr auf Dienstagabend.

In der Agentur tauchte er frühestens mittags auf, um seinen Mitarbeitern den beschäftigten Manager vorzugaukeln, das war wichtig für die interne Imagepflege. Zu Hause konnte er sich ungeniert aufhalten.

Frau Kerbholz, seine Zugehfrau und Haushälterin, kam um sieben, weckte seine jüngere Tochter Alessa, machte Frühstück und sorgte dafür, daß sie pünktlich zur Schule aufbrach. Danach machte sie sich an den Haushalt, und wenn er nach seiner Dusche herunterkam, setzte sie ihm noch einmal frischen Kaffee auf und ließ ihn ganz in Ruhe seine Zeitung lesen. Sie kochte, putzte, fütterte die Katze und kümmerte sich um die jährlichen Schutzimpfungen beim Tierarzt. Sie sorgte dafür, daß Alessa ihre Hausaufgaben machte, brachte sie zum Ballett und zweimal wöchentlich zu dem Therapeuten, den die Elfjährige seit der Trennung ihrer Eltern aufsuchen mußte. Außerdem organisierte Frau Kerbholz selbständig alle anderen Dinge, den Haushalt betreffend. Sie koordinierte Gärtner und Fensterputzer sowie einen Mann, der regelmäßig den Swimmingpool wartete.

Frau Kerbholz war eine echte Perle, sie bekam freilich auch nicht gerade wenig Geld für ihre Arbeit. Allerdings gab es kaum eine Investition, die Blender so leicht von der Hand ging, wie diese. Ohne Frau Kerbholz wäre sein Familienleben, seit seine Ex sich nach Mallorca verdrückt hatte, eine einzige Katastrophe gewesen.

Alessa war ein Satansbraten, kein Wunder, daß ihre Mutter es vorzog, sich ohne sie zu vergnügen. Es war nur eine Frage der Zeit, bis der Therapeut endlich erkannte, daß Alessa nicht therapierbar war. Blender war davon überzeugt, daß sie keineswegs ein Trennungstrauma hatte, wie ihm der Analytiker neulich besorgt mitgeteilt hatte, sondern daß sie alle ihre sogenannten Verhaltensauffälligkeiten schon von Geburt an besessen hatte. Dieses Kind war einfach bösartig veranlagt, von kindlicher Unschuld keine Spur.

Seine älteste Tochter, Aline, war da bedeutend unkomplizierter gewesen, aber jetzt, wo sie fast erwachsen war, war sie ihm auch keine Hilfe. Im Gegenteil, sie hing den ganzen Tag zu Hause rum und zog ein langes Gesicht. Niemals tat sie auch nur einen Handschlag im Haushalt oder kümmerte sich um ihre kleine Schwester. Sie hatte sich für irgendein obskures Studienfach eingeschrieben, aber seines Wissens war sie bis jetzt noch keinmal dagewesen.

Na ja, ihm konnte es egal sein, er hielt sowieso nicht viel davon, wenn Frauen studierten. Irgendwann heirateten sie ja doch und ließen irgendeinen armen Tropf für sich sorgen.

Aline kam da ganz auf ihre Mutter. In letzter Zeit hatte sie was mit dem Sohn dieses Protzklotzes Hagen König, und wenn sie sich dieses kleine Ekelpaket an Land zog, hatte sie finanziell sowieso ausgesorgt. Daß aber er, Blender, damit auf einen Schlag mit Hagen König verwandt wäre, welch widerliche Vorstellung, kümmerte sie natürlich nicht das geringste!

Blender knurrte im Halbschlaf. Möglicherweise würden sie ihm Enkelkinder machen, die ihn nicht nur alt aussehen ließen, sondern vermutlich noch Hagen, diesem Arsch mit Ohren, wie aus dem Gesicht geschnitten wären. Wenn es soweit käme, würde er ihnen nahelegen, in eine andere Stadt zu ziehen.

Gerade wollte Blender sich noch einmal auf die andere Seite drehen und erfreulicheren Gedanken zuwenden, als ohrenbetäubendes Gebrüll von unten erscholl. Ärgerlich schälte er sich aus seinem Plumeau und warf sich den Morgenmantel über, um nachzusehen. Am Fuß der Treppe fand er Frau Kerbholz, seine Perle, im Begriff, sich ihren Mantel überzuziehen.

»Um Himmels willen, was ist denn passiert?«

»Ich gehe!« rief Frau Kerbholz.

»Aber das können Sie nicht machen. Es ist halb acht Uhr morgens! Sie sind doch gerade erst gekommen.«

»Unter diesen Umständen kann ich hier nicht länger bleiben«, sagte Frau Kerbholz. Sie sah ehrlich entrüstet aus.

»Welche Umstände?« fragte Blender verzweifelt.

»Gehen Sie doch in die Küche, und sehen Sie in die Mikrowelle!«

Blender packte Frau Kerbholzens Arm. Er fürchtete nämlich, sie könne in der Zwischenzeit verschwinden. »Nur, wenn Sie mit mir kommen. Bitte, Sie können mich nicht verlassen. Ich wüßte nicht, was wir ohne Sie täten.«

»Was zu weit geht, geht zu weit«, schnaubte Frau Kerbholz, aber sie folgte ihm in die Küche. Blender sah gleich, was sie so erschreckt hatte. In der Mikrowelle lag etwas, das eindeutig aussah wie die Katze seiner jüngsten Tochter. Es war eine niedliche kleine Siamkatze, die Alessa auf den Namen »Naomi Campbell« getauft hatte.

Nur jetzt war sie eindeutig tot. Soweit er erkennen konnte, war sie in der Mikrowelle verschmort.

»Um Gottes willen«, stöhnte er.

Frau Kerbholz war hinter ihn getreten. »Wenn Sie mich fragen, hilft hier keine Therapie mehr. Dieses Gör gehört in den Jugendknast.«

Blender nahm das tote Fellbündel aus der Mikrowelle. »Alessa!« brüllte er.

Alessa kam sofort die Treppe herabgehopst. Sie war ein niedliches Ding, den Kopf voller brauner Löckchen, die kleine Nase voller Sommersprossen. Hinter ihr neigte sich Aline, aufgeschreckt durch das Gebrüll ihres Vaters, über das Geländer.

»Ist was?«

»Morgen, Papiiiiii!« Alessa lächelte so niedlich, daß man ihre beiden Grübchen sah.

Blender hielt ihr wortlos die tote Katze entgegen. Aline oben hielt erschreckt eine Hand vor ihren Mund, als sie erkannte, um was es sich handelte.

Sofort sprangen Alessa die Tränen aus den Augen. »Oh, das ist Naomi Campbell. Ist sie etwa tot?«

»So tot, wie eine Katze nur sein kann, die man in der Mikrowelle grillt.«

Alessa heulte heftiger. »Oh, meine geliebte Naomi Campbell ist tot. Oh, wie traurig, meine Katze ist tot.

Papi, ich brauch' aber eine Katze, sonst wird mein Trauma schlimmer.«

»Daß *ich* ein Trauma hab', weil ich das arme Vieh gefunden hab'«, murmelte Frau Kerbholz im Hintergrund, »danach fragt ja wieder mal keiner!«

»Verdammt noch mal, wie konntest du denn so was tun?« fragte Blender, aber eigentlich wollte er es gar nicht wissen.

»Weil sie gestört ist«, antwortete Aline an Alessas Stelle. »Sie hat Spaß daran, Tiere zu quälen. Ich habe gleich gesagt, daß sie niemals eines bekommen sollte.«

»Sollte ich wohl«, widersprach Alessa. »Das hat der Therapeut gesagt. Weil ich so lerne, Verantwortung zu übernehmen, und weil das Haustier mir helfen kann, mein Trennungstrauma zu überwinden, da hast du's. Und wenn Naomi Campbell jetzt tot ist, dann krieg' ich eben eine neue Katze! Nicht wahr, Papi?«

»Ganz sicher nicht!« rief Blender. »Und jetzt begräbst du erst mal dieses unglückselige Vieh im Garten und entschuldigst dich bei Frau Kerbholz, daß du sie so erschreckt hast.«

»Ich will eine neue Katze«, beharrte Alessa.

»Erst entschuldigst du dich und erklärst uns, wie das passieren konnte.«

»Na toll«, sagte Aline von oben. »Das nenne ich Erziehung!« Blender hörte, wie sie ihre Zimmertür hinter sich zuschlug. Das tat sie eigentlich schon seit Jahren.

Alessa nahm ihrem Vater die tote Katze aus der Hand und drückte ihre Wange an das Fell.

»Ich wollte das ja gar nicht«, sagte sie unter Tränen. »Ich wollte sie nur ein bißchen wärmen, weil sie so naß war, als sie von draußen kam. Da dachte ich, wenn sie ein bißchen in der Mikrowelle sitzt, ist sie gleich wieder trocken. Konnte ich ja nicht wissen.«

»Also gut«, sagte Blender. »Aber mach so was nie wieder!«

»So geht das aber nicht«, mischte sich Frau Kerbholz ein.

»Ich bitte Sie, liebe Frau Kerbholz«, sagte Blender. »Wir dürfen nicht vergessen, daß sie ein Kind ist. Aber ich hoffe, Sie vergessen diese kleine häßliche Episode und bleiben bei uns.«

»Ich bin aber keine Therapeutin, ich bin diplomierte Haushälterin.«

»Ja, und zwar die beste, die ich kenne«, sagte Blender. »Deshalb zahle ich Ihnen ja auch so viel.«

»Nicht ein Zehntel so viel wie einer Therapeutin«, erwiderte Frau Kerbholz. »Und ich weiß nicht, ob ich weiter die Verantwortung übernehmen kann für dieses – Kind.«

»Sicher können Sie das, wenn ich noch mal fünf Mark die Stunde drauflege«, sagte Blender müde.

»Sagen wir sechs Mark, und ich mache sogar diese Mikrowelle so sauber, daß man sie wieder benutzen kann.« Frau Kerbholz feilschte knallhart.

Alessa stand mit der toten Katze zwischen ihnen und schaute mit ihren großen blauen Augen von einem zum anderen.

»Einverstanden«, sagte Blender. »Und jetzt hätte ich gerne einen Kaffee und mein Scheckbuch.«

»Kommt sofort.«

»Papiiii?«

»Du sollst doch die Katze begraben!« Blender füllte zähneknirschend Frau Kerbholzens Gehaltsscheck aus. Mancher Familienvater wäre froh über eine solche Summe gewesen, dachte er ärgerlich.

»Krieg' ich denn jetzt eine neue Katze? Ich will so eine mit viel Fell, eine langhaarige. Biiiiitte!«

»Mal sehen. Bitteschön, liebe Frau Kerbholz. Damit wären wir hoffentlich wieder im reinen!«

»Aber sicher, Herr Blender!« Frau Kerbholz ließ den Scheck vergnügt in ihrer Schürzentasche verschwinden.

»Bitte, Papiiii! Wegen meinem Trauma, weißt du. Es soll doch nicht noch schlimmer werden!«

»Also gut, Frau Kerbholz wird heute nachmittag mit dir in die Zoohandlung fahren und eine neue Katze holen, nicht wahr, Frau Kerbholz, das müßte doch in der Gehaltserhöhung enthalten sein? Aber mit der neuen Katze gehst du dann anständig um, versprochen?«

»Ja, Papi«, sagte Alessa mit ihrem allerschönsten Grübchenlächeln und ging hinaus, um die Naomi Campbell in die Mülltonne zu schmeißen. Warum ein Loch graben, dabei machte sie sich doch nur die Finger schmutzig!

Ein Tag, der so beginnt, dachte Blender, kann nur noch besser werden, und ausnahmeweise sollte er recht behalten.

In der Post, die um kurz nach zehn in seinem Briefkasten landete, fand er den üblichen Rechnungskram und eine Postkarte seiner Ex aus Mallorca. »Liebe Kinder, hier ist es immer noch herrlich warm. José und ich haben eine kleine Bucht entdeckt, in der wir ganz alleine nackt baden können. Grüßt Euren Vater und macht Euch eine schöne Zeit, Eure Mami.« Blender hätte sie am liebsten zerrissen. Aber dann fand er den Brief von *Plunderteilchen,* der hiesigen Bäckereizeitschrift, und wußte sofort, daß das Schicksal ihm heute etwas Gutes tun wollte.

An einem der schwarzen Tage in den vergangenen Monaten hatte er sich zwei Amerikaner mit Schokoladenguß gekauft und das kostenlose Bäckerblättchen mitgenommen. Es war eines dieser gehefteten Werbeblättchen mit einem redaktionellen Rezepte- und Prominentenklatschteil. Man berichtete natürlich nur über Prominente, die gerne Bienenstich aßen oder mit einer Vollkorndiät sieben Kilo abgespeckt hatten. Ziemlich lausig, erinnerte sich Blender, und auch über die Witze hatte er nicht lachen können, außer über den: »Was bekommt ein Chinese, der in der Bäckerei zwei Brötchen verlangt?« Ganz klar, zwei Blondinen, also Blödchen, hahahaha!

Mehr in Gedanken, also quasi in geistiger Umnachtung hatte er das Kreuzworträtsel des Heftchens ausgefüllt, bei dem man eine Reise nach Las Vegas und jede Menge Teflonbackformen hatte gewinnen können. Ebenfalls in geistiger Umnachtung hatte er eine Teilnahmekarte ausgefüllt und in den Briefkasten gesteckt.

Und jetzt hatte er tatsächlich gewonnen. Und zwar nicht die Teflonbackformen, sondern den ersten Preis. Eine Reise für zwei Personen nach Las Vegas, die Stadt der Superlative. Inklusive Flug erster Klasse, vier Übernachtungen im Fünf-Sterne-Hotel und vielen Extras.

Um sicherzugehen, daß er nicht verarscht wurde, telefonierte Blender unverzüglich mit der Redaktion von

Plunderteilchen. Aber es hatte alles seine Richtigkeit. Unter siebzehntausend richtigen Einsendungen – das Lösungswort hatte »Bienenstich« geheißen – war er als Sieger hervorgegangen. Die Reise, sagte ihm die nette Dame am Telefon, sei für nächste Woche geplant, sie müsse nur noch wissen, ob er eine männliche oder eine weibliche Reisebegleitung mitnähme.

»Eine weibliche«, sagte Blender spontan. Und damit fingen auch schon wieder die Probleme an. Wen konnte er mitnehmen? Eine seiner Töchter? In die Stadt der Superlative, der strippenden Frauen, der Zocker und Trinker? – Wohl kaum.

Und überhaupt, wem konnte er sagen, daß er diese Reise bei *Plunderteilchen* gewonnen hatte? Um Himmels willen, käme das an die Öffentlichkeit, er wäre für Jahre die Witzfigur schlechthin!

So einfach war das alles nicht. Aber reisen wollte er um jeden Preis. Zur Not eben ohne Begleitung. Vielleicht hätte er seinen Freund Udo Hoffmann fragen sollen, um mit ihm von Bar zu Bar zu ziehen. Aber netter war's allemal mit einer Frau neben sich in diesen riesigen Hotelbetten drüben. In Gedanken legte er nacheinander jede Frau aus seinem Bekanntenkreis neben sich in das imaginäre Hotelbett, zuerst die van der Bloom in einem durchsichtigen Nachthemdchen, nein, kam leider nicht in Frage, die würde ihn für Jahre als den Plunderteilchen-Mann verlachen und verhöhnen. Als nächstes Gabriele Klotz, seine Sekretärin, in den von ihr bevorzugten schwarzen Lederdessous. Nein, Gabriele würde nur dichthalten, wenn er ihr noch eine Gehaltserhöhung anböte, und das würde dann eindeutig zu weit gehen.

Dann, wie aus heiterem Himmel, fiel ihm die einzige Person in dieser verdammten Stadt ein, die ihn bedingungslos zu mögen schien. Laura Soundso, seine kleine, bezopfte Auszubildende.

Sie war die ideale Reisebegleitung, er würde sie gleich heute fragen, und natürlich würde sie ja sagen. Und dann blieb nur noch ein Problem übrig. Aber auch das konnte man lösen. Er griff erneut nach seinem Scheckbuch.

»Frau Kerbholz?«

»Ja? Möchten Sie noch eine Tasse Kaffee?«

»Nein, danke. Ich möchte Sie nur etwas fragen?«

»Aber immer.«

»Geben Sie mir den Scheck zurück, ich habe da vorhin einen Fehler gemacht.«

»Wie kann das sein?« Die Frau reichte ihm das Papier aus ihrer rosageblümten Schürzentasche. »Stimmt was nicht?«

»Eine Geschäftsreise in die Staaten, urplötzlich und sehr dringend. Daher würde ich Sie bitten, die nächste Woche für fünf Tage vierundzwanzig Stunden Dienst zu machen. Bleiben Sie über Nacht, und ich zahle Ihnen das Doppelte.«

Frau Kerbholz war beeindruckt. Aber so schnell war sie noch nicht bereit, auf sein Angebot einzugehen.

»Ich habe selber Familie, Herr Blender«, sagte sie vorwurfsvoll.

»Das weiß ich doch, liebe Frau Kerbholz.« Blender versuchte sein schmeichelndes Lächeln. »Aber glauben Sie nicht, daß Herr Kerbholz ein paar Tage ohne Sie auskommen kann? Ich meine, so eine kleine Trennung tut der besten Ehe mal ganz gut. Und das wäre doch eine nette Aufbesserung Ihres Haushaltsgeldes, oder?«

Er zeigte auf die Summe, die er auf einen neuen Scheck geschrieben hatte. Frau Kerbholz sah ebenfalls hin.

»Einverstanden«, sagte sie dann.

5.

Eine Geschäftsreise?« wiederholte Laura mit großen Augen. Sie sah nicht besonders begeistert aus.

Blender entschied sich, ihr reinen Wein einzuschenken. »Nein, keine Geschäftsreise. Eine Vergnügungsreise, gewonnen beim Preisausschreiben der hiesigen Bäkkerzeitschrift.«

»Plunderteilchen!« rief Laura aus. Diese Zeitschrift kannte sie sehr gut. Tante Ella löste abends beim Fernsehen immer die Kreuzworträtsel. Und manchmal, wenn sie einen guten Tag hatte, kochte sie auch die Rezepte nach, die dort drin standen.

Blender wäre der letzte Mensch gewesen, dem Laura ein Interesse an Plunderteilchen und Kreuzworträtseln zugetraut hätte. Das war Tante Ellas Ressort. Allerdings machte Tante Ella nur bei solchen Preisausschreiben mit, bei denen man etwas »Solides« gewinnen konnte. Ein Tourenfahrrad zum Beispiel oder wenigstens eine praktische Satteltasche, Bargeld oder eine neue Waschmaschine. Eine Reise nach Las Vegas wäre Tante Ella eher wie eine Strafe erschienen.

»Und *da* haben *Sie* mitgespielt?«

Blender nickte. »Aber das kann ich natürlich niemandem sagen.«

»Ich verstehe«, erwiderte Laura ernst, und Blender war von ihrem echten Verständnis zutiefst gerührt.

»Waren Sie schon mal in den Staaten?«

»Nein«, antwortete Laura, die in der Tat niemals ein Ferienziel außerhalb Deutschlands und Österreichs besucht hatte. Sie war auch noch niemals geflogen, weil Tante Ella meinte, daß Menschen nicht zum Fliegen geschaffen seien.

»Wenn Gott gewollt hätte, daß wir fliegen, dann hätte er uns Flügel gemacht«, pflegte sie zu sagen. Urlaub durfte nach ihrer Definition kein Erlebnis sein, sondern ein Aufenthalt, bei welchem man mit Wandern und Radfahren an der frischen Luft Kraft für ein neues Arbeitsjahr tanken sollte. Auch ans Ausschlafen mußte man sich in dieser Zeit gar nicht erst gewöhnen. Laura und Klaus-Martin träumten gleichermaßen sehnsüchtig von fernen Ländern, Landschaften und Städten. Klaus-Martin kaufte sich regelmäßig die GEO und schwärmte vor allem von Australien.

»Irgendwann«, sagte er manchmal, »irgendwann werde ich mal dorthin fliegen. Und wo fliegst du hin, Laura?«

»Egal«, sagte Laura dann. »Hauptsache, weg von hier!«

»Irgendwann« hatte bisher immer in weiter Ferne gelegen, aber heute war es auf einen Schlag ganz nahe gerückt. Nächsten Montag, hatte Blender gesagt, Laura mußte nur noch zustimmen. Aber es war nicht ihre Art, etwas spontan und unmittelbar zu entscheiden. Ganz nach Tante Ellas dreißigstem Gebot: »Gut Ding will Weile haben« bat sie sich Bedenkzeit aus.

»Morgen werde ich Ihnen Bescheid geben. Ist das früh genug?«

»Natürlich«, sagte Blender.

Laura dachte den ganzen Tag an nichts anderes als an Las Vegas und den Flug über den Atlantik in die Neue Welt. *Neue Welt,* so stand es in dem Prospekt, den Blender ihr überlassen hatte, das klang toll, vielversprechend, so ähnlich wie »Neues Leben«.

Die Gelegenheit war wirklich einmalig, sie durfte sie sich einfach nicht entgehen lassen. Es war ihr sehr wohl bewußt, daß Blender im Grunde ein Fremder für sie war, aber er war der mit Abstand netteste Fremde, den sie kannte. Möglicherweise erwartete er ein kleines Dankeschön im Hotel, aber auch das erschien Laura nicht abwegig.

Nein, Blender war nicht das Problem, das Problem war Tante Ella. Wie sollte sie ihr erklären, daß sie fünf Tage nicht anwesend sein würde? Und was würde Klaus-Martin sagen?

Ihr Ziehbruder war an diesem Tag mit Kochen dran. Er servierte Spaghetti mit Tomatensoße, ein Gericht, das Tante Ella zutiefst mißbilligte, weil es ohne frisches Gemüse zubereitet war. Aber Laura und Klaus-Martin kochten mit Vorliebe Nudeln mit Soße, weil es so schön schnell ging. Sie hatten mittlerweile mehr als zehn Soßenvarianten eingeführt, und Tante Ella haßte jede einzelne von ihnen. Aber sie mußte sich an ihr eigenes Prinzip halten, Nummer vierzehn: »Es wird gegessen, was auf den Tisch kommt.«

»Als ihr jung wart, seid ihr da oft verreist?« fragte Laura unvermittelt. Ihr Onkel Kurt hob kurz den Kopf und wickelte dann weiter die Spaghetti um die Gabel. Er sagte nie viel, das Reden überließ er Tante Ella.

»Sicher«, sagte sie. »Wörthersee, Schwarzwald, Allgäu,

alles schöne Touren. Aber Urlaub ist ein Luxus, den wir uns nicht leisten konnten, weil wir hart gearbeitet haben.«

»Wart ihr denn jemals woanders, als in Deutschland? Vielleicht Paris? Prag, Schweden, Italien? Las Vegas?«

»Nein«, sagte Tante Ella fest. »Das Ausland ist nichts für mich. Aber Kurt, der wäre beinahe mal an den Gardasee gefahren. Stimmt's, Kurt?«

»Ja, aber nur beinahe«, antwortete Kurt.

Laura schluckte. *Beinahe* war ein schreckliches Wort. »Einmal wäre ich beinahe mal nach Las Vegas geflogen«, vielleicht würde sie so etwas auch mal sagen müssen. Ein fürchterlicher Gedanke.

»Reisen ist nur was für Menschen, die sich zu Hause nicht wohl fühlen«, sagte Tante Ella noch, und da dies exakt auf Laura zutraf, stand ihr Entschluß plötzlich fest. Nein, sie würde sich die Chance nicht entgehen lassen, ein Stück vom Rest der Welt zu sehen, und wenn sie sich Blender dafür an den Hals schmeißen mußte. Wenn überhaupt, dann war er der einzige Mensch, dem sie sich gerne an den Hals warf. Er war wenigstens nett zu ihr. Der einzige Mensch auf dieser Welt, der nett zu ihr war.

Laura lächelte leicht vor sich hin.

»Na, kleine Wundertüte, woran denkst du?« Klaus-Martin hatte begonnen, den Tisch abzuräumen. Und Klaus-Martin, setzte Laura in Gedanken hinzu, der ist natürlich auch nett zu mir. Sie überlegte, ihn in ihre verwegenen Pläne einzuweihen, aber sie fürchtete, von seinen Argumenten überzeugt zu werden und sich dieses Abenteuer – aus was für Gründen auch immer – durch die Lappen gehen zu lassen. Und das wollte sie auf keinen Fall. Nicht *beinahe* ein Abenteuer erleben, nicht *beinahe* Las Vegas sehen, nicht *beinahe* Deutschlands Grenzen und ganz Europa weit hinter sich lassen. Nein, ihr Entschluß stand fest, und niemand brauchte etwas davon zu erfahren.

Sie entschied, die klammheimliche Methode zu wählen.

»In der nächsten Woche muß ich Ferien nehmen«, sagte sie laut. »Weil danach erst mal nichts drin ist mit Urlaub.«

»Du kannst in der Gärtnerei helfen«, bot Tante Ella sogleich an.

»Nein, danke, ich dachte, ich fahre mal zu Annette nach Trier, um mir anzuschauen, wie es dort so ist.«

»Trier ist eine schöne Stadt«, sagte Tante Ella. »Und an der Mosel kann man wunderbare Wanderungen unternehmen. Ich werde dir meinen Wanderführer leihen.«

»Danke, das ist genau, was ich brauche«, murmelte Laura. Innerlich triumphierte sie. Statt einer Woche Mosel eine Woche Las Vegas, kein Mensch würde den Unterschied merken.

Plunderteilchen hatte gut für die ersten Preisträger vorgesorgt. Schon im Flugzeug wurden Laura und Blender mit zusätzlichen Gratisdrinks überrascht. Da Laura ein wenig mit Flugübelkeit und ganz heftig mit ihren gemischten Gefühlen kämpfte, trank Blender auch ihre Drinks aus und begann die Reise in einem immer rosigeren Licht zu sehen. Bei der Landung war sie dann überhaupt die beste Idee, die er seit langem gehabt hatte.

Im Hotel trug er sich und Laura, ohne mit der Wimper zu zucken, als Herr und Frau Blender ein, und auch hier hatte *Plunderteilchen* bereits ganze Arbeit geleistet. Laura bekam einen riesigen Blumenstrauß überreicht, der genau wie das Hotelzimmer in Himmelblau und Cremeweiß gehalten war. Ein riesenhaftes Zimmer im siebzehnten Stock, der himmelblaue Plüsch durch die Air-condition schockgefrostet, typisch Las Vegas.

Laura stieß einen kleinen Schreckensschrei aus, als sie das Zimmer betraten, sie war nicht an Las Vegas'sche Geschmacklosigkeiten gewöhnt. Aber das himmelblaue Plüschhimmelbett in der Raummitte war weit mehr, als sie erwartet hatte. Es war so breit, daß eine ganze Großfamilie sich darin hätte ausstrecken können, möglicherweise gab es ja doch noch eine Möglichkeit, dem Unvermeidlichen, dem, das sie während des Fluges und der Fahrt vom Flughafen hierher erfolgreich verdrängt hatte, aus dem Weg zu gehen. Zumal dann, wenn Blender weiter so viel trank. Gerade plünderte er die Minibar, die so mini gar nicht war.

»Ich glaube, ich bin schrecklich müde«, sagte Laura und sah zu dem himmelblauen Himmelbett hinüber.

»Dann schlaf einfach ein paar Stündchen«, sagte Blender aufgeräumt. Er war ganz ungeniert zum Du übergegangen, das Laura noch nicht so locker über die Lippen ging. Sie vermied daher die direkte Anrede, wo es möglich war.

Blender griff nach einem der weichgespülten Handtücher. »Ich werde in der Zwischenzeit mal den Pool testen.«

Was er nicht tat. Er testete statt dessen eine der Bars im Basement und hier insbesondere den Wodka. Allmählich wurde seine Stimmung geradezu euphorisch.

Was konnte besser sein, als eine kostenlose Reise ins Paradies, mit einer hübschen jungen Frau im Himmelbett und der Sonne irgendwo da draußen jenseits der Air-condition. Und Wodka-Lemon, soviel das Herz begehrte.

Das Leben war ja so schön! So schön, daß Blender Brüderschaft trank mit dem Barkeeper und dem dicken Mann neben ihm, der Tom hieß. Oder John, was so ungefähr auf dasselbe hinauskam. Amerika, das war eben ein ganz anderes Pflaster als Deutschland, und Las Vegas unterschied sich von Wermelshoven wie ein Dinosaurier von einer Maus. Hier war das Leben noch Leben und schmeckte so herrlich nach Wodka-Lemon.

In unübertroffener Hochstimmung machte er sich schließlich wieder auf den Weg in den siebzehnten Stock. Laura war aufgewacht, hatte eine Dusche genommen und sich umgezogen. Sie trug einen dunkelblauen Rock, darüber eine dunkelblaue Strickjacke, wie ein Kommunionskind.

Aber weil Blender gerade in so guter Stimmung war, störte es ihn nicht weiter. Er nahm ebenfalls eine Dusche, die ihn leider so weit ernüchterte, daß er sich wieder nach Wodka-Lemon zu sehnen begann. Deshalb schlug er vor, daß sie nach dem Essen einen kleinen Abstecher in die Spielbank des Hotels machen sollten. Denn auch hier hatte *Plunderteilchen* vorgesorgt: Im Preis inbegriffen waren Spieljetons im Wert von jeweils fünfzig Dollar pro Person, nicht unbedingt viel, aber wenn man schon einmal in Las Vegas war, dann mußte man auch spielen, fand *Plunderteilchen*.

Und Wodka gab es dort auch. Den hatte er nach den

saftigen Steaks wirklich nötig. Weil er statt Hochgefühlen allmählich Kopfschmerzen bekam.

Zwei Wodka-Lemon weiter saß er an einem Roulettetisch zwischen lauter Amerikanern, die mit ihren Jetons herumschmissen, als seien es Legoklötzchen. Er hatte seine fünfzig Dollar längst verspielt, und weitere hundertfünfzig waren ebenfalls den Bach runtergegangen. Das Leben war auch längst nicht mehr so schön. Es war eben nicht zu leugnen, daß er ein Verlierer war, weder in Wermelshoven noch hier konnte er einen Hering vom Teller ziehen. Innerhalb weniger Stunden war er von seiner wunderbaren Hochstimmung hinabgestürzt in den tiefen Sumpf des Selbstmitleides, in welchem er sich die letzten Monate herumgequält hatte, da half jetzt auch kein Wodka mehr. Laura hatte sich ganz begeistert vor einen dieser Einarmigen Banditen gesetzt, wo sie ganz geduldig und ernsthaft Münzen hineinsteckte. In ihrem Kommunionsdreß war sie so fehl am Platz, daß er ganz froh war, sie nicht in seiner unmittelbaren Nähe zu haben, bei all den Vollweibern ringsum, denen die weiblichen Reize geradezu aus den Oberteilen quollen.

Gleich neben ihm saß ein alter Texaner, der so offensichtlich auf der Sonnenseite des Lebens stand, daß Blender die Tränen in die Augen getrieben wurden. Er war ungefähr siebzig, aber in Top-Form, leuchtende blaue Augen umgeben von attraktiven Falten, die sich in wettergegerbte braune Haut gegraben hatten, als habe er sich sein Leben lang nur amüsiert. Ein Mann, der vor dreißig Jahren in einer Zigarettenreklame durch die einsamen Berge geritten sein und ein verirrtes Fohlen aus einem reißenden Fluß hätte retten können. Er strich lächelnd seine Gewinne ein, die Frauen umlagerten ihn mit bewundernden Blicken, er war ein Sieger auf der ganzen Linie.

Nach seinem letzten Gewinn nahm er den Cowboyhut von seinem vollen Haupthaar und schob die Jetons direkt dort hinein. Was nicht mehr hineinpaßte, steckte er der prallen Blondine, die ihm die ganze Zeit den Nacken geküßt hatte, in den Ausschnitt des Glitzerfummels. Die Blondine war höchstens Mitte zwanzig, vielleicht sogar viel jünger, das konnte man bei diesen grellgeschminkten Amerikanerinnen ja nie so genau sagen. In jedem Fall war sie das totale Kontrastprogramm zu Laura, die gerade an den Roulettetisch gestürzt kam.

Aber auch sie sah nicht mehr ganz so provinziell aus wie zuvor. Sie hatte nämlich ihre dunkelblaue Strickjakke ausgezogen, um darin einen riesenhaften Haufen Münzen zu transportieren. Darunter trug sie einen Body, unter dem sich ihr Oberkörper sehr deutlich abmalte. Und plötzlich war da keine Spur mehr von einem Kommunionskind. Blender schluckte beeindruckt.

»Sehen Sie mal, das kam aus einem dieser Dinger mit Hebel da drüben. Das sind sicher Hunderte von Dollars.«

»Einarmige Banditen heißen die, und es sind sicher nicht hundert Dollar. Aber schön, daß wenigstens einer von uns Glück im Spiel hat. Ich leg' jetzt mal eine Pause ein.« Eine Wodka-Pause, an deren Ende die Welt wieder viel besser aussehen würde.

»Ich geh' noch mal, diese einäugigen Banditen haben es mir angetan. Und sie sind so schön einfach zu bedienen«, sagte Laura, nahm ihr Jackenbündel und lief wieder davon.

»Wow!« Neben ihm pfiff jemand anerkennend durch die Zähne. Es war der Texaner, der die Jetons in seinem Hut davongetragen hatte. »Die ist niedlich, du Glückspilz. Deine Frau?«

»Nein«, sagte Blender in einem Anfall von Ehrlichkeit, der wahrscheinlich auf die neun Wodka-Lemon zurückzuführen war, die er schon zu sich genommen hatte. Er kramte sein ordinäres Englisch zusammen. »Meine Frau hat sich scheiden lassen und lebt jetzt mit einem spanischen Stier in meinem ehemaligen Ferienhaus, der es ihr besser besorgt als ich.«

»Oh!« Der Texaner ließ sich auf den Stuhl neben ihm fallen. »Das kenne ich. Stehlen uns die besten Jahre, und dann schieben sie uns einfach ab. Aufs Abstellgleis. Und du fühlst dich alt und verbraucht, stimmt's?«

Blender hob erstaunt den Kopf. Woher konnte dieser Mann wissen, was in ihm vorging? Ein Wodkawunder, oder war es tatsächlich möglich, daß dieser Siegertyp auch mal auf der Verliererseite gestanden hatte? Plötzlich verspürte er das brennende Bedürfnis, jemandem sein Herz auszuschütten.

»Ein kleiner Junge nannte mich Opa«, stieß er hervor. »Grandpa! You understand?«

Der Texaner nickte und schlug ihm auf die Schulter, daß es nur so krachte.

»Hör zu«, raunte er mit seiner rauhen, tiefen Stimme, die unmittelbar aus einem Marlboro-Werbespot hätte stammen können, where we respect, what's wild and free. »Ich hatte das gleiche Problem wie du. Ich war alt. Ich war verbraucht. Die Leute hielten mich für einen Versager. Meine zweite Ehefrau hatte mich verlassen, mein Lieblingspferd war gestorben, ich war am Ende.«

»Und?« Blender hoffte, daß er noch genug Verstand zusammen hatte, um sich den Namen des Wunderpräparates zu merken, das den Texaner zurück ins Leben geholt hatte. Hoffentlich bekam man es ohne Rezept!

»Und?« wiederholte der junge alte Mann, und die Haut um Augen und Mund legte sich in malerische Falten. »Sieh mich an, Junge.«

Das tat Blender ja die ganze Zeit. Er sah einen alten Mann, der so jung aussah, daß es in den Augen weh tat. A man, his horse, his cigarette – Wahnsinn. »What did you do?«

Der Texaner lachte ein kehliges, tiefes Lachen, ein junges, männliches Lachen, nach dem sich alle Frauen in Hörweite umsahen. »Ich heiratete eine blutjunge Frau, das ist das ganze Geheimnis! Meine Mandy hält mich jung.« Er wies auf die kleine Schlampe im viel zu engen Glitzerfummel, die Blender für eine professionelle Animierdame gehalten hatte.

»Oh«, brachte er immerhin hervor.

Der Texaner langte mit seiner Hand seitwärts und tätschelte Mandys Glitzerpo. Sie warf den Kopf in den Nacken und sagte unter Kichern so etwas wie: »Warte, bis wir oben sind, mein Hengst!«

Der Texaner lachte jetzt laut heraus. »Ja, Mandy hat mir meine Jugend wiedergegeben. Verstehst du, Junge, sie hat dafür gesorgt, daß mich alle anderen Männer beneideten, all jene, die mit ihren Miß Ellis im Bett lagen und von einer wie Mandy nur träumen konnten. Plötzlich gingen meine Geschäfte wieder wie von selbst, ich war der beliebteste Mann im County. Selbst meine Exfrau wollte zu mir zurück, hahaha, aber wer tauscht schon einen alten Truthahnhals gegen einen knackigen Hähnchenschenkel, hahaha!«

Mandy legte gurrend die Arme um seinen Hals und flüsterte etwas in sein Ohr. Der Texaner hatte es dann plötzlich sehr eilig.

»Hey, Junge, war nett, dich kennenzulernen«, sagte er zu Blender. »Jetzt muß ich mich darum kümmern, einen Stammhalter zu zeugen. Aber wenn du deiner Pechsträhne ein Ende bereiten und einen Rat von einem alten Haudegen annehmen willst, dann heirate deine kleine Freundin mit dem niedlichen Zopf.«

Blender nickte ihm hinterher. So absurd der Gedanke auch war, in seinem wodka-umnebelten Gehirn schien er ihm einzig und wahrhaftig. Ja, verdammt, es wurde Zeit, daß er etwas unternahm, daß er gegen diese hundsgemeinen Schicksalsschläge vorging, daß er allen seinen schadenfrohen Mitmenschen zeigte, was eine Harke war. Es würde ihm ergehen wie seinem Freund, dem Texaner, das Glück würde zu ihm zurückkehren. Und Laura, das war mal klar, hatte allemal mehr Klasse als die blonde Mandy. Ja, mit einer solchen Frau würde er sein Image wieder auf Vordermann bringen, worauf wartete er eigentlich noch?

Laura hatte genau siebenundvierzig Dollar gewonnen, die sie sorgfältig auf die Seite sortiert hatte. Sie spielte nach einem ganz einfach System. Alles, was über ihren Grundeinsatz, die geschenkten fünfzig Dollar, hinausging, durfte nicht wieder eingesetzt werden. So wurde gewährleistet, daß sie am Ende zumindest plus minus null wieder aus der Spielbank käme. Tante Ella hätte ihre helle Freude gehabt. Laura trank Mineralwasser, die vielen farbigen Drinks reizten sie nicht besonders. Außerdem hielt sie es für wichtig, einen klaren Kopf zu behalten. Nicht nur wegen des Einarmigen Banditen, sondern vor allem wegen des zweiarmigen, der immer noch am Roulettetisch saß und sich mit Wodka-Lemon betrank. Jetzt stand er auf und kam schwankend auf sie zu.

»Ich muß dich was fragen«, nuschelte er.

Laura sah ihn gespannt an. Er sah gar nicht gut aus, die Augen rotgeädert, die Gesichtshaut fahl unter der Sonnenbräune. Er brauchte dringend Schlaf.

»Gehen wir hinauf«, sagte sie, ohne zu wissen, wie doppeldeutig das klang.

»Erst muß ich dich was Wichtiges fragen.«

Laura knotete ihre Jacke über dem Gewinn zusammen und klemmte sie sich unter den Arm. Mit dem anderen Arm stützte sie Georg und führte ihn zu einem der Aufzüge.

»Du bist so gut zu mir«, sagte Blender. »Magst du mich?«

»Ja«, antwortete Laura ehrlich. Die Aufzugstür öffnete sich, und sie zog Blender in die verspiegelte Kabine. Sein vielfacher Anblick von allen Seiten schien ihn zu erschrekken.

»Ich bin ein alter Mann. Und jetzt sieh dich daneben.«

»Sie sind nur betrunken und müde«, erwiderte Laura. »Ich bringe Sie ins Bett, und morgen früh sieht die Welt schon ganz anders aus.«

»Du bist so gut zu mir«, sagte Blender wieder. »Willst du mich heiraten?«

»Wie bitte?« Der Aufzug hatte im siebzehnten Stock gehalten. Laura hatte Mühe, Blender aufrecht zu halten. »Nur noch ein paar Schritte!«

»Willst du mich heiraten? Das meine ich ernst! Ich laß mir das nicht mehr bieten vom Schicksal. Heirate mich!«

Laura hatte die Zimmertür geöffnet und Blender in Richtung Bett dirigiert. Er fiel wie ein Stein auf die himmelblaue Plüschdecke. Seine Augen hielt er geschlossen.

»Aufs Zähneputzen können wir heute ausnahmsweise mal verzichten, denke ich«, murmelte Laura, während sie ihm die Schuhe auszog und es ihm, so gut es ging, bequem machte.

»Willst du mich heiraten? Bitte sag doch ja«, waren Blenders letzte Worte, bevor er einschlief.

Laura setzte sich nachdenklich neben das Bett auf den flauschigen Teppichboden und stützte das Kinn in ihre Hände. Auf den Heiratsantrag eines Volltrunkenen konnte sie nicht viel geben, aber es war eine ziemlich reizvolle Vorstellung, Blenders Frau zu werden.

Nicht wegen Blender, obwohl sie ihn mochte, wie man eben jemanden mag, der nett zu einem ist, wo's sonst keiner ist. Es war vielmehr die Vorstellung, Tante Ella und ihrem Schreckensregiment für immer zu entkommen. Und reich zu sein. In einem schönen Haus zu wohnen, vielleicht sogar mit Swimmingpool. Und sicher hätte Blender nichts dagegen, wenn seine Frau studierte. Sie könnte studieren und anschließend als Ärztin arbeiten, vielleicht würden sie Kinder bekommen.

Laura seufzte. Vielleicht hatte Blender ja schon Kinder, was wußte sie schon? Obwohl, auf seinem Schreibtisch standen keine Bilder. Aber im Grunde kannte sie den Mann überhaupt nicht, und man konnte ja nicht jeden heiraten, der nett zu einem war.

Blender stöhnte im Schlaf. Laura lief nach nebenan und holte ein nasses Handtuch aus dem Bad, was sie ihm auf die Stirn legte. Der Arme, vermutlich hatte er mehr Wodka im Körper als Blut.

Lauras Blicke fiel auf das Telefon neben dem Bett. Ohne groß nachzudenken, ließ sie sich mit Wermelshoven verbinden. Sie mußte jetzt einfach mit jemandem sprechen, und der einzige, der ihr einfiel, war Klaus-Martin. Aber zu Hause ging niemand an den Apparat, was kein Wunder war, denn in Deutschland war es bereits Vormittag, Tante und Onkel waren in der Gärtnerei und Klaus-Martin in der Bank. Laura wählte noch einmal die Zentrale an.

»Können Sie mich mit der Kreissparkassenfiliale in Wermelshoven in Deutschland verbinden?« fragte sie auf englisch, und da dies ein sehr gutes Hotel war, hörte sie nur zwei Minuten später das Freizeichen.

»Kreissparkasse Wermelshoven, Rubruk am Apparat.«

»Hello, this ist Laura Everts speaking. May I talk to Mr. Klaus-Martin Everts?« Erst an der hörbar verwirrten Antwort, merkte Laura, daß sie nicht rechtzeitig ins Deutsche umgestiegen war.

»Mr. Klaus-Marin Everts?«

»Yes, please.« Jetzt mußte sie auch dabei bleiben.

»One moment.« Laura überlegte, ob wohl *Plunderteilchen* für ein Ferngespräch nach Deutschland aufkommen würde. Wahrscheinlich nicht.

»Hören Sie?«

»Ja!«

»Herr Everts ist nicht an seinem Platz. Kann er Sie zurückrufen?«

»Ja, das kann er schon. Ich bin in Las Vegas im Hilton ... Nein, vergessen Sie's einfach. Wiederhören.«

Laura legte auf. Das war alles viel zu kompliziert. Außerdem kannte sie Klaus-Martins Antworten ohnehin wie im Schlaf. Niemals würde er eine solche Heirat gutheißen, niemals.

Und ihre Motive, von wegen materielle Sicherheit und die Möglichkeit zu studieren, würde er als unmoralisch verurteilen. Nein, Klaus-Martin nutzte ihr hier gar nichts. Da mußte sie ganz alleine durch.

Ganz in Gedanken versunken putzte sie sich ihre Zähne und zog ihren Schlafanzug an. Das waren ungelegte Eier, über die sie sich da aufregte. Morgen früh, wenn Blender wieder nüchtern war, würde er nicht mal mehr wissen, was er ihr gesagt hatte. Leise, ohne den schlafenden Mann zu berühren, legte sie sich in das riesige Himmelbett und deckte sich mit der blauen Plüschdecke zu.

Als sie erwachte, war Blender nicht mehr da. Sie hörte nebenan die Dusche plätschern und war erleichtert. Immerhin, so schlimm konnte sein Kater nicht sein, wenn er sich selbständig aufhieven und eine Dusche nehmen konnte. Er sah beinahe aus wie der Alte, als er Minuten später im weißen Frotteemantel des Hotels zurück ins Zimmer kam.

»Guten Morgen.«

»Guten Morgen. Geht es Ihnen besser?«

»Ich dachte, wir wären längst beim Du gewesen. Ja,

mir geht es besser. Ich vertrage eine Menge Wodka. Ich übe jeden Tag, weißt du?«

»Keinen Filmriß?« Laura vermied sorgfältig die direkte Anrede.

»Keineswegs.« Blender frottierte sich die Haare. »Ich weiß noch alles, was passiert ist.« Er warf einen Blick auf das Bett und grinste schief. »Oder nicht passiert ist.«

»Alles?« hätte Laura am liebsten gefragt, aber das traute sie sich nicht. »Was steht denn heute auf dem Programm?« fragte sie statt dessen, denn *Plunderteilchen* hatte schließlich ein ordentliches Sightseeing-Programm für sie vorgesehen.

»Ein Flug zum Grand Canyon«, sagte Blender. »Das wird dir gefallen, ich hab's vor Jahren schon mal mitgemacht. Die Piloten dieser kleinen Maschinen können in den Canyon hineinfliegen, ein wahnsinnig aufregendes Erlebnis!«

»Dann gehe ich jetzt auch mal duschen.« Laura stand auf.

»Netter Schlafanzug«, meinte Blender lächelnd und zeigte auf die vielen Teddybären. Das frivole Stück war ein Weihnachtsgeschenk von Tante Ella. »Hast du mal über meine Frage nachgedacht?«

Laura zuckte zusammen. »Welche Frage?«

»Ob du meine Frau werden willst.«

»Das meinten Sie ernst? Ich meine, du.«

»Ja, ganz ernst.« Blender wollte werden wie J. R. – oder wie immer der Texaner gestern nacht im Casino auch geheißen haben mochte. »Wir könnten gleich hier und heute heiraten. Einen besseren Ort dafür gibt es gar nicht.«

»Und Sie, ähm, du bist wirklich vollkommen nüchtern?«

»Von dem Restalkohol mal abgesehen, ja!«

Laura holte tief Luft. Wie angeblich bei jemandem üblich, der in einen Abgrund stürzt, flimmerten plötzlich Bilder aus ihrem Leben vor ihren Augen ab wie ein Film. Es waren keine Szenen im eigentlichen Sinn, es waren ihre Freunde und Verwandten, deren Gesichter nacheinander vor ihr auftauchten. Tante Ella, Klaus-Martin, Annette und Cordula – sie alle hoben ihre Zeigefinger und sahen sie mahnend an.

Besonders Klaus-Martin. Ihn konnte Laura förmlich sprechen hören.

»Tu's nicht«, sagte er.

Aber darauf konnte Laura keine Rücksicht nehmen. Das hier war die Gelegenheit, wie man sie einmal im Leben bekommt und dann nimmermehr.

»Ja«, sagte sie zu Blender. »Heiraten wir. Aber vorher will ich den Grand Canyon sehen!«

6.

Drei Tage später, im Flieger zurück nach Düsseldorf, nippte Laura gedankenverloren an ihrem Champagnercocktail, der letzte im Gewinnpaket des Preisausschreibens enthaltene Service vor der Landung. So weit oben, hoch über den Wolken, mochte sie nicht daran denken, was passieren würde, wenn sie zurück in Wermelshoven waren. Als Herr und Frau Blender. Tante Ellas Herztod.

Kaum zu glauben, daß sie das wirklich getan hatte. Mit einem wildfremden Menschen. Von der Trauungszeremonie hatte sie eigentlich nur das Wesentliche verstanden, zum richtigen Zeitpunkt »Yes« gesagt und den Rest der Zeit damit verbracht, die Hochzeitskapelle zu betrachten, wie in einem amerikanischen Spielfilm.

Der »Ehevollzug« im runden Bett ihrer Suite im siebzehnten Stockwerk war dann nicht erst in der Hochzeitsnacht erfolgt, sondern gleich nach dem Mittagessen im Restaurant. Laura hatte kurz an Elmar König gedacht und an den Geschichtsreferendar, in den sie im letzten Jahr verliebt gewesen war. Von beiden hatte sie sich in ihrer Phantasie küssen lassen, aber weiter hatte ihre Vorstellungskraft nicht gereicht. Es war komisch gewesen, der Realität nun den Vortritt zu lassen.

»Stell keine Erwartungen an Mensch und Umwelt, sonst

bist du enttäuscht, wenn sie sich nicht erfüllen«, Tante Ellas siebenundvierzigstes Gebot hatte sich wieder einmal bewährt. Es war weder schrecklich noch schön gewesen, und überhaupt, an welcher Erfahrung hätte sie »schrecklich« oder »schön« denn messen sollen? Laura hatte Blender nicht gesagt, daß es ihr erstes Mal war, und er hatte sie nicht danach gefragt.

»Das war sensationell, Süße«, hatte er hinterher gesagt, und die Blutflecken auf dem ohnehin blutroten Satinlaken offenbar gar nicht registriert.

Laura war froh, daß er die Sache »sensationell« gefunden hatte, obwohl sie rein gar nichts zu einem solchen Urteil beigetragen hatte. Es war aber keineswegs so, daß sie nichts empfunden hatte, und Blenders geschickte Hände und ihre Reaktion darauf hatten sie sogar positiv überrascht. Das war der Lohn für das Befolgen von Tante Ellas siebenundvierzigstem Gebot, »denn wer nichts erwartet, freut sich, wenn er trotzdem etwas bekommt«.

Nicht, daß dieser unerwartete, positive Nebeneffekt ihrer Ehe mehr Glanz, ihren Gefühlen gegenüber Blender mehr Innigkeit und ihrer Einstellung zum Leben mehr Optimismus verliehen hätte. Laura war auch hier ganz und gar ein Produkt von Tante Ellas nüchterner Erziehung.

»Eine Schwalbe macht noch keinen Sommer«, lautete die sprichwörtliche Umschreibung für Gebot Nummer siebzehn, sinngemäß fast identisch mit »Schuster, bleib bei deinen Leisten«. Das erforderte Mißtrauen gegen alles Gute, was einem das Schicksal unerwartet bescherte und eine erhöhte Aufmerksamkeit gegen seinen nächsten Schachzug, denn das Schicksal war launisch und Laura bisher in keinster Weise gnädig gestimmt. Immerhin, das große Geheimnis jenseits des Kusses war gelüftet, und sie wußte jetzt, daß sie gut damit würde leben können, es mit Blender zu teilen. Selbst als sie sich anschließend etwas verlegen die jeweilige Lebensgeschichte erzählten – Lauras war sehr kurz, Blenders ziemlich geschönt –, hatte es kein böses Erwachen gegeben. Daß er zwei kleine Töchter hatte, die bei ihm lebten, fand Laura nur halb so schlimm. Sie mochte Kinder und konnte gut mit ihnen umgehen.

Blender seinerseits war ebenfalls zufrieden.

»Das war sensationell«, hatte er auch nach dem zweiten Mal gestöhnt, obwohl er Laura keineswegs für eine Naturbegabung auf dem Gebiet der Sexualität hielt. Ihre Passivität kam seinen Vorlieben allerdings ziemlich entgegen, er konnte Frauen nicht leiden, die einen sofort in der einzig möglichen Methode zu ihrem Orgasmus instruierten und dann an einem herummeckerten, wenn es nicht geklappt hatte.

»Jetzt hast du's wieder vermasselt«, war der Satz, den er von seiner Ex am häufigsten gehört hatte, eine Verschiebung des Beckens um einen Millimeter, eine Verzögerung des Rhythmus um eine Millisekunde – und schon hatte der Haussegen für drei Tage schiefgehangen. Mindestens. Seine Ex war eben eine frigide Krampfhenne gewesen. Aber anstatt sich damit abzufinden, hatte sie aus Gründen der Gleichberechtigung auf ihrem eigenen Orgasmus bestanden, lächerlich.

Blender schnaubte bei diesem Gedanken heftig durch

die Nase. Auch wenn sie behauptete, in diesem José einen Guru des weiblichen Mehrfachorgasmus gefunden zu haben, er glaubte ihr kein Wort. Einmal Krampfhenne, immer Krampfhenne.

Da war Gabriele, seine Sekretärin und der vorgebliche Scheidungsgrund, ganz anders gewesen. Sie hatte in jeder Stellung und wirklich überall kommen können, laut schreiend, stöhnend, sich mit ihren rotlackierten Fingernägeln in seine Haut krallend, eine wohltuende Abwechslung gegenüber dem monotonen Gezische seiner Ex, »nicht aufhören, nicht aufhören«, wie ein defekter Radioapparat.

Allerdings hatte er nicht vergessen, was Gabriele ihm an den Kopf geworfen hatte, als Schluß war, weil seine Ex sich vorübergehend bereit erklärt hatte, es noch einmal mit ihm zu versuchen. Eine sehr peinliche Szene war das gewesen, Blender erinnerte sich lebhaft.

Gabriele war ihm zum Aufzug gefolgt und hatte gebrüllt: »Glaub bloß nicht, daß du im Bett der Brüller warst, für den du dich hältst. Nicht ein einziger Orgasmus war echt, die hab' ich dir alle nur vorgespielt. Du Versager!«

In diesem Augenblick war ausgerechnet Jasper Jürgens aus dem Aufzug getreten und schamrot angelaufen.

»Frauen«, hatte Blender zu ihm gesagt, als Gabriele ihrerseits im Aufzug verschwunden war. »Alles gekränkte Eitelkeit!«

Jasper hatte zwar genickt, aber Blender hatte seither schon manchen mitleidigen Blick unter seine Gürtellinie ertragen müssen, und das von Jasper, diesem Weichei!

Mit Gabriele hatte er längst wieder Frieden geschlossen, nachdem seine Ehe endgültig gescheitert war und nach einer kleinen Gehaltserhöhung für ihre langjährigen Dienste. Seitdem kein Wort mehr über angeblich vorgespielte Orgasmen von ihrer Seite, im Gegenteil: Heftiges Wimpernklappern und nabeltiefe Ausschnitte verhießen ihm eindeutig, daß sie nichts gegen eine Wiederaufnahme ihrer intimen Diktate einzuwenden gehabt hätte.

Blender schmunzelte vor sich hin. Warum nicht? Wenn ihm mal danach sein sollte, konnte sie's gerne haben. Gabriele war das totale Kontrastprogramm zu Laura.

Laura gab während des Liebesspiels keinen Laut von sich, überließ es ihm, zu erraten, was in ihr vorging. Auch wenn er vermutete, daß sie durchaus Spaß an der Sache hatte, mangelte es ihr entschieden an jener bewundernden Hingabe, die er sich insgeheim erhofft und gleichzeitig gefürchtet hatte. Auf die üblichen Vorwürfe wie: »Niemals willst du hinterher mit mir kuscheln. Immer schläfst du sofort ein« oder alberne Kosenamen – seine Exfrau hatte ihn »Knuffibärchen« genannt, seine Sekretärin immerhin »Großer starker Brummbär« – konnte er gut und gerne verzichten, aber gegen überwältigte Seufzer, bewundernde Blicke und geflüsterte Liebesgeständnisse à la »Georg, du bist der Größte«, hätte er nichts einzuwenden gehabt. Schon um die neidischen Blicke der anderen Männer noch mehr genießen zu können.

Selbst jetzt, nach sieben Stunden Flug und in zerknitterten Klamotten, sah Laura hinreißend jung und unverbraucht aus. Er legte einen Arm um ihre Schultern und küßte genießerisch ihren Hals, damit der Kerl im Boßanzug, der gerade den Gang entlangkam, sie nicht für Vater und Tochter halten konnte. Ein paar andere Klamotten, Make-up, ein Besuch bei Leon und etwas gesellschaftlichen Schliff, und Laura war die Traumfrau schlechthin. Die gesamte Männerwelt von Wermelshoven würde ihn beneiden und die faltigen, liposomengecremten Hälse ihrer Frauen voller Ekel betrachten. Vor lauter Vorfreude hätte sich Blender am liebsten die Hände gerieben. Seine Pechsträhne war vorbei. Das Leben hatte ihn wieder.

Tante Ella erlitt keinen Herztod, soviel vorneweg. Aber sie sagte so schreckliche Dinge, daß Laura sich beinahe wünschte, ein Herzanfall würde sie zum Schweigen bringen.

Sie hatte sich auf der Rückfahrt vom Flughafen für die kurze und schmerzlose Konfrontationsmethode entschieden. Es war kurz vor sechzehn Uhr, als sie in Wermelshoven eintrafen. Tante Ella war heute mit dem Kochen an der Reihe und würde schon mit der Zubereitung beschäftigt sein. Onkel Kurt war noch in der Gärtnerei und Klaus-Martin, mit einigem Glück, noch in der Bank, obwohl die freitags schon um drei Uhr schloß. Ihm wollte Laura am wenigsten begegnen.

»Ich bin gleich wieder da«, sagte sie zu Blender, als er seinen Mercedes in der Einfahrt geparkt hatte.

Blender war froh, daß er nicht mit hineinmußte. Er konnte sich vorstellen, daß Lauras Tante nicht unbedingt begeistert von der Vorstellung war, daß ihre Nichte einen fünfundzwanzig Jahre älteren Mann heiratete. Geheiratet hatte, vielmehr. Auch Laura hielt eine offizielle Bekanntmachung für überflüssig. Sie mußte da alleine durch, Tante Ella die Hiobsbotschaft mitteilen, ein paar ihrer Sachen holen, und weg war sie wieder. Kurz und schmerzlos eben.

»Hallo, Tante Ella«, sagte sie. Die Tante stand wie vermutet hinter dem Herd.

»Da bist du ja wieder«, sagte sie, ohne sich umzudrehen. Sie war immer noch leicht säuerlich wegen des Kirchenchores, und Strafe mußte sein.

»Ja, aber nicht für lange. Ich wollte nur ein paar Sachen holen.«

»Es gibt in einer Viertelstunde Essen«, sagte Tante Ella streng und schnipselte ungerührt Rotkohl klein. Sie hatte den Sinn ihrer Worte leider nicht verstanden. Laura mußte noch deutlicher werden.

»Ich werde nicht mitessen. Ich werde ausziehen.« Das war zwar nicht die anständige Art und Weise, einer Tante beizubringen, daß ihre Erziehungsarbeit beendet war, aber das Kind war schon in den Brunnen gefallen, was nutzte da noch Süßholzraspelei und falsche Rücksichtnahme?

Der Tantenrücken rührte sich nicht, aber Laura sah, daß das Küchenmesser regungslos in der Luft feststeckte. Sie holte tief Luft und setzte noch drei weitere erklärende Sätze hinzu.

»Ich packe nur rasch ein paar Sachen zusammen. Ich war in Las Vegas und habe dort geheiratet. Ich werde in Herrn Blenders Haus ziehen und dort leben.« Damit war dann eigentlich alles gesagt. Kurz und schmerzlos.

Laura schaute noch eine Weile auf den Rücken ihrer Tante, aber als die sich nicht rührte, beschloß sie, ihre Sachen zu holen und zu gehen. Sie nahm ihren alten Koffer aus der Kleiderkammer und begann, die Unterwäsche aus ihrer Kommode einzupacken. »Ich werde in Herrn Blenders Haus ziehen«, hatte sie gesagt. Das hatte Tante Ella sicher verwirrt. Welche Ehefrau nannte ihren Mann schon »Herr«? Na ja, egal, im Laufe der Zeit würde sich das schon geben. Laura nahm nur wenige ihrer Klamotten mit, drei Paar Schuhe, ihre Lieblingsbücher, das Tagebuch, und den komischen Troll, den Klaus-Martin ihr als Kind mal gebastelt hatte, damit er ihre Alpträume verscheuchte, und damit war der Koffer schon voll.

Sie sah sich in ihrem Zimmer um. Es war tadellos aufgeräumt, sehr sauber, und hatte auch vor Lauras Packaktion einen bemerkenswerten Mangel an persönlichen Gegenständen aufgewiesen. Nichts von dem, was noch hier war, würde Laura vermissen, ausgenommen den abgenutzten Teddybären, der auf dem Bett saß.

Gerade als sie ihn ergreifen wollte, flog die Tür auf, und Tante Ella stand im Raum. In der rechten Hand hielt sie immer noch das Küchenmesser, die Hand vom Rotkohl leicht rötlich gefärbt – ein furchterregender Anblick. Im ersten Augenblick dachte Laura, ihr letztes Stündchen sei gekommen.

»So also dankst du uns, was wir für dich getan haben! Ich kann nur sagen, der Apfel fällt nicht weit vom Stamm. Deine Mutter war auch so eine schamlose Person. Ohne Moral und Anstand. Aber ich dachte, dich hätte ich anders erzogen. Aufrecht. Vernünftig. Und vor allem ehrlich.«

An dieser Stelle holte sie das erstemal Luft. Laura hätte die Gelegenheit gehabt, etwas zu erwidern, aber es fiel Ihr nichts ein. Leider versperrte Tante Ella auch die Türe, den einzigen Fluchtweg.

»Du hast dich deinem Chef an den Hals geschmissen, wenn ich das recht verstanden habe, pfui über euch, diesen Kinderschänder, und über dich, du schamloses Flittchen. Da legt man sich all die Jahre krumm und schief, damit ihr es mal besser habt, und so bekommt man es gedankt. Wir haben dir alles bezahlt, eine musikalische Ausbildung, dein Abitur, alles, was du am Leib trägst, ist von unserem Geld erwirtschaftet.«

Wieder ein Luftholen. Diesmal war Laura stärker versucht, eine Antwort zu geben, etwas über die Kosten des deutschen Schulsystems oder ihre sogenannte musikalische Ausbildung und die vielen, vielen Stunden, die sie entgeltlos für die Gärtnerei gearbeitet hatte. Aber es erschien ihr unmöglich, Tante Ellas inneres Ohr zu erreichen. Also packte sie den Koffergriff, so fest sie konnte, und bereitete sich auf einen plötzlichen Abgang vor.

»Was soll das werden?« rief Tante Ella. »Ein letzter großer Raubzug durch das Haus deiner Jugend? Ist das vielleicht *dein* Koffer? Sind das *deine* Kleider? Immer nur die Hand aufhalten, das kannst du, aber jetzt hast du ja einen anderen Dummen gefunden.« Während sie sprach, begann sie erregt im Raum auf und ab zu gehen.

Laura sah ihre Chance und schob sich vorsichtig in Richtung Tür, die nun frei war.

»Was ist denn da bitte drin, in *unserem* Koffer?«

»Meine Unterwäsche«, murmelte Laura und schielte auf die Tür. »Ein paar Kleidungsstücke, Schuhe, Bücher, mehr nicht.«

»*Deine* Unterwäsche?« wiederholte Tante Ella und spuckte beinahe auf den Fußboden. »Nichts, aber auch nichts von dem, was du zu besitzen glaubst, ist dir. Nicht mal das Schwarze unter den Fingernägeln!«

»Ich leihe es mir nur«, sagte Laura schnell und zerrte den Koffer eilig die Treppe hinunter. Jeden Augenblick erwartete sie, das Küchenmesser in ihrem Rücken zu fühlen. Aber sie hörte nur Tante Ellas Stimme.

»Nie wieder brauchst du dich hier sehen zu lassen«, rief sie. »Nie wieder, wir sind zutiefst von dir enttäuscht!«

Laura warf die Haustür hinter sich ins Schloß und atmete tief durch. Kein schöner Abgang, wahrlich nicht. Aber immer noch besser, als wenn Tante Ella ein trauriges Gesicht gemacht oder gar geheult hätte.

»Das ist aber schnell gegangen. Ist das dein ganzes Gepäck?« erkundigte sich Blender und legte den Koffer in den Kofferraum.

»Ja«, erwiderte Laura. »Jedes weitere Teil wäre mir und Tante Ella wie Raub vorgekommen. Der Koffer ist auch nur geliehen.« Und die Unterwäsche war's vermutlich auch. Wahrscheinlich würde Tante Ella sie einklagen.

»Macht nichts«, meinte Blender. »Wir gehen gleich morgen früh zur Bank und richten ein Konto für dich ein, dann kannst du dir alles kaufen, was du dir wünschst.«

Laura sagte nichts. Sie dachte an ihren Teddybären, den sie oben auf dem Bett hatte sitzen lassen, und wäre am liebsten noch mal ins Haus gelaufen, um ihn zu holen. Aber Blender hatte schon Gas gegeben. Dabei war der Teddy der einzige Gegenstand, auf den Tante Ella keinen Anspruch erheben konnte. Ihre Mutter hatte ihn ihr geschenkt, das war verbrieft, auch wenn Laura sich leider nicht daran erinnern konnte. Sie würde Klaus-Martin darum bitten, ihn vorbeizubringen.

Oh, mein Gott, Klaus-Martin. Der würde völlig ausflippen, wenn er hörte, was passiert war. Aber sicher würde er am Schluß einsehen, daß sie das Bestmögliche aus der Situation gemacht hatte. Und egal, als welcher Schweinehund sich Blender auch entpuppen mochte – Laura war immer noch mißtrauisch –, schlimmer als Tante Ella konnte er gar nicht werden.

»Hoffentlich mögen mich deine Töchter wenigstens«, sagte sie seufzend.

»Ganz sicher«, erwiderte Blender, der sich keineswegs ganz sicher war. Er fuhr die kiesbestreute Einfahrt zu einer Villa hinauf, die Lauras Vorstellungen von einer Villa locker in den Schatten stellte. Ein Portal auf Säulen wie in den Südstaaten, im gigantischen Flur eine riesengroße, mittig angelegte Treppe, wie geschaffen, um darauf in einem weiten Abendkleid mit Schleppe hinabzuschreiten. Blender stellte die Koffer auf dem Marmorfußboden ab.

»Alessa! Aline!«

Alessa kam mit einer kleinen, plüschigen Katze auf dem Arm aus der Küche. »Papiiii! Hast du mir was mitgebracht?«

»Klar, hab' ich. Eine kleine und eine große Überraschung.«

Im ersten Stock öffnete sich eine Tür, und Aline erschien auf der obersten Stufe. Laura und sie erblickten und erkannten sich etwa zur gleichen Zeit. Beiden stockte der Atem.

»Was für eine Überraschung denn?« fragte Alessa unten.

Blender hielt ihr die Glitzerbarbiepuppe entgegen, die sie in Las Vegas gekauft hatten. »Na, wie gefällt dir die?«

»Ist das die große oder die kleine Überraschung?«

»Die kleine. Die große ist Laura.« Blender legte einen Arm um Lauras Schultern. »Wir haben in Las Vegas geheiratet.«

Aline und Laura schauten einander immer noch fassungslos in die Augen. Schließlich wandte Aline den Blick ab und ließ sich ganz langsam, wie eine alte Frau, auf der obersten Treppenstufe nieder. Laura schluckte trocken.

»Bist du dann meine neue Mamiii?« erkundigte sich Alessa mit lieblichem Grübchenlächeln. »Meine alte Mami ist nämlich auf Mallorca.«

Laura sah immer noch zu Aline hinauf. Das war also eine von Blenders »kleinen Töchtern«. Herr im Himmel! Sie konnte nicht glauben, was sie sah, aber es war eigentlich ziemlich logisch. Schon weil der Nachname identisch war. Wieso hatte sie nicht ein Mal an Aline gedacht und an die Möglichkeit, daß Blender mit ihr verwandt sein könnte? Dann hätte sie ihn doch niemals geheiratet. Oder jedenfalls weniger schnell.

»Du kannst uns gerne begrüßen«, sagte Blender zu Aline. »Laura beißt nicht.«

»Das weiß ich. Wir kennen uns bereits«, sagte Aline

und machte keinerlei Anstalten, sich zu erheben. »Wir waren in einem Bioleistungskurs, hat sie dir das nicht gesagt?«

»Nein«, sagte Blender. Er war nur unwesentlich getroffen. Schließlich hatte er nicht nur gewußt, sondern auf das heftigste gebilligt, wie alt Laura war.

»Um so besser«, sagte er. »Dann kennt ihr euch ja schon.«

Aline rieb sich die Augen. »Ja ja, es ist alles bestens, Papa, ganz tolle Überraschung, mach dir um uns mal keine Sorgen. Wann bist du geboren, Laura? Im August?«

»September«, sagte Laura leise.

»September, wunderbar! Dann bist du drei Monate jünger als ich. Ich meine, das kommt in den besten Familien vor, daß die Mütter jünger sind als die Töchter. Und wenn nicht, dann können wir sicher im Fernsehen auftreten. Was hältst du davon, Papa? Wir könnten gleich noch Mama und ihren Freund dazu bitten, vielleicht oben ohne, dann ginge die Einschaltquote hoch wie eine Rakete.«

Blender ignorierte seine älteste Tochter einfach und führte Laura in das prächtige Wohnzimmer. Alessa folgte ihnen mit der Katze auf dem Arm.

»Wie heißt denn dein Kätzchen?« fragte Laura.

»Wie alt bist du?« fragte Alessa zurück.

»Neunzehn«, antwortete Aline an Lauras Stelle. Sie war hinter ihnen ins Wohnzimmer getreten und stand nun in der Tür wie eine Großausgabe von Alessa, nur ohne Sommersprossen. »Genauso alt wie ich.«

»Dann ist sie zwei Jahre weniger alt als das Au-pair-Mädchen von Daria«, sagte Alessa, die sehr gut rechnen konnte. »Sie heißt Fabienne und trägt schwarze Unterwäsche. Darias Mutter kann Fabienne nicht leiden. Sie hat zu Darias Vater gesagt, wenn er noch mal einen Blick auf Fabienne riskiert, dann muß sie wieder zurück nach Frankreich. Trägst du auch schwarze Unterwäsche?«

Laura schüttelte den Kopf. »Nein.«

Blender nahm die Koffer wieder hoch.

»Die Katze heißt Nadja Auermann«, erklärte er. »Alessa tauft alle ihre Katzen auf die Namen von Supermodels.«

»Oh, hast du noch mehr Katzen?«

Alessa schüttelte den Kopf.

»Nein«, sagte Aline. »Naomi Campbell hatte leider einen bedauerlichen Unfall. Aber Katzen kriegt man ja glücklicherweise an jeder Ecke nachgeschmissen, nicht wahr, Papa? Sag mal, Laura, kennst du dich eigentlich aus mit Traumata?«

»Aline, was soll das?«

»Ich frag' ja nur. Ich nehme doch an, deine neue Frau soll Alessa die Mutter ersetzen, oder etwa nicht? Man kann nur hoffen, daß sie sich mit Traumata auskennt und nichts gegen Katzen in der Mikrowelle hat. Magst du gegrillte Katzen, Laura?«

Laura sagte nichts. Die ganze Sache hatte eine Wendung genommen, mit der sie nicht im Schlaf gerechnet hätte. Nicht in ihren schlimmsten Alpträumen.

Aber eine kleine, häßliche Stimme in ihrem Inneren sagte ihr, daß das erst der Anfang eines Alptraums sei, den sie sich ganz allein und bei vollem Bewußtsein eingebrockt hatte.

»Tja, dann gehe ich mal und telefoniere mit meinen

Freunden«, meinte Aline. »Ich bin sicher, die finden das alles hochinteressant. Vielleicht kommen dann ganz bald die Leute vom Fernsehen.«

»Mach dir nichts draus«, sagte Blender zu Laura. »So war sie immer schon. Sie ist nach ihrer Mutter geraten.«

Laura sah Aline bekümmert nach. Vermutlich fühlte sie sich noch mieser als sie selber.

7.

Das erste Frühstück mit ihrer neuen Familie verlief sehr merkwürdig. Frau Kerbholz erschien pünktlich um Viertel vor sieben, weckte Alessa und machte sie für die Schule fertig. Anschließend begann sie wie gewohnt, das Haus in Ordnung zu bringen. Als Blender und Laura gemeinsam die Treppe herunterkamen, bewahrte sie stoische Ruhe, als passiere es jeden Tag, daß Blender ein junges Mädchen über Nacht da hatte.

»Guten Morgen, meine *liebe* Frau Kerbholz«, sagte Blender aufgeräumt. »Wir möchten uns noch einmal ganz herzlich für die vergangenen fünf Tage bedanken. Das scheint ja alles wie am Schnürchen geklappt zu haben.«

»Hat es«, sagte Frau Kerbholz knapp und verschwieg die unwesentliche Tatsache, daß sie Nadja Auermann das eine Mal aus der vollen Badewanne, das andere Mal aus der geschlossenen Waschmaschine hatte retten müssen.

»Wir sind auch sehr zufrieden mit Ihnen«, sagte Blender. Laura fragte sich, ob er mit seiner Haushälterin grundsätzlich im Pluralis majestatis sprach oder ob er sie, also Laura, mit einbezog. »Trotzdem müssen wir Ihnen leider die Stellung aufkündigen.«

Laura und Frau Kerbholz waren gleichermaßen verblüfft.

»Ja, sehen Sie, Ihre Aufgaben möchte von nun an meine Frau übernehmen.«

»Ihre Frau? Aber die ist doch auf Mallorca.« Frau Kerbholz stellte sich absichtlich dumm. So einfach wollte sie sich nicht aufs Abstellgleis schieben lassen. Nach allem, was sie in diesem Haus schon mitgemacht hatte.

»Meine Exfrau ist auf Mallorca. Dies ist meine neue Frau«, erklärte Blender überflüssigerweise.

»Wenn das so ist«, brummte Frau Kerbholz und band sich die Schürze ab. »Dann kann sie ja die Katze aus der Waschmaschine holen, und aus der Mikrowelle und aus der Badewanne und von überallher, wo der kleine Teufel die hinsteckt! Mir ist das jetzt egal!«

»Es wäre sehr nett, wenn Sie noch bleiben würden und meiner Frau alles erklären könnten. Wie die Waschmaschine funktioniert und solche Dinge.«

»Nä!« Frau Kerbholz wußte, wann es überflüssig war, weiter die Dame zu spielen. »Geben Sie mir mein Restgeld, dann bin ich hier weg!«

Laura verfolgte ihren Abgang mit gespaltenen Gefühlen. Sie konnte sich des Verdachtes nicht erwehren, daß Blender durch sie einiges an Geld zu sparen hoffte, denn die Summe, die er Frau Kerbholz in die Hand zahlte – er hatte immer Unmengen von Bargeld in seiner Brieftasche – war nicht unbeträchtlich. Auf der anderen Seite war es vermutlich normal, daß die Ehefrau den Haushalt führte.

Als Frau Kerbholz gegangen war, setzten sie sich gemeinsam an den großen Küchentisch und frühstückten. Blender zeigte ihr die Bedienung der Kaffeemaschine und erklärte ihr, wie er den Kaffee am liebsten trank, nämlich schwarz und stark.

»Wirst du schon lernen«, sagte er dann und kniff Laura in die Wange. »Ich bin heute den ganzen Tag unterwegs, unsere Brötchen verdienen. Aber heute abend machen wir was Schönes zusammen, ja?«

»Ja. Und was mache ich den ganzen Tag?« erkundigte sich Laura in neutralem Tonfall.

»Was halt so anfällt. Kochen, putzen ... Irgendwo hat die Kerbholz einen Wochenplan mit allen Terminen von Alessa und dem Fensterputzer und dem Mann, der das Schwimmbad reinigt. Ich glaube, er hängt auf der Innenseite im Spind, also der Plan, nicht der Mann, der das Schwimmbad reinigt, hahahaha.«

Blender war fertig mit Frühstücken. »Und wie eine Waschmaschine funktioniert, wirst du schon rausfinden. Du hast ja schließlich Abitur.«

»Ja«, sagte Laura. »Wo ist denn Aline?«

»Im Bett«, sagte Blender. »Mit der ist nichts anzufangen. Sie hängt den ganzen Tag zu Hause rum und ist für nichts zu gebrauchen. Aber das soll dich nicht stören.«

»Interessant«, sagte eine Stimme hinter seinem Rükken. Aline war unbemerkt in die Küche getreten. »Ich bin also für nichts zu gebrauchen, ja?«

»Genau«, sagte Blender ungerührt. »Oder machst du irgendwas Sinnvolles, von dem ich nichts weiß?«

Aline drehte sich um und knallte die Tür hinter sich zu. Laura blickte ihr betreten nach.

»Das war nicht unbedingt nett«, sagte sie. »Sicher ist sie jetzt gekränkt.«

»Und wenn schon.« Blender rückte sich die Krawatte

gerade. »Sie kommt ganz auf ihre Mutter, die konnte auch wunderbar faulenzen und absahnen. Ich hoffe nur, daß sich Aline diesen kleinen König angelt, dann muß ich sie nicht bis ans Ende meiner Tage aushalten. So, ich mach' mich auf die Socken. Denk dran, Alessa um drei zu ihrer Therapiestunde zu fahren, den Autoschlüssel für den Golf hat Aline, und kauf dir was Feines, heute abend will ich schick mit dir essen gehen.« Er stand auf. »Nichts Billiges, hörst du, sondern was richtig Elegantes. Und neue Schuhe.« Er reichte ihr einen Tausender aus der Geldbörse. »Du kannst ruhig alles ausgeben, hörst du? Ich will mich nicht mit dir blamieren in irgendwelchen Kaufhausklamotten.«

Laura hatte noch niemals einen echten Tausendmarkschein in den Händen gehalten. Sie packte ihn ganz vorsichtig mit beiden Händen.

»Morgen richten wir dir ein Konto ein«, sagte Blender noch. »Dann kannst du ganz normal mit Karte zahlen. Bis heute abend.«

»Wiedersehen«, sagte Laura und machte sich daran, den Haushalt zu erforschen. Sie studierte jeden Raum vom Keller bis zum Dach sehr gründlich, ausgenommen Alines Zimmer, aus dem kein Ton drang. Vermutlich hatte sie sich wieder zum Schlafen hingelegt. Laura inspizierte das schöne Schwimmbad, machte einen Bummel durch den parkähnlichen Garten und versuchte sich den Inhalt der Schränke und der Tiefkühltruhen einzuprägen. In Alessas Zimmer lag die kleine, plüschige Katze, Nadja Auermann, auf dem Bett. Als Laura sie streichelte, schnurrte sie laut.

Aline rührte sich auch nicht, als Laura damit begann,

die großen Räume zu staubsaugen. Laura zweifelte daran, daß sie wirklich schlief. Irgendwie hatte sie Mitleid mit ihrer neuen Stieftochter. Und mit sich auch. Beide konnten einem leid tun.

Am späten Vormittag klingelte es an der Tür. Es war Klaus-Martin, er stand dort mit hängenden Schultern und Lauras Teddybär im Arm.

»Hallo«, sagte er.

»Hallo«, erwiderte Laura und wäre beinahe in Tränen ausgebrochen.

Eine Weile standen sie sich schweigend gegenüber. Schließlich sagte Klaus-Martin: »Wie ist das, möchtest du mich nicht reinbitten?«

»Natürlich. Komm rein.«

Klaus-Martin fand von alleine den Weg ins Wohnzimmer. »Mensch, Laura, warum hast du mir nicht gesagt, was da im Busch war?«

»Ich konnte nicht. Es ging so schnell«, sagte Laura. »Rasend schnell. Ich wußte selber nicht, daß da was im Busch war.«

Klaus-Martin reichte ihr den Teddy. »Hier, du hattest ihn auf dem Bett liegengelassen. Ich wollte, daß du nicht ganz allein bist.«

»Danke«, sagte Laura. »Bitte, Klaus-Martin, sei mir nicht böse. Aber ich – bestimmte Dinge muß man eben allein entscheiden.«

»Ist er wenigstens nett zu dir?«

Laura dachte an das Frühstück heute morgen. »Ja«, sagte sie trotzdem. »Sehr sogar.«

In diesem Augenblick kam Aline die Treppe herab ins

Wohnzimmer und schritt an ihnen vorbei in die offene Küche. Sie tat, als ob sie niemanden sehen würde. Klaus-Martin erstarrte zur Salzsäule.

»Aber das ist doch ...«

»Georgs Tochter. Hab' ich auch nicht gewußt.« Laura drückte ihren Teddy fester an sich. Aline öffnete den Kühlschrank und schloß ihn wieder, ohne sich etwas herausgenommen zu haben. Als sie sich umdrehte, tat sie so, als sehe sie erst jetzt die beiden im Wohnzimmer sitzen.

»Sieh an, noch mehr Verwandtschaft«, sagte sie. »Der Bruder meiner Stiefmutter wäre dann also mein Onkel, stimmt's? Onkel Ponyman.«

»Du kannst ruhig nur Ponyman zu mir sagen«, meinte Klaus-Martin matt. »Ach, Laura, da hast du dir ja schön was eingebrockt.«

»Nicht doch«, sagte Aline. »Ich bin echt leicht erziehbar. Und welche Mutter kann sich schon parallel zu ihren Kindern entwickeln?«

Klaus-Martin räusperte sich. »Tja, was machst denn du so?«

Aline schwieg.

»Sie hat sich für Kunstgeschichte eingeschrieben, aber sie geht nie hin«, antwortete Laura an ihrer Stelle.

»Stimmt«, sagte Aline und zitierte ihren Vater. »Ich hänge statt dessen den ganzen Tag hier rum und bin für nichts zu gebrauchen.«

»Aha«, machte Klaus-Martin.

»Ja, das ist aber alles ganz logisch zu erklären. Ich hatte Erziehungswissenschaften im Grundkurs, und da hat man mir die Augen geöffnet. Die Versagerin zu spielen ist meine Art, um Aufmerksamkeit zu betteln, mußt du wissen. Ich habe schon alles mögliche ausprobiert. Zum Beispiel, supergut funktionieren, überall die Beste sein. Aber das hat keiner gemerkt. Mit dreizehn, vierzehn hab' ich es dann mal mit Magersucht versucht, Essen und Kotzen, aber das hat auch nicht hingehauen. Hat auch keiner gemerkt. Tja, und jetzt eben die Versagerrolle. Am Ende bleibt dann immerhin noch der Selbstmord, das merken sie dann bestimmt.«

»Aha«, machte Klaus-Martin wieder. Laura wiegte den Teddy in ihren Armen hin und her und schaute auf den Fußboden.

»Mach dir keine Sorgen um meine Stiefmutti«, fuhr Aline fort. »Ich bin wirklich ein leichter Fall und sowieso schon hoffnungslos verzogen. Und meine kleine Schwester grillt zwar ihre Katzen in der Mikrowelle, aber sie ist fest in der Obhut von fähigen Therapeuten. Trotzdem kannst du Laura ja sagen, sie soll nachts besser ihre Tür abschließen. Man weiß ja nie.«

Sie begann, auf ihren Fingernägeln zu kauen.

»Was machst du denn jetzt den ganzen Tag?« wandte sich Klaus-Martin an Laura. »Wenn du nicht mehr in die Agentur gehst, dann könntest du dich doch für Medizin einschreiben.«

»Gute Idee«, sagte Aline und nahm den Finger aus dem Mund. »Aber sicher hat mein Papa was dagegen. Du als gewöhnlicher Ponyman kannst natürlich nicht wissen, wie anstrengend und zeitraubend es ist, eine Dame zu sein, vom Scheitel bis zur Sohle. Sieh mal, Laura muß Klamotten kaufen, ihre Beine enthaaren, Tennis und Golf lernen, Kaffeeklatsche besuchen, Wohltätigkeitskonzerte für den Lionsclub organisieren, diese Hütte in Schuß halten, sich durch das Lesen von Hochglanzmagazinen über *Does* und *Don'ts* auf dem laufenden halten, die Fingernägel lackieren, den Masseur aufsuchen, schwimmen und Gymnastik machen, den nächsten Urlaub planen und nebenbei noch zwei Kinder erziehen. Ja, glaubst du, da hat sie Zeit für irgendwas anderes?«

»Lieber Himmel«, sagte Klaus-Martin zu ihr. »Und ich hab' dich immer für halbwegs normal gehalten.«

»Aber das bin ich doch, Onkelchen. Völlig normal. Kommt doch in den besten Familien vor, daß die Stiefmutter jünger ist als man selber und noch mit Teddys spielt.« Aline lächelte schwach.

»Ich muß jetzt Mittagessen kochen«, meinte Laura nach einem Blick auf ihre Armbanduhr und legte den Teddy aus der Hand. »Klaus-Martin, du mußt dir keine Sorgen machen, ich bin ganz und gar glücklich. Von ein paar Kleinigkeiten mal abgesehen« – Seitenblick auf Aline – »geht es mir bedeutend besser als vorher. Sag Tante Ella und Onkel Kurt schöne Grüße. Ich komme die Tage mal vorbei. Ach ja, und nimm den Koffer mit. Sonst erstattet Tante Ella am Ende noch Anzeige gegen mich.«

»Na gut, dann gehe ich jetzt mal«, sagte Klaus-Martin. »Aber wenn es sein muß, dann weißt du ja, daß du jederzeit wieder nach Hause kommen kannst.«

»Haha«, sagte Laura traurig.

Klaus-Martin seufzte tief. »Es wird Zeit, daß ich mir eine eigene Wohnung suche.«

»Haha«, sagte Laura wieder.

An der Tür drehte sich Klaus-Martin noch einmal um. »Tschüs, Aline, das nächste Mal bringt der gute Onkel dir was mit.«

»Auja«, rief Aline und klatschte in die Hände. »Der gute Onkel Ponyman kommt wieder. Wie schön!«

Laura kochte einen Gemüseauflauf, Brokkoli und Kartoffeln mit Käse überbacken, dazu gab's Salat und einen Griespudding zum Nachtisch. Aline sah ihr beim Kochen zu.

»Wo hast du das gelernt?«

»Zu Hause«, sagte Laura. »Ich hab's nicht gelernt, ich mußte es einfach tun.«

»Riecht lecker.«

»Schmeckt auch lecker. Könntest du bitte schon mal den Tisch decken? Für drei Personen.«

»Klar, Mami, mach' ich«, sagte Aline, aber sie rührte sich nicht vom Fleck. »Hast du vergessen, daß ich den ganzen Tag nur herumhänge und für nichts zu gebrauchen bin?«

Laura seufzte. »Das hat er sicher nicht so gemeint.«

»Ach nein, wie hat er es denn gemeint?«

»Wahrscheinlich macht er sich Sorgen um dich.«

»Das glaubst auch nur du. Du bist echt so was von naiv und blöde! Ich wundere mich nicht mehr, daß du ihn geheiratet hast, wirklich nicht. Selbst meine bescheuerte Mutter hat kapiert, daß man mit diesem Typen nicht zusammenleben kann.«

»Ich hätte nicht gedacht, daß man seine eigenen Eltern so mies finden kann«, sagte Laura mehr zu sich selbst als zu Aline. »Ich hatte nie welche und dachte immer, Eltern seien was Wunderbares.«

»Tja, wenn du eine Vaterfigur heiraten wolltest, dann hast du dir mit meinem Papa den Falschen ausgesucht.«

Laura deckte schweigend den Tisch.

»Für mich nicht«, sagte Aline, obwohl sie den ganzen Tag noch nichts gegessen hatte und der Duft des Auflaufes sie beinahe ohnmächtig werden ließ vor Hunger. »So weit kommt es noch, daß ich hier einen auf Familie mit dir mache.«

Laura erwiderte nichts.

Alessa kam pünktlich aus der Schule.

»Mag ich nicht«, sagte sie und deutete auf den Auflauf.

»Was magst du denn?«

»Pommes und Pizza«, sagte Alessa. »Und Eis.«

»Ja, das mag ich auch«, erwiderte Laura freundlich. »Sehr sogar. Und ab und zu werden wir das auch essen. Aber es ist leider nicht gesund, deshalb muß man auch mal was anderes probieren. Ich verspreche dir, daß es schmeckt. Du kannst eine Zwergenportion nehmen, in Ordnung?«

»In Ordnung«, sagte Alessa, und Laura gratulierte sich im stillen zu ihrem pädagogischen Geschick. Sie schaufelte Alessa eine kleine Portion des Auflaufs auf den Teller.

Alessa kaute lange und gründlich. Sie lächelte dabei.

»Siehst du, es schmeckt doch«, sagte Laura strahlend.

»Igitt«, schrie Alessa da, beugte sich seitwärts und spuckte ihren gutgekauten Mundinhalt auf den Teppich. »Ich will Pommes.«

Laura war ziemlich hilflos. Das Kind hatte eindeutig einen Schaden, war ungezogen und überhaupt unmöglich, aber es war halt noch ein Kind und mußte schließlich was essen. Tante Ella hätte jetzt die Lippen zu einem Strich gepreßt und gesagt: »Es wird gegessen, was auf den Tisch kommt, oder gar nichts.« Und wenn sie Kohl gekocht hatte und Laura das Gesicht verzog, pflegte sie zu sagen: »Wenn du jetzt nichts essen willst, dann wirst du's später mögen. Denn Hunger ist der beste Koch.«

Einmal hatte Laura daraufhin gesagt: »Dein Name ist bestimmt nicht Hunger, Tante Ella«, aber das hatte sie so leise gesagt, daß sie es nicht gehört hatte. Und Kohl mochte sie bis heute nicht.

Da sie Tante Ellas Erziehungsmaßnahmen für hoffnungslos überaltert hielt, machte sie eine Tüte mit Backofenfritten auf, die sie in der Tiefkühltruhe gesehen hatte.

»Magst du wenigstens Salat?«

»Na«, sagte Alessa.

Als die Backofenfritten so richtig goldbraun und knusprig waren, legte sie den Kopf schief und sagte: »Da fällt mir ein, wir haben heute schon in der Schule gegessen. Die Lehrerin hatte Geburtstag. Ich hab' gar keinen Hunger mehr.«

Laura starrte sie an. So niedlich sah sie aus, mit den Löckchen und den Sommersprossen. Niemand würde sie für solch ein tückisches Biest halten. Dabei war sie doch noch ein Kind. Wortlos schaltete sie den Backofen aus. Der Essensduft zog bis oben in Alines Zimmer. Laura konnte nur hoffen, daß sie nachher herunterkommen und sich des Essens annehmen würde, denn sonst hatte sie völlig umsonst gekocht.

»Ich gehe jetzt und spiele mit meiner Katze«, teilte Alessa ihr mit.

»Und was ist mit Hausaufgaben?«

»Haben wir keine auf.« Alessa verschwand Richtung Kinderzimmer, wo Nadja Auermann den ganzen Vormittag auf dem Bett gelegen und geschlafen hatte. Laura sah ihr hinterher, seufzte einmal schwer und machte sich daran, den Teppich zu säubern.

Als Blender nach Hause kam, war das Haus blitzblank. Laura hatte den Haushalt vollkommen unter Kontrolle. Sie hatte Alessa am Nachmittag zum Psychiater gebracht und wieder abgeholt, in der Zwischenzeit, wie Blender vorgeschlagen hatte, ein neues Kleid gekauft, ein dazu passendes Kurzjäckchen, Strumpfhosen und Schuhe. Alles zusammen hatte über sechshundert Mark gekostet, in Lauras Augen eine Wahnsinnssumme für so wenige Teile. Aber es waren wirklich schöne Sachen, kein »Kaufhausfummel«, wie Blender ihre anderen Kleider nannte.

Alessa war relativ friedlich gewesen, von dem ausgespuckten Auflauf mal abgesehen. Sie hatte die meiste Zeit mit ihrer Katze gespielt und war nicht weiter aufgefallen. Laura hatte beschlossen, sie fürs erste in Ruhe zu lassen und ihr Gelegenheit zu geben, sich ganz allmählich an sie zu gewöhnen. Aline hatte, wie Laura gehofft hatte, irgendwann im Laufe des Tages den Auflauf gegessen, so war er wenigstens nicht umsonst gemacht. Die Fritten allerdings hatte sie auf den Komposthaufen bringen müssen.

Am Nachmittag, zufälligerweise zur gleichen Zeit, als

Laura mit Alessa vom Psychiater zurückkam, war Elmar König vorgefahren, um Aline zu einer Spritztour abzuholen.

»Was sehen denn my eyes there?« hatte er mit einem anzüglichen Grinsen gesagt.

»Ich wußte gar nicht, daß deine Eier sehen können«, hatte Laura erwidert. Die Schonzeit für Elmar, also sozusagen der Bonus dafür, daß sie mal in ihn verliebt gewesen war, war längst vorbei. »Bisher hast du doch immer nur mit deinen Eiern gedacht!«

»Oho, vielleicht hat es dir noch nobody gesagt, aber eyes sind Augen, keine Eier«, hatte Elmar leicht gekränkt gesagt. »Du kleine Erbschleicherin.«

»Komm, laß uns fahren«, Aline hatte ihn am Ärmel gezupft. Schon halb im Auto, schien ihr dann noch etwas einzufallen: »Alessa, Nadja Auermann humpelt übrigens. Was hast du mit ihr gemacht?«

»Nichts«, hatte Alessa mit unschuldsvollem Augenaufschlag geantwortet. Nadja Auermann war schließlich nur eine Runde in der Waschmaschine gefahren. Ohne Wäsche drin. Und ohne Wasser. Nur Schleudergang. Außerdem ging Aline das gar nichts an. Nadja Auermann war ganz allein ihre Katze. Wenn Aline eine haben wollte, dann sollte sie sich gefälligst ein eigenes Trauma anschaffen.

»Kleines Monster«, hatte Aline gesagt. »Jetzt komm schon, Elmar, laß uns fahren.«

»Okay, ich wollte zwar noch einen netten Plausch mit deiner lovely stepmother halten, aber irgendwie scheint sie mich nicht zu mögen. Sie steht eindeutig auf ältere Männer, nicht wahr, Frau Blender, das tun Sie doch?«

Da hatte Laura nach Alessas Hand gegriffen und war ins Haus gegangen, ohne etwas zu erwidern.

Blender interessierte sich nicht die Bohne für Lauras Erlebnisse vom Tage. Hauptsache, es hatte alles geklappt, die Einzelheiten waren vollkommen unwichtig. Er war abgearbeitet von der vielen Arschkriecherei tagsüber – zwei neue Kunden wollten ihre albernen Werbeblättchen von ihm gestaltet haben, eine Arbeit, die er sofort Jasper Jürgens aufs Auge gedrückt hatte – und wollte jetzt seine Ruhe. Und etwas Vergnügen.

»Ich habe einen Bärenhunger«, sagte er.

»Ich könnte dir etwas kochen«, schlug Laura vor.

»Ach, Blödsinn, wir gehen nachher fein essen. Hast du dir was Schickes gekauft? Zeig mal her! Nicht übel, bißchen brav vielleicht. Das nächste Mal gehen wir zusammen einkaufen.«

Laura versuchte es noch einmal mit einem Gespräch von Elternteil zu Elternteil. »Alessa hat echte Probleme.«

»Weiß ich doch«, sagte Blender gelangweilt. »Was meinst du denn, wer ihre Therapiestunden bezahlt? Der Weihnachtsmann?«

Es gab nur eine einzige Adresse in Wermelshoven, wo man wirklich en vogue essen gehen konnte, und das war das Schloßhotel am Golfplatz. Unter diesen Umständen war es kein Wunder, daß man dort an jedem Abend der Woche ein paar Bekannte traf, Bekannte aus dem Tennis-, dem Golf-, dem Bridge- oder dem Lionsclub. So war es auch diesmal. Als Blender mit Laura am Arm den Saal betrat, merkte er, daß sich die Neuigkeit bezüglich seiner Eheschließung bereits herumgesprochen hatte. Zunächst verstummten alle Gespräche, dann wurden sie besonders eifrig wieder aufgenommen. Blender grüßte souverän nach links und rechts, Laura bemühte sich einfach, nicht zu stolpern.

Am Tisch gleich schräg hinter ihnen saß eine braungebrannte Blondine mit dicken Klunkern am Hals, den Fingern und den Handgelenken. Sie winkte Blender ausgesprochen freundlich zu.

»Das ist Constanze van der Bloom«, sagte Blender leise zu Laura. »Sie besitzt eine Boutique hier, da könntest du das nächste Mal einkaufen.«

Diesmal schloß Laura vom Nachnamen messerscharf auf eine Verwandtschaft zwischen der Klunkerblondine und ihrer Erzfeindin aus der Schule, Jolanda van der Bloom. So einen blöden Nachnamen gab es sicher nicht so häufig.

Constanze kam nach einer Weile an ihren Tisch. »Grüß dich, *lieber* Georg«, sagte sie so freundlich wie schon seit Monaten nicht mehr. Blender freute sich.

»Laura, das ist Constanze«, sagte er. »Constanze, das ist Laura. Meine Frau.«

»Freut mich«, log Laura und streckte der van der Bloom ihre Hand hin. Constanze tat so, als sähe sie es nicht. Sie beugte sich statt dessen noch ein bißchen näher an Blender heran und so weit vor, daß ihre braungebrannten Brüste beinahe aus der Bluse kippten.

»Georg, Lieber, wir wollten uns gerade nebenan im Clubraum über dieses Benefizkonzert unterhalten. Zugunsten der Aktion Sorgenkind, du weißt schon. Wenn du Lust hast, komm doch gleich mal rüber«, flötete sie.

»Mach' ich«, strahlte Blender. Schon lange hatte Constanze ihn nicht mehr so tierisch angemacht. Das mußte an der Konkurrenz liegen. Er warf Laura einen dankbaren Blick zu. Der Texaner hatte recht behalten. Jetzt war er nicht mehr der verlassene Idiot, dessen Exfrau einen Besseren aufgetan hatte, sondern ein toller Hecht mit einer jungen Mieze und damit auch wieder für andere Frauen interessant. Und die Männer schlugen ihm immerhin freundschaftlich auf die Schulter. Den Rest des Abends verbrachte er wie auf Wolken. Er trank zwei Wodka-Lemon, tauchte tief in Constanzes Dekolleté ab und genoß es, im Mittelpunkt zu stehen.

Laura saß indessen etwas abseits und wurde behandelt wie Luft. Stinkende Luft. Blender merkte es gar nicht.

»Das war doch ein netter Abend, nicht, Spätzchen?« sagte er im Auto auf der Rückfahrt.

»Niemand hat mit mir gesprochen«, sagte Laura in neutralem Tonfall. Sie meckerte niemals, eine Eigenschaft, die sie Tante Ella zu verdanken hatte. Der einzige, der in deren Haushalt hatte meckern dürfen, war sie selber gewesen. »Aber das Essen war sehr lecker.«

»Das bildest du dir nur ein«, erwiderte Blender, und Laura wußte nicht, ob er damit das leckere Essen oder das Verhalten seiner sogenannten Freunde meinte. Im Grunde war es auch egal. Weil sie schwieg und das Thema einfach ruhen ließ, war Blender davon überzeugt, daß sie beleidigt sei. Beleidigt sein oder endlos diskutieren waren die beiden Verhaltensweisen, die er bisher von Frauen gewöhnt war. Aber später, als er im Bett einen Routineannäherungsversuch wagte, merkte er, daß Laura keineswegs beleidigt war. Sie hatte sich nur an Tante Ellas fünfunddreißigstes Prinzip gehalten, was da hieß: »Nichts ist überflüssiger als Widerworte.« Ohne es zu wissen, hatte Tante Ella Laura damit zur perfekten Ehefrau erzogen. Nur ihre Zurückhaltung im Bett wurde allmählich ein wenig eintönig, fand Blender.

In anderer Beziehung hatte Tante Ella allerdings kläglich versagt, mußte Blender feststellen. Laura war überhaupt nicht auf ein Leben unter den oberen Zehntausend vorbereitet. Sie hielt den Lionsclub für eine Art World Wildlife Found, sie hatte nie die Vogue gelesen, und sie beherrschte weder Tennis noch Golf noch Bridge, alles lebenswichtige Dinge, wenn man in Wermelshoven etwas darstellen wollte.

Als erstes meldete Blender sie daher im Tennisclub zu Trainerstunden an, die Anfangsgründe im Golf wollte er ihr selber beibringen. Er stattete Laura mit einer kompletten Tennisausrüstung aus, die in etwa soviel kostete wie ein Monatsumsatz der Gärtnerei Everts, und fuhr sie höchstpersönlich zur Tennishalle. Während der Trainer ihr die Grundzüge der Vorhand erklärte, saß er am Rand auf einer Bank und bewunderte ihre Beine im kurzen Röckchen. Der Tennistrainer war ein junges, braungebranntes Schnöselchen, und auch er schaute ein paarmal auf Lauras Beine.

Guck du ruhig, dachte Blender höchstzufrieden. Aber das ist alles meins. Obwohl ich doppelt so alt bin wie du, Söhnchen.

Nicht alle Männer beneideten ihn bedingungslos. Sein

Freund und Anwalt Udo Hoffmann zum Beispiel hatte ihm nur ausgesprochen zögerlich gratuliert.

»Sie sieht wohl sehr gut aus, was?«

»Das tut sie«, hatte Blender sehr zufrieden geantwortet.

»Ich nehme nicht an, daß sie vermögend ist?«

Blender hatte den Kopf geschüttelt.

»Und berufstätig ist sie wohl auch nicht?«

Erneutes Kopfschütteln.

Hoffmann seufzte. »Mensch, Georg, ich dachte, du wärst inzwischen klüger geworden. Aber Alter schützt vor Torheit nicht, was?«

Blender versuchte ihm klarzumachen, daß diese Eheschließung die einzige Möglichkeit gewesen war, das Schicksal zu überlisten. Aber Hoffmann konnte seiner Argumentation nicht recht folgen.

»Weißt du, was dich die Überlistung deines Schicksals kosten wird?« fragte er.

»Weißt du, was ich spare, seit ich diesen alten Besen Kerbholz nicht mehr bezahlen muß?« fragte Blender zurück.

»Mensch, Georg«, sagte Hoffmann wieder. »Du bist doch wirklich nicht dämlich. Irgendwann hat deine junge Frau es satt, die Haushälterin zu spielen und reicht die Scheidung ein. Und was dann passiert, hast du ja schon einmal mitgemacht.«

»Zugewinngemeinschaft«, hielt Blender dagegen. »Hast du mir selber erklärt. Ich muß nur mit ihr teilen, was ich nach der Eheschließung erwirtschaftet habe, oder?«

Hoffmann nickte.

»Na also«, fuhr Blender fort. »Ich werde nichts erwirtschaften, wir haben ein Konjunkturtief. Und eine Erbschaft steht mir auch nicht ins Haus. Wo ist das Problem?«

»Das will ich dir sagen, du blauäugiger Idiot! Du wirst bluten! Du wirst Unterhalt zahlen müssen und einen nicht unbeträchtlichen Teil deiner Altersversorgung abgeben. An zwei blutsaugende Frauen!«

»Oh«, Blender verstummte vorübergehend.

»Ja, oh«, äffte Hoffmann ihn nach. »Du kannst bloß hoffen, daß sie eine Art Ehevertrag unterschreibt, in welchem sie freiwillig auf Unterhalt im Falle einer Scheidung verzichtet. Ich setze dir so was auf und bringe es vorbei. Und du sorgst dafür, daß sie ihren Hans-Otto darunter setzt. Denn ich habe keine Lust, dich später mal im Obdachlosenasyl zu besuchen.«

Blenders Lachen hatte nur halb so unecht geklungen, wie es war. Es hatte zwar keine Eile, aber mit so einem Ehevertrag würde er doch bedeutend ruhiger schlafen. Nur für den Fall des Falles.

Zur nächsten Trainerstunde mußte Laura allein fahren. Blender hatte ihr die Schlüssel zu seinem Golf Cabrio gegeben, seinem Zweitwagen, den normalerweise Aline fuhr.

»Ihr wechselt euch eben ab«, hatte er gesagt, als Laura meinte, das sei gegenüber Aline nicht fair.

»Geht schon in Ordnung«, hatte Aline schnippisch von oben herunter gerufen. »Ich hänge doch sowieso den ganzen Tag zu Hause rum und bin für nichts zu gebrauchen.«

Laura hatte diesen Satz von Aline in den letzten Tagen so oft gehört, daß er ihr langsam zum Hals raushing. Überhaupt wurde das alles allmählich eintönig. Das Haus war zwar groß, aber mit etwas System problemlos sauberzuhalten, zumal die zeitaufwendigen Dinge wie Fensterputzen und Schwimmbad in Schuß halten von anderen Leuten übernommen wurden. Auch das Zubereiten von Alessas Mahlzeiten war sehr einfach. Bis sich das Kind an sie gewöhnt haben würde, hatte sich Laura entschlossen, Pommes und Pizza zu backen und ganz allmählich zu gesünderen Gerichten überzugehen. Die täglichen Schikanen der Kleinen nahm sie gelassen hin. Und auch an Alines zynische Art hatte sie sich gewöhnt. Im Grunde sah sie ihre ehemalige Mitschülerin als ein Opfer der unglückseligen Umstände. Blender war in der Tat kein guter Vater, und leider interessierte er sich nicht die Bohne für Lauras abendliche Berichte.

»Spätzelchen, damit mußt du schon allein klarkommen, ich bringe schließlich das Geld nach Hause.«

»Aber das sind deine Kinder. Und sie sind unglücklich«, hielt Laura dagegen.

»Sie haben doch alles«, sagte Blender. »Kein Grund, sich zu beklagen.«

Und damit meinte er nicht nur seine Kinder, sondern natürlich auch sie. Laura hatte ihn gefragt, was er davon hielte, wenn sie anfinge zu studieren, ihrer Einschätzung nach wäre ein Studium durchaus möglich, ohne den Haushalt zu vernachlässigen. Blender verstand die Welt nicht mehr. »Wieso willst du studieren? Du hast doch einen Geldesel, der für dich sorgt! Verstehe da einer die Frauen.«

Laura hatte beschlossen, die Diskussion auf später zu

verschieben. Sie hatte noch einige Monate Zeit, in denen sie Blender beweisen konnte, daß sie den Haushalt mit links schmiß.

Die Tennisstunden waren eine willkommene Abwechslung. Der Trainer war nett zu ihr, nett, aber neutral und unverbindlich, genau, wie es Laura mochte. Dummerweise spielte zur gleichen Zeit ein Damendoppel auf dem Nachbarplatz, und eine der Damen war Constanze van der Bloom.

»Passen Sie gut auf, lieber Freund, daß die junge Dame nicht mal Ihrem Vater vorgestellt wird. Sie steht nämlich auf ältere Herren, vornehmlich vermögende ältere Herren.« Sie sparte nicht gerade mit spöttischen Bemerkungen dem Trainer gegenüber – Laura behandelte sie nach wie vor wie Luft – und nach der dritten Trainerstunde war seine unverbindliche Freundlichkeit einer eisigen Höflichkeit gewichen. Offensichtlich hatte er den bösen Gerüchten Glauben geschenkt, die Constanze am laufenden Band erfand.

Laura fing an, die Tennisstunden zu hassen. Immerhin machte sie hier einige interessante Entdeckungen. Zum einen erkannte sie, wie klein die Welt war, denn eine Dame aus dem Vierer hieß nicht nur König mit Nachnamen, sondern war definitiv mit Elmar verwandt, seine Mutter, um genau zu sein. Sie hatte eine ganz besonders eisige Art und Weise, Laura wie Luft zu behandeln. Laura fühlte sich in ihrer Gegenwart mindestens wie am Nordpol.

Die zweite interessante Entdeckung machte sie gleich nach der ersten Trainerstunde. In der Damenumkleide beobachtete sie – das unsichtbare Lüftchen in der Ecke –

wie Constanze van der Bloom eine kleine, brillantenbesetzte Armbanduhr in ihre Sporttasche packte. Eine Minute später begann Elmars Mutter fieberhaft nach etwas zu suchen.

»Habt ihr meine kleine Cartier-Uhr gesehen?« fragte sie aufgeregt. »Ich hatte sie neben meine Tasche gelegt.«

»Nein«, beteuerten die anderen, einschließlich Constanze van der Bloom, und Laura war nicht erstaunt, als sie alle in ihre Ecke sahen, so als ob sie zwar aus Luft, aber in jedem Fall eine Diebin sei.

»Also, ich habe sie jedenfalls nicht«, sagte sie, obwohl Luft nicht sprechen kann. »Sie können gerne meine Sachen untersuchen.«

Aber Luft hat auch keine Sachen, also untersuchte sie niemand. Dann doch lieber auf die Uhr verzichten, schien hier die gängige Meinung zu sein. Außerdem war sie versichert. Natürlich ging nicht viel später das Gerücht herum, Blenders neue Frau stehle, und man solle Wertgegenstände in jedem Fall vor ihr verschließen. Die Uhr tauchte nicht wieder auf.

Laura wunderte sich. Wieso hatte Constanze van der Bloom es nötig, eine Uhr zu klauen, die sie niemals würde tragen können, weil jeder wußte, wem sie gehörte? Sehr merkwürdig.

Die dritte interessante Entdeckung machte Laura, als sie nach der Trainerstunde auf den Parkplatz kam. Dort stand Elmars schickes rotes Cabrio, wegen des Regenwetters und der winterlichen Temperaturen mit geschlossenem Verdeck, und drinnen saß Elmar und knutschte heftig. Aber es war nicht Aline, die er küßte, sondern

Jolanda van der Bloom, Alines beste Freundin. Diese Tatsache verwunderte Laura ganz besonders, zumal sie daran zweifelte, daß Aline davon Kenntnis hatte. Aber wozu schlafende Hunde wecken, wie Tante Ella immer sagte. Unbemerkt von den beiden im Auto stieg sie in ihr eigenes und fuhr davon.

8.

Da sie für Alessa nur eine Tiefkühlpizza in den Ofen schieben würde, hatte sie noch etwas Zeit bis zum Mittag. Sie beschloß, in der Gärtnerei vorbeizufahren und sich wieder mit Tante Ella zu versöhnen. Es erschien ihr dringend notwendig, weil die Tante ihr in jeder Nacht im Traum erschien und mit erhobenem Zeigefinger ihre eigenen Gesetzestexte deklamierte.

Der Besuch war nur sehr kurz.

»Hallo, Tante Ella«, sagte Laura. Tante Ella stand gleich hinter dem Eingangstor, in der Hand eine Palette voller winziger Koniferen. Im Augenblick, Mitte November, hatten nur die Friedhöfe Konjunktur, Totensonntag nahte.

Tante Ella preßte die Lippen zusammen. »Du bist hier nicht erwünscht«, sagte sie dann und schritt mit den Koniferen Richtung Gewächshaus.

Laura ging zurück zu ihrem Wagen. In der Tat ein äußerst kurzer Besuch. So, wie es aussah, würde sie wohl weiter von Tante Ella träumen müssen.

Immerhin, im Hause Blender schien sie einen kleinen Etappensieg errungen zu haben. Zwischen Aline und ihr herrschte wenigstens Waffenstillstand. An diesem Mittag ließ sich Aline sogar dazu herab, den Tisch zu dekken und mitzuessen.

Als Alessa mit ihrem Standardsatz zum Spielen verschwunden war – »wir haben keine Hausaufgaben auf« –, beschloß Laura, Aline von Elmar und Jolanda und dem, was sie in Elmars Cabrio getan hatten, zu erzählen.

»Sag mal, liebst du Elmar eigentlich?«

»Was ist denn das für eine Frage?« Aline lehnte sich entrüstet zurück. »Nur weil ich mal mit dir esse, heißt das noch lange nicht, daß du mich so was Persönliches fragen kannst.« Sie stockte. »Was ist denn das? Sag mal, hörst du das auch?«

Laura legte den Kopf schief und lauschte. Da war ein merkwürdig hohes Jaulen und Quieken zu hören, ein ihr völlig unbekanntes Geräusch.

»Das kommt aus der Schwimmhalle«, rief Aline und sprang auf. Laura folgte ihr im Laufschritt. Der Swimmingpool war komplett überdacht und durch eine breite Glasflügeltür von der großen Diele aus zu erreichen. Blenders Innenarchitekt hatte die riesige Schwimmhalle mit Marmorboden, großen Pflanzenkübeln und steinernen Ruhebänken ausgestattet. Auch im tiefsten Winter herrschten hier Lufttemperaturen von achtundzwanzig Grad. Ein paradiesischer Ort. Ausgenommen in diesem Augenblick.

Alessa, der es ohne Aufsicht verboten war, die Schwimmhalle zu betreten, hockte am hinteren Beckenrand und starrte auf das Wasser. Dort strampelte ein dunkelgraues Bündelchen, das sich beim näheren Hinschauen als Nadja Auermann entpuppte und die Quelle der mitleiderregenden Laute darstellte.

»Oh, mein Gott«, rief Laura.

Aline fackelte nicht lange, sie sprang mit den Kleidern ins Wasser.

»Geh da weg! Das ist meine Katze«, schrie Alessa. »Sie soll schwimmen lernen. Laßt sie in Ruhe.«

Aline hatte die strampelnde Nadja Auermann erreicht und hievte sie auf den Beckenrand, wo sie sich schüttelte und zu putzen begann. Das nasse, lange Fell klebte an ihrem mageren Körper und machte eine ganz andere Katze aus ihr. Ihr Anblick war so überraschend, daß sogar Alessa für eine Weile ihr Gebrüll einstellte. Laura reichte Aline die Hand und zog sie aus dem Wasser.

»Ich zieh' mich um«, sagte die und streichelte der nassen Katze mitleidig über den Kopf.

Laura drehte sich zu Alessa um. »Was hast du dir denn dabei gedacht? Sie hätte ertrinken können!«

Alessa fing an zu heulen. »Hätte sie nicht. Immer müßt ihr an mir herummeckern. Nadja Auermann ist ganz alleine meine Katze, mit der kann ich machen, was ich will. Und beinahe hätte sie schwimmen gelernt, wenn ihr nicht gekommen wärt.«

»Aber sie hat ganz gräßlich geschrien, weil sie Angst hatte«, sagte Laura. »Ich dachte, du liebst deine Katze.«

»Das tu' ich auch«, brüllte Alessa. »Aber ich will mit ihr spielen, wie ich das will! Sonst sag' ich das meinem Therapeuten, und dann wird mein Trauma noch viel schlimmer!«

Sie begann, ohrenbetäubend zu schreien. Laura ließ sie eine Weile brüllen, in der Hoffnung, sie würde heiser werden. Dann packte sie sie an beiden Schultern und schüttelte sie heftig.

Alessa verstummte vorübergehend.

»Sieh mal«, Laura setzte sich neben sie an den Bekkenrand, »Katzen können sehr wohl schwimmen, aber sie mögen kein Wasser. Und in einem Swimmingpool ertrinken sie, weil sie da nicht den Rand erklimmen können. Verstehst du das denn nicht?«

»Natürlich versteht sie das.« Aline war wiedergekommen, in einen Bademantel gehüllt. »Deshalb hat sie das Vieh ja auch ins Schwimmbad geworfen. Sie wollte, daß es ertrinkt.«

Laura starrte sie entsetzt an. »Aber sie ist doch noch so klein. Sie hat nicht gewußt, daß Katzen nicht schwimmen können, nicht wahr, Alessa?«

»Laß mich in Ruhe«, schrie Alessa. »Ich will jetzt mit meiner Katze spielen, sonst wird mein Trauma noch viel, viel schlimmer.«

»Heute nicht mehr«, sagte Aline und nahm die nasse Nadja Auermann auf den Arm. »Keine Angst, kleine Katze, für heute bist du in Sicherheit.«

»Gib mir sofort meine Kaaaaaatze«, schrie Alessa.

»Nein, für heute hast du wirklich schon genug angerichtet«, sagte Laura und fand, daß sie klang wie Tante Ella. »Du gehst jetzt in dein Zimmer und spielst ganz für dich allein. Und heute abend reden wir noch einmal über die Sache, wenn du aufgehört hast zu schreien.«

»Ich will sofort meine Kaaaatze«, brüllte Alessa. »Und von dir lasse ich mir gar nichts sagen!«

Laura packte das schreiende Kind am Arm. Das Gebrüll verdoppelte sich. Alessa schlug mit Armen und Beinen um sich. Aber Laura war stärker. Sie zerrte

Alessa ins Haus, die Treppe hoch bis in ihr Zimmer. Dort sperrte sie sie ein. Das Gebrüll verstummte schlagartig.

»Jetzt spielst du erst mal ein bißchen für dich ganz allein«, sagte Laura atemlos vor der Tür. »Und nachher komme ich, und wir lesen gemeinsam im Katzenbuch nach, wieso Katzen nicht ins Schwimmbad dürfen.«

»Du blöde Ziege«, schrie Alessa. »Ich will nichts lesen über Katzen. Wenn ich das meinem Vater sage, dann schmeißt er dich ins Schwimmbad, und du ertrinkst.«

Laura ließ das brüllende Kind einfach hinter der Tür zurück. »Das war ja schrecklich«, sagte sie unten in der Schwimmhalle.

»Ich finde, das ging noch«, erwiderte Aline. Sie hatte Nadja Auermann auf dem Schoß und streichelte sie. »Die letzte Katze ist in der Mikrowelle geendet, und Claudia Schiffer wurde nie gefunden.«

»Das ist ja schrecklich«, sagte Laura wieder. »Meinst du, ich soll mal mit ihrem Therapeuten sprechen?«

»Ja.« Aline sah sie von der Seite an. »Wir sind eine schreckliche Familie. Du hättest in keine pathologischere einheiraten können.«

»Warum bist du eigentlich noch hier?« fragte Laura. »Du könntest längst in einer anderen Stadt wohnen und studieren. Ich verstehe dich nicht.«

»Das beruht wohl auf Gegenseitigkeit«, sagte Aline. »Denn ich bin immerhin in diese scheußliche Familie hineingeboren worden. Im Gegensatz zu anderen Leuten.«

»Aber du könntest dir so ein schönes Leben machen, weil du wenigstens eins hast, und das ist Geld.«

»Geld allein macht nicht glücklich«, sagte Aline, und weil Tante Ella manchmal genau das gleiche sagte, mußte Laura lächeln.

»Meine Mutter ist abgehauen, weil mein Vater sie betrogen hat, seit ich denken kann. Mit allen seinen Sekretärinnen und wer ihm sonst noch über den Weg gelaufen ist«, sagte Aline, ohne sie anzusehen. »Dich wird er auch betrügen, so sicher wie das Amen in der Kirche. Meine Mutter hat das alles so lange keifend und spuckend ertragen, bis ihr dieser José über den Weg gelaufen ist. Jetzt macht sie sich ein schönes Leben, an uns hat sie nicht ein Mal gedacht. Wir sind ihr genauso egal wie unserem Vater, waren es immer. Kein Wunder, daß Alessa ihre Katzen grillt.«

»Und ich dachte immer, ich wäre mit Tante Ella besonders vom Schicksal geschlagen«, sagte Laura mitleidig. »Ich finde, dafür bist du noch ziemlich normal geraten. Und wenn ich du wäre, würde ich endlich anfangen, mein eigenes Leben zu leben.«

Es klingelte an der Tür. Aline stand auf. »Du meinst, nicht mehr herumlungern und für nichts nütze sein?« rief sie über die Schulter. »Das wird Elmar sein.«

»Was würdest du eigentlich tun, wenn du wußtest, daß Elmar dich betrügt?« fragte Laura.

»Das tut er nicht. Oh, hallo, Elmar.«

»Hi, Süße«, sagte Elmar.

Laura überlegte, ob er wohl noch nach Jolandas Parfum roch. Sie schickte ein paar besonders eisige Blicke von der Schwimmhalle zur Haustür.

Elmar merkte es nicht. Er betrachtete Alines Aufmachung. »Noch im Bademantel?«

»Ich will meine Kaaaaaaatze«, brüllte Alessa von oben.

Elmar warf einen Blick durch die große Flügeltür hinaus zum Schwimmbad. »Your stepmother übt sich in Erziehung, was? Laß uns zu ihr hinausgehen und uns ein bißchen mit ihr amüsieren.«

»Nein«, sagte Aline und schob ihn vor die Haustür zurück. »Warte hier draußen, ich bin gleich fertig.«

»Ich warte lieber inside«, sagte Elmar noch, aber da war die Tür schon vor seiner Nase zugeschlagen.

Constanze van der Bloom langweilte sich. Ihr fehlte der Nervenkitzel. Sie war noch nicht lange Witwe. Ihr Mann hatte Wohncontainer hergestellt, ein Geschäft, das mehr vor sich hinkränkelte, als zu florieren. Erst durch die große Asylantenwelle und die damit verbundenen Gesetze kam der Aufschwung. In Wermelshoven und den umliegenden Gemeinden mußten von heute auf morgen Unterbringungen aus dem Boden gestampft werden, und damit kam van der Blooms große Stunde. Zwei Jahre lang scheffelte er das Geld mit beiden Händen. Glücklicherweise mußte er die Folgen der neuen Abschiebungsgesetze nicht mehr erleben, denn auf dem Höhepunkt seines geschäftlichen Erfolges erlitt er einen Herzinfarkt und hinterließ sein Vermögen Frau und Tochter. Constanze, die das Geschäft mit Asylantenunterkünften für nicht sonderlich vornehm hielt, verkaufte die Firma umgehend gewinnbringend, legte das meiste gut an und eröffnete von einem kleinen Teil eine feine Boutique in der Innenstadt. Seither führte sie ein ausgesprochen luxuriöses, sorgloses Leben. Sie hatte alles, was sie wollte, Reichtum, Schönheit – wenn auch vergängliche –, Gesundheit und ab und zu eine Affäre, bevorzugt mit verheirateten Männern, des Nervenkitzels wegen. Aber an heimliche Treffs und hastige Schäferstündchen irgendwo auswärts konnte man sich leider gewöhnen und mit der Zeit konnte Constanze dem Ganzen immer weniger abgewinnen.

Was ihr wirklich fehlte, war Adrenalin im Blut, und zwar dauerhaft. Es war längst nicht mehr aufregend, einer Freundin den Mann auszuspannen, wenn sie sich ohnehin sicher war, daß es ihr gelingen würde.

Das einzige, was unter Garantie adrenalinausschüttend wirkte, waren ihre kleinen Raubzüge durch die Wermelshovener Geschäftswelt. Hier eine Bluse, da eine Uhr, Constanze nahm mit, was ihr unter die Finger kam. Aber sie war keine echte Kleptomanin, jedenfalls glaubte sie das von sich, denn sie war sich sehr wohl darüber im klaren, daß sie um keinen Preis erwischt werden wollte, auch nicht in ihrem tiefsten Unterbewußtsein. Außerdem klaute sie nur, was sie wirklich brauchte oder was ihr gefiel, lauter schöne Sachen. Echte Kleptomanen stahlen einfach alles, blödsinniges, sinnloses Zeug, das sie überhaupt nicht brauchten oder mochten. Aber Constanze fand, daß man, wenn schon, dann mit Stil klauen sollte, und daher machte sie auch nicht vor den Sachen ihrer eigenen Freunde halt. Auch wenn es schwer sein würde, das eine oder andere Stück zu tragen – man würde es wiedererkennen – es bereitete ihr einfach Vergnügen, es zu besitzen.

Trotzdem, diese Raubzüge waren gefährlich, daher

wollte Constanze sich wieder einem alterprobten Nervenkitzel hingeben, dem Ausspannen fremder Ehemänner. Diesmal hatte sie sich Georg Blender zum Opfer auserkoren.

An Blender hatte sie nie mehr Interesse gehabt als an all den anderen verheirateten Männern ringsum. Es hatte ihr gereicht, wenn er sie attraktiver fand als die eigene Frau und gierig auf ihren sonnenbankgestählten Busen schielte. Als er verlassen und betrogen worden war, hatte sie das Interesse ganz verloren, denn sie stand definitiv nicht auf Verlierertypen. Jetzt aber war das auf einen Schlag anders geworden, seit er mit dieser kleinen Gärtnerschlampe verheiratet war.

Constanze spürte, daß Laura eine echte Konkurrenz war, jung und von der Natur mit ungerecht vielen Schönheitsattributen ausgestattet. Möglicherweise war sie auch gut im Bett, das waren junge Mädchen häufig, weil sie einfach alles mit sich machen ließen. Und Blender machte einen wirklich glücklich verheirateten Eindruck. Alles in allem wunderbare Voraussetzungen für das alte Spiel, denn Constanze liebte die Herausforderung. Wenn es ihr gelänge, dieser jungen, unbestreitbar schönen Frau den Mann auszuspannen, dann hatte sie sich damit sicher einige klaufreie Wochen verdient.

Constanze überlegte nicht lange. Sie würde Erfahrung gegen Jugend setzen, Stil und Geschmack gegen bürgerliche Herkunft und Charme und Witz gegen den strafferen Hintern. Ein Spiel, bei dem die Sieger noch lange nicht feststanden.

Constanze suchte Blender in seinem Büro auf. Die

neidischen Blicke der aufgetakelten Sekretärin im Vorzimmer zeigten ihr, daß sich der Tag in der Schönheitsfarm des Schloßhotels gelohnt hatte. Es ging eben nichts über Frischzellen, diese kleingematschten Schafembryos machten einen gleich um Jahre jünger.

Blender schien erfreut, sie zu sehen. Er bot ihr sogleich einen Wodka-Lemon an, es war nämlich Zeit für seinen Nachmittagsdrink.

Constanze sagte ihm, daß sie daran denke, Anzeigen für ihren Laden zu schalten, und ob er ihr eine solche gestalten könne. Das konnte Blender selbstverständlich, wie er ihr mit einem tiefen Blick in ihr Dekolleté mitteilte.

»Und dann bin ich noch in einer etwas persönlicheren Angelegenheit hier«, fuhr Constanze fort und schlug ihre Beine übereinander. Wie von Zauberhand öffnete sich ihr drittoberster Blusenknopf.

Blender lächelte gespannt.

»Wie persönlich?« fragte er und setzte sich auf Constanzes Sessellehne.

Constanze kam sogleich zur Sache. Sie legte die Hand auf die Wölbung in seiner Hose.

»Sehr persönlich«, sagte sie.

Blender beugte sich ein wenig näher. Aaah, wie sie duftete! Am liebsten hätte er sich vor lauter Vorfreude die Hände gerieben. Endlich würde er mitreden können, manchmal hatte er schon den Eindruck gehabt, er sei der einzige Mann im Club, der nicht am eigenen Leib Constanzes nymphomanische Veranlagung erfahren hatte. Die heißeste Witwe diesseits des Äquators, hatten die anderen einstimmig behauptet, selbst sein Freund

Hoffmann hatte schon eine Affäre mit ihr gehabt. Und jetzt, endlich, wandte sie sich ihm zu.

»Das freut mich«, hauchte er in ihr Ohr. »Ich mag es persönlich.«

Constanze war etwas enttäuscht. So einfach mußte es ja nun auch schon wieder nicht gehen. Was sie nicht wußte, war, daß Blender mittelschwer frustriert war. Laura war ihm nämlich einfach nicht gut genug im Bett. Sie war langweilig, immer gleich stumm und passiv, als ob er einen Kühlschrank im Bett hätte.

Und als ob das nicht schon schlimm genug sei, hatte sie in der letzten Zeit im Gästezimmer genächtigt. Weil er angeblich kein Interesse an den Gesprächen zeigte, die sie ihm abends aufnötigte. Über Kindererziehung und ähnlichen Krempel. Ständig wollte sie über Alessa und Aline reden, sie hatte auf Anraten des Therapeuten sogar begonnen, psychologische Bücher zu lesen, »Gewalt bei Kindern«, »Das aggressive Kind« und so weiter. Darüber wollte sie mit ihm diskutieren, aber so was törnte ihn voll ab, das mußte sie doch verstehen.

»Aber es sind doch deine Kinder«, ein Satz, den er nun wirklich nicht mehr hören konnte.

»Ich hab' dich nicht geheiratet, um mit dir über meine Kinder zu quatschen, sondern um wieder jeden Tag vögeln zu können«, hatte er irgendwann empört ausgerufen, und ab da wohnte Laura im Gästezimmer. Schon zehn volle Tage lang. Viel zu lang für einen echten Kerl wie ihn. Aber jetzt saß ja Constanze neben ihm, ihre beringte, verheißungsvolle Hand auf seinem Schritt.

»Laß uns irgendwo hingehen, wo wir ungestört sind«, schlug er vor, aber das wollte Constanze nicht. Wenigstens die Sekretärin sollte hereinkommen und sie entdecken, das war sie ihrem Adrenalinspiegel schuldig. Geschickt lotste sie Blender zu seinem Schreibtisch und begann ihn dort von seinen Kleidungsstücken zu befreien.

Blender war begeistert. Wie jeder Mann war er ein Stück weit Exhibitionist, das Risiko, von seiner Sekretärin entdeckt zu werden, nahm er gerne in Kauf. Zumal es für Gabriele zumindest bei ihm auch nichts mehr zu entdecken gab, was sie noch nicht kannte.

Aber es war nicht Gabriele, die mitten in die scharfe Nummer auf dem Schreibtsich hineinplatzte, es war Laura.

Laura hatte einen schrecklichen Tag gehabt. Am Morgen hatte Blender ihr so ganz nebenbei den Ehevertrag überreicht, den Udo Hoffmann für ihn ausgearbeitet hatte.

»Es ist nichts Besonderes, nur eine Formalität«, hatte er gesagt. »Aber du müßtest es bei Gelegenheit unterschreiben und mir zurückgeben. Wiedersehen, Spätzelchen.«

Laura hatte sich eine Viertelstunde durch das komplizierte Juristendeutsch gelesen und war trotz vieler Fremdworte am Ende zu dem Schluß gekommen, daß Blender sie irgendwie für blöde verkaufen wollte. Da stand nichts anderes, als daß sie im Falle einer Scheidung auf jeglichen Unterhalt und andere Ansprüche verzichten solle.

Was hatte das zu bedeuten? Wollte Blender sie etwa loswerden? Oder wollte er einfach vorbeugen für den Tag X? In beiden Fällen keine angenehme Entwicklung.

Aber der Tag bot noch mehr Scheußlichkeiten. In der Post war eine Karte von ihrer Freundin Cordula aus Landau gewesen, eine unpersönliche und kühle Antwort auf ihre beiden letzten Briefe. Daß diese Kühle nicht nur aus der Distanz resultierte, sondern vermutlich Lauras neue Lebensumstände zur Ursache hatte, sollte Laura wohl daran merken, daß mit Annette noch alles beim alten war, obwohl die auch in einer anderen Stadt studierte. »Annette ist zur Zeit zu Besuch, wir haben viel Spaß miteinander. Viele Grüße, Cordula.«

Keine Frage, die Freundschaft schien vorbei zu sein. Cordula und Annette fanden es wohl mehr als befremdlich, daß sie einen soviel älteren Mann geheiratet hatte. Mit keinem Wort war Cordula auf ihre Briefe eingegangen, so als habe sie sie nie bekommen.

Laura beschloß traurig, die beiden von der megakurzen Liste ihrer Freunde zu streichen, auf der jetzt nur noch Klaus-Martin stand. Und Yoyo. Immerhin. Außerdem hatte sie Kinder, um die sie sich kümmern mußte, dachte sie mit einem schiefen Lachen.

Durch die Lektüre der Psychologiebücher und mehrere Gespräche mit Alessas Therapeuten war sie ziemlich alarmiert. Das Mädchen tat ihr leid, denn mit der Therapie alleine konnte ihr nicht geholfen werden. Sie brauchte eine Person, die sie liebte und anerkannte, hatte der Therapeut gesagt, und Laura hatte beschlossen, diese Person zu sein, denn Blender war dazu offensichtlich nicht in der Lage.

Laura spielte mehrere Stunden täglich mit Alessa und half ihr bei den Hausaufgaben, aber niemals hatte sie das Gefühl, daß sie einander näherkamen. Der Therapeut meinte, dies sei wahrscheinlich auch nicht möglich, weil Laura viel zu jung sei, um von Alessa als eine Mutterfigur angesehen zu werden. Möglicherweise stimmte das. Niemals hörte Alessa auf, ekelhaft zu sein. Ihr niedliches Grübchenlächeln blieb unecht, sie quälte weiterhin heimlich ihre Katze und spuckte Lauras Mittagessen auf den Teppich. Immer erst, nachdem sie es gut gekaut hatte, denn dann gab es mehr Flecken.

Laura wollte aber noch nicht aufgeben. An diesem Dienstag, an dem sie Blender und Constanze van der Bloom auf dem Schreibtisch der Agentur entdecken sollte, hatte sie vor, mit Alessa einen Weihnachtswunschzettel zu erstellen, diesen an einen extra für diesen Zweck gekauften Gasballon zu knoten und in den Himmel fliegen zu lassen.

»Au ja«, hatte Alessa gesagt und war für die Zeit, die Laura brauchte, um die Küche aufzuräumen und den Fleck auf dem Teppich zu entfernen, zum Spielen verschwunden. Laura suchte sie anschließend im ganzen Haus.

»Alessa? Wo bist du?«

Keine Antwort.

»Alessa? Komm schon, wir wollen doch den Brief an den Weihnachtsmann schreiben!« Immer noch keine Antwort. Na ja, welches elfjährige Kind glaubte auch noch an den Weihnachtsmann? schalt Laura sich in Gedanken.

Sie fand Alessa schließlich in der Schwimmhalle, wo sie verbotenerweise am Beckenrand saß.

»Hier bist du also. Was wünschst du dir denn zu Weih …« Die sanfte Frage – »immer ganz ruhig mit dem Kind sprechen«, hatte der Therapeut gesagt – blieb ihr im Hals stecken. Mitten im Schwimmbad trieb Nadja Auermann, und diesmal sah es so aus, als habe sie es nicht geschafft.

Laura sprang trotzdem ins Wasser und holte die Katze an Land. Sie war tot. Mausetot, wenn man das von einer Katze überhaupt sagen konnte.

»Zu Weihnachten wünsche ich mir eine neue Katze«, sagte Alessa und lächelte ihr allerschönstes Grübchenlächeln.

Laura hatte sich auf den Weg zu Blender gemacht, um ihm mit dieser traurigen Geschichte noch einmal die liebevolle Erziehung seiner mißratenen Tochter ans Herz zu legen. Wenn das so weiterging, dann würde Alessa irgendwann in einer Anstalt landen, das arme, verlorene Schäfchen.

Aber es kam natürlich zu keiner Aussprache, denn Blender war ganz offensichtlich nicht in der Stimmung dafür. Laura blieb regungslos etwas zehn Sekunden in der Tür stehen, Blender und Constanze starrten ebensolange regungslos zurück. Constanzes Adrenalinspiegel schnellte vorübergehend auf Rekordhöhe hinauf. Einen irren Augenblick lang hoffte sie, Laura würde nach dem Brieföffner greifen und auf sie losgehen.

Aber davon war Laura meilenweit entfernt. Nach den

zehn Schrecksekunden schloß sie behutsam die Tür von außen und ging.

Blender blieb frustriert zurück, denn die zehn Sekunden hatten gereicht, um seine persönliche Vergnügungsfähigkeit unterhalb der Gürtellinie zu beenden. So abgebrüht war er denn doch nicht. Er war natürlich sauer auf Laura, die konnte einem aber auch jeden Spaß verderben.

Constanze machte aber erstaunlicherweise einen zufriedenen Eindruck. Sie zog sich an und sagte: »Bis zum nächsten Mal«, was Blender auf Wiederholung hoffen ließ, bei der sie nicht so empfindlich gestört würden.

Laura ihrerseits machte sich auf den Weg zu dem einzigen Menschen, dem sie ihr Herz ausschütten konnte, Klaus-Martin. Sie wartete vor der Bank, bis er Feierabend hatte, und fiel ihm dann wortlos in die ausgebreiteten Arme. Ehe sie es verhindern konnte, strömten ihr die Tränen aus den Augen, ungefähr wie bei den Niagarafällen. Klaus-Martin führte sie zu dem Lieferwagen der Gärtnerei, den er heute ausnahmsweise fahren durfte, und setzte sie auf den Beifahrersitz. Er war natürlich entsetzt, nachdem er ihr erst einmal alle Einzelheiten aus ihrem Ehefrauen- und Stiefmutterdasein aus der Nase gezogen hatte. Noch mehr als die Nummer auf dem Schreibtisch entsetzte ihn der Katzentod im Schwimmbad.

»Du mußt da raus«, sagte er.

Lauras Niagarafälle versiegten allmählich. »Und wohin? Zurück zu euch, zu Tante Ella Eisblock?«

»Auf jeden Fall gibst du mir diesen dubiosen Ehevertrag. Ich werde ihn einem Anwalt vorlegen, und der wird uns sagen, wie du darauf regieren sollst! So billig wird der dich nicht los!«

»Du weißt doch, was Tante Ella immer sagt: Jeder muß die Suppe auslöffeln, die er sich eingebrockt hat.«

Klaus-Martin seufzte. »Ich wollte zu Yoyo fahren. Kommst du mit? Da gibt es was Warmes zu trinken.«

»Ja, aber nicht lange. Ich möchte zurück sein, wenn Blender nach Hause kommt.«

Bei Yoyo war die Heizung außer Betrieb. In seinem Keller war es kälter als draußen. Yoyo hockte unter mehreren Stepp- und Wolldecken auf seiner Matratze, die er nun auch Laura und Klaus-Martin anbot.

»Ich koche uns einen heißen Kakao«, schlug er bibbernd vor.

»Ja«, sagte Klaus-Martin und zog sich eine Decke über die Schultern. »Und dann baden wir unsere Hände darin.«

»Der Vermieter hat versprochen, daß er die Heizung spätestens morgen repariert«, sagte Yoyo und zog die Nase hoch. »Ich hoffe, daß ich bis dahin noch am Leben bin.«

Laura studierte die Graffitis an der Wand. »Hey, da sind ja ein paar neue dabei. Von dir?«

Yoyo nickte. »Ja, das mit den gefrorenen Tränen.« Mit drei Bechern Kakao kam er von seinem Gaskocher zurück und setzte sich zu den beiden auf die Matratze. »Und was gibt's bei euch Neues?«

»Bei mir nichts, bei Laura ein paar Kleinigkeiten«, antwortete Klaus-Martin und faßte die Ereignisse der letzten Stunden in zwei Sätzen zusammen: »Blender hat ein Verhältnis mit Jolanda van der Blooms Mama, und seine

Tochter hat Nadja Auermann im Schwimmbecken ertränkt.«

Yoyo schüttelte betrübt den Kopf. »Daß diese Supermodels heutzutage nicht mal schwimmen können«, murmelte er.

Da kicherten Laura und Klaus-Martin immerhin matt.

9.

Blender kaufte Alessa eine neue Katze, eine Tigerkatze mit weißem Lätzchen, die sie Cindy Crawford nannte. Laura war empört.

»Wenigstens mit dem Therapeuten könntest du ja mal sprechen. Es kann nicht gut sein, diesem Kind immer wieder eine neue Katze zu schenken, die sie quält, bis sie stirbt«, rief sie aus, aber Blender winkte ab.

»Wenn ich etwas nicht leiden kann, dann sind das hysterische Weiber«, sagte er. »Keine Diskussion mehr, verstanden?«

Laura wandte sich ab. Keine Diskussion mehr, das hatte er auch gesagt, als sie ihn auf die Sache mit der van der Bloom auf seinem Schreibtisch angesprochen hatte.

»Ein Mann muß eben manchmal tun, was ein Mann tun muß«, hatte er gesagt. »Und was du mir nicht gibst, muß ich mir eben bei anderen Frauen holen. Das hätte dir vorher klar sein müssen.«

»Aber ...«, hatte Laura erwidert.

»Keine Diskussion mehr!« Blender war genervt.

Um Alessas ununterbrochene »Kaaaaaatze«-Rufe zu beenden, war er am Mittwoch gleich losgezogen, um ihr eine neue zu besorgen. Sofort war Ruhe eingekehrt. Und weil Constanze am gleichen Tag anrief und mit ihrer rauchigsten Stimme Obszönitäten ins Telefon säuselte, war Blenders Welt wieder in Ordnung. Daß Laura anfing, ihn zu hassen, merkte er nicht. Und wenn er es gemerkt hätte, hätte es ihn vermutlich nicht gestört.

»Es wird jetzt wirklich allerhöchste Zeit, daß du was unternimmst«, sagte Klaus-Martin am Telefon. »Das hat der Anwalt auch gesagt, dem Yoyo deinen komischen Vertrag gegeben hat.«

»Gut Ding will Weile haben«, sagte Laura, ganz wie Tante Ella. »Außerdem kann ich die Kinder nicht im Stich lassen.«

»Die *Kinder*«, schnaubte Klaus-Martin. »Am Ende willst du die *Kinder* noch adoptieren!«

»Wenn ich gehe, wer wird sich dann um Alessa kümmern?«

»Wie wäre es denn mit ihrer Mutter?« schlug Klaus-Martin vor.

Die Idee war nicht mal schlecht. Laura überlegte, der Frau einen langen, herzergreifenden Brief nach Mallorca zu schicken. Vielleicht würde sie sich ihrer Mutterpflichten entsinnen und das arme Kind nach Mallorca holen, bevor es die nächste Katze auf dem Gewissen hatte. Das milde Klima würde ihm sicher guttun.

Laura setzte sich mit dem Telefonhörer an den Küchentisch und machte eine Liste mit allen Dingen, die erledigt werden mußten, bevor sie das Haus für immer verlassen würde.

»Was machst du da?« wollte Klaus-Martin wissen.

»Pläne«, erwiderte Laura knapp und schrieb:

1. Alessa gut unterbringen,

2. Cindy Crawford gut unterbringen, naturlich getrennt von Alessa,

3. Aline dazu bringen, endlich ihr Studium zu beginnen,

4. mir selbst eine Wohnung, einen Studienplatz und einen Job besorgen,

5. Klaus-Martin eine Wohnung, einen Studienplatz und einen Job besorgen,

6. mich mit Tante Ella versöhnen.

Letzteres strich sie nach einigem Zögern wieder. Nicht alles, was einen belastete, mußte man auch aus dem Weg räumen. Alessas Therapeut hätte gesagt: »Schuldgefühle muß man aushalten können, denn sie basieren grundsätzlich auf einem Konflikt zweier Interessen.« Lauras und Tante Ellas Interessen würden niemals übereinstimmen, soviel stand fest. Warum also Tante Ellas Interessen vor die eigenen stellen? Außerdem hatte sie mit den anderen Dingen ohnehin genug am Hals.

»Was für Pläne?« fragte Klaus-Martin am Telefon.

»Zukunftspläne«, gab Laura zurück und zitierte einen Spruch von einem Wahlplakat. »Wer seine Zukunft nicht plant, der hat auch keine.«

Klaus-Martin schwieg eine Weile.

»Du hast recht«, sagte er dann. »Es wird höchste Zeit, daß wir uns eine Zukunft schaffen. Ich werde dir mit gutem Beispiel vorangehen, die Banklehre hinschmeißen und zu Hause ausziehen. Fürs erste kann ich bei Yoyo unterkommen, mit ein paar Wolldecken mehr werden wir den Winter schon überstehen. Und danach geht es auch irgendwie weiter.«

»Ich hab' dich lieb, Klaus-Martin«, sagte Laura und strich Punkt 5 von ihrer Liste. Klaus-Martin brauchte ihre Hilfe nicht, er konnte sich glücklicherweise selber helfen. Immerhin ein Anfang.

»Ich hab' dich auch lieb«, seufzte Klaus-Martin und legte den Hörer auf. Warum hatte er nicht schon vor Monaten so gehandelt? Dann hätte Laura niemals diesen Blender kennengelernt, geschweige denn geheiratet, dann saßen sie jetzt zwar arm und frierend in einem Kellerloch, aber sie wären frei und glücklich und könnten über solche Verhältnisse nur lachen.

Wahrscheinlich war das der normale Lauf der Dinge. Erst wenn man so richtig dick in der Scheiße steckte, hatte man den Mut, etwas zu ändern. Er strich sich über das Haar und warf einen Blick in sein Spiegelbild, das von der Glasscheibe neben seinem tristen Schreibtisch reflektiert wurde.

»Wird Zeit für was Neues«, sagte er zu sich selber. »Zeit für eine neue Frisur.«

Laura bewachte Alessa und Cindy Crawford in jeder freien Minute. Keine Freifahrt in der Waschmaschine, keine Heißluftdusche im Trockner, keine Katzenschwimmstunde im Pool – Alessa wurde zunehmend aggressiv. Laura merkte förmlich, wie sich die Wut in ihr anstaute. Am dritten Tag spuckte sie selbst ihre geliebte Pizza Spinaci auf den Boden, etwas, das sie bisher noch nicht übers Herz gebracht hatte.

»Das hast du davon«, sagte sie zu Laura.

Das richtige für sie wäre ein Boxsack, so ein Punchingball, der mit elastischen Gummibändern an Decke und Boden befestigt ist und den Boxern als Trainingsgerät dient, überlegte Laura. Als sie Alessa am Nachmittag zu ihrer Therapiestunde brachte, nutzte sie die Zwischenzeit, um in der Sportabteilung des Kaufhauses einen solchen Boxsack zu kaufen. In einem seltenen Anfall von Spontaneität kaufte sie auch noch ein Paar Inlineskates in Alessas Größe. Bewegung baute Aggression ab, und alle Kinder in ihrem Alter fuhren Inlineskates. Die Dinger kosteten ein halbes Vermögen, aber seit Laura mit EC-Karte bezahlen konnte, machte sie sich darüber nicht mehr so viele Gedanken.

In den Spiegeln rechts und links der Rolltreppe sah sie ihr müde wirkendes Gesicht, viel zu viele Sorgen für eine Neunzehnjährige. Vielleicht sollte sie sich eine von diesen neuartigen Cremes kaufen, die einen um zehn Jahre jünger machten. Laura steuerte auf die Kosmetikabteilung zu, und untersuchte die verschiedenen Produkte auf ihre Tauglichkeit. Es gab so viele davon, und woher sollte man wissen, ob man besser mit Liposomen, Sauerstoffaktivzellen, AHA-Säuren, Fruchtsäuren oder Collagen cremen sollte?

»Die billigen Cremes sind dort drüben«, sagte eine hochnäsige Stimme neben ihr. Laura schaute direkt in das frischzellengestählte Gesicht von Constanze van der Bloom.

»Und die Antifaltencremes sind weiter links«, hätte Laura erwidern können, aber sie sagte nichts.

»Cremes, mein liebes Kind, nutzen gar nichts, wenn man keinen Stil hat«, fuhr die van der Bloom fort. »Um einen Mann zurückzugewinnen, braucht man etwas Raffinesse.«

Laura sagte immer noch nichts.

»Ach, ich wünschte, du würdest es mir nicht ganz so

leichtmachen«, seufzte die van der Bloom, und das klang so ehrlich, daß Laura um ein Haar ihr Schweigen gebrochen hätte. Ganz Wermelshoven war von Psychopathen bevölkert. Es wurde höchste Zeit, in eine andere Gegend zu ziehen.

Laura wandte sich ab.

»Primitive, langweilige Person«, sagte die van der Bloom hinter ihr her. Es klang, als sei sie richtig böse, weil Laura ihr nicht mal die Gelegenheit zu einem echten Streit gab.

Laura, die eine Reihe weiter nach einer neuen Haarspange suchte und dann zunehmend erstaunt hinter der van der Bloom herschlich, sah mit Staunen, wie sie zuerst eine Gesichtscreme, danach ein Parfüm und am Schluß, fast am Ausgang, ein Seidentuch in ihrer geräumigen Handtasche verschwinden ließ. Diese Frau war ganz klar eine Diebin. Erst die Cartier-Uhr in der Tennishalle und jetzt das! Laura schüttelte fassungslos den Kopf. Bald kam es noch so weit, daß sie einen Psychiater benötigte, um die Neurosen ihrer Mitmenschen zu verstehen!

Klaus-Martin montierte den Punchingball am selben Abend in Alessas Zimmer. Sie beäugte ihn mißtrauisch, aber als sie sah, wie Laura und Klaus-Martin auf ihn einprügelten, bekam sie ebenfalls Lust darauf. Sie wartete, bis Laura ihr »Gute Nacht« gesagt hatte, dann stand sie auf und begann, den Boxsack zu verdreschen. So heftig, daß er um Gnade gewinselt hätte, wenn er hätte sprechen können.

Das Spektakel drang bis hinunter in die Küche. Laura lächelte zufrieden.

»Die Inlineskates schenke ich ihr morgen«, sagte sie.

»Armes Kind«, sagte Klaus-Martin und strich sich über das kurzgeschorene Haar. Ein komisches Gefühl, von heute auf morgen nur noch Stoppeln auf dem Kopf zu haben. Es war, als sei er plötzlich ein neuer Mensch. Ganz souverän war er gleich nach dem Friseurbesuch zu seinem Filialleiter gegangen und hatte gekündigt.

»Aber das verstehe ich nicht. Sie machen das doch alles mit links«, hatte der gesagt.

»Eben drum«, hatte Klaus-Martin erwidert und seine paar Sachen zusammengeräumt.

Der Auszug zu Hause war ähnlich schnell vonstatten gegangen. Seine Siebensachen hatten in dem gleichen Koffer Platz gefunden, den sich auch schon Laura für ihren Auszug geliehen hatte, eine Matratze, die bereits in Yoyos Kellerloch lag, hatte er sich vorsorglich gekauft. Schließlich wollte er Tante Ella nichts schuldig bleiben. Natürlich sah Tante Ella das anders. Niemals würde er zurückzahlen können, was sie an Geld und Mühe in seine Erziehung gesteckt hatte.

Klaus-Martin hatte sie trotz alledem in die Arme genommen und die stocksteife Mutter auf beide Wangen geküßt. »Bis bald, Mama. Ich schicke dir meine neue Adresse. Wenn du dich beruhigt hast, kannst du ja Bescheid geben.«

»Mutig«, sagte Laura, als sie davon hörte. »Wenn ich das gewagt hätte, hätte ich ihr Küchenmesser zwischen den Rippen sitzen gehabt.«

»Irgendwie tat sie mir leid«, sagte Klaus-Martin. »Irgendwie tun mir alle leid. Einschließlich meiner eigenen Person.«

»Wovon wirst du leben?«

»Erst mal von McDonalds, ich kann gleich morgen anfangen. Und alles Weitere wird sich zeigen.« Er lachte und zitierte Tante Ellas zehntes Gebot: »Gott hat dem Menschen Hände und Füße gegeben, um zu arbeiten! Oh, da ist ja meine Lieblingsnichte. Hallo, Aline.«

Aline musterte ihn verblüfft. »Onkel Ponyman ohne Pony, Wahnsinn. Du siehst richtig gut aus.«

»Danke«, sagte Klaus-Martin bescheiden und rückte seine Brille gerade.

»Das heißt, du sähest gut aus, wenn du andere Klamotten anhättest und dieses Nasenvehikel in den Mülleimer schmeißen würdest«, verbesserte sich Aline schnell.

Constanze van der Bloom hatte im Dezember Geburtstag, ein Fest, das sie immer so rauschend gestaltete, daß niemand auf die Idee kam, nach ihrem Alter zu fragen. Und wenn doch, pflegte sie geheimnisvoll zu lächeln und zu sagen: »Die zehn Jahre zwischen neununddreißig und vierzig sind die schönsten im Leben einer Frau.«

In diesem Jahr stellte sie das Fest unter das Motto »Casablanca«, das hieß, die Herren kamen als Humphrey Bogart, die Damen als Ingrid Bergmann, mit riesigen Hüten und Schmachtlocken.

Damit Blender stilecht zu ihrer Party erscheinen konnte, kaufte sie ihm einen Trenchcoat und brachte ihn höchstpersönlich in sein Büro, indem sie ihn selber anzog. Mit rein gar nichts darunter, versteht sich.

Blender freute sich über die Maßen über diesen Besuch, und zum Glück für Constanze ließ er sie in das Geschenk gehüllt wieder nach Hause gehen. Sonst hätte sie vermutlich ihren Geburtstag in einer Gefängniszelle verbringen müssen, wegen Erregung öffentlichen Ärgernisses.

»Wir sehen uns heute abend«, sagte er noch, als sie wieder ging. »Vielleicht haben wir ja auch ein bißchen Zeit für uns allein.«

»Bestimmt sogar«, hauchte Constanze. Nichts war so aufregend wie Sex auf einer Party, wo jeden Augenblick jemand um die Ecke schauen konnte.

»Wo gehst du hin?« fragte Laura am Abend, als Blender sich in seine Humphrey-Bogart-Klamotten schmiß.

»Ich geh' aus, und du bleibst da«, zitierte er wohlgelaunt aus dem Struwwelpeter. »Ich werde sagen, du hast Migräne, mein Spätzelchen.«

Laura betrachtete ihn von der Seite. Komisch, in all den Wochen war er eigentlich immer noch ein Fremder geblieben. Manchmal war sie sogar nach wie vor versucht, ihn zu siezen.

»Warum hast du mich überhaupt geheiratet?« fragte sie.

»Weil ich nicht ahnen konnte, daß du genau so eine frigide Krampfhenne bist wie meine Exfrau«, sagte Blender. »Ich bin ein Mann, ich brauche Sex, und was ich zu Hause nicht bekomme, hole ich mir eben woanders. Ist das soweit klar?«

»Völlig klar«, sagte Laura. Was machte das schon für einen Unterschied, daß sie jetzt ganz offiziell zu Hause blieb, anstatt auf der Veranstaltung so behandelt zu werden, als sei sie zu Hause geblieben.

»Warum bist du nicht mit zu dieser Casablanca-Party gegangen?« fragte Aline, als Blender abgezogen war.

»Dein Vater sagt, ich habe Migräne.«

»Oh, ich verstehe. Es hat geklingelt, das wird Jolanda sein. Besser, du versteckst dich, bis wir weg sind.«

»Warum?«

»Weil sie sonst nur wieder blöde Bemerkungen macht«, sagte Aline.

»Das macht mir nichts aus. Dir?«

»Nein, es ist nicht meinetwegen. Bitte, geh doch so lange hoch!«

Aber Laura blieb sitzen, getreu Tante Ellas einhundertzehntem Spruch, wenn es darum ging, eine unangenehme Sache durchzustehen: »Augen zu und durch!«

»Oh, da sitzt ja unsere Migränestiefmutter«, sagte Jolanda. »Dein Vater wollte sie wohl nicht mitbringen. Meine Mutter sagt, er schämt sich für sie. Weil sie so schlechte Manieren hat. Sie weiß einfach nicht, wie man sich benimmt.«

»Komm schon, wir gehen«, sagte Aline. »Elmar wartet vor dem Kino.«

»Nein, er wartet bei uns zu Hause. Im Trench und mit Bogey-Hut. Die Party ist echt cool, zieh dir einen engen Fummel an und komm auch hin. Da ist heute jeder, der weiß, was Sache ist. Pech für die kleine Laura-leere Wundertüte, daß sie partout nicht dazugehören kann.«

»Und dabei könnte ich so viel von dir lernen, was, Jolanda? Zum Beispiel, wie man der besten Freundin den Freund ausspannt. Fühlst du dich eigentlich gut dabei?«

»Spinnst du?« fragte Jolanda. »Komm, Aline, wir gehen. Du kriegst bei mir was Passendes zum Anziehen.«

»Warte mal«, sagte Aline. »Was redest du denn da, Laura?«

»Frag deine sogenannte beste Freundin, was sie zum Beispiel letzten Dienstag vor der Tennishalle in Elmars Auto gemacht hat.«

»Hör nicht auf sie«, sagte Jolanda. »Sie stiehlt und sie lügt, sagt meine Mutter. Die ganze Stadt redet darüber.«

»Was hast du denn letzten Dienstag mit Elmar vor der Tennishalle gemacht?« fragte Aline.

»Nichts, nur geredet.«

»Oh, Jolanda!« spottete Laura. »Hat dir denn niemand beigebracht, daß man mit vollem Mund nicht spricht?«

»Was haben sie gemacht?« wollte Aline von Laura wissen.

»Sie haben sich geküßt«, sagte Laura. »Und Elmars Hände waren, wo ich immer dachte, daß niemand auf dieser Welt Elmars Hände gerne hätte.«

»Ist das wahr?« Ja, es war wahr, Aline mußte Jolanda gar nicht erst anschauen. Deshalb roch Elmar auch nach ihrem Parfüm, und deshalb wußte er so oft Dinge von ihr, die er eigentlich gar nicht wissen konnte.

»Natürlich ist das nicht wahr. Du kannst ja Elmar fragen. Deine feine Stiefmutter erfindet das alles nur, um uns gegeneinander aufzuhetzen«, sagte Jolanda und sah Aline fest in die Augen. »Komm, wir fahren jetzt, dann kannst du gleich mit Elmar reden.«

»Nein, das brauch' ich nicht«, sagte Aline. »Verschwinde, Jolanda. Hau einfach ab.«

Jolanda sah Aline in die Augen. »Also echt, Aline.«

»Hau ab, hab' ich gesagt!«

Da blieb Jolanda nichts anderes übrig, als tatsächlich zu gehen. Auf der Schwelle drehte sie sich noch einmal um, um etwas zu sagen, aber da schob Aline ihr einfach die

Tür vor der Nase zu und lehnte sich selber mit dem Rükken dagegen, als sei sie zutiefst erschöpft. Laura sah sie besorgt an.

»Tut mir leid«, sagte sie.

Ausgerechnet dieser Satz brachte das Faß in Aline zum Überlaufen. Sie brauchte nur den Mund aufzumachen, die Worte kamen ganz von allein: »Ha, und das soll ich dir auch noch glauben! Seit du hier bist, ist mein Leben völlig durcheinander. Alles um mich herum ist kaputt, und jetzt habe ich auch noch meine einzigen Freunde verloren. Ich hasse dich!«

»Seit ich hier bin?« wiederholte Laura und setzte vor lauter Empörung zu der längsten Rede ihres Lebens an: »Da kann ich doch nur lachen! *Ich* bin erst sechs Wochen hier, aber dein Studium hattest du schon vorher geschmissen, deine Kommunikation war schon vorher gestört, und wahrscheinlich haben Jolanda und Elmar auch schon vorher was miteinander gehabt! Kannst du mir mal verraten, was ich dafür kann, daß du dir die falschen Freunde ausgesucht hast? Die beschränktesten und oberflächlichsten Typen der ganzen Stadt? Merkst du denn nicht, wie sie dich runterziehen? Nur weil Elmar zu blöd ist, sich einen Löffel gerade in den Mund zu schieben, heißt das nicht, daß auch du zu blöd bist zu studieren. Überhaupt, wann fängst du endlich an, dein eigenes Leben zu leben? Von denen hier wird dich keiner dazu ermutigen, denn denen bist du scheißegal! Wenn du darauf wartest, daß sich daran etwas ändert, dann kannst du warten, bis du alt und grau bist!« Sie holte Luft. Aline sah sie mit weit aufgerissenen Augen an, kurz davor, in Tränen auszubrechen.

»Ich mache mir doch nur Sorgen«, setzte Laura leise

hinzu, aber das war zuviel für Aline. Sie krallte sich den Autoschlüssel und verschwand in der Einfahrt.

Die Tür knallte ins Schloß, und Laura ließ sich fassungslos auf der untersten Treppenstufe nieder. Ihre letzten Worte klangen noch in ihren Ohren. Wie schrecklich! Kein Wunder, daß Aline Reißaus genommen hatte. Sie hatte sich genauso angehört wie Tante Ella. »Ich mache mir doch nur Sorgen«, war einer ihrer Standardsätze gewesen, den, den Laura am meisten gehaßt hatte. Am liebsten hätte sie geheult.

Aline hatte sich ins Auto gesetzt und war einfach drauflosgefahren. Sie weinte. Nicht, weil Jolanda und Elmar was miteinander hatten, und auch nicht, weil sie ein echt beschissenes Leben führte. Sie weinte, weil Laura gesagt hatte, daß sie sich Sorgen machte. Aline konnte nämlich mit allem umgehen, nur nicht mit ehrlicher Zuneigung.

Wahrscheinlich bin ich's nicht gewöhnt, dachte sie und wischte sich die Tränen von den Wangen. Laura hatte recht, das Leben im Hause Blender war schon lange vor ihrer Ankunft beschissen gewesen, und in den letzten Wochen war es eher besser geworden als schlechter. Laura hatte sich so bemüht, selbst um Alessa, dieses Ekelpaket. Sie war tatsächlich der einzige Mensch, der sich um sie Sorgen machte und an ihrem Wohlergehen interessiert war. Alines Ausrede, das Leben endlich anzugehen, zählte nicht mehr.

»Interessiert ja doch kein Schwein, was aus mir wird«, hatte sie sich sonst jeden Morgen gesagt, und damit war sie bisher ganz gut gefahren. Aber jetzt stimmte das nicht mehr. Diese komische Laura war tatsächlich daran interessiert, was aus ihr wurde.

Aline schluchzte heftiger. So eine seltsame, zähe Person, niemals hatte sie jemanden getroffen, der so unauffällig und schüchtern auf der einen, aber so mutig und zäh auf der anderen Seite war wie Laura. Außer vielleicht ihr Bruder, der Ponyman, der jetzt kein Ponyman mehr war. Da machte sich Laura Sorgen um alles und jeden, dabei steckte sie selber viel tiefer in der Scheiße als Aline. Aline schämte sich. Sie war nur unwesentlich besser als Jolanda, sie war auch gemein zu Laura gewesen, und sie hatte immer nur voller Selbstmitleid an sich gedacht. Jetzt wurde es Zeit, die Ärmel hochzukrempeln und ein neues Leben zu beginnen. Und für Laura gleich mit.

Ohne es zu bemerken war Aline in die Straße der van der Blooms gefahren, das Unterbewußtsein mußte sie wohl hierhin gelenkt haben. Links und rechts war der Bürgersteig zugeparkt mit Nobelkarossen, aus dem Haus schallte Musik, die Party war in vollem Gange. Sie sah auch Elmars Schlitten dort stehen und war versucht, einmal kräftig in seine Seite zu fahren. Statt dessen parkte sie den Wagen weiter vorne und stieg aus. Eine kräftige Backpfeife für Elmar wäre ein wunderbarer Start in ein neues Leben.

Aline schlich sich durch den Garten hinter das Haus. Irgendwo war hier sicher eine Tür offen, für die Raucher, die Frau van der Bloom nicht in ihrem Haus duldete. Zigarettenqualm machte nämlich alt. Richtig, die Terrassentür stand auf. Aline spazierte einfach an den Gästen vorbei, als gehöre sie dazu. Niemand kümmerte sich darum. Sie setzt sich einen herumliegenden Hut auf, um nicht aufzufallen, und machte sich auf die Suche nach Elmar und Jolanda.

Zuerst durchkämmte sie die Räume im Erdgeschoß, danach ging sie hinauf in den ersten Stock. Hier wurde sie gleich im allerersten Zimmer fündig, dessen Tür sie leise öffnete. Es war Constanzes sogenannte Bibliothek – wobei sie nichts las, außer Magazinen – ein stimmungsvoller Raum mit roten Tapeten, deckenhohen Bücherregalen, einem geschwungenen, rotsamtenen Kanapee und dickem, weichflauschigem Teppichboden in der gleichen Farbe. Das Zimmer war nur durch eine kleine Stehlampe erhellt, über die jemand – Constanze – ein rotes Tuch gebreitet hatte.

Im Licht dieser Funzel erblickte Aline aber nicht etwa Jolanda und Elmar, sondern zwei ganz andere Bekannte. Sie lagen auf dem roten Teppichboden und waren weitgehend nackt. Es waren Jolandas Mutter und ihr eigener Vater.

Aline erstickte mit ihrer Hand einen Schreckensruf, der ihr aus dem Mund wollte, und sie schloß die Tür ebenso leise wieder, wie sie sie geöffnet hatte. Völlig konsterniert kehrte sie ins Erdgeschoß zurück.

»Hi, Aline, hast du's dir noch mal überlegt?« Jolanda war vor ihr aufgetaucht, dahinter Elmar. »Hi, Süße!«

»Hi«, sagte Aline matt und legte den geliehenen Hut ab. Dann holte sie so weit aus, wie sie konnte, und schlug Elmar die flache Hand ins Gesicht. »Und tschüs.«

Sie verließ das Haus, wie sie es betreten hatte, durch die Terrassentür. Hier sah sie noch einmal zu dem schwachbeleuchteten Zimmer im ersten Stock hinauf.

Dieser Dreckskerl von Vater!

Aline fand, daß ihm dringend jemand eins auf den Deckel geben mußte. Sie hob einen der hübschen weißen Findlinge auf, mit denen Constanzes Gartenteich verziert war. Er lag genau richtig in der Hand. Und zum zweitenmal an diesem Abend holte sie soweit aus, wie sie konnte, und zielte auf das rötliche Viereck im ersten Stock.

Klirr, machte es, und dann schepperte es kräftig – sie hatte getroffen. Fast gleichzeitig ging die Alarmanlage los. Aline machte, daß sie wegkam.

Laura saß immer noch auf der Treppe, als sie nach Hause kam. Sie sah aus, als hätte sie ebenfalls geheult. Aline setzte sich neben sie.

»Es tut mir so leid.«

»Mir auch. Ich hätte das nicht sagen sollen.«

Aline tastete vorsichtig nach ihrer Hand. »Ich bin froh, daß du's getan hast.«

Laura sagte nichts. Sie erwiderte nur den Druck ihrer Hand.

»Ab jetzt wird alles anders«, sagte Aline. »Soll ich dir sagen, was ich gemacht habe? Zuerst habe ich Elmar eine gescheuert. Und dann, draußen, habe ich einen dikken Stein genommen und eine Scheibe eingeworfen. Es war ein Höllenspektakel, die Alarmanlage ging los. Ich konnte aber noch rechtzeitig abhauen, bevor die Polizei kam.«

»Schade, daß ich nicht dabei war«, sagte Laura.

»Ja. Obwohl ich etwas gesehen habe, was du sicher nicht gerne gesehen hättest.«

»Und das wäre?«

»Mein Vater betrügt dich auch.« Aline sah, daß Laura nicht mal mit der Wimper zuckte. »Und du wirst nie raten, mit wem!«

»Ich *weiß*, mit wem«, sagte Laura. »Ich meine, falls er nicht noch eine zweite Geliebte hat. Es ist die Mutter deiner sogenannten besten Freundin.«

»Wie kannst du das wissen und trotzdem so seelenruhig hier sitzen?«

»Was soll ich denn sonst tun? Das Fenster hast du ja schon eingeworfen!«

»Ich finde nicht, daß wir uns das gefallen lassen sollten«, rief Aline aus. »Das mit Jolanda und Elmar ist widerlich und gemein, aber das, was mein Vater macht, ist noch viel schlimmer.«

»Und was würdest du tun?«

»Ich würde ihn verlassen«, sagte Aline. »Aber vorher würde ich ihn bluten lassen. Und diese Constanze gleich dazu.«

10.

Aline betrachtete gerührt Lauras Liste mit den Dingen, die sie hatte tun wollen, bevor sie das Haus für immer verließ. Es war Montag vormittag, Blender hatte das Haus bereits verlassen, Alessa war längst in der Schule. Mit dem Zeigefinger wies Aline auf Punkt 4, der sie und ihr Studium betraf. »Bin ich dir echt so wichtig?«

Laura nickte. »Ich mochte dich früher schon. Als du noch nicht meine Tochter warst, meine ich.«

»Ich dich auch«, sagte Aline. »Ehrlich. Dich, den Ponyman und Yoyo. Ihr wart immer so – cool, ihr scheint über den Dingen zu stehen. Und am meisten war ich darauf neidisch, daß ihr immer zusammengehalten habt. Aber meinst du wirklich, ich eigne mich für ein Studium?«

»Klar«, sagte Laura. »Auf jeden Fall mußt du raus hier und dein eigenes Leben leben. Genau wie ich.«

»Aber du weißt wenigstens, was du willst. Du wirst sicher eine tolle Ärztin.« Aline sah wieder auf die Liste. »Da steht kein Wort über meinen Vater und die van der Bloom. Es müßte dir doch ein Bedürfnis sein, denen eins auszuwischen.« Sie nahm einen Stift und schrieb: *»6. Georg und Constanze einen Denkzettel erteilen!«*

»Mein ist die Rache, spricht der Herr«, zitierte Laura die Bibel.

»Rache ist süß«, hielt Aline dagegen. »Es ist bestimmt nicht gesund, darauf zu verzichten.«

»Und was ist mit Elmar und Jolanda?«

»Ach die«, Aline winkte ab. »Die sind ohnehin gestraft genug durch ihre Dummheit. Ich habe noch Elmars Autoschlüssel, bei Gelegenheit werde ich sein geliebtes Autochen oben bei den Serpentinen den Hang runterfahren lassen. Ach, und ansonsten werde ich sie mit Nichtachtung strafen, das reicht. Aber an deiner Stelle würde ich nach Rache schreien.«

Sie schaute erneut auf die Liste. »Eine Wohnung wüßte ich ja«, sagte sie nachdenklich. »Mein Vater hat eine Eigentumswohnung in der Kölner Südstadt. Ziemlich groß, vier Zimmer oder so. Und eine Dachterrasse.«

»Dachterrasse«, wiederholte Laura sehnsüchtig und erinnerte sich an ihre, Yoyos und Klaus-Martins Vision.

»Sie wird im Januar frei, das weiß ich, weil mein Vater sie mir als Studentenbude angeboten hat. Ich schätze, meine Herumhängerei geht ihm allmählich auf die Nerven. Wenn wir es raffiniert anstellen, kann die Wohnung bald uns gehören. Und einen Job ...« Aline zeigte auf die Liste. »Einen Job brauchst du nicht. Mein Vater wird dir Unterhalt zahlen müssen, ob er das will oder nicht.«

»Er will es definitiv nicht«, sagte Laura und holte den Ehevertrag aus dem Gästezimmer, den Udo Hoffmann für Blender aufgesetzt hatte.

Aline reagierte beim Durchlesen zunehmend empört. »Aber er kann doch nicht wirklich glauben, daß du so was unterschreibst?«

Laura zuckte mit den Schultern. »Versuchen kann er

es ja. Meinst du, deine Mutter würde mit Alessa besser klarkommen?«

»Keine Ahnung. Sie hat sich nie besonders um uns gekümmert. Aber vielleicht sollte man ihr noch eine Chance geben.«

»Ich habe ihr einen Brief geschrieben«, sagte Laura. »Einen ziemlich langen. Wenn sie auch nur halb so viel Herz hat, wie ich denke, dann holt sie Alessa noch vor Weihnachten hier raus.«

»Warten wir es ab. Jetzt kümmern wir uns erst mal um Constanze. Wenn es stimmt, was du sagst, und sie klaut wirklich wie ein Rabe, dann müssen wir sie auf frischer Tat ertappen. Komm schon, wir spielen Detektiv!«

»Willst du sie hinter Gitter bringen?«

»Nein, ich hab' was viel Gemeineres vor«, triumphierte Aline und nahm Blenders Videokamera aus dem Schrank.

Blender spielte ganz entspannt eine Runde Golf mit seinem Freund und Anwalt Udo Hoffmann. Es war einer dieser seltenen, trockenen Dezembertage, an denen kein Mensch spielte, außer ihnen. Die beste Gelegenheit für ein echtes Männergespräch.

»Du hattest recht, Mann, Constanze ist wirklich der helle Wahnsinn! Ich fühle mich wie neugeboren.«

»Ja«, stimmte Hoffmann zu. »Und reich ist sie auch noch. Schade, daß du schon verheiratet bist.«

»Ist doch ganz gut so«, sagte Blender. »Ich fürchte nämlich, sonst wäre ich für die gute Connie nur halb so interessant. Sie läuft erst zu Hochform auf, wenn ich sie so richtig eifersüchtig mache. Ich sage ihr, wie gut Laura im

Bett ist und daß wir's jede Nacht tun, du glaubst gar nicht, wie sich unsere Witwe dann anstrengt!«

»Und Laura?«

»Die merkt nichts«, sagte Blender. »Und wenn, dann könnte es ihr ja nur recht sein, wo sie doch nur noch Interesse an der Kindererziehung hat. Es gibt Frauen, die kommen schon frigide zur Welt. Laura ist so eine, genau wie meine Ex.«

»Vielleicht bist du nur nicht der Richtige«, tippte Hoffmann. »Nicht, daß ihr irgendwann so ein José über den Weg läuft, wie deiner Ex ...«

»Ach was, ich sag' doch, Laura interessiert sich nur für Kindererziehung. Und wenn doch – ich wein' ihr keine Träne nach! Frauen wie sie gibt's doch an jeder Ecke.«

»Dann sieh aber wenigstens zu, daß sie diesen Vertrag unterschreibt, denn sonst weinst du sehr wohl, und zwar dem Geld hinterher«, erinnerte ihn Hoffmann.

»Ich hab' ihr den Vertrag längst gegeben«, sagte Blender. »Aber wenn du mich fragst, ist sie viel zu clever, um zu unterschreiben.«

»Dann mußt du eben zu List und Tücke greifen«, beharrte Hoffmann. »Mach sie betrunken, oder lüg das Blaue vom Himmel runter! Der Vertrag muß unterschrieben werden, sonst wirst du als armer, mittelloser Mann enden. Nichts mit Ruhestand auf Barbados!«

»Mach keinen Streß, Udo! Laura verläßt mich nicht, sie wüßte gar nicht wohin. Und ich bin froh, daß ich sie habe. Erstens ist sie besser, als die Kerbholz jemals war, und zweitens halte ich mir mit ihr unsere heiße Connie bei der Stange. Besser könnte es gar nicht laufen.«

Es war viel leichter, als sie dachten, die van der Bloom beim Stehlen zu erwischen. Aline und Laura beschatteten sie, seit sie am Morgen das Haus verlassen hatte. Gleich nach ihrer Tennistrainerstunde fuhr sie ins Städtchen und begab sich auf einen ausführlichen Raubzug, so dreist und selbstverständlich, daß man sich nur wundern konnte, daß sie noch nicht erwischt worden war. Sie folgten ihr in etwa zehn Meter Abstand durch die kleine Fußgängerzone. Aline hielt die Videokamera ihres Vaters im Anschlag.

Als erstes schwenkte Constanze in eine Parfümerie ein, die so klein war, daß sie ihr unmöglich folgen konnten, ohne aufzufallen. Aber Aline konnte durch das Schaufenster einwandfrei filmisch festhalten, wie ein Hydroaktivduschgel und ein Parfümflakon in Constanzes geräumiger Handtasche verschwanden.

»Wahnsinn«, flüsterte sie. »Wenn ich's nicht mit eigenen Augen sähe, ich würd's nicht glauben.«

»Achtung, sie kommt wieder raus«, sagte Laura und ging hinter einem dicken Mann in Deckung.

Constanzes nächster Gang führte in eine größere Buchhandlung. Aline filmte, wie sie nicht weniger als drei gebundene Bücher mitgehen ließ, ohne zu bezahlen. Eines der Bücher trug den Titel: »Erst die Rache, dann das Vergnügen«, was so ziemlich Alines und Lauras Plan umschrieb.

Die Tasche wurde allmählich voll. Deshalb machte Constanze auch einen Umweg zurück zum Parkhaus, wo die beiden beobachten konnten, wie sie ihr Diebesgut im Kofferraum verstaute. Mit leerer Handtasche ging es dann weiter ins Kaufhaus.

Aline und Laura folgten ihr gespannt in die Unterwäscheabteilung. Hinter zeltähnlichen Miedern verborgen, hielt Aline mit der Kamera fest, wie Constanze zuerst einen eleganten Seidenbody, danach eine BH- und Höschenkombination aus champagnerfarbener Spitze in ihre Handtasche stopfte.

»Sie geht weiter zu den Schuhen«, flüsterte Laura. »Also, wenn sie es schafft, ein Paar zu klauen, wo hier doch immer nur einzelne Exemplare rumstehen, dann – Hut ab.«

Aline wollte mit der Kamera hinter ihr herschleichen. Aber sie kam nicht aus der Damenunterwäsche heraus. Eine schwere Hand legte sich auf ihre Schulter, und eine tiefe Männerstimme sagte: »Was soll denn das werden?«

Aline drehte sich um und sah in das bärtige Gesicht eines Mannes, der ohne Zweifel den Hausdetektiv darstellte. Er trug einen Trenchcoat mit hochgeklapptem Mantelkragen, und aus der Tasche ragte die Antenne eines Funkgerätes. Er sah genauso aus, wie man sich einen Hausdetektiv vorstellt. Blöder ging's gar nicht mehr!

»Hier darf nicht ohne Erlaubnis gefilmt werden«, sagte er doch allen Ernstes. Die Frau, die ihm hier den ganzen Laden leer räumte, hatte er überhaupt nicht wahrgenommen.

Aline überlegte nicht lange. »Ich bin einer Ladendiebin auf der Spur. Sie hat soeben Waren im Wert von dreihundert Mark in ihre Handtasche gesteckt. Ich hab's mit der Kamera festgehalten.«

Der Detektiv runzelte ungläubig die Stirn. »Und wo soll die jetzt sein?«

»Sie ist zu den Schuhen hinüber gegangen«, sagte Aline. »Kommen Sie, ich zeig' sie Ihnen.« Sie zog den Mann hinter sich her.

In der Schuhabteilung lauerte Laura bereits hinter einem Regal voller Gummistiefel.

»Sie ist wirklich unglaublich cool«, flüsterte sie. »Sie hat sich von der Verkäuferin vier Paar Schuhe bringen lassen. Mal sehen, was jetzt passiert!«

Aline duckte sich neben sie und zückte wieder ihre Kamera. »Gehen Sie schon in Deckung«, befahl sie dem Detektiv. »Sie sind ja wohl total auffällig. So erwischen Sie niemals einen Dieb!«

Widerwillig zog der Mann den Kopf ein. Zu dritt beobachteten sie, wie Constanze in Seelenruhe ein Paar nach dem anderen anprobierte. Schließlich schickte sie die Verkäuferin noch einmal ins Lager. Dann sah sie sich kurz um – Laura zog den Detektiv blitzschnell noch tiefer hinter die Gummistiefel – und ließ das teuerste Paar Schuhe in ihrer Handtasche verschwinden, die sich nun verdächtig ausbeulte.

»Unglaublich«, knurrte der Hausdetektiv.

»Warten Sie noch«, zischte Aline und zoomte auf Constanzes Profil. Deren Lippen waren zu einem seligen Lächeln verzogen. Als die Verkäuferin zurückkam, probierte sie noch ein weiteres Paar Schuhe an, dann bedankte sie sich und ging weiter.

»Jetzt können Sie«, meinte Aline und stieß den Detektiv in die Seite. »Walten Sie Ihres Amtes!«

Der Hausdetektiv verließ die Gummistiefeldeckung und folgte Constanze in die Bettwarenabteilung. Dort hielt er sie an der Schulter fest und sprach den berühmten Satz, den alle Hausdetektive als erstes lernen: »Bitte folgen Sie mir unauffällig.«

»Was wollen Sie?« fragte Constanze mit gut gespielter Empörung.

»Ich habe beobachtet, wie Sie etwas gestohlen haben«, sagte der Hausdetektiv und griff nach der Handtasche. Das konnte er getrost tun, denn die Bettenabteilung war menschenleer, von Laura und Aline mal abgesehen, die hinter einem Stapel mit Steppdecken lauerten und die kleine Szene selbstverständlich mit der Videokamera filmten.

»Also, jetzt machen Sie sich mal nicht lächerlich, junger Mann«, sagte Constanze. »Meinen Sie vielleicht, ich habe ein Daunenplumeau in meiner Handtasche versteckt?«

»Nein«, erwiderte der Detektiv. »Ein Paar braune Schuhe und Unterwäsche. Bitte folgen Sie mir, damit ich Ihre Personalien aufnehmen kann.«

Constanze wußte, daß sie verloren hatte. Sie beschloß, das Beste aus der Situation zu machen. Unvermittelt brach sie in Tränen aus, allerdings erst, nachdem sie sich vergewissert hatte, daß niemand in der Nähe war – Laura und Aline waren blitzschnell unsichtbar hinter den Steppdecken abgetaucht.

»Bitte, zeigen Sie mich nicht an«, schluchzte sie. »Bitte nicht!«

Aber der Hausdetektiv war einer von der knochenharten Sorte. Er packte sie am Ellenbogen und brachte sie in das Büro des Substituten. Laura und Aline konnten ihnen dorthin leider nicht folgen.

»Schade«, sagte Aline. »Ich hätte zu gern gewußt, was für eine Show sie dort drinnen abzieht.«

»Ich auch«, sagte Laura.

Constanze zog alle Register ihres Könnens. Und der Substitut, der lange nicht so knochenhart gesotten war wie sein Ladendetektiv, nahm schließlich von einer Anzeige Abstand. Nicht zuletzt, weil Constanze einen Scheck über eine nicht unbeträchtliche Summe ausstellte.

»Ich hoffe aber, daß Sie in Zukunft unserem Hause fernbleiben werden«, sagte der Detektiv zum Schluß, und der Substitut nickte immerhin.

»Ja, selbstverständlich«, schluchzte Constanze und fügte in Gedanken hinzu: Ihr könnt mich mal, ihr kleinen Schleimscheißer. Im Grunde war das eine herrliche Sache! Endlich einmal stand ihr das Adrenalin bis zum Hals, ein tolles Gefühl. Gleich auf dem Weg nach draußen ließ sie noch ein Seidentuch mitgehen, kein besonders schönes Tuch, aber darum ging es ihr diesmal auch gar nicht. Sie wollte ihren Adrenalinspiegel nur so lange wie möglich auf diesem Rekordhoch halten.

Aber ihr Glück währte nicht lange. Vor dem Kaufhaus lief sie nichtsahnend in Blenders Tochter hinein.

»Aline, hallo«, sagte sie gutgelaunt.

»Tag, Frau van der Bloom«, sagte Aline mit einem süßen Lächeln. »Wie schön, Sie hier zu treffen. Meine Stiefmutter und ich, wir machen gerade einen Einkaufsbummel.«

»Tag auch«, sagte Laura, die neben Aline aufgetaucht war. Constanze runzelte die Stirn. Vertrauensvoll hängte Aline sich bei ihr ein.

»Ich bin immer noch ganz aufgeregt! Stellen Sie sich mal vor, was ich eben mit meiner Kamera gefilmt habe! Ich sah eine ziemlich angesehene Bürgerin dieser Stadt alles stehlen, was nicht niet- und nagelfest war! Zuerst klaute sie in der Parfümerie dort hinten ein Duschgel und ein Parfüm, danach ließ sie mehrere Bücher mitgehen. Und zum Schluß räumte sie das halbe Kaufhaus leer.«

»Glücklicherweise kam dann der Hausdetektiv und erwischte sie«, fiel Laura ein. »Ist das nicht maßlos spannend?«

»In der Tat«, sagte Constanze langsam und starrte auf die Kamera in Alines freier Hand.

»Alles festgehalten«, bemerkte Aline. »Sie können es sich gerne anschauen. Mit so einem Zoomobjektiv kann man auch die kleinste Falte filmen, auf große Entfernung.«

»Auch die Tonqualität dieser modernen Kameras ist 1a«, ergänzte Laura. »Man kann alles deutlich verstehen.« Sie imitierte erfolgreich Constanzes herzergreifendes Schluchzen. »Bitte zeigen Sie mich nicht an, biiitte!«

Constanze schluckte schwer. Das hier war weit schlimmer, als im Kaufhaus erwischt zu werden. Wenn Aline und Laura auch nur halb so boshaft veranlagt waren wie sie selber, dann standen ihr böse Stunden bevor.

»Was wollt ihr?« fragte sie knapp.

»Oh, ich denke, das besprechen wir in Ruhe bei einer Tasse Kaffee«, antwortete Aline liebenswürdig. »Sie laden uns doch sicher ein, nicht wahr?«

»Aber sicher«, sagte Constanze. »Gleich da vorne?«

»Sehr gern«, sagte Laura artig.

Constanze bestellte Kaffee für die Mädchen und sich selber einen Cognac. »Also, was wollt ihr von mir?«

Aline nippte an ihrem Kaffee. »Nun, eigentlich hatten wir vor, das Videoband zu kopieren und allen wichtigen

Persönlichkeiten der Stadt zu schicken. Man könnte es auch im Fernseher des Tennisclubhauses abspielen, bei der nächsten Feier oder so.«

»Ja«, meinte Laura. »Dann ist sicher auch allen klar, wer Frau Königs Cartier-Uhr genommen hat.«

»Ja, soweit habe ich das schon verstanden«, sagte Constanze beherrscht. »Was wollt ihr für dieses Band haben?«

»Nicht besonders viel«, meinte Aline. »Nur ein paar Kleinigkeiten.«

»Komm schon zur Sache, du kleines Biest!«

Aline stellte das Lächeln ein und schaute mindestens so eiskalt drein wie ihre Gegnerin. »Als erstes beenden Sie Ihre Liaison mit meinem Vater«, sagte sie. »Aber kein Wort über die Gründe, sonst findet Helga König ein gewisses Videoband in ihrem Briefkasten. Sagen Sie ihm, was Sie wollen, aber machen Sie Schluß. Heute noch!«

»Also gut«, sagte Constanze. »Und was soll das bringen?«

»Er wird sich dann wieder mit seiner Sekretärin abgeben müssen, und wenn Sie die mal gesehen hätten, dann wüßten Sie, daß das eine ziemliche Strafe für ihn ist. Abgesehen davon geht Sie das gar nichts an.«

»Gut, ich mache Schluß«, sagte Constanze. »Wann bekomme ich dann das Band?«

»Oh, eins nach dem anderen. Daß Sie diese schmutzige Affäre beenden, ist doch sowieso selbstverständlich. Aber um das Band zu bekommen, müssen Sie schon noch etwas mehr tun! Das verstehen Sie doch sicher.«

Constanze knurrte etwas Unverständliches in ihren

Cognac. Aline bohrte ihre Fingernägel in ihren Handrücken.

»Au«, sagte Constanze leise.

»Sehen Sie, nicht daß Laura so großen Wert darauf legt, aber Sie haben ziemlich viele häßliche Gerüchte über sie verbreitet. Daher wird es nun Ihre Aufgabe sein, Ihren Ruf zu rehabilitieren. Nehmen Sie Laura unter Ihre Fittiche. Nehmen Sie sie überall mit hin. Zeigen Sie ihr, wie sich eine Dame der Gesellschaft verhält, und machen Sie eine Frau mit Stil und Geschmack aus ihr. Niemand könnte das besser als Sie, die Stütze der Wermelshovener Gesellschaft! Ab heute ist Laura Ihr kleiner Protegé.«

»Was für eine absurde Idee«, sagte Constanze.

»Ja«, meinte auch Laura. »Die ist nicht auf meinem Mist gewachsen!«

»Nein, das war ganz allein meine Idee«, strahlte Aline. »Kümmern Sie sich um Laura, als wäre Sie Ihre allerbeste Freundin. Bringen Sie ihr alles bei, was Sie auch können, und sorgen Sie dafür, daß sie auf alle wichtigen Partys eingeladen wird.«

»Das geht nicht«, behauptete Constanze.

Aline zog die Augenbrauen hoch. »Sicher geht das. Wenn nicht, dann wird ein gewisses Videoband in allen Fernsehern dieser Stadt flimmern. Man wird Sie nicht nur als Kleptomanin enttarnen, sondern auch Ihre Krähenfüße bewundern können. Im Standbild, in Großaufnahme.«

»Mein Gott, wie tückisch«, entfuhr es Constanze.

»Ja«, sagte Aline. »Das ist es wirklich. Ich bin sehr stolz auf mich.«

»Und wie lange soll das gehen?«

»Solange wir es wünschen«, sagte Aline hart.

»Höchstens bis Weihnachten«, meinte Laura. »Ich bin nicht gerade erpicht auf Ihre Gesellschaft, müssen Sie wissen. Außerdem habe ich Besseres zu tun.«

»Also gut«, sagte Constanze. »Und wann geht es los?«

»Jetzt gleich«, antwortete Aline. »Allerdings wäre da noch eine Kleinigkeit!«

»Noch etwas? Ihr kleinen, gierigen Blutsauger!«

Aline lächelte breit. »Nur eine Kleinigkeit, wie gesagt. Sie betrifft Ihre Tochter Jolanda. Ich denke, es wird Zeit für ein paar verspätete Erziehungsmaßnahmen. Nehmen Sie ihr den Autoschlüssel weg, und streichen Sie ihr das Taschengeld für die nächsten fünf Monate. Ersatzlos. Und dann sorgen Sie dafür, daß sie einen Nachhilfelehrer in Mathe bekommt, sonst fällt sie ein weiteres Mal durch das Abi. Suchen Sie einen möglichst häßlichen Nachhilfelehrer aus, einen mit Mundgeruch und Vollbart. Ich werde das überprüfen.«

»Das ist krank«, sagte Constanze angewidert.

»Nein«, widersprach Laura. »Wir sind bloß sauer. *Sie* sind krank, und ich glaube, das wird jeder bestätigen, der dieses Video zu sehen bekommt.«

»Also gut«, sagte Constanze. »Aber spätestens Weihnachten ist das Band in meinem Besitz, oder ihr werdet mich kennenlernen!«

»Es wird pünktlich zu Weihnachten unter Ihrem Tannenbaum liegen«, versprach Aline. »Vorausgesetzt, Sie halten sich an unsere Abmachungen. Und zu keinem ein Wort, sonst ...«

»Schon gut. Ich werde jetzt gehen«, sagte Constanze.

»Mit Georg reden und meiner Tochter den Autoschlüssel wegnehmen. Und dann kann sie ...« – sie zeigte auf Laura – »mich von mir aus zu meinem Masseur begleiten.«

»Herzlich gerne«, sagte Laura. »Ich werde zu Hause auf Sie warten.«

»Oh, wenn Sie bei der Bedienung vorbeikommen, bestellen Sie doch bitte noch zweimal Himbeersahnetorte für uns«, sagte Aline. »Und eine Flasche vom besten Champagner. Wir haben etwas zu feiern.«

Constanze knirschte mit den Zähnen. Diese kleinen Biester waren mindestens so boshaft veranlagt wie sie selber. Und das sollte wirklich was heißen. Sie erhob sich und stöckelte grußlos dem Ausgang zu.

»Ach, bitte bezahlen Sie im voraus, Frau van der Bloom«, rief Aline hinter ihr her. »Wir sind augenblicklich ein bißchen knapp bei Kasse.«

11.

Constanze van der Bloom durchlebte die schwerste Zeit ihres Daseins. Sie, die bisher in Wermelshoven den Ton angegeben hatte, geriet von heute auf morgen in die Gefahr, völlig weg vom Fenster zu sein. Man grüßte sie zwar noch, aber begegnete ihr mit deutlicher Kühle. Warum schleppte sie auch diese unmögliche Göre mit sich herum, wo sie ging und stand? Hatte man sich nicht darauf geeinigt, Blenders zweite Ehe als einen Fehltritt abzuurteilen und seine junge Gattin komplett zu ignorieren? Und warum machte dann ausgerechnet Constanze, die ihnen alle pikante Einzelheiten geliefert hatte, plötzlich so einen Wind um diesen Proletensprößling? Aber bitte, wenn sie es denn unbedingt wollte, dann ignorierte man sie eben gleich mit.

Constanze, die ihr Verhalten natürlich niemandem erklären konnte, war verzweifelt. Überall, wo sie mit Laura auftauchte, verstummten die Gespräche, man verzog sich, ließ sie unbeachtet stehen, es war schrecklich. Laura schien es nichts auszumachen, sie tat sogar so, als würde sie es gar nicht bemerken.

»Ich weiß gar nicht, was Sie haben«, sagte sie zu Constanze. »Wenn ich zum Friseur gehe« – was sie bisher nie getan hatte, da Tante Ella ihr Friseur gewesen war – »möchte ich einfach nur meine Haare geschnitten bekommen.«

»Als wäre ich aussätzig«, jammerte Constanze. »So behandelt man mich! Dieser Léon hatte die Frechheit, mich von einem seiner Angestellten frisieren zu lassen, das muß man sich mal vorstellen.«

»Man gewöhnt sich daran«, meinte Laura tröstend.

»Niemals«, sagte Constanze. »Du ruinierst mich für immer. Wenigstens dem Bridgeclub solltest du fernbleiben, das gebietet dir schon der Anstand.«

»Meinetwegen«, sagte Laura sanft. An Brigde hatte sie nicht das geringste Interesse, und Constanze freute sich schon. Aber am nächsten Tag nahm Laura ihr Angebot zurück. »Aline meint, ich solle auf jeden Fall Bridge lernen. Und ich soll Sie noch einmal an ein gewisses Videoband erinnern.«

»Blutsauger!« rief Constanze aus. »Ihr ruiniert mich, ihr kleinen Biester Ich quäle mich nun erst zwei Tage mit dir herum, und schon ist mein Ruf zum Teufel. Niemand hält mich mehr für einen Trendsetter, und der Umsatz im Laden ist deutlich zurückgegangen.«

»Dann unternehmen Sie was dagegen. Ich möchte nicht schuld an Ihrem gesellschaftlichen Untergang sein.«

Constanze blieb gar nichts anderes übrig, als das Beste aus der Situation zu machen.

»Hältst du diese Person tatsächlich für geeignet, unserem Bridgeclub beizutreten?« fragte ihre Freundin Helga König ungehalten. Ihre Laune war ohnehin auf einem Tiefpunkt. Bei ihnen daheim hing seit gestern der Haussegen schief. Man hatte den Hunderttausendmarkschlitten ihres feinen Sohnes oben am Hang außerhalb der Leitplanken gefunden. Totalschaden. Und Elmar schwor Stein und Bein, daß er's nicht gewesen sei. Das Lügen hatte er von seiner Mutter geerbt. Kein Wunder also, daß Helga noch ungnädiger als sonst gestimmt war.

Nein, diese erpresserische Gärtnersblage hielt Constanze keineswegs für geeignet, irgendeinem Club beizutreten, in welchem sie Mitglied war, aber das konnte und durfte sie Helga nicht sagen. Denn sonst würde ihr Kaufhausvideo im Fernseher des Tennisclubs laufen, quelle blamage! Immer noch besser, sie ruinierte ihren tadellosen gesellschaftlichen Ruf, indem sie sich mit einem gesellschaftlichen Nichts abgab, als daß man sie als Diebin, Gesetzesbrecherin, bestenfalls hysterische Kleptomanin entlarvte.

»Aber natürlich«, sagte sie statt dessen. »Laura Blender ist eine ganz liebenswerte junge Dame. Im übrigen aus bester Familie.«

»Bester Familie?« Helga König zog die mit Permanent-Make-up verstärkten Augenbrauen hoch. »Die stammt aus der Gärtnerei Everts, von wegen beste Familie.«

»Nein, nein«, widersprach Constanze. Sie zauberte sogleich eine Lügengeschichte aus dem Ärmel ihrer Jil-Sander-Bluse, die hieb- und stichfest war. »Die Everts sind nur Lauras Zieheltern. Ihre Mutter ist tot, und ihr Vater ein angesehener Kölner Architekt. Er wird ihr einst ein Vermögen hinterlassen.«

»Ha! Und warum hat er Laura dann hier in der Einöde aufwachsen lassen?« Helga König war noch nicht überzeugt.

»Weil – aber das muß jetzt wirklich unter uns bleiben, Helga«, flüsterte Constanze. »Das Kind vertraut mir doch ganz und gar.«

»Ich schweige wie ein Grab«, rief Helga König aus und legte die Hand zum Schwur auf die Brust.

Ja, ja, deine Art zu schweigen kenne ich, dachte Constanze. »Also gut. Lauras Vater ist verheiratet, und zwar ausgesprochen lukrativ, wenn du verstehst, was ich meine. Da die Ehe kinderlos geblieben ist, hat seine Frau ein echtes Problem mit Laura. Er darf sie nur alle paar Monate einmal sehen, sonst droht sie sofort mit Selbstmord. Na ja, ein Drama eben. Aber die kleine Laura ist ja so tapfer und voller Verständnis für ihren Daddy.«

»Und sie erbt wirklich mal ein Vermögen?«

»Aber ja, unser Blender hat sich eine fantastische Partie an Land gezogen. Mit einundzwanzig bekommt sie die erste kleine Lebensversicherung ausgezahlt, nur klein, eine halbe Million etwa. Aber mit Geld umgehen will gelernt sein. Bis es soweit ist, möchte Georg, daß seine Laura ein wenig gesellschaftlichen Schliff erhält, wo sie doch in so einfachen Verhältnissen großgeworden ist.«

»Oh, tatsächlich«, hauchte Helga König, die heimlich manchmal Hedwig Courts-Mahler las und ein Faible für Aschenbrödelgeschichten besaß, sofern sie sich nicht in Wermelshoven abspielten.

»Ja, eine ganz und gar tragische Geschichte«, fuhr Constanze fort. »Ich kann dir den Namen des Vaters nicht verraten, beim besten Willen nicht, aber ich kann dir einen kleinen Tip geben: Unsere Laura ist eine von.«

»Nein!«

»Doch. Eine waschechte Baroneß! Aber das bleibt, wie gesagt, unter uns.«

»Selbstverständlich«, beteuerte Helga König und rauschte davon, um allen ihren Freundinnen zu erzählen, daß Blender keineswegs auf Lauras Jugend und Schönheit hereingefallen war, sondern bloß hinter ihrem Geld und ihrem Titel her war. Es dauerte eine Weile, bis das Gerücht die Runde gemacht hatte, aber dann zeigte es Wirkung. Überall, wo sie mit Laura auftauchte, ob im Tennisclub, bei Léon, dem Friseur, auf der Tagesschönheitsfarm im Schloßhotel oder auf dem Golfplatz, wurde sie jetzt wieder gegrüßt, und nicht nur sie, auch Laura lächelte man freundlich an.

»Alle blecken sie die Zähne, wenn ich komme«, erzählte Laura Aline. »Vorher war ich Luft für sie, und plötzlich reden alle mit mir, tätscheln sogar meine Schulter. Selbst diese unfreundliche Person, die Mutter von Elmar, ist nett zu mir. ›Bei Gelegenheit unterhalten wir zwei uns mal ganz intim‹, sagte sie gestern. ›Mir können Sie ruhig Ihr Herz ausschütten.‹ Warum, meinst du, mögen die mich plötzlich?«

»Unsere diebische Constanze ist höllisch gut im Intrigenspinnen«, meinte Aline. »Weiß der Himmel, was für eine Geschichte sie erfunden hat.«

»Es wird Zeit, daß wir damit Schluß machen«, meinte Laura. »Ich langweile mich zu Tode, wenn ich noch eine Woche diesen Quatsch mitmache. Und stell dir vor, jetzt will Constanze auch noch, daß ich mit Jolanda Tennis spiele. Eher sterbe ich. Also, wann ist dieses alberne Spiel endlich vorbei?«

»Noch nicht. Rache ist süß«, erwiderte Aline. »Man muß sie sich langsam auf der Zunge zergehen lassen.«

Blender ahnte nichts von dem, was sich über ihm zusammenbraute. Er war schlechter gelaunt denn je. Was nutzte es ihm, daß Laura aus völlig unverständlichen Gründen plötzlich von Constanze und den anderen Weibsbildern akzeptiert wurde, was nutzte es ihm, wenn sie plötzlich aussah wie eines dieser Topmodels? Gar nichts! Weniger als nichts!

Dazu kam, daß Constanze urplötzlich von Sympathie zu Laura heimgesucht worden war und ihm ihre amüsante Gesellschaft nur noch im Beisein anderer gönnte, am liebsten im Beisein von Laura. Überallhin mußte er seine Ehefrau mitschleppen, seit neuestem sogar in die Bridgerunde. Sie stellte sich nicht mal dumm an, die Kleine, noch ein bißchen Übung, und sie war nicht mehr von den anderen Schnepfen zu unterscheiden. Außer natürlich von außen, und das sah nicht nur er.

Jetzt kamen sie gleich zehnfach, die neidischen Blicke der anderen Männer, der Ehemänner, und er hatte mehrfach beobachten können, wie Laura von ihnen beflirtet wurde. Und was hatte er davon? Gar nichts. Er durfte sie ja nicht mehr anrühren. Sie nicht, und Constanze auch nicht.

»Bitte, Georg, das mußt du verstehen. Das wäre einfach nicht fair deiner Frau gegenüber«, hatte sie gesagt.

»Seit wann hast du's mit Moral?«

Constanze hatte nach einer Kopfschmerztablette gegriffen. »Frag mich nicht, Georg, frag mich nicht. Es geht auf jeden Fall nicht mehr, und damit basta. Aber komm doch heute abend zum Tennisfest und bring deine reizende Frau mit. Ich möchte ihr ein paar wichtige Leute vorstellen.«

Ärgerlich, sehr ärgerlich, diese ganze Angelegenheit. Er war gezwungen, seine nachmittäglichen Schäferstündchen mit Gabriele wieder aufzunehmen, was ihm nach der Affäre mit Constanze ungefähr so vorkam wie einem Gourmet billiger Fusel nach Champagner.

»Jetzt ist es schlimmer denn je«, sagte er zu seinem Freund und Anwalt Udo Hoffmann. »Ich habe mir eine junge Ehefrau genommen, damit ich Sex mit was Knakkigem, Unverbrauchtem haben kann. Wenigstens hat diese Ehe den Ehrgeiz von Constanze van der Bloom geweckt, und wir hatten eine verdammt heiße Zeit miteinander. Bis das Rätselhafte passierte: Constanze nannte Laura eine minderbemittelte Gärtnersgöre, und einen Tag später – zack – liebt sie meine Frau mehr als mich. Und was bleibt mir? Sex mit meiner abgetakelten Sekretärin.«

»Hättest du mich vorher gefragt, hätte ich dir abgeraten«, sagte Udo Hoffmann. »Ich meine, wenn's dir nur um das Eine gegangen ist, dann wärst du mit einem Thaimädchen billiger davongekommen. Wir sollten zusehen, daß du mit dem geringsten Verlust aus der Sache hervorgehst. Es reicht schließlich, wie dich deine Ex abgezockt hat! Hat Laura jetzt eigentlich den Vertrag unterschrieben, den ich aufgesetzt hatte?«

»Ach was. Wer unterschreibt schon einen Vertrag, in dem er freiwillig auf Unterhalt et cetera verzichtet?«

»Mensch, Blender!« Udo Hoffmann schlug sich gegen die Stirn. »Wenn du sie so mies behandelst wie deine Ex, dann ist das auch kein Wunder. Kannst du dir nicht mal Mühe geben, ein bißchen nett sein und sie freundlich darum bitten? So junge Dinger, die haben noch ein weiches Herz!«

Blender spürte, daß Hoffmann recht hatte. Wenn er

nichts unternahm, würde Laura entweder auch bald mit einem Guru durchbrennen und ihn ordentlich prellen oder aber sich an seiner Seite zu einem ähnlich künstlichen Monstrum verwandeln, wie seine Ex eines war. Wenigstens finanziell mußte er retten, was zu retten war.

Also machte er sich die Mühe, für den gleichen Abend einen Tisch im Schloßhotel zu reservieren und Laura zu einem feinen Essen einzuladen. Er machte ihr eine Reihe von Komplimenten über ihr Aussehen, keines davon war irgendwie überzogen, sie sah in der Tat wunderschön aus, und schenkte ihr einen hübschen Ring zum Nachtisch.

»Aus welchem Anlaß?« erkundigte sich Laura nur mäßig erstaunt. Aline hatte ja gesagt, daß sie mit allem rechnen mußte. Vor allem mit Hinterlist und Tücke. Dieser Rat, kombiniert mit Tante Ellas Weisheit Nummer elf: »Traue niemandem außer dir selber«, wappnete Laura gegen alle möglichen Gemeinheiten.

Blender kratzte seinen ganzen Charme zusammen. »Weil ich mir einen Neuanfang wünsche. Ich habe viel falsch gemacht, das weiß ich, aber das wird jetzt alles anders.« Schöne Worte, so schön, daß er vorübergehend wünschte, sie wären ehrlich gemeint.

Laura schien auch sehr beeindruckt. Sie ließ ihn ihre Hand halten und lächelte sogar. Was er nicht wissen konnte, war, daß sie ihn gerade innerlich endgültig zum Schuft abgestempelt hatte. Aber sie hielt es mit Tante Ellas dreiundsiebzigstem, sehr selten zur Anwendung kommendem Gesetz: »Die beste Art, jemandem die Zähne zu zeigen, ist zu lächeln.«

»Das mit Constanze und mir, das war ein einmaliger

Ausrutscher«, sagte Blender. »Ich habe Schluß gemacht, deinetwegen.«

»Haha«, dachte Laura und zeigte noch intensiver ihre Zähne.

Blender war sehr mit sich zufrieden. Zu Hause setzte er dann noch einen oben drauf.

»Ich liebe dich, Laura, ich liebe dich mehr, als ich jemals einen Menschen geliebt habe.« Das sagte er, als sie in den obersten Stock gekommen waren und Laura Anstalten machte, sich in ihr Zimmer zurückzuziehen. Er umarmte sie und begann leidenschafflich ihren Hals zu küssen. »Ich will mit dir zusammensein, jetzt sofort.«

Laura drückte ihn von sich. Schuft, elender!

»Das ist schön«, sagte sie. »Aber laß mir noch ein bißchen Zeit. Ich möchte erst sehen, ob du's wirklich ernst meinst!«

»Natürlich meine ich es ernst«, schwor Blender, was keine Lüge war, denn er wollte in der Tat mit Laura »zusammensein«, und zwar jetzt und hier. Aber Laura blieb hart.

»Gute Nacht«, sagte sie und öffnete die Tür zum Gästezimmer, das seit geraumer Zeit ihr Schlafzimmer war.

Blender ärgerte sich. Von wegen, junge Mädchen haben ein weiches Herz, diese Theorie konnte sich Freund Hoffmann aber in den Hintern schieben.

»Bitte, Laura«, sagte er, aber Laura machte Anstalten, die Tür zu schließen. Als er merkte, daß er sie nicht rumkriegen würde, versuchte er es auf die ganz linke Tour: »Ich spüre doch, daß da was nicht stimmt. Du liebst mich nicht mehr, wahrscheinlich hast du das nie getan.«

Laura öffnete die Tür wieder. Sie durchschaute Blenders Spielchen, wozu allerdings auch nicht viel gehörte. Dieser Lump war sich auch für nichts zu schade.

»Ist doch wahr. Wahrscheinlich bist du immer nur hinter meinem Geld hergewesen«, fuhr Blender fort.

»Das ist nicht wahr«, verteidigte sich Laura. Es war schließlich nicht nur das Geld gewesen. Irgendwie hatte sie ihn auch gemocht, auch wenn man sich das heute kaum noch vorstellen konnte. Geschweige denn nachvollziehen!

»Das ist wohl wahr, sonst hättest du längst diesen Vertrag unterschrieben, den ich dir vor Wochen gab.« Das war jetzt ein riskantes Spiel, Blender war sich dessen durchaus bewußt. Aber wer nicht wagt, der nicht gewinnt.

»Du meinst diesen komischen Vertrag, wo es um Ansprüche im Falle einer Scheidung geht?«

»Ja, den«, sagte Blender lauernd. »Ich habe ihn ja nur erstellen lassen, um zu schauen, ob ich mit meiner Vermutung recht liege. Und siehe da, ich hatte recht!«

»Oh, wenn es dir nur darum geht«, erwiderte Laura. »Dann kann ich gerne unterschreiben.«

»Ach ja? Und wann?«

»Jetzt, von mir aus«, sagte Laura. Auch sie spielte mit dem Feuer, das konnte jetzt ganz schön danebengehen. Aber es war einen Versuch wert. Sie knipste das Licht an und suchte in der Schublade des Schreibtisches nach dem Vertrags. Der Rechtsanwalt, dem Klaus-Martin die Kopien zur Überprüfung gegeben hatte, hatte sinngemäß etwa folgendes gesagt: »Wer diesen Vertrag unterschreibt, muß dümmer sein als ein Stück Käserinde.«

»Da ist er ja«, sagte sie. Sie war auf keinen Fall dümmer als Käserinde.

Blender war hinter sie getreten. »Wenn du unterschreiben würdest, dann wäre das ein echter Liebesbeweis für mich, und einem Neuanfang stünde nichts mehr im Weg.«

Laura schraubte scheinbar kurzentschlossen ihren Füller auf.

»Also gut«, sagte sie und verdeckte Blender mit dem Rücken die Sicht. E hörte die Feder auf dem Papier kratzen und freute sich. Laura klappte die Mappe wieder zu.

»So, das war's dann. Glaubst du mir jetzt, daß ich nicht hinter deinem Geld her bin? Ich hoffe, jetzt steht einem Neuanfang nichts mehr im Weg!«

Blender nahm den Vertrag aus ihren Händen entgegen und konnte nicht verhindern, daß sich ein triumphierendes Lächeln auf seinem Gesicht ausbreitete. Laura sah es, und sie sah auch, daß er Anstalten machte, sich ihre Unterschrift auf der letzten Seite anzuschauen. Da sie dort etwas anderes als ihren Namen notiert hatte, mußte sie um jeden Preis verhindern, daß er einen Blick darauf warf, bevor nicht alles andere geregelt war.

»Also, jetzt habe ich mir nicht mal durchgelesen, was da stand«, sagte sie. »Würdest du mir das eben noch mal geben?«

Blender ließ den Vertrag pfeilschnell hinter seinem Rücken verschwinden. »Also doch!«

»Aber nein«, seufzte Laura. »Es ist nur, ich habe eben gelernt, nichts zu unterschreiben, was ich mir nicht genau durchgelesen habe. Gib ihn mir bitte noch mal.«

Aber das konnte Blender natürlich nicht zulassen. Jetzt, wo er die Unterschrift hatte, konnte er eigentlich auch wieder das Nettsein einstellen. Wozu dem Mädchen was vormachen?

»Kommt gar nicht in Frage. Unterschrieben ist unterschrieben.«

Laura mimte jetzt die Mißtrauische. »Was soll das heißen? Gib mir bitte sofort diese Papiere zurück!«

Blender ging rückwärts aus dem Zimmer. »Hol sie dir doch, wenn du kannst!«

Und Laura, die um jeden Preis verhindern wollte, daß er sah, was sie auf das Unterschriftsfeld geschrieben hatte, folgte ihm prompt. Mit lauten »Gib her!«-Rufen trieb sie ihn die Treppe hinab bis ins Wohnzimmer. Blender johlte. Diese Sache machte ihm zunehmend Spaß.

»Krieg mich doch, krieg mich doch«, schrie er lachend, öffnete blitzschnell seinen Safe und schmiß den Vertrag dort hinein.

»Du bist gemein!« sagte Laura und sah mit einiger Befriedigung, wie Blender den Safe zuschloß. So schnell würde er ihn nicht mehr öffnen, und bis er es erneut tat, war es hoffentlich zu spät. Für ihn.

»Ja, ich bin gemein«, sagte Blender breit grinsend. »Wäre alles nicht passiert, wenn du mit mir geschlafen hättest. Denk mal drüber nach!«

»Und was ist mit unserem Neuanfang und diesem Ring?« erkundigte sich Laura.

»Noch ist es nicht zu spät, Süße«, meinte Blender und grinste noch breiter. »Gehen wir zu dir oder zu mir?«

»Mistkerl«, sagte Laura höchst zufrieden.

Eine Woche später, kurz vor Weihnachten, holte Aline Laura an Léons Salon ab, wo sie das drittemal in diesem Monat eine Haarbehandlung über sich ergehen ließ.

»Ist das nicht ein bißchen viel des Guten?« fragte sie Constanze van der Bloom, die neben ihr unter einer Haube schwitzte.

»Nicht in meinem Alter«, erwiderte die. »Und nicht mit meinem Haar. Dir kann es zumindest nicht schaden. Je früher man anfängt, dem Alter vorzubeugen, desto später wird man alt.«

»Meine Mutter hat eben angerufen«, sagte Aline. »Und wir haben heute eine wichtige Mission zu erledigen, damit du wieder Single bist, bevor du anfängst zu studieren. Und bevor das neue Jahr beginnt.«

Laura sah sich nach Constanze van der Bloom um. »Wir wollten nachher zum Tennisclub fahren.«

»Heute nicht«, sagte Aline. »Wir müssen meinen Papa in flagranti mit seiner Sekretärin erwischen, damit du endlich die Scheidung einreichen kannst.«

»Mir soll's nur recht sein«, meinte Laura und winkte Constanze zu. »Ich bin dann mal weg!«

»Und das soll mich jetzt freuen?« Constanze schloß entnervt die Augen. »Du wirst ja doch wieder auftauchen, so sicher wie bei mir die grauen Haare am Scheitel erscheinen.«

»Ja, ja, aber nur wenn wir nichts dagegen täten«, mischte sich Léon ein und zog ihr ganz geschäftsmäßig die Haube vom Kopf. »Immerhin kannst du sicher sein, Bloomchen, daß wir wirklich unser Bestes tun. Niemand würde vermuten, daß deine Haare in Wirklichkeit schon eisgrau sind, und niemand würde dich für so steinalt halten, wie du bist.«

»Herzlichen Dank für das Kompliment«, erwiderte Constanze säuerlich. So war das Leben, man mußte sich von minderjährigen Gören erpressen und von schwulen Friseuren beleidigen lassen.

»Komm schon!« Aline zog Laura zum Auto.

»Wiedersehen, Constanze, Wiedersehen, Léon!«

»Wiedersehen, kleine Laura«, sagte Léon und winkte mit seinen manikürten Nägeln hinter ihnen her. »Bis bald!«

Laura ließ sich seufzend auf den Beifahrersitz fallen. »Ich hab's so satt, den ganzen Tag Maniküre, Pediküre, Aromatherapie, Gesichtspeeling, Fußreflexzonenmassage, Lymphdrainage, blablabla, das hält doch kein Mensch auf die Dauer aus«, klagte sie und strich das von Léon mit Liquid-Hair-Wonder-Super-Teuer behandelte Haar aus der Stirn. »Kein Wunder, daß diese Frauen alle irre sind.«

Aline kicherte nur.

»Da gibt es nichts zu lachen«, meinte Laura aufgebracht. »Als ich dachte, jetzt haben wir wirklich alles einmal durch, da merkte ich, daß es einfach wieder von vorne losging. Constanze sagt, nur die regelmäßige Anwendung führt zum Erfolg, ein Spruch, der von Tante Ella stammen könnte, wenn es um etwas anderes ginge. Aber was das angeht, bin ich eher Tante Ellas Meinung. Die sagt immer: Wahre Schönheit kommt von innen.«

»Das mußt du jetzt durchhalten«, sagte Aline. »Schließlich muß die van der Bloom angemessen bestraft werden.«

»Aber das ist keine Strafe für die van der Bloom, sondern eine Strafe für mich«, rief Laura aus. »Und jetzt muß ich noch dieses bescheuerte Brigde lernen, als ob ich nichts Besseres zu tun hätte! Was wollte denn deine Mutter?«

»Oh, das war toll. Sie hat am Telefon einen auf reumütigen Sünder gemacht. Dein Brief muß sie ganz schön beeindruckt haben. Sie will Alessa zu sich nehmen, und mich auch, und uns mit ihrer Mutterliebe überschütten. Ich für meinen Teil habe abgelehnt. Am Ende zanken wir uns noch um ihren jungen Lover. Aber für Alessa ist es vermutlich das beste.« Aline bremste vor dem Hochhaus, in welchem Blender Multimedia untergebracht war. »Sie hat für den dreiundzwanzigsten einen Flug gebucht und will Alessa noch vor Weihnachten nach Mallorca holen. Das geht, weil sie immer noch das Sorgerecht hat, und mein Vater würde eher sterben, als dagegen anzugehen.«

»Ist doch toll«, sagte Laura und strich in Gedanken Punkt eins von ihrer Liste.

»Jetzt ist es nur eine Frage der Zeit, bis wir meinen Vater in flagranti erwischen, und dann bist auch du frei.«

Laura äugte zu den Fenstern der siebenten Etage hinauf. »Vielleicht tut er es ja nicht jeden Tag und immer genau dann, wenn wir kommen, und wenn wir dreimal umsonst hier waren, riecht er Lunte und trifft sich woanders mit ihr. Außerdem habe ich jetzt schon genügend Gründe für drei Scheidungen.«

»Aber nicht so handfeste«, meinte Aline und stieg aus dem Wagen. »Wir müssen nur den richtigen Zeitpunkt abpassen. Also, stell dir vor, wir sitzen gemütlich in der Lobby im Erdgeschoß und trinken einen Kaffee, während mein Vater sich in Sicherheit wiegt. Irgendwann überkommen ihn dann seine schändlichen Triebe, er ruft die Klotz zum Diktat. Wir erhalten einen Anruf, eine Stimme sagt nur ein Wort: Jetzt. Wir stürzen zum Aufzug und fallen mit der Tür in Papas Büro. Erwischt. Was genau wir sehen, male ich mir lieber nicht aus.«

Laura lachte laut. »Und wer ist dieser mysteriöse Anrufer, der Jetzt sagt?«

»Natürlich ein Verbündeter, den wir einweihen!«

»Vergiß es. Von den Gestalten wird keiner unser Verbündeter.«

»Abwarten«, meinte Aline mit hinterhältigem Grinsen. Dann, im siebenten Stock, verwandelte sich das hinterhältige Grinsen in ein liebenswertes Lächeln.

»Hallo«, sagte sie mit ebenso liebenswerter Stimme zu Sylvia Barfus, die mit ihrer üblichen sauertöpfischen Miene in der Gegend herumstarrte.

»Das ist aber ein schicker Pullover, den Sie da anhaben«, setzte Aline hinzu. Laura verdrehte nur die Augen. Sie wußte, daß man mit Freundlichkeit bei ihrer ehemaligen Kollegin nicht weit kam.

»Sehr witzig«, fauchte die Barfus prompt, die sich von Komplimenten prinzipiell verarscht fühlte. Jedes wohlwollende Wort ihrer Mitmenschen hielt sie für Spott und Hohn. Die Welt war ja so-o-o schlecht.

»Sie haben sicher wahnsinnig viel zu tun, was?« Aline versuchte immer noch, ihr Honig ums Maul zu schmieren.

»Das kann man wohl sagen. Und immer kommen irgendwelche Leute, die mich von der Arbeit abhalten.«

»Ja, ja, ich hab' auch nur eine kurze Frage. Sagen Sie mal, kriegen Sie das von hier aus eigentlich mit, wenn

Frau Klotz, also, wenn sie zum Beispiel zum Diktat nach nebenan gerufen wird?«

»Natürlich«, keifte die Barfus. »Was glauben Sie denn, auf welchen Apparat Frau Klotz dann ihr Telefon umleitet?«

»Auf Ihren etwa?« Aline strahlte. »Aber das ist ja so was von wunderbar!«

»Was daran wunderbar sein soll, können Sie mir ja bei Gelegenheit mal verraten«, fauchte die Barfus. »Ich nenne das Ausbeutung. Aber was ich davon halte, das interessiert doch keine Sau!«

»Sie Ärmste«, gurrte Aline. »Sagen Sie mal, einen Gefallen könnten Sie uns nicht zufällig tun?«

»Nein«, erwiderte die Barfus knapp, aber aus tiefstem Herzen. Aline war vorübergehend aus dem Konzept gebracht.

»Auch nicht, wenn ich Sie ganz lieb darum bitte?«

»Nein!«

»Wir haben etwas im Auto vergessen.« Laura zupfte Aline am Ärmel. »Komm schon.«

»Was soll das?« zischte Aline im Aufzug. »Ich hatte sie doch fast soweit.«

»Nein, hattest du nicht. Aber ich hatte gerade eine Wahnsinnsidee«, sagte Laura. »Eine dieser Ideen, die so genial sind, daß sie eigentlich patentiert werden müßten.«

»Sag schon!«

»Also, die Barfus ist furchtbar unglücklich, stimmt's?«

»Wer kann es ihr verwehren!«

»Sie ist unglücklich, weil sie sich für häßlich hält und alle anderen für schön. Dummerweise ist sie überdies in diesen mickrigen Jasper Jürgens verknallt, und zwar ziemlich heftig. Meiner Meinung nach ist Jasper Jürgens ihre einzige Lebensfreude. Um ihm zu gefallen, würde sie einfach alles tun.«

»Wäre schon viel getan, wenn sie kein Lila mehr tragen würde«, meinte Aline. »Das steht ihr wirklich überhaupt nicht zu all den Pickeln!«

»Jetzt hör doch mal! Dieser armen Frau kann doch geholfen werden. Ich sage nur: Constanze van der Bloom!«

Auf Alines Gesicht breitete sich ein fettes Lächeln aus. »Aber natürlich, das ist tatsächlich genial! Und diese Sylvia ist noch eine viel größere Strafe für die van der Bloom.«

»Ja, das denke ich auch. Und ich hätte endlich Ruhe vor all diesen Torturen. Weißt du, was das für ein Gefühl ist, diese Anticellulite-Wärmeelektroschocks im Oberschenkel? Dabei habe ich nicht ein bißchen Cellulite! Und jetzt komm, wir müssen die Barfus noch von ihrem Glück überzeugen.«

Was natürlich nicht einfach war, denn Sylvia Barfus war das personifizierte Mißtrauen. Sie sagte ungefähr einhundertmal »Verarschen kann ich mich selber!«, während Laura und Aline abwechselnd von den wunderbaren Wirkungen der vielfältigen Schönheitsbehandlungen schwärmten, die sie kostenlos genießen dürfe. Aber erst als Laura das Zauberwort »Jasper Jürgens« fallen ließ, hatten sie ihre Sache gewonnen.

»Ich bin sicher, Herrn Jürgens würden Sie dann viel besser gefallen«, sagte sie.

»Also gut«, lenkte die Barfus ein. »Obwohl ich das alles

ja höchst merkwürdig finde: Friseur, Maniküre, Fitneßstudio, Sonnenbank, Kosmetik, alles für umsonst?«

»Ja, und neue Klamotten«, ergänzte Aline. »Allerdings nicht ganz für umsonst. Einen kleinen Gefallen müßten Sie uns schon noch tun …«

12.

Die van der Bloom war, wie zu erwarten, alles andere als begeistert, daß sich die Pläne noch einmal geändert hatten. Aline und Laura suchten sie im Tennisclub auf, Sylvia Barfus im Schlepptau. Die aber hatte darauf bestanden, auf der anderen Straßenseite zu warten, weil sie insgeheim immer noch mit einer versteckten Kamera rechnete.

»Jetzt hatte ich mich aber gerade an dich gewöhnt«, sagte die van der Bloom zu Laura. »Und die anderen auch.«

»Freuen Sie sich doch einfach, daß Sie mich los sind«, sagte Laura. »Und kümmern Sie sich um jemanden, der es wirklich nötig hat. Zwei Wochen noch, dann haben Sie's geschafft und sind uns für immer los. Dann können Sie sich auch wieder ungestraft an Georg heranmachen, wenn Sie wollen.«

»Das Band werden wir selbstverständlich Ihnen übergeben, damit Sie sich ein paar schöne Heimvideoabende machen können«, ergänzte Aline.

»Kleine Biester«, knurrte die van der Bloom und sah dann wieder zu Sylvia Barfus hinüber. Sie stand dort in ihrer üblichen Haltung, hängende Schultern, Kinn aggressiv nach vorne gereckt und Stirn mißtrauisch gerunzelt.

Die van der Bloom kniff kritisch die Augen zusammen: »Zwei Wochen werden da wohl kaum ausreichen.«

»Oh, es wird schon gehen«, sagte Aline.

Laura lächelte verschmitzt. »Ganz im Vertrauen, Sylvia Barfus ist in echt eine Grafentochter. Aber sie wurde bei der Geburt verwechselt.«

Aline lachte. »Ach ja, ehe ich's vergesse, neu einkleiden sollten Sie die junge Gräfin auch unbedingt. In Jil Sander wird sie gleich ganz anders aussehen.«

»Blutsauger!«

»Ja, ja, und jetzt kommen Sie, ich möchte Ihnen Ihren neuen Schützling vorstellen. Und seien Sie bloß freundlich zu ihr, sie hat ein sehr empfindsames Gemüt. Denken Sie daran, daß bald Weihnachten ist und ein kleines, aber feines Videoband unter Ihrem Christbaum liegen wird.«

Einen Tag vor Heiligabend klingelte das Telefon in der Lobby des Hochhauses.

»Für Sie«, sagte der Portier und reichte Aline den Hörer.

»Jetzt ist es soweit«, sagte die Stimme von Sylvia Bartus. »Aber beeilen Sie sich, es dauert nie besonders lange!«

»Ich verstehe«, rief Aline und packte ihre Sofortbildkamera fester. Laura hatte schon den Fahrstuhl geholt. In weniger als einer Minute waren sie oben.

»Geh du schon mal rein«, sagte Aline und klopfte wild an Jasper Jürgens Bürotür. »Kommen Sie schnell, bei meinem Vater muß was passiert sein. Und Sie, gehen Sie auch hinein, Frau Barfus. Schnell!«

Sylvia sprang hinter ihrer Theke hervor. Wenn Aline es nicht besser gewußt hätte, hätte sie geglaubt, eine andere Frau vor sich zu haben. Constanze, Léon und die Angestellten der Schönheitsfarm des Schloßhotels hatten wirklich ganze Arbeit geleistet. Weich kringelte sich Sylvias Haar um ihr Gesicht, keine Spur mehr von Pikkeln und Mitessern, selbst die mißmutigen Linien um ihren Mund schienen verschwunden zu sein. Jasper Jürgens würde nie eine besser aussehende Frau abkriegen, das war mal klar.

»Schnell! Rennen Sie!« rief Aline, und Sylvia rannte, so schnell sie in ihren neuen italienischen Schuhen eben rennen konnte. Jasper spurtete aufgescheucht hinterher.

Laura bemühte sich trotz des Spektakels in ihrem Rücken, bis zum Vorzimmer keinen Lärm zu machen. Eine überflüssige Maßnahme, Blender hätte ohnehin nichts hören können, denn Gabriele Klotz stöhnte wie eine Pornokassette mit defektem Lautstärkeregler.

»Öfter mal was Neues«, hieß ihre Devise, und Blender wartete nur auf den Tag, an dem sie ihren komischen kleinen Pudel von zu Hause mitbrachte.

Als die Tür aufflog, hätte er Gabriele vor Schreck beinahe losgelassen, eine Maßnahme, die sie das Leben gekostet hätte. Sie hing nämlich, nur mit einem Lederkorsett bekleidet, vorne über aus dem geöffneten Fenster, sehr zur Freude der Taxifahrer unten auf der Straße.

»Lieber Himmel«, stotterte Jasper Jürgens, und in sein fahles Antlitz stahl sich eine zarte Röte. Sylvia Barfus starrte fasziniert auf das Lederkostüm ihrer Kollegin. Aline wandte angewidert das Gesicht ab. Sie verzichtete darauf, diesen Augenblick, wie ursprünglich geplant, mit der Kamera festzuhalten.

»Was zum Teufel ...«, begann Blender und versuchte, sich in eine würdevollere Position zu bringen, was nicht einfach war, mit seinen Hosen um die Fußgelenke.

Laura ließ noch einen peinlichen Augenblick verstreichen.

»Entschuldige bitte«, sagte sie dann mit leiser Stimme. »Wir wollten nicht stören. Ich wollte eigentlich auch nur sagen, daß ich die Scheidung einreiche.« Und damit schloß sie wieder die Tür, sanft, aber nachdrücklich.

Gabriele klammerte sich am Fensterrahmen fest und fluchte. »Hätten die nicht eine Minute später kommen können?«

Blender hätte sie am liebsten aus dem Fenster geschubst. Weiber! Immer dachten sie nur an sich. Dabei konnte er noch froh sein, daß er nicht gestern überrascht worden war. Da hatte Gabriele nämlich ihre Handschellen dabeigehabt. Und eine neunschwänzige Katze. Der Heizkörper hatte einige Blessuren abbekommen. Nicht auszudenken, wenn gestern jemand hereingekommen wäre. Diese Blamage hätte Blender nicht überlebt.

»Verschwinde«, sagte er zu Gabriele, die sich hoch anrechnete, bereits zum zweitenmal zum Scheidungsgrund erkoren worden zu sein. Sie freute sich jetzt schon auf ihre Gehaltserhöhung.

Aline rief noch aus der Lobby bei Udo Hoffmann, Blenders Anwalt an. »Laura wird sich scheiden lassen, mein

Vater hat zuerst die Mutter meiner besten Freundin und dann seine Sekretärin auf seinem Schreibtisch im Büro ge ...«

»Ich verstehe«, sagte Hoffmann.

»Ich weiß, daß Laura einen Unterhaltsverzicht unterschrieben hat«, fuhr Aline fort. »Ich habe die Schlüssel zu Papas Safe, und ich werde den Vertrag verschwinden lassen.«

»Ich verstehe«, sagte Hoffmann wieder.

»Es sei denn, Sie würden dafür sorgen, daß Laura eine angemessene Entschädigung erhält. Ist die Eigentumswohnung in der Südstadt noch frei?«

»Ja, dein Vater will sie verkaufen. Ich habe sie gestern einem Makler angeboten.«

»Wenn Sie dafür sorgen, daß Laura diese Wohnung überschrieben bekommt, werde ich den Vertrag im Safe lassen«, sagte Aline. »Machen Sie das meinem Vater klar. Ich denke, dabei kommt er immer noch ganz gut weg.«

Ja, in der Tat, das kam er, dafür mußte Hoffmann gar nicht groß rechnen. Die Eigentumswohnung lag zwar in einer teuren Wohnlage, aber sie war schwer renovierungsbedürftig. Mehr als zweihundertfünfzigtausend hätte er dafür nicht herausschlagen können. Das machte er auch Blender klar.

»Mein eigen Fleisch und Blut«, stöhnte Blender, als er von Alines Erpressung erfuhr. »Das ist ja nicht auszuhalten.«

»Ich würde sagen, wir gehen darauf ein. Die Gören wissen nicht, daß sie dabei immer noch ein schlechtes Geschäft machen. Ich komme heute abend mit der Schenkungsurkunde vorbei, und wir bringen die Sache hinter uns. Dann kannst du deine Ehefrau gleich anschließend mit Pauken und Trompeten aus dem Haus schmeißen. Je eher euer Trennungsjahr beginnt, desto eher bist du wieder frei.«

»Also gut«, knurrte Blender. »Das war ja eine kurze Ehe. Von Oktober bis Dezember, wahrscheinlich die kürzeste Ehe der Menschheitsgeschichte!«

»Nein, das glaube ich nicht«, widersprach sein Freund. »Ich glaube, Liz Taylor war schon mal schneller geschieden. Oder Michael Jackson. Der war gar nicht erst verheiratet.«

»Von mir aus, bringen wir es gleich heute abend hinter uns. Und dann schmeiß' ich sie raus. Soll sie doch Weihnachten auf der Straße verbringen.«

»Das wird nicht klappen. Sie hat ja dann eine eigene Wohnung«, erinnerte ihn Hoffmann.

»Ja, dank meiner sogenannten Tochter«, brüllte Blender. »Aber dieses intrigante Gör werf' ich gleich hinterher, das kannst du mir glauben.«

»Alles erledigt?« fragte Laura aufgeregt.

»Jawohl«, antwortete Aline. »Dein Krempel ist bis auf ein paar Kleinigkeiten im Auto, es ist weit mehr als das, mit dem du hier eingezogen bist. Ein Stadtplan liegt auf dem Beifahrersitz, damit du problemlos hinfindest. Das Video an Constanze ist mit den besten Weihnachtsgrüßen mit der Post unterwegs«, – Aline verschwieg, daß sie einige Kopien gezogen und als Weihnachtspäckchen hergerichtet hatte, für alle Fälle – »meine Mutter kommt heute abend mit dem Flieger und holt Alessa ab, Hoffmann muß jeden Augenblick mit der Schenkungsurkunde und den Wohnungsschlüsseln hier sein, und Cindy Crawford ist bereit für ein Leben in der Großstadt.«

»Gut«, sagte Laura. »Sylvia Barfus hat eben angerufen, um uns zu danken. Jasper Jürgens, die alte Trantüte, hat sie zum Essen eingeladen, nur eine Minute nachdem wir weg waren. Ist das nicht toll? Jetzt kann ich nur hoffen, daß Blender mich nicht erschlägt und ich lebend hier rauskomme.«

Es klingelte an die Tür. »Das wird schon Hoffmann sein«, meinte Aline mit einem Seitenblick auf die Uhr. »Dann ist mein Vater auch jeden Augenblick hier.«

Laura öffnete dem Anwalt die Tür und bat ihn freundlich ins Wohnzimmer. Er sah sie zum ersten Mal und war von ihrem kindlichen Aussehen beinahe geschockt. So ein junges Ding, Blender sollte sich eigentlich schämen. Na ja, tröstete er sich, immerhin bekam sie ja eine Eigentumswohnung, das war mehr, als die meisten jungen Dinger besaßen.

»Kann ich Ihnen etwas anbieten?« erkundigte sich Laura, noch ganz Herrin des Hauses.

»Einen Cognac bitte«, sagte Hoffmann.

»Für mich auch einen«, knurrte Blender, der plötzlich im Wohnzimmer stand.

»Abend, Papa«, sagte Aline.

»Mit dir spreche ich später«, fauchte Blender sie an. Lauras Hand zitterte ein wenig, als sie ihm den Cognac reichte.

Blender nahm einen großen Schluck. »Bringen wir es hinter uns. Wenn du die Schlüsse! zur Wohnung in der Hand hältst, dann pack' ich dich am Nacken und werfe dich eigenhändig vor die Haustür, kapiert?«

Laura nickte.

»Ja, dann wollen wir mal«, meinte Hoffmann verlegen und breitete die Schenkungsurkunde auf dem Tisch aus. »In meiner Funktion als Anwalt und Notar ...«

»Sparen wir uns das«, knurrte Blender. »Wo muß ich unterschreiben?«

»Hier«, sagte Hoffmann und hielt seinem Freund einen Füllfederhalter hin. Vor lauter Wut ritzte Blender sein Autogramm beinahe in das Papier.

»Und jetzt die Wohnungsschlüssel.« Er riß sie Hoffmann aus der Hand und warf sie Laura zu. »Hier, du kleiner Vampir. Nimm sie und hau ab.«

»Ja, dann bin ich jetzt weg«, sagte Laura und umfaßte die Schlüssel mit schweißnasser Hand. »Frohe Weihnachten allerseits.«

»Gleichfalls«, sagte Hoffmann. Blender sagte nichts. Das Luder hatte offensichtlich mit einem Rausschmiß gerechnet und bereits Vorkehrungen getroffen.

Aline folgte Laura bis an die Tür und drückte ihr einen Korb in die Hand. »Ich komme gleich nach«, flüsterte sie. »Nur noch ein paar Sachen.«

»Deine Mutter kommt erst in ein paar Stunden. Meinst du, wir können Alessa so lange mit deinem Vater allein lassen?«

Aline grinste. »Die Frage müßte wohl eher umgekehrt lauten. Wenn die merkt, daß ihre Katze verschwunden ist, ist hier die Hölle los!«

Cindy Crawford miaute aufs Stichwort. Aline hatte sie in den Korb gesteckt und ein Handtuch über sie gebreitet.

»Pssst«, machte Laura und öffnete hastig die Haustür. »Wir fahren ja schon! Bis gleich also.«

Aline wartete, bis das Auto aus der Einfahrt verschwunden war. Dann wollte sie hinauf in ihr Zimmer, aber Blender hinderte sie daran.

»Zuerst meine Safeschlüssel«, sagte er. »Her damit.«

»Welche Safeschlüssel?« höhnte Aline. »Ich habe überhaupt keine. Weiß der Himmel, wo du sie aufbewahrst!«

Blender starrte sie eine halbe Sekunde lang an, dann fiel ihm der Unterkiefer herab. Natürlich, sie hatte überhaupt keinen Safeschlüssel, konnte sie gar nicht, denn der eine hing an seinem Schlüsselbund, und der Ersatzschlüssel war im Safe eingeschlossen. Er war wirklich ein Hirni!

»Guter Bluff«, sagte er stinksauer. »Du suchst dir auch besser einen anderen Ort, um Weihnachten zu feiern.«

Aline verschwand schweigend in ihrem Zimmer.

»Frauen«, stöhnte Blender. »Im nächsten Leben krieg' ich nur Söhne!«

»Na dann, auf eine gelungene Scheidung«, sagte Udo Hoffmann und hob seinen Cognacschwenker.

»Vor allem eine billige.« Blender lachte ein wenig gekünstelt.

»Papiiii!« Alessa tauchte im Türrahmen auf. »Cindy Crawford ist verschwunden. Ich hab' sie überall gesucht!«

»Sie wird weggelaufen sein, und das kann ihr niemand verübeln. Wenn du eine Katze wärst, wolltest du sicher auch nicht in der Mikrowelle schmoren.«

»Du bist gemein! Ich will sofort eine neue Katze, oder ich bekomme ein neues Trauma!«

Blender seufzte. »Auf ein Trauma mehr oder weniger kommt es ja bei dir jetzt auch nicht mehr an. Ich werde Frau Kerbholz anrufen und ihr mindestens das Doppelte bieten müssen, damit sie zurückkommt. Damit wäre sie dann die bestbezahlteste Haushälterin zwischen den beiden Erdpolen.«

»Was soll's!« Hoffmann goß sich noch einen Cognac ein. »Du hast es ja jetzt. Apropos, gib mir mal den Ehevertrag aus dem Safe, damit ich alle Unterlagen beisammen habe.«

»Ich will eine neue Kaaaaatze!« brüllte Alessa.

»Halt deinen Mund«, sagte Blender genervt. Er nahm den Vertrag aus dem Safe und warf ihn Hoffmann in den Schoß.

»Das war schon ein bißchen übel von uns, was?« meinte der zufrieden. »Aber im Grunde kann sie froh sein. Für ein halbes Jahr mit dir hat sie immerhin eine Eigentumswohnung in nicht unbeträchtlichem Wert erhalten. Das ist mehr, als die meisten Mädchen in ihrem Alter haben.« Er blätterte die Unterschriftenseite auf. »Ich finde ohnehin, daß die Gesetze, das Ehe- und Familienrecht betreffend, eindeutig die Frauen bevorzu ...« Er stockte mitten im Satz.

»Verdammte Scheiße!«

»Was ist?«

»Verdammte Scheiße, verdammte Scheiße Hast du dir denn ihre Unterschrift nicht angesehen?«

»Nein, habe ich nicht. Schnell ab in den Safe damit, bevor sie es sich anders überlegen konnte. Ist was nicht in Ordnung?«

»Sieh doch selbst, was dein kleines Schmusekätzchen gemacht hat!«

»Ich will eine neue Schmusekatze!« brüllte Alessa aufs Stichwort. »Soooooofort!«

»Halt deinen Mund, verdammtes Gör«, brüllte Blender zurück und riß Hoffmann den Vertrag aus den Händen. Fassungslos las er Lauras vermeintliche Unterschrift.

»Mit mir nicht, du Lustgreis!« stand dort in sauberer Schulmädchenschrift. Blender mußte es dreimal lesen, um es zu glauben.

»Du darfst mich nicht anbrüllen, hat der Therapeut gesagt, da krieg' ich ein Trauma von«, schniefte Alessa. »Und jetzt hol mir gefälligst eine neue Katze!«

Blender sank auf seinen Sessel. »Und ich bin darauf reingefallen! Diese Schlange!«

»Keine Schlaaaange, ich will eine Kaaaaatze«, schrie Alessa und stampfte wütend mit dem Fuß auf.

»Verdammt! Verdammt!« wiederholte Hoffmann einige Male. Dann schlug er sich gegen die Stirn. »Mein Gott, und ich hatte beinahe ein schlechtes Gewissen!«

»Aline!« brüllte Blender.

»Kaaaaatze!« brüllte Alessa nicht weniger laut. Im oberen Stockwerk öffnete sich Alines Zimmertür. »Ist was?«

»Komm *sofort* runter!« bellte Blender.

»Ich will *sofort* eine neue Katze, oder ich zeige dich beim Jugendamt an«, sagte Alessa neben ihm. »Kann ich nämlich. Ich sag', du hast mich geschlagen oder in den Keller gesperrt oder sexualistisch mistbraucht, oder alles auf einmal, und dann sperren die dich in ein Gefängnis, das hast du dann davon!«

»Halt deinen Mund, du kleines Monster«, sagte Blender und begann, rastlos im Zimmer auf und ab zu gehen. Das Schicksal, da war er sich jetzt ganz sicher, das Schicksal war eindeutig parteiisch, und ihn hatte es ganz besonders auf dem Kieker. Aber das hier war überhaupt das Hinterlistigste, was es sich jemals erlaubt hatte.

Aline kam die Treppe herab, in der linken Hand einen Koffer, in der rechten eine Stehlampe. Aus dem Rucksack auf ihrem Rücken lugten ein paar Teddybären aus ihrer Teddybärensammlung.

»War was Wichtiges?« erkundigte sie sich mit unschuldiger Miene.

»Was soll das werden?«

»Ich ziehe aus, genau wie du es dir gewünscht hast«, antwortete Aline. »In einer Altbauwohnung in der Kölner Südstadt ist ein Zimmer frei, wie ich gehört habe. Ich verstehe mich ganz gut mit der Eigentümerin, mußt du wissen. Und es kostet ganz wenig. Du müßtest mir monatlich nur sechs-, siebenhundert Mark zahlen und noch ein bißchen Taschengeld, und dafür lasse ich dich ganz in Ruhe!«

»Ja, du fühlst dich wahrscheinlich noch gut dabei, deinen Vater auszunehmen wie eine Weihnachtsgans. Da kommst du ganz auf deine Mutter! Die gefälschte Unterschrift war wohl auch deine Idee, was?«

»Jetzt mach dir mal nicht in die Hosen«, erwiderte Aline lässig. »Du bist frei wie ein Vogel, kannst deine intimen Beziehungen zu Constanze van der Bloom wieder aufnehmen oder weiter deine Sekretärin begrabschen, niemand wird dir mehr reinreden. Du mußt Laura nur zahlen, was ihr zusteht. Alles, was du bis jetzt besessen hast, bleibt dir erhalten. Kein Mensch will dir deine van Rederscheidts wegnehmen oder die Corbusiersessel. Und du kannst deine Aktien behalten und dich daran freuen, bis du alt und grau bist.«

Blender schnaubte wütend. »Von wegen, es bleibt alles erhalten! Was meinst du denn, was ich deiner Mutter geben mußte und wieviel die monatlich überwiesen bekommt, um ihren Lover durchzufüttern? Was meinst du denn, was mir noch geblieben ist, nachdem sie mich hat ausbluten lassen, dieses Weibstück? Und jetzt muß ich dieser kleinen, tückischen Gärtnerblage auch noch Unterhalt zahlen. Was hast du dir denn gedacht? Daß ich mir gleich einen Strick nehme und den kläglichen Rest dir vererbe? Eine feine Tochter ist das, die ihren Vater ins Grab treibt!«

»Oh, du beschwerst dich über unser Vater-Tochter-Verhältnis?« Aline öffnete die Haustür mit dem Ellenbogen. »Ich bin psychologisch nicht so bewandert wie Alessa, aber ich denke doch, daß eine Tochter nur mißraten kann, wenn der Vater ein notorischer Fremdgänger ist! Ein Blindgänger, eigentlich. Weißt du, wie oft ich als Kind eine deiner Sekretärinnen auf deinem Schoß gesehen habe? Wie oft ihr Lippenstift an deinem Hemdkragen klebte? Wie oft Mama und du euch angebrüllt habt, daß die Wände bebten? War auch toll zu erfahren, daß du die Mutter meiner besten Freundin vögelst, ganz toll. Also danke für meine wunderbare Kindheit. War 'ne wirklich schöne Zeit, irgendwie. Adieu, du toller Vater! Und sei nicht allzu traurig. Dir bleibt ja noch eine Tochter, um es besser zu machen. Viel Spaß mit dem Rest deines Lebens und frohe Weihnachten!« Sie reichte ihm ein viereckiges Päckchen. »Ein Video, als kleines Andenken.«

Die Tür fiel mit einem sanften Klacken hinter ihr ins Schloß. Blender ließ seine Schultern nach vorne fallen. Er war besiegt.

»Kaaaaaaatze!« hörte Aline draußen ihre kleine Schwester brüllen. Sie sah auf ihre Armbanduhr. Ihre Mutter kam erst in drei Stunden, um Alessa abzuholen. Das war genau richtig. Bis dahin würde das kleine Monster schon dafür sorgen, daß Blender die schlimmsten drei Stunden seines Lebens bereitet würden. Und ab dann konnte man nur hoffen, daß Alessa auf Mallorca ein besseres Dasein führen würde. Aber ihre Mutter hatte ja gesagt, daß José ausgesprochen kinderfreundlich sei.

Fragte sich nur, wie lange noch.

Klaus-Martin und Yoyo hatten sich bereits unter ihre Wolldecken verkrochen, als es klingelte.

»Das ist sicher der Weihnachtsmann, um die Heizung zu reparieren«, mutmaßte Klaus-Martin, aber es waren nur Laura und Aline. Sie sahen allerdings aus, als seien sie soeben dem Weihnachtsmann persönlich begegnet.

»Wir haben ein Geschenk für euch«, sagte Aline.

»Weihnachten ist erst morgen«, meinte Yoyo. Ihm reichte es schon, daß Aline in seine vier Wände kam, das war wie Weihnachten und Ostern auf einmal.

»Wie lange braucht ihr, um zu packen?« fragte Laura. »Ihr habt nämlich ab heute eine neue Bleibe.«

»Vier Zimmer, Küche, Diele, Bad und Dachterrasse«, ergänzte Aline strahlend. »Zwei unheimlich nette Mitbewohnerinnen, eine Katze und eine wirklich tolerante Vermieterin.«

»Funktioniert die Heizung?« fragte Klaus-Martin. Dann sank er ohnmächtig hintenüber und stieß sich den Kopf an der Betonwand, genau unter dem Adventskranz, den Yoyo in Ermangelung eines echten Kranzes an die Wand gesprüht hatte. Daneben stand mit Kugelschreiber der Spruch, der bei Tante Ella zu Hause über dem Eßtisch gehangen hatte: »Wenn du denkst, es geht nicht mehr, kommt von irgendwo ein Lichtlein her.«

»Wie wahr«, sagte Yoyo und sprang auf, um seine Sachen zu packen.

Dem Vermieter hinterließen sie nur einen Zettel. »Sind erfroren. Frohe Weihnachten.« Er fand den Zettel erst Ende Januar, als er sich wegen der nicht gezahlten Miete beschweren wollte. An diesem Tag war es minus fünfzehn Grad Celsius, die Heizung war immer noch nicht repariert.

Aber noch einmal zurück zum vierundzwanzigsten Dezember: Es war ein Weihnachtsfest wie in den guten alten Charles-Dickens-Zeiten. Die Bösen waren bestraft oder bekehrt worden, die Guten saßen bei Truthahn und Plumpudding im Warmen.

Blender feierte seine neuerworbene Freiheit – auf einen Schlag war er schließlich Frau, zwei Kinder und einen guten Teil seiner Altersversorgung losgeworden – mit viel Wodka und wenig Lemon. Er war bestraft worden, aber nicht bekehrt.

Alessa packte eine Menge Geschenke unter dem Weihnachtsbaum auf Mallorca aus, etwas Lebendes war nicht darunter. Es würde einige Zeit dauern, aus ihr wieder ein normales und gesundes Kind zu machen, aber ihre Mutter und José hatten es sich fest vorgenommen.

Bei den van der Blooms gab es Diäthühnchen und eine Menge feine Geschenke. Jolanda bekam von ihrer Mutter eine kleine Cartier-Uhr geschenkt, und als sie später am Abend bei den Königs vorbeischaute, seufzte Elmars Mutter und sagte, genau die gleiche Uhr habe sie auch einmal besessen. Elmar war dieses Jahr leer ausgegangen, weil er sich immer noch weigerte, zuzugeben, daß er seinen Wagen eigenhändig zu Schrott gefahren hatte.

Tante Ella und Onkel Kurt feierten das Weihnachtsfest auf die übliche spartanische Art und Weise. Ella bekam von Kurt ein Spargelschälmesser, Kurt von Ella einen Kugelschreiber. Weder Onkel noch Tante waren besonders gesprächig. Das waren sie nie.

Sylvia Barfus und Jasper Jürgens feierten Weihnachten wie gewohnt jeweils mit ihren Müttern auf die triste Art und Weise. Aber anschließend stahlen sie sich unter einem Vorwand aus dem Haus und trafen sich heimlich im winterlich verschneiten Park von Wermelshoven. Hier überreichte Jasper Sylvia ein kleines Päckchen mit selbstgeschriebenen Gedichten. Eines davon war eine Ode an Sylvias blaue Augensterne. Sylvia war überglücklich.

Das schönste Weihnachtsfest aber wurde in der Kölner Südstadt gefeiert, in einer etwas heruntergekommenen Altbauwohnung mit echtem Stuck an den Dekken. Zwischen Farbeimern und Malerkrepp gab es Glühwein und Chicken McNuggets und eine echte Tanne ohne Schmuck, nur mit Kerzen. Cindy Crawford spielte zufrieden Verstecken unter der Abdeckfolie, Klaus-Martin spielte Weihnachtslieder auf seiner Zither, Yoyo sah Aline tief in die Augen, und Laura wußte, daß das Leben von nun an ganz wunderbar werden würde.

– HAPPY-END –

Jule Brand

HERZ ATTACKEN

BASTEI LÜBBE

Für Florian und Benjamin
und für Anton M., den Rapper von Diepeschrath

1.

Heute ist eine Neue in unsere Klasse gekommen. Mitten im Schuljahr – und mitten im Matheunterricht. Ich stand gerade an der Tafel und sollte eine Gleichung mit drei Unbekannten lösen. Es war gemein vom alten Gürteltier, mich an die Tafel zu rufen, sie weiß genau, daß ich schon bei zwei Unbekannten Schwierigkeiten habe. Und für diese spezielle Aufgabe hatte sich keiner gemeldet, nicht mal Jens, das Mathegenie.

Aber das Gürteltier hat mich seit neuestem sowieso auf dem Kieker. Beim letzten Elternsprechtag hat es meiner Mutter gesagt, ich sei auf dem besten Wege »abzustürzen«, wenn es, das Gürteltier, das nicht gemeinsam mit meiner Mutter verhinderte.

Meine Mutter fährt voll auf dramatische Formulierungen ab, und sie hatte sich deshalb beeilt, ihre volle Zustimmung zur Gürteltier-Methode zu geben, um meinen Absturz zu verhindern.

Erste Maßnahme: ein Nachhilfelehrer für mich. Es habe da auch schon einen im Auge, sagte das Gürteltier, jemanden aus der Zwölf. Ich konnte nur hoffen, daß es nicht diese bebrillte Ziege war, die immer meckert, wenn wir die Abkürzung durch den Oberstufenraum nehmen. Die sieht jedenfalls so aus, als ob sie gut in Mathe wäre.

Aber es kam noch schlimmer.

»Frau Gürteltier, ich vertraue Ihnen vollkommen«, hatte Mama in der Elternsprechstunde geflötet. Frau GÜRTELTIER!

Ich wäre beinahe vom Stuhl gekippt! »Gürteltier« ist eine Erfindung von mir und heißt in echt Gürteler, ein ganz normaler Name. Aber das ist typisch für Mama, sie hat tatsächlich geglaubt, jemand könnte Gürteltier heißen!

Damit stand ich natürlich endgültig auf der Schwarzen Liste des Gürteltiers. Mit Mamas Zustimmung nimmt es mich jetzt permanent dran. Das ist die zweite Maßnahme! Es denkt wohl, wenn ich mich nur oft genug blamiere, fange ich an, Mathe zu verstehen.

Diesmal schaffte ich es, eine Menge Zeit zu schinden, um die Aufgabe an die Tafel zu schreiben. Dreimal brach die Kreide ab, und gerade als das Gürteltier die Geduld verlor und mir die Kreide aus der Hand nahm, um den Rest selber zu schreiben, ging die Tür auf. Die Neue kam herein, zusammen mit unserer Schulsekretärin, Frau Dingenskirchen. ›Dingenskirchen‹ ist keine Erfindung von mir, die Arme heißt tatsächlich so. Ich finde, mit einem solchen Namen hätte sie nicht Schulsekretärin werden dürfen, sondern zum Kabarett gehen müssen.

Namen sind im Augenblick mein neuestes Interessengebiet. Ich finde es faszinierend, zu sehen, wie der Name einen Menschen prägt. Oder ist es umgekehrt? Namenkunde sollte ein Unterrichtsfach sein, statt Mathe zum Beispiel.

Ich selber habe einen gräßlichen Namen. Elisabeth! Das ist hebräisch und heißt »Gott ist mein Eid«. Als ich geboren wurde, war Mama noch sehr katholisch. Aber je älter sie wurde, desto weniger katholisch wurde sie. Nach ihrer Scheidung ist sie sogar aus der Kirche ausgetreten. Und ich stehe jetzt da mit meinem Namen.

Das gräßlichste an Elisabeth ist, daß man es abkürzen muß, weil man sonst überm Aussprechen graue Haare bekommt. Mein Vater nennt mich Lisa, allein schon, um sich vom Rest der Familie abzuheben. Er hat sich vor fünf Jahren von uns getrennt, und Mama sagt, das seien ganze fünfzehn Jahre zu spät gewesen. Sie vergißt allerdings dabei, daß ich unter diesen Umständen nicht gezeugt hätte werden können, und das wäre nun auch wieder schade gewesen, für uns beide und für den Rest der Welt.

Unser Englischlehrer nennt mich Beth oder Betty, er hat uns allen englische Namen gegeben, damit wir englisch fühlen und denken können. Er überschätzt unsere Sprachkenntnisse deutlich. Wenn wir wirklich englisch denken müßten, wären unsere Gehirne öd und leer. Betty und Beth sind jedenfalls schreckliche Namen. Die würde man allenfalls einem Pickel geben. Meine Freundin Valerie gibt allen ihren Pickeln Namen.

»Gustav ist fast abgeheilt«, sagt sie zum Beispiel. »Aber dafür habe ich an Kunigunde herumgequetscht. Sie ist heute doppelt so dick wie gestern und so glasig, daß der Pickelabdeckstift nicht darauf hält. Am liebsten wäre ich zu Hause geblieben.«

Ich warte nur darauf, daß ihr auf der Nase eine dicke Betty wächst oder eine eitrige Beth. Meine Oma aber hat dem Ganzen die Krönung aufgesetzt, sie nennt mich Elli, was einer Ohrfeige gleichkommt.

Mama nennt mich Sissi, wie die österreichische Kaiserin, weil sie sagt, daß ich Ähnlichkeit mit Romy Schneider habe. Sissi ist das kleinste Übel, ich habe mich damit abgefunden. Meine Freundinnen sind sowieso ganz wild auf ein I am Ende. Katharina heißt Kati, Lena hat sich eine ganze Zeitlang Leni schimpfen lassen, und am schlimmsten ist es bei Valerie. Sie besteht darauf, Walli genannt zu werden! Das klingt doch grauenhaft. Ich nenne sie weiterhin Valerie, irgendwann wird sie mir dankbar sein, daß durch mich ihr richtiger Name nicht in Vergessenheit geraten ist.

Die Neue heißt Jennifer, eigentlich ein schöner Name. Sie sieht auch ziemlich schön aus: dunkle, glatte Haare, braune Augen und knusprig braune Haut. Das Gürteltier versuchte, ihr einige Informationen zu entlocken, woher sie komme und wie sie bisher gelebt habe, aber Jennifer stand vermutlich unter Schock. Sie hatte sich nämlich auf den freien Platz neben Simon setzen müssen.

Simon – tja, der Vorname ist jedenfalls nicht schuld daran, daß er sich seine Pickel während des Unterrichts ausdrückt, mit Hilfe eines Systems aus Handspiegeln sogar die in seinem Nacken. Für diese unappetitliche Angewohnheit mache ich seinen Nachnamen verantwortlich: Er heißt Simon Drücker. Ebenfalls passend wäre Simon Benutztniemalsdeodorant, weshalb jeder verstand, daß die Neue dem Gürteltier nichts Privates verriet, sondern vollauf damit beschäftigt war, durch den Mund zu atmen. Im Laufe des Schuljahrs werden wir ausreichend Gelegenheiten haben, herauszufinden, wie sich der Name Jennifer auf den Charakter auswirkt.

Als dem Gürteltier wieder einfiel, daß ich ja noch an der Tafel stand und vor mir die ungelöste Gleichung mit drei Unbekannten, ertönte das Klingelzeichen. Ich war noch mal davongekommen.

»Denk an deine Nachhilfestunde heute nachmittag, Sissi«, sagte das Gürteltier nun noch. »Dein Lehrer wartet um halb vier hier vor E 5.«

Lehrer, männlich! Das hieß, ich blieb vor der bebrillten Meckerziege verschont. Ein Glückstag!

Aber es sollte noch besser kommen. Auf dem Weg vom Schulbus nach Hause gabelte mich meine Schwester in ihrem Auto auf und ersparte mir mindestens siebenhundert Meter zu Fuß bergauf.

Meine Schwester heißt Anna. Weil sie die Ältere ist, hat sie nicht nur den schöneren Namen, sondern auch das bessere Zimmer. Ihres hat einen Balkon, meines nicht. Aber wenn Anna auszieht und heiratet, bekomme ich beide Zimmer.

Im Augenblick gibt es berechtigte Hoffnungen für mich. Annas neuer Freund ist sechsundzwanzig und schon Arzt im Praktikum. Jörg-Thomas ist der erste Typ von Anna, der eigenes Geld verdient und uns nicht ständig den Kühlschrank leerfrißt. Wegen seiner Arbeit hat er leider fast keine Zeit für Anna, aber sie findet das irgendwie toll, und auch sein Name scheint sie nicht zu stören. Neulich hat sie sich eine Frauenzeitschrift mit einem Hochzeitsspecial gekauft und das Bild von einem weißen Tüllkleid ausgeschnitten. Es hängt an der Innenseite ihres Kleiderschrankes, weil sie denkt, daß es dort keiner sieht. Aber ich sehe es zwangsläufig immer dann, wenn ich mir eins von Annas Kleidern ausborge. Das geschieht ziemlich häufig, weil meine eigenen Klamotten mir in letzter Zeit so langweilig vorkommen. Nicht, daß Annas Sachen besonders flippig wären, aber auf die Kombination kommt es an.

Ich bin Weltmeisterin im Kombinieren. Da Mama mir im Monat nur hundert Mark Taschengeld gibt, von denen ich auch meine Klamotten bezahlen muß, bleibt mir gar nichts anderes übrig, als zu kombinieren und zu improvisieren. Dabei hilft mir nicht nur der Zugriff auf Annas Kleiderschrank, sondern auch der auf Mamas Kleider. Und besonders ergiebig ist Omas Speicher.

Wir leben glücklicherweise in einer Zeit, in der alles modern ist, was man mit Selbstbewußtsein trägt. Ich bin das beste Beispiel dafür. In meiner Klasse habe ich einen richtigen Anti-Marken-Boom ausgelöst. Tatsächlich sind diese tristen Homeboy- und No-Limit-Klamotten bei uns total out. Was ich statt dessen schon alles in Mode gebracht habe: Kniebundhosen, Persianermäntel und Kasperlepuppen, die man sich auf die Schulter näht. Augenblicklich ist meine blaue Federkappe der letzte Schrei. Sie ist ein Erbstück meiner Oma, ihr schon lange zu scheußlich. Aber mir steht sie gut.

»Das liegt an deinem jungen Gesicht, Ellilein«, sagt Oma immer und seufzt. Seit sie sechzig geworden ist, ist sie schrecklich eitel. Sie geht zweimal im Monat zur Kosmetikerin, in die Sauna und zur Reflexzonenmassage. Sie trägt nur Sachen von Jil Sander und anderen Langweilern. Man muß so was mit schrillen Klamotten kombinieren, wenn man gut aussehen möchte, aber den Jil-Sander-Schrank hält Oma in der Regel unter Verschluß, so daß ich nicht oft in die Verlegenheit komme. Oma sagt, wenn ich dann mal was für ein Bewerbungsgespräch bräuchte, könnte ich gerne auf sie zurückkommen. Da ist noch eine gute Weile hin. So lange halte ich mich lieber an ihren Speicher und den unerschöpflichen Kleidervorrat dort oben.

Der absolute Knüller ist Omas Brautkleid. Ich habe es neulich erst entdeckt. Sie und mein Opa haben noch in der Steinzeit geheiratet, neunzehnhundertachtundfünfzig, das Kleid ist eine größere Rarität als der Federhut. Und Weiß steht mir ziemlich gut. Im Sommer werde ich damit zur Schule gehen.

»Na, wie war's heute in der Schule?« fragte Anna. Seit sie ihr Studium begonnen hat, tut sie so, als sei Schule das Wunderbarste auf der Welt. Um sie nicht unnötig neidisch zu machen, berichtete ich nur über die unangenehmen Dinge, die Gleichung mit drei Unbekannten, den Geschichtstest morgen und den Mundgeruch unseres Deutschlehrers namens Alke.

Anna verzog schmerzlich das Gesicht. Sie hatte auch den Alke in Deutsch gehabt, sie kannte seinen Mundgeruch.

»Wie fauliges Katzenfutter«, sagte sie.

»Wie vergorene Milch«, ergänzte ich, und obwohl beide Geruchsrichtungen einander nicht unbedingt gleichen, nickten wir in schönstem Einvernehmen. Der Alke roch nach beidem, fauligem Katzenfutter und vergorener Milch.

Mama hatte es wieder mal nicht rechtzeitig von der Firma nach Hause geschafft und war voll gestreßt, das sah man schon an der lieblosen Art und Weise, in der sie die

Verpackung der Tiefkühlbaguettes aufriß und die Dinger in den Backofen warf.

»In der Firma ist die Hölle los«, sagte sie. »Ich muß heute nachmittag noch mal hin. Könntest du bitte die Sissi zum Nachhilfeunterricht fahren, Anna?«

»Ich denke, das ist ein Halbtagsjob«, maulte Anna.

»Herrgott noch mal«, rief Mama. »Wenn man euch mal um etwas bittet!«

»Du sollst den Namen deines Gottes nicht unnütz führen!« sagte Anna mahnend. Sie ist in Mamas katholischer Phase sozusagen mit den Zehn Geboten großgeworden.

»Wir könnten doch anrufen und absagen«, schlug ich vor, aber davon wollte Mama nichts wissen.

»Das kommt gar nicht in Frage. Ich habe der netten Frau Gürteltier versprochen, deinen Absturz zu verhindern!«

Ich ersparte mir einen Kommentar. Mama glaubte immer noch, daß Gürteltier ein Name sei, den man durchaus im Telefonbuch finden könne. Anna maulte noch ein bißchen herum, aber schließlich erklärte sie sich doch einverstanden, mich zu fahren. Mama war wieder verschwunden, ehe wir unsere Baguettes aufgegessen hatten.

»Gesund ist das nicht«, sagte Anna mürrisch. »Da könnte ich genausogut in der Mensa essen. Dort gibt es wenigstens Salat.«

»Ja, ab und zu ein paar Vitamine und etwas Mutterliebe könnten nicht schaden«, stimmte ich zu. »Schließlich bin ich noch im Wachstum.«

Als Anna mich zwei Stunden später vor der Schule absetzte, zeigte sie auf die Uhr im Armaturenbrett ihres Autos und sagte streng: »In genau einer Stunde bist du wieder genau an dieser Stelle, klar? Ich ruiniere mir so lange in der Eisdiele meine Figur. Deinetwegen.«

»Vielen Dank«, entgegnete ich friedfertig. Ich hätte gern mit ihr getauscht, ein fettes Spaghetti-Eis statt Mathenachhilfe, das wär's gewesen.

E 5 ist unser Klassenraum. Obwohl ich auf die Minute pünktlich ankam, war von dem Nachhilfelehrer noch keine Spur zu sehen. Ich drückte probeweise die Klinke herab, und siehe da – die Tür war offen. Na ja, im Grunde überraschte mich das nicht. Ich kann mir nicht vorstellen, daß sich jemand freiwillig in diesen Raum schleicht, und zu klauen gibt es dort auch nichts. Obwohl, Kreide konnte man eigentlich immer gebrauchen. Ich steckte mir ein Paar intakte Stücke in die Tasche. Dann öffnete ich die Fenster weit. Es schien mir nämlich, als hinge Alkes Mundgeruch immer noch zwischen Pult und Tafel wie ein böser Fluch. Und dabei hatten wir heute nicht mal Deutsch gehabt. Durch die Zugluft fiel die Tür hinter mir ins Schloß.

Es war ein komisches Gefühl, so ganz allein in der Klasse zu stehen. Ich schlenderte durch alle Reihen und sah in die Fächer unter den Tischen. Das wenige, was ich fand, war irgendwie unappetitlich. Bei Melanie Nebelding lag eine Haarbürste voller Haare, Valerie hatte ihr Französisch-Vokabelheft vergessen, unter Simon Drückers Tisch fand ich vier Handspiegel mit diversen Mitesserresten, bei Meinrad Sost verschimmelten jahrtausendalte Pausenbrote. Außerdem klebte dort eine ganze Batterie von Kaugummis in unterschiedlichen Grau-

und Grüntönen – erst Alkes Mundgeruch, und jetzt das! Mein vitaminloses Tiefkühlbaguette kam fast wieder hoch, deshalb beschloß ich, lieber zu lesen, was auf den Tischen stand.

Es ist uns bei Androhung der Todesstrafe verboten, die Tische zu bekritzeln, aber eine alte Schülertradition läßt sich nicht so ohne weiteres unterdrücken. Selbst die kritzelfeindliche Resopaloberfläche unserer Tische war von mehreren Schülergenerationen vor uns gezeichnet worden. Wer konnte schon beweisen, daß nicht schon im letzten Jahr jemand *Alke ist doof* auf den Tisch geschrieben hatte? Das ist schließlich ein zeitloser Tatbestand. *Der Alke stinkt* war der Spruch, den ich am zweitöftesten fand, einmal sogar – in der vordersten Reihe – mit einem spitzen Gegenstand brutal in die Tischplatte geritzt.

Bei Simon Drücker stand: *Elvis ist tot, Kurt Cobain ist tot, und mir ist auch schon ganz übel*. Ich dachte an Simons Handspiegel im Pultfach und fand, das sei kein Wunder.

Das Nebelding hatte ihre Seite des Tisches flächendeckend mit Permanentmarker beschriftet. *Melanie Nebelding*, ungefähr eintausendmal. Das war genauso typisch wie die Haarbürste unter dem Tisch. Eitel und dämlich, das war sie, die gute Melanie. *Sie* würde wohl kaum jemandem weismachen können, daß ein Schüler vor ihr das Pult beschmiert hatte, sozusagen in weiser Vorahnung, daß hier mal eine Melanie Nebelding sitzen würde.

Bei Leni stand: *Liebe Leni, bitte sag Walli, sie soll Sissi sagen, daß ich mich gerade schrecklich langwei-*

le. Kati. Und bei Valerie stand: *Liebe Walli, Kati läßt Sissi ausrichten, daß sie sich gerade schrecklich langweilt*. Und bei mir auf dem Tisch stand: *Liebe Sissi, Leni schreibt, daß Kati dir ausrichten läßt, daß sie sich schrecklich langweilt. Walli*. Gut, daß wir den Rest dann über Briefchen geklärt haben, was soll denn die zukünftige Schülergeneration von uns halten? Na ja, schlimmer als *Kelly Family ist gar nicht so scheiße* oder *Meinrad, wo ist dein Rad, das ist doch mein Rad!* war es dann auch nicht.

Die interessanteste Entdeckung machte ich bei Jens. Dort stand mein Name, *Sissi*, umrahmt von einem Herzen. Nicht, daß es mich wirklich erstaunte, aber das hier so filzstiftblau auf Resopalbraun zu sehen rührte mich irgendwie. Jens war schon mit mir im Kindergarten gewesen, wir fuhren jeden Tag zusammen im Schulbus, eine Zeitlang hatten wir nachmittags gemeinsam gespielt. Mutter, Vater, Kind und so was. Jens war immer ein ziemlich vorbildlicher Vater gewesen, er hatte meine Puppe besser behandelt als ich selber. Bis letztes Jahr oder so war ich immer noch einen Kopf größer gewesen als er, aber mittlerweile überragte er mich, was gut für ihn war, denn ich bin nur einen Meter fünfundsechzig groß. Ich mochte Jens, er war in Ordnung, aber ich wäre niemals auf die Idee gekommen, seinen Namen in ein Herz zu schreiben. Schon gar nicht, seit ihm dieser merkwürdige Bart auf dem Kinn sprießte. Ich versuchte, mit etwas Spucke meinen Namen aus dem Herzen zu wischen. Davon bekam ich zwar einen blauen Finger, aber der Name ging nicht ab, auch nicht, als ich ein Taschentuch zur Hilfe nahm.

Schließlich resignierte ich und sah auf meine Armbanduhr. Es war Viertel nach drei, der Nachhilfefritze würde wohl nicht mehr kommen. Auch gut, dachte ich, dann konnte ich Anna gleich in der Eisdiele treffen und selber noch ein Eis essen. Ein paar Vitamine braucht schließlich jeder Mensch. Als ich die Tür öffnete, fiel ein Typ ins Klassenzimmer, der mit dem Rücken dagegengelehnt hatte. Er konnte sich allerdings gerade noch abfangen.

»Tschuldigung«, sagte ich und wollte an ihm vorbei.

»Hey!« Der Typ hielt mich am Ärmel fest. »Kennst du vielleicht eine Elisabeth Jakobi?«

O nein, der Nachhilfelehrer! Doch kein Eis für mich.

»Die bin ich«, antwortete ich. »Sissi Jakobi.«

»Scheiße«, sagte der Typ. Er war groß und trug Jeans mit Löchern. Seine Haare waren lang und ziemlich zerzaust. Aber sie sahen frisch gewaschen aus. »Du solltest doch schon vor einer Viertelstunde hier sein!«

»Das war ich ja auch«, maulte ich. Der Typ war ja wohl ein bißchen beschränkt.

»Vor der Tür«, sagte er. »Wir waren vor der Tür verabredet! Ich wollte gerade gehen!«

»Ich auch«, erwiderte ich. Ich sah irgendwie nicht ein, warum ich mich dafür auch noch entschuldigen sollte. Der Blödmann hätte wenigstens mal reinschauen können, hatte ich doch auch getan.

Er sagte nichts mehr, sah mich nur griesgrämig an. Ich wartete einige Sekunden ab, aber wir steckten wohl in einer Art kommunikativer Sackgasse.

»Und jetzt?« fragte ich dann.

»Jetzt haben wir nur noch eine halbe Stunde«, knurrte der Typ und latschte vor mir her in den Klassenraum.

»Aber daß das klar ist, ich nehme trotzdem das Geld für die volle Zeit. Ist ja nicht meine Schuld.«

Ist auch nicht mein Geld, dachte ich und folgte ihm achselzuckend. Immerhin machte er äußerlich einen einigermaßen normalen Eindruck: keinerlei Bärte, keine Pickel und kein auffälliger Körpergeruch. Es gab echt schlimmere Typen auf unserer Schule.

Er deutete auf einen Tisch in der ersten Reihe, ausgerechnet auf Melanie Nebeldings Platz. »Setz dich!«

Ich setzte mich zwei Plätze weiter. Der Typ pflanzte sich auf den Stuhl neben mich und seufzte tief. »Also, was nehmt ihr gerade durch? Kann ich mal dein Mathebuch sehen und deine Hefte?«

»Wie heißt du eigentlich?« Der war so was von unhöflich.

»Konstantin Drücker«, antwortete er. »Ich hab' nicht den ganzen Tag Zeit.«

»Drücker?«

»Mein Bruder müßte in deiner Klasse sein. Simon.«

In der Tat. Das war er. Er und seine Handspiegel. Ich suchte in Konstantins Gesicht nach Ähnlichkeiten mit Simon. Sie waren durchaus vorhanden, die gleiche lange Nase, eine ähnliche Augenpartie – nur von Simon nahm man eben in erster Linie die Akne und den Schweißgeruch wahr. Ich fand, es gehörte wirkliche Charaktergröße dazu, zuzugeben, daß man mit ihm verwandt war.

»Also, was ist jetzt?« Konstantin sah genervt aus.

Ich schob ihm meine Mathesachen rüber. »Gleichungen mit drei Unbekannten«, setzte ich erklärend hinzu.

»Algebra«, sagte Konstantin, und seine Miene hellte sich ein bißchen auf. Als er die erste Gleichung erblickte, lächelte er sogar. Er hatte schöne Zähne, blendend weiß, ein wenig nach innen gekippt. Und um seinen Mund herum legte sich die Haut in lustige Fältchen. Ich weiß nicht, warum, aber in diesem Augenblick wünschte ich mir, selber eine Mathematikaufgabe zu sein. Ein seltsames Gefühl machte sich in meinem Magen breit. Zuerst wollte ich es auf die halbverdauten Baguettes schieben, aber dann erinnerte ich mich an das letzte Mal, als ich eben dieses Gefühl im Magen gehabt hatte.

Das war ungefähr vor zwei Jahren, während des Skiurlaubs mit Papa in Österreich. Damals wurde es durch den Skilehrer ausgelöst. Er hieß Anton, hatte nur einmal seine Sonnenbrille gerade gerückt, und schon war's um mich geschehen gewesen. Wir hatten noch kein Wort miteinander gewechselt, und trotzdem hätte ich Anton vom Idiotenhügel weg geheiratet.

Wenn er nicht schon verheiratet gewesen wäre! Und wenn Papa nicht dagegen gewesen wäre! Anton, sagte er, sei fast so alt wie er selber, nur die gute Bergluft habe ihn so gut konserviert wie das ewige Eis den Ötzi. Ich solle mich lieber an Antons Sohn halten, der würde mal die Hotelkette seiner Großeltern erben. Aber Antons Sohn war noch nicht mal in der Schule. Acht Jahre Altersunterschied sei wohl eine Zumutung, sagte ich zu Papa, aber der meinte, eine Zumutung sei ein Altersunterschied von dreißig Jahren, und das sei exakt die Anzahl von Jahren, die mich von Anton trennte. Aber was sind schon dreißig Jahre, wenn man dieses Gefühl im Magen hat? Papa verstand wieder mal überhaupt nichts.

Ich stürzte damals absichtlich über den größten Felsbrocken in der Piste, um Anton anschließend auf romantische Weise meine Liebe zu gestehen, im Schnee liegend, sein besorgtes Gesicht über mich gebeugt.

»Ich liebe dich, Anton«, sagte ich, und Anton lächelte genau so schmerzlich wie in meinen Träumen. Aber dann sagte er, daß ich wohl zwanzig Jahre zu früh käme und er daran zweifle, daß ich bis dahin, also in zwanzig Jahren, noch genauso für ihn empfände. Das Ganze war sehr ärgerlich, denn ich war zwar absichtlich gestürzt, hatte mir dabei aber unbeabsichtigt eine Sehnenzerrung im Knie zugezogen. Ich wußte nicht, was mehr weh tat, mein Knie oder mein gebrochenes Herz. Papa sagt, in diesem Urlaub hätte ich trotzdem die größten Fortschritte gemacht, rein skitechnisch gesehen. In Wahrheit bin ich damals erwachsen geworden. Im übrigen bin ich nach dieser Geschichte aufs Snowboard umgestiegen.

»Was verstehst du denn daran nicht?« Konstantin wurde wieder ungeduldig. Er konnte ja nicht wissen, daß ich soeben meinen zweiten Anton getroffen hatte. Und diesmal garantiert unverheiratet und im Alter genau passend. Heute war wirklich mein Glückstag.

»Vergiß Mathe«, hätte ich am liebsten gesagt. »Heirate mich!«

Aber Konstantin schien meine Gefühle nicht zu erwidern. Seine Leidenschaft galt ausschließlich der Mathematik. »Na?«

Diese unwillig verzogenen Lippen waren wirklich etwas Besonderes. Und erst seine Augen! Sie waren grau, aber ganz leuchtend, und über dem linken Auge teilte eine kleine weiße Narbe die Augenbraue in zwei Abschnitte. Die Art und Weise, wie er nun die Brauen hob und zusammenzog, so daß sich über der Nase eine unbeschreiblich schöne Doppelfalte bildete, ließ meine Knie ganz weich werden. Kein Zweifel, Simons Bruder war das Wunderbarste, was Gott jemals erschaffen hatte. Falls es einen Gott gibt.

»Was du daran nicht verstehst, habe ich gefragt«, insistierte Konstantin. Oh, was für eine Stimme! So tief und grollend. Niemals hatte ich eine wohlklingendere Stimme vernommen. Jetzt fing er an, mit seinen Fingern auf dem Mathebuch herumzutrommeln. Überflüssig, zu sagen, daß seine Hände die vollkommensten waren, die mir je untergekommen waren.

Konstantins Augenbrauen trafen sich jetzt in der Mitte.

»Hör mal«, sagte er. »Kriegst du überhaupt die Zähne auseinander, oder bist du tatsächlich so blöd, wie du dreinschaust?«

Er mochte mich nicht. Noch nicht. Aber das machte nichts. Ich war so schlecht in Mathe, daß wir noch genügend Zeit miteinander verbringen würden. Für heute aber hatte ich genug gelernt. Es war Zeit für einen strategischen Rückzug und die Sissi-Jakobi-Magenverstimmungs-Show.

»Ich habe schreckliche Bauchschmerzen«, sagte ich. »Und vermutlich Fieber. Eine Magenverstimmung. Mir geht es gar nicht gut. Meinst du, wir können die Stunde verschieben?« Und ehe Konstantin böse werden konnte, setzte ich hastig hinzu: »Natürlich bezahle ich trotzdem für heute.«

»Von mir aus«, erwiderte er. »Aber ich kann erst wieder nächsten Dienstag.«

»Gut«, sagte ich. Dann hatte ich eine Woche Zeit, mich auf ein neues Zusammentreffen vorzubereiten. Ich überreichte Konstantin die sechzehn Mark, die mit Mama und dem Gürteltier vereinbart worden waren. Konstantin bedankte sich nicht.

Mit vorgebeugtem Oberkörper, die Hand auf den Magen gelegt, schlurfte ich von dannen, wie es sich für eine Todkranke gehörte. Die große Liebe kommt entweder schleichend oder mit einem großen Knall, wie der Dichter sagt – oder vielleicht ist das auch von mir, ich sage manchmal so bedeutende Sachen. Bei mir war die große Liebe auf jeden Fall ganz klar mit dem großen Knall gekommen. Crash! Boom! Bäng!

Wie zu erwarten, saß Anna noch in der Eisdiele, vor zwei leeren Milchshakegläsern. Sie wollte sofort wieder nach Hause fahren und erlaubte mir nicht, einen Eisbecher zu bestellen, obwohl ich noch eine Viertelstunde zu früh war. Dabei hatte ich auf den Schreck hin unbändigen Appetit auf etwas Süßes bekommen. Ich nahm ersatzweise sechs Bällchen in der Waffel auf die Hand, je zweimal Tiramisu, Campari-Orange und After Eight, und vertilgte sie auf dem Weg zum Auto. Dummerweise kreuzte Konstantin ungefähr zwanzig Meter entfernt unseren Weg. Noch bevor ich das Eis hinter meinem Rücken verstecken konnte, warf er einen scharfen Blick in unsere Richtung. Ich starrte erschrocken zurück. Die Eisbällchen mußten selbst auf diese Entfernung *RIESENHAFT* aussehen, und nicht wie etwas, das eine Magenkranke anstelle von Medizin einnehmen würde.

Aber Konstantin ließ sich keinerlei Anzeichen eines

Wiedererkennens anmerken. Er setzte seinen Weg fort, als habe er mich gar nicht bemerkt. Im Grunde konnte es ihm auch völlig egal sein, schließlich hatte er die ganze Kohle kassiert.

2.

Konstantin! Ich konnte an fast nichts anderes mehr denken. Vorm Einschlafen stellte ich mir vor, wie er meine Hand hielt, nachts träumte ich von ihm, und das erste, was mir morgens einfiel, war Konstantin. Ich wußte, was das bedeutete, spätestens seit meiner Affäre mit Anton. Meiner Beinahe-Affäre. Meiner unglücklichen Beinahe-Affäre. So was sollte mir nicht noch einmal passieren. Diesmal würde ich geschickter vorgehen.

Mein erster Schachzug war geradezu genial. Ich tauschte gleich am nächsten Morgen mit der Neuen, Jennifer, den Platz, um neben Simon sitzen zu können. Jennifer konnte ihr Glück kaum fassen. Sie dachte zuerst, ich wolle sie verarschen.

»Bist du ganz sicher?« fragte sie.

Die Augen aller in der Klasse ruhten auf mir, auch Simon kratzte sich ratlos an einem Pickel. Aus der Nähe betrachtet sahen die Pickel noch schrecklicher aus, vor allem die eitrigen. Irgendwie grün. Aber ich war verliebt, und das erforderte verschärftes Taktieren. Und Opfer. Ja, große Opfer, denn Simon roch auch nicht gut. Aber um alles über Konstantin zu erfahren, gab es wohl kaum eine bessere Quelle als seinen kleinen Bruder.

»Ganz sicher«, sagte ich zu Jennifer und lächelte sie an.

Sie lächelte zurück. Da sie nicht verstand, daß ich mich

nicht für sie opferte, sondern aus reinem Egoismus gehandelt hatte, hielt sie mich für das netteste Geschöpf auf Gottes Erdboden. Alle anderen hielten mich für verrückt.

Bis zur ersten Pause war Simon nicht besonders ergiebig. Ganz unauffällig testete ich mal an, ob Konstantin vielleicht was von mir erzählt hatte, etwa, daß ich seine neue Nachhilfesschülerin sei und echt süß oder so was. Aber Simon wußte noch gar nichts davon.

»Nachhilfe, echt?« fragte er nur. »Du Arme! Mit mir lernt er auch immer, das ist echt die Hölle.«

»Wie meinst du das?«

»Wirst du schon noch merken.«

»Wieso? Wie ist denn dein Bruder so? Ich meine, so allgemein?«

»Wirst du schon noch merken.«

»Und was macht er sonst so?«

Aber Simons Antwort blieb stereotyp: »Wirst du schon noch merken.«

Dafür war Jennifer in der Pause ungewöhnlich gesprächig. Sie dachte wohl, sie schulde mir etwas, und erzählte mir ungefragt alles über sich. Alles, was die anderen, besonders das Gürteltier, brennend interessierte. Deshalb standen auch alle anderen ziemlich eng um uns herum. Besonders Melanie Nebelding, genannt *das Nebelding*, sperrte ihre Ohren auf, um nur ja kein Wort zu verpassen.

Jennifer hatte trotzdem kein Problem damit, Intimitäten auszuplaudern. Sie sei mitten im Schuljahr auf unsere Schule gekommen, weil sie von ihrer alten geflogen sei, erklärte sie.

»Und warum?« erkundigte ich mich mißtrauisch. Heutzutage flog doch niemand mehr von der Schule. Nicht mal Meinrad Sost hatten sie geschmissen, als er einen Kaiman ins Lehrerklo gesperrt hatte. Die Lehrerin, die den Klodeckel geöffnet hatte und von dem Minikroko angegähnt worden war, hat danach zwei Wochen in einer Nervenklinik zugebracht, trotz alledem hatte Meinrad auf der Schule bleiben dürfen.

»Weil ich was mit meinem Musiklehrer hatte«, gestand Jennifer lässig. Alle Tarngespräche ringsrum verstummten, die Ohren wuchsen zu Satellitenschüsseln heran.

»Wie meinst du das?« Wie meinte sie das???

»Na, wir waren zusammen, eben. Den haben sie auch versetzt, nach Norddeutschland. Auf eine Hallig oder so. Immerhin, er hätte auch seinen Job verlieren und einen Prozeß wegen Verführung Minderjähriger an den Hals kriegen können.«

Sexueller Mißbrauch. Da sah man ja täglich Berichte im Fernsehen drüber, und die arme Jennifer war eines dieser Opfer.

»Du Arme!«

»Wieso ich? Ich mußte ja nicht auf eine Hallig. Und die Sache mit Armin hat sich echt gelohnt. Der war ganz toll im Bett. Und er sieht süß aus, ich zeig dir bei Gelegenheit mal ein Foto, wenn du willst.«

Jetzt ging mir langsam ein Licht auf. »Du meinst, du und dein Musiklehrer, ihr habt Sex miteinander gehabt. So richtig?«

Jennifer nickte. »Klar richtig. Wie denn sonst? Der ist vierunddreißig, der gibt sich nicht mit ein bißchen Fummeln unterm T-Shirt zufrieden wie die Jungs hier.«

Erst einen Tag da, und schon wußte sie, womit die Jungs sich hier abgaben! Im übrigen stimmte das nicht ganz. Die meisten Jungs hätten für ein bißchen Fummeln unterm T-Shirt ihr Leben hergegeben. Aber außer dem Nebelding ließ sich keine von uns gern befummeln. Jedenfalls nicht von den Knilchen in unserer Klasse. Ich meine, bei Konstantin oder Johnny Depp oder Val Kilmer wäre das natürlich was anderes gewesen, aber die waren vermutlich wie Jennifers ehemaliger Musiklehrer. Ein bißchen Fummeln reichte denen nicht mehr.

»Und deshalb wird man von der Schule geschmissen?«

Jennifer nickte. »Na ja, nicht direkt geschmissen. Es wurde meinen Eltern nur nahegelegt, mich wechseln zu lassen. Und das haben sie dann gemacht.«

Ich dachte vergleichsweise an unseren Musiklehrer, und dann überhaupt an alle männlichen Lehrkörper, und mir wurde klar, warum man den Wechsel auf unsere Schule nahegelegt hatte.

»Also hier wird dir das garantiert nicht passieren«, sagte ich überzeugt.

»Tja.« Jennifer seufzte, bevor sie weithin hörbar fortfuhr: »Vielleicht sollte ich mich dann wieder nach was Jüngerem umschauen.«

Zufällig sah ich, daß Meinrad Sost bei diesen Worten seine Brustmuskeln rausdrückte. Sicher hoffte er, der Auserwählte zu sein. Aber so jung sollte Jennifers nächster Bettgefährte dann wohl doch nicht sein. Statt dessen fiel ihr Blick auf die Tür zum Oberstufenraum. Dort stand, wie aus dem Boden gewachsen, Konstantin und unterhielt sich mit dem häßlichen, bebrillten Mädchen, das uns immer vollmeckerte.

Jennifer stieß mich in die Rippen.

»*Der* könnte mir gefallen«, sagte sie. »Vielleicht nehme ich den.«

Vielleicht nehme ich den – als sei Konstantin ein Sack Kartoffeln in einem Supermarkt. Jennifer hatte ganz offensichtlich keine Probleme von wegen mangelndem Selbstbewußtsein und so.

»Als ob das so einfach wäre«, sagte ich. Ich wußte schließlich, wovon ich sprach.

Jennifer lächelte überlegen. »Klar ist das einfach«, entgegnete sie. »Alle Männer wollen nur das Eine. Immer. Ganz einfach.«

Konstantin warf einen Blick in unsere Richtung. Einen superkurzen, superschnellen Blick, aber ich schaffte es gerade noch, wegzugucken. Er sollte schließlich nicht denken, daß ich nichts Besseres zu tun hätte, als ihn anzuglotzen. Jennifer stieß mich wieder in die Rippen.

»Er hat mich angelächelt«, behauptete sie. »Er ist echt süß!«

Ja, das war er. Ich war beunruhigt. Wenn Jennifer recht hatte und alle Männer wirklich nur das Eine wollten, immer, konnte ich mich eigentlich gleich beerdigen lassen. Und Jennifer konnte sich Konstantin nehmen wie einen Sack Kartoffeln.

»Kennst du den? Wie heißt er?« fragte sie mich.

Ich zuckte mit den Schultern. Diesen kleinen Vorsprung wollte ich mir schon noch gönnen. »Keine Ahnung.«

»Ich werd's rausfinden«, sagte Jennifer und lachte. Ich zweifelte keine Sekunde daran.

Nach ihrer sensationellen Enttarnung als erfahrene Frau schien Jennifer auf einen Schlag das beliebteste Mädchen der ganzen Klasse zu sein, vor allem bei den Jungs. Und natürlich bei dem Nebelding, das war ganz wild auf ein paar ultimative Sextips von der Expertin.

Kati, Leni und Valerie überlegten allen Ernstes, ob wir Jennifer nicht in unsere Band, *Die Vier Falschen Fünfziger*, aufnehmen sollten.

»Aber ihr wißt doch gar nicht, ob sie singen kann«, gab ich zu bedenken.

»Das ist doch völlig egal«, sagte Leni. »In jeder Band gibt es einen, der nichts kann außer gut aussehen.«

»Sie bräuchte ja bloß die Lippen zu bewegen«, schlug Valerie allen Ernstes vor.

»Also, wenn es uns bloß ums Aussehen ginge, dann hätten wir längst das Nebelding in die Band aufnehmen können«, meinte ich. Ich hätte im Leben nicht gedacht, daß ich so was mal sagen würde!

»Natürlich geht es nicht nur ums Aussehen«, verteidigte sich Kati sogleich. »Es geht um Publicity. Skandal, weißt du! Wie bei Tic Tac Toe. Ist doch der Wahnsinn, mit 'nem Lehrer! Was meinst du, wie die Leute uns die Bude einrennen werden bei unseren Konzerten!«

Die anderen nickten heftig. Ihre Augen hatten allesamt einen eigenartigen, irren Glanz. Ich mußte sie auf den Boden der Tatsachen zurückholen.

»Was für Konzerte?« höhnte ich. *Die Vier Falschen Fünfziger* hatten erst einen einzigen öffentlichen Auftritt hinter sich, und zwar beim letztjährigen Mittelstufenfest. Zwischen einer Darbietung der *Akrobatik AG* und einer peinlichen Tanznummer. Aber da hatte sowieso kein Mensch zugehört, weil zur gleichen Zeit draußen auf dem Schulhof eine symbolische Eiche gepflanzt wurde, wo der Bürgermeister dabei war und jemand vom Lokalfunk, der seinen ersten Spatenstich und die anschließende Rede aufzeichnete. Viel verpaßt hat er nicht bei uns, wir haben bloß zwei gecoverte Nummern gespielt, nichts von unserem selbstkomponierten Kram. Wir dachten, die Welt sei noch nicht reif dafür, und vermutlich war sie das bis heute auch nicht.

Soviel zu unseren sogenannten Konzerten! Das Leuchten in den Augen meiner Band-Schwestern erlosch.

»Außerdem heißt es *Vier Falsche Fünfziger*«, setzte ich noch hinzu. »Fünf Falsche Fünfziger klänge ja wohl voll beschissen.«

Aber das konnten Kati, Leni und Valerie nicht finden. Sie kamen auf die Idee, einfach abzustimmen, ob wir Jennifer zu unserer nächsten Bandprobe einladen sollten oder nicht. Das Ergebnis fiel erwartungsgemäß drei zu eins für Jennifer aus. Als Kati sie fragte, sagte sie, sie würde vorbeikommen, wenn sie nichts Besseres vorhätte.

Kati, Leni und Valerie freuten sich fast ein Loch in den Bauch. Als dann noch Meinrad Sost und der beschränkte Robert Lakowski ihre Anwesenheit bei der nächsten Probe ankündigten – wir durften zu diesem Zweck einen Abstellraum im ehemaligen Kunstkeller der Schule benutzen –, war ihre Freude perfekt. Ich konnte mir nur noch die Haare raufen. Das durfte doch alles nicht wahr sein, Pubertät hin, Hormone her.

»Es gibt doch viel Wichtigeres als Sex«, sagte ich in der fünften Stunde – Deutsch bei Alke – mehr zu mir selbst als zu Simon, aber der schüttelte trotzdem den Kopf.

»Was denn?«

Ich dachte nach. »Na ja, zum Beispiel die Umweltverschmutzung, Kriege, Liebe, die Wale. Eigentlich alles.«

»Alles Quatsch«, ließ sich Simon vernehmen. »Die ganze Welt dreht sich nur um Sex.«

»Spinnst du?« Man mußte nur die Tagesschau sehen, die händeschüttelnden, vergreisten Politiker überall, ein paar zugedeckte Leichen hier, eine Überschwemmung dort – das hatte nicht im geringsten mit Sex zu tun.

»Doch«, beharrte Simon. »Geld, Macht und Sex, das ist alles, worum es geht. Und Geld ist Macht, und Macht ist Sex. Also dreht sich letztendlich alles nur um Sex.«

Ich starrte Simon eine Weile an. Offensichtlich hatte er schon des öfteren über dieses Thema nachgedacht. Allerdings erfolglos. Was er sagte, war völliger Quatsch. Jedenfalls dachte ich das, bis er hinzusetzte: »Das sagt mein Bruder auch immer.«

»Konstantin?« Ja, Konstantin, Simon hatte nur einen Bruder.

»Ja.« Simon kam richtig in Fahrt. »Seine letzte Freundin war sexuell total verklemmt. Konstantin sagt, nie wieder würde er was mit einer Jungfrau anfangen!«

»Und warum nicht?« rief ich im Eifer des Gefechts ziemlich laut, ohne jede Rücksicht auf Alke. Das war ein Fehler. Noch ehe Simon antworten konnte, traf mich ein Schwall fauliger Atemluft.

»Ich wäre Ihnen sehr verbunden, wenn Sie Ihre Privatgespräche auf die Zeit außerhalb Ihres Unterrichts verlegen würden«, sagte Alke. Er siezte uns schon seit der fünften Klasse, das war nur eine seiner vielen Eigenarten. Und nicht die schlimmste. Sein Mundgeruch stürzte mich beinahe in die Bewußtlosigkeit. Wie hatte ich nur meinen sicheren Platz in der letzten Reihe verlassen können!

»Aber wenn Sie unbedingt reden wollen, dann bitte über Goethe und die Wahlverwandtschaften«, sagte der Alke noch.

Nein, darüber wollten wir nicht reden. Jedenfalls nicht jetzt. Simon wandte sich wieder seinen Mitessern zu, und ich versuchte mich etwas abzulenken, indem ich dem Unterricht folgte. Aber, o Wunder, es ging auch hier um Sex. Die Wahlverwandtschaften handelten von fast nichts anderem. Das Buch war aber offensichtlich hoffnungslos überaltert. Es ging um ein etwas angejahrtes Ehepaar, eine Charlotte und einen unsympathischen Knilch, das Besuch bekommt von einem Hauptmann mit Schnurrbart und Charlottes Tochter aus erster Ehe, einer gewissen Sophie. Diese Sophie bringt eine Freundin aus ihrem Internat mit, die bemitleidenswerterweise auf den Namen Ottilie hört. Und jetzt wird es richtig kompliziert. Charlotte verliebt sich in den Hauptmann mit Schnurrbart, und ihr unsympathischer Ehemann verliebt sich in Ottilie, wohlgemerkt die Freundin seiner Stieftochter – pfui. Dann passiert eigentlich lange Zeit gar nichts, bis zu der Nacht, die Alke ehrfürchtig die Nacht des doppelten Ehebruchs nennt und als Schlüsselstelle des ganzen Buches bezeichnet. In dieser Nacht wird Charlotte schwanger – von ihrem Ehemann. Eigentlich nichts Außergewöhnliches, wenn nicht alle beide bei dieser Sache, also der Zeugung, an jemand anders gedacht hätten, Charlotte an den Schnauzbart und der Gatte an die unglückselige Ottilie. Dann passiert wieder lange Zeit gar nichts, bis diese blöde Kuh von Ottilie das Kind bei einer Kahnfahrt im See ertrinken läßt. Dabei entblößt sie ihren jungfräulichen Busen unter freiem Himmel, was Goethe weit ausführlicher beschreibt als das Ertrinken des armen Kindes. Ihm hatte es der jungfräuliche Busen wirklich angetan, und dem unsympathischen Ehemann auch.

Aber, wie gesagt, die Zeiten haben sich geändert. Heutzutage steht kein Mensch mehr auf einen jungfräulichen Busen. Konstantin auch nicht. Das hatte ich aus dem Mund seines Bruders, das war so gut wie schwarz auf weiß.

Ich war verloren. Sicherheitshalber vergewisserte ich mich nach der Schule noch einmal, bevor ich losging, um mich von der Autobahnbrücke zu stürzen.

»Und dein Bruder will bestimmt nie wieder was mit einer Jungfrau anfangen?«

»Nee.« Simon setzte sich seinen Fahrradhelm auf. »Jungfrauen findet der Scheiße. Voll die Krampfhennen.«

3.

Jetzt hatte ich ein Problem. Ich war nämlich noch Jungfrau. Und was für eine! Ich glaube, jungfräulicher ging es kaum. Ich hatte erst einmal in meinem Leben mit Zunge geküßt, und das nur eine Zehntelsekunde lang. Mit Meinrad Sost auf der letzten Klassenfahrt.

E-kel-haft!

Und von Hand unterm T-Shirt war ich noch Lichtjahre entfernt. Eine Hand, die Kaugummis zu Klümpchen rollt und unters Pult klebt, kann ich mir doch unmöglich unter meinem T-Shirt vorstellen! Allerdings, bei Konstantins Händen war das etwas anderes.

Aber so, ich meine als besonders jungfräuliche Jungfrau ohne Zungenkußerfahrung, hatte ich wenig Hoffnung, es jemals auszuprobieren. Jennifer hatte da schon bessere Karten. Ihretwegen war immerhin jemand auf die Hallig geschickt worden, wer konnte das schon von sich behaupten? Ich jedenfalls nicht.

Ich war am Boden zerstört.

Aber nur vorübergehend. Es konnte schließlich nicht so schwer sein, das Jungfernhäutchen loszuwerden. Wo Mama doch immer sagte, ich würde einfach alles kaputtkriegen! Allerdings mußte ich erst wissen, wie. Dazu rannte ich gleich los, um mir Aufklärungsmaterial zu besorgen. Am Kiosk gegenüber vom Busbahnhof wurde ich schnell fündig: Ich kaufte eine *Bravo Girl* und eine *Mäd-*

chen mit einem Sonderteil: *Das erste Mal!* Ich fand das sehr passend, denn es war auch das erste Mal, daß ich eine dieser Zeitschriften kaufte.

Sonst blätterte ich sie höchstens mal durch, wenn ich bei Kati war, die das Nichtlesen der *Bravo* im übrigen für eine gefährliche Bildungslücke hielt. Sie war echt besorgt um mich, seit ich mal *Bed and Breakfast* mit *Caught in the act* verwechselt hatte (nur akustisch, natürlich). Da stehe ich aber drüber. Kilometerweit!

Nur jetzt war ich wirklich auf die *Mädchen* angewiesen. Sie mußte mich aufklären. Das sollen zwar normalerweise die Eltern und Lehrer übernehmen, aber der einzige Aufklärungsbeitrag meiner Eltern stammt noch aus meiner Kindergartenzeit. Es ist ein Buch mit dem Titel: *Wo kommen die kleinen Schrazerl her?* oder so ähnlich. Sehr informativ für ein Kindergartenkind, aber etwas überholt für eine werdende Exjungfrau.

Ja, und wer immer noch denkt, in der Schule werde die Jugend von heute sexuell restlos aufgeklärt, erliegt einem riesengroßen Irrtum. Natürlich haben wir irgendwann in vorpubertärer Zeit Sexualkunde, und danach wissen wir alles über die Entstehungsphasen eines Kükens und eines menschlichen Embryos – wir wissen sogar genauestens darüber Bescheid, wie die Spermien sich auf dem Weg zur Eizelle die Zeit vertreiben. Manche lassen sich von eigenartigen mikroskopisch kleinen Bürstchen den Kopf kraulen und vergessen dabei, was sie eigentlich vorhatten, eine wirklich skurrile Tatsache, von der meine Mutter beispielsweise nie etwas gehört hat.

Aber wie nun die Spermien zu ihrer Startposition gelangen, dieser Teil der Geschichte wird immer äußerst schnell abgehandelt. Wir kennen nur die eigentlich recht abstoßenden Fakten: A wird mit Hilfe von Schwellkörpern dick, groß und steif und dann in B eingeführt. Igitt! Durch rhythmische Bewegungen wird schließlich der Samenerguß ausgelöst – mehr wird man in keinem Biobuch finden können. Ich meine, wer kann das denn allen Ernstes Aufklärung nennen? Gut, wir wissen jetzt, daß die Kinder nicht vom Storch gebracht werden, aber kann man uns denn mit der nackten Tatsache, daß A in B gesteckt wird, auf das Leben loslassen? Ich denke, nein.

Also fiel ich noch im Schulbus über die *Mädchen* her. Gleich nachdem ich mir im mittäglichen Gerangel einen Sitzplatz erkämpft hatte. Darin war ich nach jahrelangem Training wirklich gut, obwohl ich es eigentlich gar nicht nötig hatte. Jens hielt mir nämlich immer einen Platz frei, aber für meine *Mädchen* wollte ich heute lieber neben einem Unbekannten sitzen. Ich ignorierte also Jens' Winken, schubste brutal ein paar Fünftkläßler aus dem Gang und plumpste dann auf einen Platz außerhalb von Jens' Rufweite. Die Fünftkläßler quengelten zwar, sie seien vor mir dagewesen, aber ich hatte mir den Platz hart genug erkämpft. Hier im Schulbus herrschte das Darwinsche Gesetz: Der Stärkere überlebt. Hätte ich eine Brille getragen, wäre sie nach diversen Kollisionen mit Ellbogen und sperrigen Schulranzen nur noch ein Fall für den Glascontainer gewesen.

Ich atmete tief durch und widmete mich dann ganz und gar meiner Aufklärungslektüre.

Das erste Mal. Zuerst erfuhr ich, wie es bei Nino und Pia, 16, war. Es dauerte ganze zwölf Zeilen, bis Pia zur Sache kam: *Wir gingen zusammen spazieren und ins*

Kino und blödelten mit den Affen im Zoo – ja, gehörte das unbedingt dazu? In Anbetracht der Dringlichkeit dieses Themas hätte man solche Nebensächlichkeiten ruhig weglassen können, fand ich. *Am schönsten war es, mit Nino zu schmusen*, schrieb Pia, und das Ende vom Lied war, daß sie ihm *sagte*, daß sie mit ihm schlafen wolle. Und das war's auch schon mit Nino und Pia. Darunter stand dann, daß man nie mit einem Jungen schlafen solle, weil man Angst habe, ihn sonst zu verlieren. Immer noch kein Wort über das *wie*!

Aber dann, die nächste Geschichte, diesmal von Alexa und Daniel, 15, genau mein Alter. *Wir fütterten uns gegenseitig mit Spaghetti, schmusten vor dem Fernseher auf dem Wohnzimmerteppich und gingen gemeinsam in die Badewanne. Nachdem wir uns prustend naßgespritzt hatten* – das war wieder so was wie mit den Affen im Zoo blödeln, na ja, wenn's denn dazu gehörte –, *trockneten wir uns gegenseitig ab. Und als ich Daniels Hände auf meinem Körper fühlte, bekam ich plötzlich trotz der Wärme eine Gänsehaut.*

Ich bekam auch eine. Die gräßlichen Fünftkläßler, die neben meinem Sitz herumkrakeelten, waren plötzlich auf die Idee gekommen, sich gegenseitig zu schubsen. Dabei fiel dem einen Zwerg die Tuffi-Schokomilch aus der Hand und schwabbte genau auf mich drauf. Nicht nur meine Jeans, sondern auch Alexa und Daniel waren völlig eingesaut.

Die Fünftkläßler kicherten blöde. Ich nahm nur deshalb davon Abstand, sie zu verhauen, weil es gerade so spannend war, denn Alexa und Daniel, so konnte ich durch die Tuffimilch erkennen, sahen sich an und wußten, daß es heute passieren würde. Gedankenübertragung, Wahnsinn. *Ich schmiegte mich eng an ihn, suchte seinen Mund und spürte zwischen meinen Schenkeln seine Erregung.* Und spürte zwischen ihren Schenkeln seine Erregung? Und spürte zwischen ihren Schenkeln seine Erregung? Im Stehen? Sein Schwellkörper-*Dings* zwischen ihren Schenkeln? Oder gab es noch ein anderes Zeichen für *seine Erregung?* Dieser eigenartige Sachverhalt schien auch Alexa zu verwirren. Sie war dann nämlich ganz erschreckt und schüchtern. *Aber Daniel streichelte mich so zärtlich, daß ich ihm schließlich in sein Zimmer folgte und mich von ihm aufs Bett ziehen ließ, Pünktchen, Pünktchen, Pünktchen.*

Ja, was denn, wenn's konkret wird, nur noch Pünktchen? Ich knüllte die Zeitschrift erbost zusammen. Das war ja wohl das Hinterletzte! Dieser Scheiß über Spaghettifüttern und mit den Affen im Zoo blödeln interessierte doch keine Sau!

Die beiden Fünftkläßler neben mir kicherten immer noch. Der mit der Tuffimilch löffelte jetzt einen Joghurt. Im Stehen, im Schulbus, eingekeilt zwischen unberechenbaren Wilden. Der hatte ja wohl einen an der Waffel! Ich sah mich schon in der nächsten Kurve unter Pfirsich-Aprikose begraben. Die *Mädchen*-Verarsche hatte mir gereicht. Alles muß man sich ja nicht gefallen lassen.

»Hör mal, du häßlicher Fruchtzwerg«, sagte ich. »Du packst jetzt auf der Stelle Löffel und Joghurt in deinen Schulranzen, oder du beziehst Prügel.«

»Haha, von wem denn?« fragte der Fruchtzwerg frech zurück. Es war einer von denen, die nicht hören wollen, sondern fühlen. Bitte sehr! Ich nahm ihm den Löffel aus der Hand, brach ihn in der Mitte durch – Stiftung Warentest *sehr schlecht* – und warf beide Teile in den Joghurtbecher.

»Und jetzt ab in den Schulranzen damit!«

Der Fruchtzwerg war schwer beeindruckt.

»Aber dann schmieren doch meine ganzen Hefte voll«, jammerte er. Ich zeigte wortlos auf die tuffimilchdurchtränkte *Mädchen* und nickte zustimmend. Unter meinen Blicken packte der Fruchtzwerg schließlich den Joghurtbecher in seinen Scout. Ich lehnte mich halbwegs zufrieden zurück, mein schlechtes Gewissen meldete sich erst, als ich zu Hause war. Es war sonst gar nicht meine Art, kleine Kinder zu quälen, daran war nur diese leidige Jungfrauenangelegenheit schuld.

Nach dem Essen setzte ich meine Aufklärungsversuche fort. Zuerst las ich noch die *Bravo Girl*. Dort gab es zwei Doppelseiten mit der Überschrift *First Sex*. Es stand aber auch nicht mehr drin als in der *Mädchen*, nur daß man einen Ort finden müsse, an welchem man ungestört sei, und dann noch alles über Verhütung und darüber, wie wichtig Kondome seien, aber nichts, wovon man hinterher klüger war als vorher.

Eine interessante Stelle fand ich allerdings, nämlich daß man ruhig ein Kissen unter die Hüften legen sollte beim ersten Mal. Ich beschloß, mir das zu merken.

In der Mitte der Zeitschrift gähnte mich dann ein Poster mit fünf grauenhaften Gestalten in Kopftüchern an, N'Sync. Einer häßlicher als der andere. Kaum zu glauben, daß deretwegen die Mädchen reihenweise hyperventilierten. Echt nicht, *grottenhäßlich* sind die, und wenn man mich dafür steinigt. Immerhin, ich wußte jetzt, wie man N'Sync schreibt, vorher hatte ich immer gedacht, man schriebe es Insing, von Einsingen, haha! Wenn das Kati wüßte, würde sie meine Einweisung in die geschlossene Anstalt veranlassen.

Ja, und dann fand ich noch einen Leserbrief mit der Überschrift: *Ist Oralsex pervers?* Perverser als das andere, also das mit dem Geschlechtsverkehr, fand ich es nicht, und da waren die von der *Bravo Girl* ausnahmsweise mal meiner Meinung. Oralsex sei nicht pervers, wenn beide es wollten. Überhaupt sei nichts pervers, was beide Partner wollten. Und man solle keine Angst vorm Spermaschlucken haben, das müsse man nicht unbedingt tun. Das war jetzt wieder mal eine interessante Stelle. Ich saß gleich wieder kerzengrade in meinem Sessel. Und jetzt kam es: Man könne kurz vorher aufhören, dann brauche man das Sperma nicht zu schlucken. Und Ende. *Womit* man kurz vorher aufhören mußte, stand da nicht. Typisch!

Ich war so frustriert nach dieser Lektüre, daß ich kurz davor war, auch einen Leserbrief zu schreiben. Ist man, moralisch betrachtet, noch Jungfrau, wenn man Oralsex gemacht hat, weil es ja eigentlich noch eine Stufe weiter ist? Wenn nein, überlegte ich mir nämlich, könnte ich ja zuerst mal das ausprobieren, es erschien mir irgendwie leichter zu sein. Dann konnte ich Konstantin sagen, ich sei zwar noch Jungfrau im technischem Sinne, aber bereits echt Oralsex-erfahren. Wenn er das hörte, konnte er mich unmöglich für eine Krampfhenne halten. Aber sicher dauerte es furchtbar lange, bis man eine Antwort vom Doktor-Sommer-Team bekam, und anrufen wollte ich da jetzt auch nicht.

Die Zeitschriften hatten ihr Aufklärungspulver schnell verschossen, sonst gab es nur noch den üblichen Mist über irgendwelche Popgruppen und blöde Mode- und Schminktips. Außer der Sache mit dem Spermaschlukken und dem Kissen hatte meine Investition sich nicht rentiert.

Wahrscheinlich mußte ich anders vorgehen, von den niedergeschriebenen, nicht jugendfreien Erfahrungen derjenigen profitieren, die *es* schon gemacht hatten. Etwas ruhelos durchstreifte ich die Wohnung und suchte im Regal nach Büchern, deren Titel so klangen, als käme Sex darin vor.

Ich fand immerhin »Schuld und Sühne«, »Beim nächsten Mann wird alles anders«, »Sinn und Sinnlichkeit«, und »Nacht über Schloß Gilmore«. Letzteres war ein buntes Taschenbuch und klang nicht unbedingt nach Sex, aber auf dem Cover war eine Frau gemalt, mit fast nichts an. Ein Mann mit Maske hielt sie um die Taille fest, und sie bog ihren Rücken so weit nach hinten, daß ihr Busen fast das durchsichtige Nachthemdchen sprengte. Die Türme im Hintergrund mußten zu Schloß Gilmore gehören.

»Was machst du da?« fragte Mama, die unbemerkt neben mich getreten war. »Suchst du was zum Lesen?«

»Nicht direkt«, antwortete ich und ließ meine Augen weiter über die Regale wandern.

Mama nahm mir die Bücher aus der Hand und sah auf die Titel.

»Jane Austen«, sagte sie. »Ja, das ist sehr gut.«

In diesem Augenblick sah ich es wieder, mein erstes

Aufklärungsbuch, »Wo kemma eigentlich de kloana Schrazerl her«, es war ein bayrisches Buch. Mama hatte es tatsächlich aufgehoben. Vermutlich für alle Fälle. Ich zog es aus dem Regal. Schaden konnte es ja nicht, wenn ich es mir noch mal anschaute.

»Ich suche was über Sex«, erklärte ich Mama und hielt ihr das Buch unter die Nase. Damals, als ich es bekommen hatte, war in der Bekanntschaft ein Baby unterwegs gewesen, und ich hatte gefragt, wie es denn in den Bauch gekommen sei. Jetzt war es an der Zeit, auch den Rest zu erfahren.

Mama schnallte wieder mal überhaupt nichts.

»Brauchst du das für die Schule?« fragte sie intelligenterweise.

»Nein, für mich. Man möchte ja schließlich wissen, was man tut.«

»Oh.« Mama griff sich an den linken Busen.

»Man möchte ja nicht wie der letzte Dilettant dastehen«, fuhr ich fort.

Jetzt sah Mama ehrlich erschrocken aus. Eine ganze Weile lang sagte sie gar nichts. Schließlich ließ sie sich aufs Sofa fallen und holte tief Luft. »Ja, dann mach' ich wohl mal einen Termin bei der Frauenärztin für dich. Wegen Verhütung und so weiter.«

Ich war etwas verblüfft. Das war ja wie in der *Bravo*, sofort wird über Verhütung gesprochen, das Eigentliche aber wird übergangen.

»Kenne ich ihn denn?« fragte Mama.

»Wen?« fragte ich zurück.

»Den – Jungen, mit dem du ...« Mama stockte.

»Oh.« Darüber hatte ich mir noch gar keine Gedanken

gemacht. Aber Mama hatte völlig recht: Ich brauchte jemanden, der mir half, aus mir eine Exjungfrau zu machen. Nur wen?

Mama wagte einen neuen Anlauf: »Den Jungen, in den du verliebt bist.«

»Ach so, den.« Ich schüttelte den Kopf. »Nee, den kennst du nicht.« Ich konnte ihr doch schlecht sagen, daß es der Nachhilfelehrer war, dann würde sie mir womöglich doch noch die bebrillte Meckerziege vor die Nase setzen.

Mama sah auf meine Bücher. »Na ja, ich fürchte, da drin geht es weniger um Aufklärung. Aber das lernt ihr ja heute alles in der Schule.«

Haha, von wegen. In der Schule war nie ein einziges Wort über Oralsex gefallen oder über Kissen, die man sich unter die Hüfte schieben mußte. Aber ich sagte nichts. Mama hatte ja schon Schwierigkeiten, die einfachsten Worte über die Lippen zu bringen.

Eine Frage von mir, und sie würde im Erdboden versinken, das sah ich ihr an.

»Du weißt ja, daß man Kondome benutzen muß«, sagte sie noch. »Also, unbedingt muß man Kondome benutzen. Wenn der Junge keine benutzen will, dann mußt du darauf bestehen. Und wenn du dich nicht traust, welche zu kaufen, dann besorge ich dir welche.«

Wenn ich mich nicht traute, Kondome zu kaufen ... Ich dachte, ich hätte mich verhört! Dafür hätte sie womöglich noch Verständnis gehabt, sie, die mich neulich erst *gezwungen* hatte, einen Zwölferpack Recyclingklopapier quer über den Aldi-Parkplatz zu tragen, obwohl Meinrad Sost und ein paar andere Jungs aus unserer Klasse dort mit Inline-Skates herumfuhren! Unglaublich!

Ich zog es vor, mich mit meinen Büchern in mein Zimmer zu verkrümeln. Dort las ich noch einmal, wo die kleinen Schrazerl herkommen. Ich gebe es ungern zu, aber das war der bisher aufschlußreichste Aufklärungsbeitrag des Tages. Allerdings wie gesagt auf bayrisch.

Unter der Rubrik: »Wie man ein Baby macht« fand ich folgende klare und deutliche Aussage: »Und auf amoi wer dei Penis so glatt und hart ois wia da Griff von an Tennisschläger.« Und daß der »Mo«, also der bayrische Mann, dann sein Penis in ihr Vagina neischteckt. Und weil's so schön ist, duad der Mo deshoib sein Penis immer wieda raus und rei, was so a sakrisch scheens G'fui is, wia wenn ma sich kratzad.

Das gleiche Buch hätte es für Fünfzehnjährige geben müssen, dann wären keine Fragen offen geblieben. Aber noch wollte ich nicht aufgeben.

Gerade als ich in »Nacht über Schloß Gilmore« nach brisanten Stellen suchte, kam Anna herein. Ganz offensichtlich war sie von Mama zu einem Gespräch mit mir animiert worden, so von Schwester zu Schwester.

»Ah, Aufklärungslektüre«, sagte sie mit einem Blick auf die kleinen Schrazerl. »Also, wenn du irgendwas nicht verstehst und wissen willst, dann frag mich ruhig.«

Ich war echt gerührt. Das war eine Möglichkeit, die ich bisher noch nicht in Betracht gezogen hatte, die Auskunft von unmittelbar Betroffenen. Vor Jörg-Thomas hatte Anna schon einen Freund namens Ronald gehabt und davor einen mit Namen Falko, da mußte sie theoretisch Bescheid wissen.

Anna hatte mir damals auch erklärt, wie man einen Tampon benutzt, das weiß Valerie bis heute nicht. Ich habe neulich entdeckt, daß sie *Always ultra* benutzt, die Windel bei der angeblich nichts überläuft. Ich dachte, ich fall' tot um! So was benutzt doch niemand freiwillig! Aber Valerie hat keine große Schwester, die ihr so was erklären kann, und sie sagt, sie ist nicht der Typ, der zu Experimenten neigt. Ich meine, so viele Möglichkeiten, einen Tampon zu benutzen, gibt es nun auch wieder nicht!

Manchmal ist Anna eben doch nützlich.

»Du würdest mir also sagen, was ich wissen will?« fragte ich.

Anna nickte.

Ich beschloß, mir zunächst einen groben Überblick über ihren Sachkenntnisstand zu verschaffen, und fragte sie, ob sie mir erklären könne, wie die männliche Samenflüssigkeit schmecken würde oder ob es besser wäre, kurz vorher aufzuhören, womit auch immer.

Anna wurde rot.

»Ähm, wie bist du denn drauf?« fragte sie.

Ich nickte nur. Das hätte ich mir denken können, daß sie darauf selber keine Antwort wußte. Man mußte Jörg-Thomas ja nur ansehen, um zu wissen, daß er nicht mal auf dem Stand der *Bravo Girl* war.

Anna verzog sich wieder, wahrscheinlich runter zu Mama, um ihr zu sagen, daß ich praktisch schon jenseits aller Aufklärung war. Mama würde vermutlich tot umfallen.

Ich wollte nicht, daß sie sich unnötig aufregte, daher schrie ich Anna hinterher: »Oralsex ist nicht pervers!«

Da stolperte Anna und fiel die Treppe runter.

4.

Soviel also zur sogenannten Aufklärung durch Bücher, Zeitschriften und unmittelbar Betroffene. Eines hatte ich jedenfalls dabei gelernt: Es gibt nichts Gutes, außer man tut es.

Es wurde Zeit für Schritt Nummer 2. Ich hatte mich informiert, so gut es ging, aber jetzt brauchte ich den passenden Kandidaten fürs erste Mal.

Nachdem ich mich vergewissert hatte, daß Anna sich bei ihrem Treppensturz nur einen Bluterguß auf ihrem Hintern zugezogen hatte, machte ich eine Liste von allen Männern, die ich kannte. Dann strich ich daraus diejenigen, die mit mir verwandt waren, über vierzig Jahre alt und/oder so unappetitlich, daß an *derartige* Aktivitäten mit ihnen keinesfalls zu denken war.

Die Liste war anschließend nur noch sehr kurz. Es standen darauf: Herr Mann, mein Klavierlehrer, Jörg-Thomas, der Freund meiner Schwester, unser Zahnarzt Doktor Meinerzhagen und Pierre, der französische Austauschschüler, der im letzten Jahr bei uns gewohnt hatte. Nach einiger Überlegung strich ich Pierre und Doktor Meinerzhagen wieder von der Liste, Pierre, weil er längst zurück in Frankreich war und ich seit Monaten nichts mehr von ihm gehört hatte, und Doktor Meinerzhagen, weil erstens seine Frau bei ihm Sprechstundenhilfe war und ich zweitens so auf die schnelle keine Gelegenheit sah, ihn außerhalb der Praxis zu treffen. Die Angelegenheit drängte.

Blieben Jörg-Thomas und Herr Mann. Vermutlich würde es Herr Mann sein, denn Anna war sicher nicht mit Jörg-Thomas einverstanden. Auch wenn es sich bloß um einen rein biologischen Akt handelte, der nichts, aber auch gar nichts mit Moral zu tun hatte. Aber es war besser, nicht auf Annas Verständnis zu bauen und Jörg-Thomas lediglich als Notreserve im Hinterkopf zu behalten.

Mitten in meinen Überlegungen rief Kati an und schniefte fürchterlich ins Telefon.

»Ich habe es getan«, schluchzte sie, und für einen winzigen Augenblick, dachte ich, sie habe *es* getan. Es handelte sich aber um etwas ganz anderes. Kati hatte nämlich endlich die Haartönung ausprobiert, die sie im letzten Jahr auf der Schultombola gewonnen hatte. »Schwarze Johannisbeere« oder so ähnlich.

»Wildpflaume«, verbesserte Kati schluchzend.

Blauschwarz mit einem Stich ins Dunkellila, da war der Name ziemlich egal, es hätte genausogut »Vorsicht, nicht benutzen!« draufstehen können. Ich hätte das Zeug eher getrunken, als es mir auf die Haare zu schmieren. Kati hätte eigentlich gar nichts mehr sagen müssen, ich hatte auch so genug Phantasie, um mir das Chaos auf ihrem eigentlich mittelblonden Kopf vorzustellen. Aber sie erzählte mir alles haarklein, vom Aufreißen der Pakkung bis zur allerletzten Spülung, mindestens zeitgleich. Als hätte ich selber nicht schon genug Probleme gehabt.

»Jetzt habe ich die Haare schon elfmal gewaschen, und sie sind immer noch ganz lila«, klagte sie. »Dabei steht da, daß es nach fünf – bis sechsmal ausgewaschen ist!

Meinst du, das Haltbarkeitsdatum war vielleicht schon überschritten?«

Ich konnte schlecht sagen, daß mich das alles einen Dreck interessierte, also machte ich einen konstruktiven Vorschlag, bevor Kati wieder von vorne anfangen konnte. »Du darfst die nächsten Tage meine blaue Federkappe haben«, sagte ich. »Dann sieht niemand, daß du blaue Traube auf dem Kopf hast.«

»Wildpflaume«, verbesserte Kati, aber ihre Tränen versiegten auf der Stelle. »Das würdest du wirklich tun?«

»Ja.«

»Auch wenn es länger dauert als ein paar Tage?«

»Ja.«

»Und wenn es Wochen dauert?«

»Auch dann.«

»Und wenn es für immer draufbleibt?«

»Kein Problem!« In diesem Fall nähme ich mir an Katis Stelle sowieso einen Strick, und die Kappe würde automatisch wieder in meinen Besitz übergehen.

»Du bist total lieb«, schniefte Kati und gab mir noch genaueste Instruktionen, an welcher verschwiegenen Ecke ich morgen auf sie warten und ihr die Kappe übergeben sollte.

Als sie aufgelegt hatte, war ich nicht mehr in der Stimmung, meine Entjungferung zu planen. Dabei wäre es schön gewesen, die Sache bis zur nächsten Nachhilfestunde hinter mich gebracht zu haben, dann würde Konstantin gleich merken, daß er es mit einer erfahrenen Exjungfrau zu tun hatte. Aber meine Klavierstunde war erst am Freitag, und ich war mir nicht sicher, ob ich Herrn Mann gleich beim ersten Mal dazu überreden konnte. Er war von sehr bedächtiger Natur, sicher brauchte es einiges an Überzeugungskraft, bis er soweit war.

Bei dem ganzen Streß hatte ich völlig vergessen, Hausaufgaben zu machen, aber glücklicherweise hatte Jens mir einen Platz im Schulbus freigehalten, wo ich in aller Ruhe von ihm abschreiben konnte.

»Wo ist denn deine Kappe?« erkundigte sich Jens.

Ich zeigte auf meinen Rucksack. »Da drin, die kriegt Kati heute, weil sie lila Haare hat. Aber das darfst du keinem Menschen verraten.«

»Ehrensache«, versprach Jens. »Warum hast du eigentlich gestern mittag woanders gesessen? Ich hatte dir hinten einen Platz freigehalten.«

»Ich mußte was Wichtiges nachlesen.« So, Mathe war fertig, blieben noch Erdkunde und Französisch. Ich wog beide Fächer gegeneinander ab. Der Bus hielt bereits an der drittletzten Ampel vor der Schule, es war nicht mehr viel Zeit. Daher entschied ich mich für Erdkunde, in Französisch würde ich dem Alke – ja, der Mundgeruch quälte uns gleich in zwei Fächern – sagen, ich hätte das Heft auf dem Klavier liegen lassen, bedauerlicherweise.

»Eine dümmere Ausrede ist Ihnen wohl nicht eingefallen«, würde der Alke sagen, das sagte er nämlich immer. Aber er konnte auch nicht das Gegenteil beweisen.

»In der *Bravo*?« fragte Jens. Er mußte echt scharfe Augen haben. »So was liest du doch sonst nicht!«

»Hm? Ach so, gestern im Bus. Ich wollte was Bestimmtes wissen.« Ich schmierte ein paar Sätze über den Assuan-Staudamm hin. Eine Schande, was die damit angerichtet hatten in Ägypten!

»Die Menschen sind ja so schlecht«, sagte ich zu Jens. »Alles, was gut ist und funktioniert, müssen sie zerstören!«

Jens nickte zustimmend. »Aber 1999 wird die Erde sowieso von einem Meteoriten getroffen und zerstört, und bis dahin haben sie es nicht geschafft, alle Regenwälder abzuholzen, die Wale zu töten und das Ozonloch zu verdoppeln.«

»Woher weiß du denn das?«

»Das mit dem Meteoriten? Das kam gestern im Fernsehen. Und alle großen Wahrsager der Geschichte haben das Ende der Welt, so wie wir sie kennen, zu diesem Datum prophezeit. Was sie beschrieben haben, Flächenbrände, Staub und Asche, die monatelang die Sonne verdunkeln, jede Menge freigesetzte radioaktive Strahlung, das entspricht genau den Folgen eines Meteoriteneinschlags, sagen die Wissenschaftler.«

Mir lief ein Schauder über den Rücken. »Aber das ist ja schrecklich! Wann genau in 1999 wird das denn passieren?«

»Das haben sie nicht gesagt«, erklärte Jens.

»Dann hätten wir vielleicht nur noch ein Jahr.« Ein Jahr war ganz schön wenig für alles das, was ich mir für dieses Leben noch vorgenommen hatte. Daß alles vorbeisein würde, bevor es begonnen hätte, war eine komische Vorstellung. Aber sie hatte durchaus auch ihre Reize. All die Dinge, die man sich verkniff, weil sie einem das zukünftige Leben verderben konnten: schlechte Noten, Ladendiebstahl, Drogen, pfffft, drauf geschissen. Wenn die Welt eh unterging, spielte es doch gar keine Rolle, ob man ein gutes Abi machte oder sich von Kokain ein paar Löcher ins Gehirn fressen ließ. Der Levin aus der Elften verkaufte mittags Ecstasy auf dem Busbahnhof für'n paar Mark. Bisher hatte ich mir statt dessen lieber ein Magnum gekauft, schließlich wollte ich Körper und Seele auch später noch nutzen. Aber unter diesen Umständen konnte ich es ja mal riskieren, auf ein paar Gehirnlöcher mehr oder weniger kam es dann nicht mehr an. Und überhaupt: Angesichts der Apokalypse schrumpften meine Probleme auf ein kaum wahrnehmbares Nichts zusammen.

Der Bus legte sich mit Schwung in die letzte Kurve.

»Hey.« Jens berührte meine Schulter. »Jetzt mach dir mal keine Sorgen, vielleicht stimmt das ja überhaupt nicht. Man soll nicht alles glauben, was im Fernsehen kommt.«

Aber es war zu spät: Die Idee vom Ende der Welt hatte sich in meinem Kopf festgesetzt wie eine Zecke. Nichts war mehr wichtig, alles möglich. Egal, was ich dachte, fühlte oder tat, es hatte keinerlei Bedeutung mehr für die Zukunft, denn die Zukunft gab es nicht mehr. Ein faszinierender Gedanke.

»Jens, weißt du, was ich dir schon immer mal sagen wollte?« Ich konnte ja jetzt alles sagen, was ich schon immer mal hatte sagen wollen. »Dein Ziegenbart sieht scheußlich aus. Wenn ich du wäre, würde ich mich mal rasieren!«

Jens faßte sich ans Kinn. Er sah ehrlich betroffen aus. »Das ist jetzt in. Die Skaterkids haben alle so einen.«

»Die sehen auch alle scheußlich aus«, sagte ich und drängelte mich schnell an ihm vorbei aus dem Bus.

Draußen holte mich dann das Leben wieder ein. Gleich unter dem Haltestellenschild stand der Tuffimilchfruchtzwerg von gestern, neben ihm sein kichernder Freund und eine dicke, blonde Frau, vermutlich die Mutter.

Kaum war ich aus dem Bus gestiegen, zeigten die beiden Zwerge mit dem Finger auf mich und brüllten: »Das ist sie! Das ist sie!«

Ich war viel zu überrascht, um an Flucht zu denken. Die dicke Mutter packte mich dann auch sofort am Anorak. »Du hast also dem Fabio den Joghurt in den Schulranzen getan, weil er seinen Platz nicht für dich frei machen wollte! Das sind ja Methoden wie bei der Mafia!«

Ich versuchte mich zu befreien, aber die Zwergenmutter hatte Bärenkräfte. Und ein weitschallendes Organ. »Schön hiergeblieben! Wir gehen jetzt erst mal zum Direktor, wir beiden!«

»Ich habe Ihrem Zwerg keinen Joghurt in den Schulranzen getan, das war er selber«, protestierte ich schwach, bekam aber nur eine Kopfnuß versetzt.

»Aua!«

»Kleine Kinder quälen und dann auch noch lügen!« schrie die dicke Zwergenmutter und zerrte mich quer über den Schulhof. An der verabredeten Ecke unter der Treppe sah ich einen dunkellila Haarschopf hervorblitzen und darunter zwei verzweifelte Augen. Kati, die Wildpflaume. Aber sie konnte mir natürlich nicht zu Hilfe kommen, dazu hätte sie ihre Deckung verlassen müssen, und ein solches Opfer konnte ich ihr nicht abverlangen. Ich meinerseits konnte allerdings auch nichts für sie tun, nicht mal den Rucksack mit der Federkappe konnte ich zu ihr hinüberwerfen, denn die wildgewordene Zwergenmutter hielt meine beiden Arme auf dem Rücken fest im Schraubstock.

Aber noch war ich nicht verloren. Jens war uns durch das Gewimmel gefolgt und stellte sich mitten in den Weg.

»Lassen Sie sofort das Mädchen los!« rief er, aber die dicke Alte tat natürlich nichts dergleichen. Im Gegenteil, sie machte Anstalten, Jens einfach umzupflügen.

»Aus dem Weg!« kreischte sie. »Die Schweinerei im Schulranzen muß ich mir nicht gefallen lassen.«

Sie gab mir noch eine Kopfnuß. Diesmal verkniff ich mir ein »Aua«, statt dessen biß ich, so fest ich konnte, in ihren Unterarm. Vergeblich, sie trug eine Art Panzer aus Mohairwolle, die mir den Mund verklebte. Jens kam mir sogleich zur Hilfe und versuchte, mit heftigem Rucken meine Arme aus dem Schraubstock zu befreien. Die Alte verteilte jetzt wahllos Kopfnüsse nach links und rechts.

Dabei brüllte sie wie abgestochen: »Halbwüchsige Kriminelle seid ihr, allesamt hinter Gitter sollte man euch stecken!«

Sie schien unbesiegbar zu sein wie Godzilla, aber ihr Gekreische lockte schließlich Alke, den Ritter von den stinkenden Sümpfen, herbei. Er hatte heute die Hofaufsicht vor Schulbeginn.

»Was ist denn hier los?« rief er, und sein fauliger Atem ließ die Zwergenmutter sekundenlang verstummen.

Ich hingegen war durch jahrelange Gewöhnung besser abgehärtet und schleuderte blitzschnell eine Erklärung heraus. Von wegen kleine Jungs, die mich im Bus mit Tuffimilch bekleckert und mir eigene Joghurtschweinereien in die Schuhe schieben wollten. Und Jens setzte hinzu, daß Godzilla mich geschlagen und gequält habe, er sei Zeuge. Der Alke warf einen Blick auf meine Arme, die immer noch im Zwergenmutterschraubstock steckten und war geneigt, uns zu glauben. Auch die gebrüllten Erklärungen der aus der Betäubung erwachenden Godzilla konnten ihn nun nicht mehr vom Gegenteil überzeugen.

»Der Verzehr von Lebensmitteln im Schulbus ist den Kinder strengstens untersagt«, erklärte er ernsthaft. »Und jetzt lassen Sie bitte auf der Stelle meine Schülerin los.«

Sie denke gar nicht daran, schrie Godzilla und verstärkte den Druck auf meine Arme. Solche Mafiamethoden zur Unterdrückung der jüngeren Schüler wolle und werde sie nicht dulden.

Mittlerweile hatte sich ein gewaltiger Pulk sensationsgeiler Schüler um uns herum versammelt. Ich wagte nicht hinzuschauen, ob Konstantin vielleicht auch darunter war. Das wäre mein Tod gewesen.

Um der Sache ein Ende zu bereiten, ließ ich den Kopf erschöpft nach vorne baumeln und stieß einen Wehlaut aus. Das und der empörte Aufschrei der Menge ringsum brachten Ritter Alke endgültig gegen die Zwergenmutter auf. Beherzt trat er näher und stieß ein paar warnende, faulige Atemwolken aus.

»Sofort loslassen!« rief er, und die Zwergenmutter, die nicht rechtzeitig Mund und Nase dichtgemacht hatte, ließ für eine Sekunde locker. Pfeilschnell witterte ich meinen Vorteil, riß mich los und beobachtete aus sicherer Entfernung, wie der Alke ihr den Rest gab.

Er trat noch einen Schritt näher an sie heran und sprach ein paar böse, zusammenhängende Sätze, von wegen offensichtlicher Überforderung bei der Erziehung des eigenen Sohnes und schlechtem Beispiel in Sachen Konfliktbewältigung. Und überhaupt solle sie froh sein, wenn der Direktor von einer Anzeige wegen unangemessener Gewaltanwendung gegenüber einer Minderjährigen absähe. Mit jedem Wort wurde die Zwergenmutter ein paar Zentimeter kleiner und etliche Nuancen grüner im Gesicht. Schließlich ließ sie sich fast willenlos von Alke abführen.

Im Vorbeigehen strich der mir über den Scheitel und fragte, ob ich in Ordnung wäre.

»Ja, danke«, näselte ich tapfer. Der Alke war echt in Ordnung. Es tat mir leid, daß ich ihn nachher anlügen mußte, von wegen Französischheft auf dem Klavier vergessen. Vielleicht würde ich es zur Abwechslung mal mit der Wahrheit versuchen. Im Grunde hatte ich nichts zu verlieren. 1999 ging ja sowieso die Welt unter.

»Puh, das war ja was!« sagte Jens, nachdem wir uns aus der Mundgeruchszone entfernt hatten. »Die hätte dich glatt plattgemacht.«

»Ja.« Voller Dank sah ich zu ihm hoch. Ich mußte sehr hoch schauen. In den letzten Monaten hatte er wohl noch ein paar Zentimeter zugelegt. »Danke, daß du mir geholfen hast.«

»Ist doch Ehrensache«, erwiderte Jens bescheiden. »Wenn du Hilfe brauchst ...«

In der Tat, brauchte ich. Spontan beschloß ich, Jens ebenfalls auf die Entjungferungskandidatenliste zu setzen. Das war überhaupt die Lösung! Am liebsten hätte ich mich mit der flachen Hand vor die Stirn gehauen. Daß ich nicht schon vorher auf ihn gekommen war! Mit ziemlicher Sicherheit war Jens Jörg-Thomas auf dem Gebiet der sexuellen Erfahrung überlegen, wahrscheinlich übertraf er darin sogar Herrn Mann.

Da war nämlich im letzten Jahr diese französische Austauschschülerin gewesen, Delphine. Sie hatte bei Jens' Familie gewohnt und ausgesehen wie eine Sophie Marceau für Arme. Aus der Mädchenumkleide wußte ich, daß sie schwarze Stringtangas, also diese sauunbequemen Pokneifer trug. Eine mit solchen Unterhosen, und dann auch noch eine Französin, o lala, die hatte Jens sicher nicht ruhig schlafen lassen.

Welch unvorhergesehene glückliche Umstände! Ha, und jetzt stand auch noch mein Name in dem Herzchen auf seinem Pult. Bessere Voraussetzungen für eine problemlose Entjungferung konnte es ja gar nicht geben!

Ich lächelte ihm zu. Jens lächelte ahnungslos zurück.

Meine beschwingte Stimmung hielt den ganzen Tag über an, auch die Bandprobe der *Vier Falschen Fünfziger* mit Jennifer konnte mir die Laune nicht verderben. Obwohl sie eine blöde Bemerkung über meinen Federhut machte, der jetzt Katis Haare bedeckte. Kati nahm den Hut selbstverständlich nicht ab. Nur ich hatte bisher einen Blick auf die Wildpflaume erhaschen dürfen, wirklich verhehrend lila, selbst im Dämmerlicht des Mädchenklos! Wenn es wenigstens blau gewesen wäre – blau war im Augenblick der letzte Schrei. Aber lila! Ich an Katis Stelle hätte mir den Hut gleich an der Kopfhaut festgetackert.

Wir spielten Jennifer eine unserer selbstkomponierten Nummern vor: »Kisses from a green boy are like bisses from a green frog«, was soviel heißen sollte wie: »Küsse von einem grünen Jungen sind wie Froschbisse.«

»Es muß heißen *of* a frog«, nörgelte Jennifer. »Und Frösche sind immer grün.«

Aber da wurde Leni, die das Lied gedichtet hatte, böse.

»Hauptsache, man versteht, was gemeint ist«, sagte sie. Und überhaupt solle Jennifer erst mal zeigen, was sie könne.

»Was wollt ihr denn hören?« Jennifer stellte sich vors Keyboard. Mich schob sie beiseite wie welkes Gemüse.

»Na ja, was wir wirklich brauchen könnten, wäre eine Bassistin«, sagte ich. Eine Keyboaderin hatten wir schließlich schon, und zwar mich.

In diesem Augenblick ging die Gerümpelkellertür auf, und Meinrad und Robert aus unserer Klasse traten ein. Es war das erste Mal, daß sie Interesse an den *Vier Falschen Fünfzigern* zeigten, und jetzt zeigte sich auch sofort, wie falsch die Fünfziger waren. Leni setzte ein scheeles Lächeln auf, Kati fummelte nervös unter meinem Federhut herum, und Valerie hielt sich unauffällig den dicken Pickel an der Wange zu, den sie »Utz« getauft hatte. Valerie schwärmte nämlich heimlich für Meinrad, obwohl ich ihr mehrfach sehr anschaulich von den Kaugummileichen unter seinem Pult erzählt hatte.

Jennifer freute sich über zusätzliches Publikum. Sie schlug ein paar Akkorde an und gab dann eine ziemliche Schnulze zum besten. Text: »You light up my day.« Der reinste Kitsch.

Meinrad und Robert kriegten sich aber gar nicht mehr ein, da unten zwischen dem Gerümpel. Sie dachten wohl alle beide, daß sie persönlich Jennifers Tag belichteten – oder was immer sie sich da zusammengedichtet hatte. Auch Leni, Kati und Valerie waren ganz hin und weg.

»Wahnsinn«, sagte Kati unter ihrer Kappe. »Total schöner Song.« Ich erwog für einen Augenblick, die falsche Wildpflaume mit einer einzigen Handbewegung zu enttarnen. Verdient hätte sie's ja.

»Selbst komponiert«, sagte Jennifer bescheiden. Was voll gelogen war. Nur drei Tage später hörte ich das Lied auf dem Hausfrauen-Schmusesender, den Mama immer beim Bügeln hört, genau das gleiche, nur viel besser gesungen. Aber als ich den anderen davon erzählte, war Jennifer längst Mitglied der *Falschen Fünfziger* und nichts, was ich sagte, konnte diese Entscheidung wieder rückgängig machen. Jennifer hatte nämlich auch schon das Bandmanagement an sich gerissen, indem sie uns Kontakte mit einer Plattenfirma versprochen hatte, deren Producer sie angeblich persönlich kannte.

»Wie persönlich?« erkundigten sich Kati, Leni und Valerie ehrfürchtig, und Jennifer antwortete: »Sehr persönlich, wenn ihr versteht, was ich meine.«

Daß ich nicht lachte! Aber alle außer mir glaubten ihr bedingungslos. Ich allerdings bezweifelte mittlerweile sogar die Geschichte mit dem Musiklehrer und der Hallig.

Na, konnte mir eigentlich alles egal sein, schließlich hatte ich genug andere Probleme, die nach einer Lösung schrien. Die Bandprobe verlief dann musikalisch gesehen noch äußerst unbefriedigend, die anderen sahen sich schon auf einem CD-Cover und erörterten eifrig die Kleiderfrage für den ersten Fototermin. Meinrad und Robert fuhren mit ihren Inline-Skates kreuz und quer durch den Gerümpelkeller und gaben wahnsinnig an. Keiner interessierte sich für die Melodie, die mir im Kopf herumspukte. Eine melodische Tonfolge, fast schon zu schön, um nicht schon früher mal erfunden worden zu sein. Während die anderen diskutierten, ob man besser Schwarzweiß- oder Farbfotos machen sollte, fiel mir auch gleich noch ein Text ein, fast wie von selbst. Ein Song für Konstantin.

Aller Anfang ist ganz leicht,
der eine Blick hat schon gereicht,
doch alles weit're ist echt schwer,
dabei lieb ich dich so sehr.

Statt der »eine Blick« hätte ich lieber »eine Gleichung mit drei Unbekannten« gedichtet, aber das war leider zu lang und das Lied auch so echt genial. Total süß!

»Ja, und dann müssen wir unbedingt an unserem Image arbeiten und ein paar Tanznummern einstudieren«, sagte Jennifer noch, aber da kam glücklicherweise Katis Mutter, um uns abzuholen und reihum zu Hause abzusetzen.

Katis Mutter beherrschte das Autofahren nicht sonderlich gut, sie trat aufs Gas und dann gleich wieder auf die Bremse, weil sie Angst hatte, zu schnell zu werden. Es war, als ob der Wagen einen schrecklichen Schluckauf hätte. Aufgrund dieser Fahrweise hatte ich vor Jahren mal einen halben Erbseneintopf auf die Rücksitze erbrochen, den man heute noch riechen konnte. Seit dieser Zeit achtete ich darauf, nur mit leerem Magen bei Katis Mutter einzusteigen, um ein noch schlimmeres Unglück zu verhüten. Aber diesmal war ihre Fahrweise echt mal von Nutzen. Während der Wagen so vorwärts ruckte und rumpelte, fiel mir nämlich eine geniale Ergänzung zu meiner Melodie ein, ein schneller Rap, nur ein Ton im Schluckauf-Rhythmus des Autos:

Ich will dich ganz entdecken,
will mich in dir verstecken.
Ich werd' dich voll umgarnen,
dich Stück für Stück enttarnen.
Ich will mit dir allein sein,
mit Haut und Haaren eins sein.
Ich will, daß wir uns küssen
und nie mehr etwas müssen.

Und dann, sozusagen als Rapfrain, diese süße Melodie, von wegen aller Anfang ist ganz leicht. Wahnsinn!

Gleich Donnerstag im Schulbus wollte ich Jens wegen seiner sexuellen Erfahrungen mit Delphine im Stringtanga aushorchen. Aber Jens war nicht da. Ich quälte mich bis zur vierten Stunde neben Simon, der wieder kaum die Lippen auseinanderkriegte und dafür durchdringend nach Pupertätsschweiß roch.

»Wird höchste Zeit, daß du mal wieder den Pullover wechselst«, sagte ich. Simon hatte zwei Pullover, die er abwechselnd anzog, einen blauen und einen roten. Aber den blauen hatte ich schon lange nicht mehr gesehen.

Simon würdigte mich keiner Antwort. Er quetschte sich seelenruhig fünf Megapickel aus, wovon einer einen gelbweißen Fleck auf meinem Mathebuch hinterließ. Ich schätze, meine Übelkeit war so echt, daß das Gürteltier keinen Verdacht schöpfte, als ich die übliche Sissi-Jakobi-Magenverstimmungs-Show abzog. Ich rief Mama in der Firma an, damit sie mich von der Schule abholte. Sie kam netterweise sofort und drohte mir für die nächsten zwei Tage Zwiebacksuppe mit Milch an, falls ich wieder mal simulierte. Zufälligerweise liebe ich Zwiebacksuppe mit Milch.

Als sich mein Magen nach drei Tellern halbwegs beruhigt hatte, rief ich bei Jens an, um zu fragen, wo er heute geblieben sei.

Er hätte Mumps bekommen, sagte mir seine Mutter am Telefon, und er sähe aus wie ein Hamster.

Ich wollte ihn trotzdem besuchen, aber Mama verbot es mir, weil ich selber noch keinen Mumps gehabt hätte.

»Dann wird es ja höchste Zeit«, sagte ich, aber Mama sagte, sie habe keine Lust, einen kranken Hamster zu pflegen. Außerdem sei ich ja schon krank.

Ich versuchte gar nicht erst, ihr zu erklären, daß ich es mir momentan nicht leisten könnte, in Sachen Jungfräulichkeit untätig Zeit verstreichen zu lassen, zumal die Erde 1999 von einem Meteoriten getroffen würde. Es war abzusehen, daß Mama dafür kein Verständnis haben würde.

Statt dessen trollte ich mich in mein Zimmer und las noch ein bißchen in »Nacht über Schloß Gilmore«. Aber erst abends, schon im Schlafanzug, fand ich auf Seite 103 eine lehrreiche Passage.

Die Heldin, Linda-May, war nämlich auch noch Jungfrau, genau wie ich, und in diesem Zustand heiratete sie den Grafen Gilmore und sah nun auf Schloß Gilmore gespannt ihrer Entjungferung entgegen. Ich mindestens ebenso. Aber der Graf kam die ersten hundert Seiten niemals durch die Tapetentür, die sein Gemach von ihrem trennte. Linda-May wagte nicht, ihn darauf anzusprechen, zumal sie tagsüber mehr und mehr Gefallen an dem Bruder des Grafen fand. Aber eines Nachts, als der Graf angeblich auf Reisen war, öffnete sich endlich die Tapetentür. Es war leider stockdunkel, aber für Linda-May war sonnenklar, es konnte nur ihr Gemahl sein, der sich neben sie ins Bett legte und sie wortlos mit leidenschaftlichen Küssen bedeckte. Ich als clevere Leserin wußte an dieser Stelle natürlich längst, daß es sich bei dem Küsser um den Bruder des Grafen handelte. Die nun folgende Szene allerdings gab mir mehr als ein Rätsel auf. Linda-May wurde nämlich *hineingerissen in den Strudel des Eros,* und die Küsse des vermeintlichen Grafen wurden immer leidenschaftlicher. Auch seine Hand versetzte ihren Körper in *fiebrige Erregung.* Plötzlich aber – dramatisches Präsens – gerade als er *ihr bebendes Geheimnis zwischen den seidenweichen Schenkeln* erforscht, hält er irritiert inne, und jetzt kommt das Interessante: Linda-May flüstert verschämt: »Das Gänsefett, es steht auf dem Nachttisch. Man sagt, damit gehe es leichter.«

Aha! Gänsefett, ein Geheimtip, den ich mir merken mußte, genauso wie die Sache mit dem Kissen unterm Hintern. Leider wurde nicht mehr beschrieben, was genau man mit dem Gänsefett anstellen muß, statt dessen wurde es dann so richtig mysteriös. Der falsche Graf bedeckte Linda-Mays *süße Unschuld (???) mit seinen heißen Küssen,* und *ein Lustschauder nach dem anderen (???) überlief sie in atemloser Folge, bis sie sich in ohnmächtiger Ekstase (???) an den ewigen Gestaden der Liebenden (???) wiederfand, dem Manne für immer verfallen (???)* – eine Passage, die sich eindeutig an Eingeweihte richtete.

Immerhin, die Sache mit dem Gänsefett hatte ich mir gemerkt. Ob man so was in der Apotheke bekam? Ich beschloß, mich gleich morgen danach zu erkundigen. Bevor ich einschlief, fiel mir allerdings noch eine weitere Strophe für meinen Rap zum ersten Mal ein, inspiriert von Linda-May und »Nacht über Schloß Gilmore«. Die neue Strophe war so genial, daß ich sie sofort aufschreiben mußte:

Ich werd' mich in dich krallen
und dir komplett verfallen,
ich werd' mein Herz verlieren,
samt Leber, Lunge, Nieren!

Und dann wieder der Rapfrain:

Aller Anfang ist ganz leicht,
der eine Blick hat schon gereicht,
doch alles weit're ist echt schwer,
dabei lieb ich dich so sehr.

5.

Das erste Wochenende im Monat war immer ein Papa-Wochenende. Eigentlich standen ihm und mir zwei Wochenenden im Monat zu, aber seit er wieder verheiratet war, nahm Papa es mit seinem Besuchsrecht nicht mehr so genau. Ich mochte die Papa-Wochenenden, aber eins im Monat reichte mir völlig, zumal Papa in Aachen wohnte und ich jedesmal zweieinhalb Stunden mit dem Zug fahren mußte.

Ich hasse Zugfahren. Garantiert sitzen mir so äpfelschälende Omis gegenüber oder Wehrpflichtige auf Heimaturlaub, die sich mit Büchsenbier besaufen und laut rülpsen. Das letzte Mal hatte ich eine Mutter mit drei kleinen Jungs im Abteil, die dachte, ich als Mädchen wäre sozusagen ein naturgegebener Babysitter.

»Als ich in deinem Alter war, war ich ganz wild auf kleine Kinder«, sagte sie und verschwand auf dem Gang, um eine Packung Zigaretten zu rauchen, bevor ich ihr sagen konnte, daß sich die Zeiten seit damals wohl geändert hatten. Die drei Ungeheuer begannen sofort, mein Gepäck auseinanderzunehmen, daher blieb mir nichts anderes übrig, als meine Reiseproviantschokolade an sie zu verfüttern. Die beiden Großen verschmierten den größten Teil davon auf meine helle Jeans, und der Kleinste kotzte den Rest dann in meinen Schoß zurück.

Ja, ich hasse Zugfahren, und ich weiß, warum!

Ich mußte immer allein fahren. Mama verkehrte nur noch telefonisch und schriftlich mit Papa, wenn überhaupt, und Anna war seit der Scheidung sauer auf ihn, und seit seiner Wiederverheiratung erst recht. Sie hielt sich für ein Scheidungsopfer, ein armes verlassenes Kind aus einer zerrütteten Familie.

Daher schob sie all ihre Probleme auf Papa und die Tatsache, daß er uns verlassen hatte, als sie, Anna, ein äußerst sensibler, schutzbedürftiger Teenager gewesen war. Undank ist der Welten Lohn, sagte Papa immer, und was Anna anging, hatte er völlig recht.

Jede Klausur, die Anna versiebte, war Papas Schuld. Daß Anna keinen Studienplatz in Berlin bekommen hatte, daß ihr an ihrem Abiball ein dickes Herpesbläschen an der Lippe gewachsen war – Papas Schuld. Auch ihre gescheiterten Beziehungen zu diesen Saftbeuteln namens Ronald und Falko schob sie ihm in die Schuhe. Und wenn Jörg-Thomas sie eines fernen Tages verließe, ganz klar, auch das wäre Papas Schuld. Wahrscheinlicher ist allerdings, daß Anna diesen Langeweiler Jörg-Thomas tatsächlich heiratet. Aber das macht nichts. Warten wir noch einmal zehn Jahre, und dann ist Papa einfach schuld, daß sie ihn geheiratet und sich zehn Jahre lang gelangweilt hat.

Im Grunde ist das ein einfaches, aber wirkungsvolles Prinzip. Ich wünschte, ich hätte auch so einen Sündenbock für alles, was bei mir im Leben schiefläuft. Aber da ich gerecht bin, kann ich es nur auf das System schieben, in welchem wir leben, auf unsere Gesellschaft. Was ist das zum Beispiel für eine Gesellschaft, die Jungen heranzieht, die Jungfrauen scheiße finden? Ich meine, was sollen wir armen Jungfrauen denn tun? Uns eine Dose Gänsefett auf den Nachttisch stellen und hoffen, daß sich einer erbarmt und seine Abscheu gegen Jungfrauen überwindet? Über diese und ähnliche Gesellschaftsprobleme dachte ich nach, während der Zug zu Papa rollte.

Ich hatte Glück, ich saß im Großraumwagen auf einem Einzelsitz am Fenster, und weder Omis noch kotzende Kinder belästigten mich dort. Mein Walkman schirmte mich akustisch gegen die beiden Frauen auf der anderen Seite des Ganges ab, und ich konnte in Ruhe meine Gedanken schweifen lassen. Manche von ihnen waren so gut, daß ich mir vornahm, sie unbedingt aufzuschreiben, wenn ich bei Papa ankam. Aber als es soweit war, hatte ich alle meine wunderbaren Gedanken wieder vergessen – eine Schande und ein großer Verlust für die Nachwelt.

Dafür hatte Papa eine Neuigkeit für mich, wie er mir gleich am Bahnsteig mitteilte.

»Was ist es denn?« fragte ich.

Aber Papa wollte noch nicht damit rausrücken. Dörte, so hieß seine neue Frau (ich bin sicher, ihre Eltern haben sie von Geburt an gehaßt, sonst hätten sie ihr einen anderen Namen gegeben), hatte Apfelkuchen gebacken, extra für mich, und backen konnte Dörte wirklich gut. Als ich beim dritten Stück angelangt war, holte Papa dann den Hammer aus der Tasche.

»Lisa, du bekommst ein Geschwisterchen.«

Ich brauchte eine ganze Weile, bis ich verstand, was sie mir damit sagen wollten. Wenn die beiden ein Kind bekamen – und das in ihrem Alter –, dann sicher ausschließlich für sich selbst Aber das war ein typisches Beispiel für das Verhalten Erwachsener, nämlich mir *ihren* Balg als *mein* Geschwisterchen unterzujubeln.

»Halbgeschwisterchen, wenn überhaupt«, sagte ich lahm. »Wie konnte denn das passieren?« Anna würde sicher gleich noch ein paar Neurosen mehr bekommen, wenn sie das erfuhr.

»Wir haben's uns gewünscht«, meinte Dörte. »Dein Papa und ich.«

»Na ja, Platz genug habt ihr ja«, sagte ich. Und weil die Gelegenheit gerade so günstig war, fragte ich: »Wie habt ihr es denn gemacht?«

Dörte und Papa tauschten einen irritierten Blick. »Was?«

»Na, das Baby!«

»Auf die übliche Art und Weise, denke ich mal«, sagte Papa. Das war eine typische Erwachsenenantwort. Papa hätte für die *Mädchen* arbeiten können.

»Und die wäre?«

Dörte und Papa tauschten erneut Blicke. Dann kam noch so ein typischer Erwachsenensatz: »Na hör mal, so was lernt ihr doch heutzutage schon in der Grundschule.«

»Also, falls ihr die Sache mit den Schwellkörpern und den rhythmischen Bewegungen meint, da kann sich doch sowieso kein Mensch was drunter vorstellen«, sagte ich ziemlich brutal. »Aber die wichtigen Dinge, die mit den Kissen und dem Gänsefett, die werden uns systematisch vorenthalten!«

Noch ein paar Blicke, diesmal deutlich irritierter.

»Lisa, hast du ein Problem damit?«

»Ich glaube, so könnte man sagen. Ich tue ja mein

Bestes, um mich aufzuklären, aber bis jetzt stehe ich vor einem großen Mysterium.«

»Gibt es denn einen aktuellen Anlaß?« erkundigte sich Papa. Als ich nickte, stand er sichtlich erregt vom Tisch auf. »Und was tut deine Mutter dagegen?«

»Sie sagt, ich soll Kondome benutzen.«

»Himmel Herrgott noch mal, du bist doch noch ein Kind!«

»Sollen Kinder keine Kondome benutzen?«

»Lisa!« Papa ließ sich wieder auf den Stuhl fallen und räusperte sich ausgiebig. Dann faßte er das Problem kurz zusammen: »Du bist also verliebt und möchtest mit dem jungen Mann – ähm – schlafen!«

»Nicht unbedingt«, korrigierte ich ihn. »Ich bin verliebt und möchte mit dem – ähm – jungen Mann zusammensein. Aber vorher muß ich mit einem anderen schlafen.«

Papa und Dörte sahen sich wieder an. Man konnte förmlich sehen, daß ihre Gehirnzellen auf Hochtouren arbeiteten.

»Das ertrag' ich einfach nicht«, sagte Papa. »Wieso können Kinder nicht einfach immer drei Jahre alt bleiben?«

»Vielleicht läßt du uns mal allein, so unter uns Frauen läßt sich das besser regeln«, schlug Dörte vor. Da erhob Papa sich ohne ein weiteres Wort und ließ mich mit Dörte zurück. Ich blickte gespannt zu ihr hinüber. Ob sie etwas zur Aufklärung der die Gänsefett-Affäre beitragen konnte?

»Noch etwas Apfelkuchen?«

»Ja, gerne.« Dann hatte ich vier Stück, das war eine runde Zahl.

»Hast du mal versucht, mit deiner Mutter darüber zu sprechen?«

»Ja, aber sie konnte mir auch nicht weiterhelfen.«

»Hör mal, Lisa, das erste Mal solltest du wirklich nicht übereilen.«

»Ich hab' noch Zeit bis Dienstag«, sagte ich. »Der Junge, in den ich verliebt bin, möchte nichts mit einer Jungfrau anfangen. Deshalb muß ich vor Dienstag Sex mit jemandem haben, sonst will er mich nicht, verstehst du?«

»Und an wen hattest du da gedacht?«

»Och, an alle möglichen. Kommt drauf an, wer Zeit hat.« Das mit Herrn Mann sagte ich lieber nicht, sonst sagte sie es an Papa weiter, und der flippte völlig aus.

»Tja, und wenn das jetzt nicht klappt bis Dienstag, was machst du dann?«

»Von der Autobahnbrücke springen«, sagte ich. »Keine Ahnung. Aber es ist echt wichtig! Konstantin darf nicht merken, daß ich so 'ne jungfräuliche Ische bin, sonst ist es aus.«

»Und wie soll er das merken?« Dörte beugte sich ein wenig vor. »Hör mal, Lisa, es steht dir doch nicht im Gesicht geschrieben, daß du noch nie Sex hattest! Niemand kann wissen, daß du noch Jungfrau bist, niemand.«

Nicht? Das waren allerdings ganz neue Perspektiven. Aber ich traute dem Braten noch nicht. »Und wenn er mir Fangfragen stellt? So zur Überprüfung?«

Jetzt lächelte Dörte. »Glaub mir, kein Mann wird jemals durch Fragen herausfinden, daß du noch Jungfrau bist. Ganz bestimmt nicht. Die merken ja nicht mal, wenn du ihnen einen Orgasmus vorspielst.«

»Also, du meinst, ich soll einfach so tun, als hätte ich schon mal ...?«

Dörte nickte. »Das ist viel besser, als die Sache zu überstürzen.«

»Und wenn er mich küßt?« Das war ja immerhin möglich. So zwischen zwei Gleichungen mit drei Unbekannten. Wenn ihn die Leidenschaft überwältigte.

»Das Küssen kannst du ja vorher mit einem anderen üben«, schlug Dörte vor. »Und ansonsten, laß dir nichts anmerken!«

Das war endlich mal ein brauchbarer Rat.

»Danke«, sagte ich zu Dörte. »Das gibt mir den nötigen Aufschub. Papa, du kannst wieder reinkommen, es ist vorbei!«

Es wurde dann noch ein echt nettes Wochenende, ganz, wie Papa es geplant hatte, nur daß wir anstatt in »101 Dalmatiner« in »Romeo und Julia« gingen. Leonardo di Caprio war Konstantin wie aus dem Gesicht geschnitten. Na ja, in jedem Fall sah er ihm ein bißchen ähnlich. Im Zug nach Hause dichtete ich dann noch eine gute Strophe für meinen Rap:

Ich will es heute wissen
und mich nicht mehr verpissen.
Ich find es voll den Scheiß,
daß ich nichts von dir weiß.

Das waren echt geniale Zeilen, zumal in jedem guten Rap Worte wie *Scheiße* und *verpissen* vorkommen müssen. Allerdings war ich mir nicht ganz sicher, ob man »den Scheiß« sagen konnte, weil eigentlich heißt es ja *die* Scheiße. Aber vermutlich war das wegen der Rechtschreibreform sowieso scheißegal.

Da Jens auch in der nächsten Woche noch nicht vom Mumps genesen war, war ich gezwungen, als Nochjungfrau zu meiner zweiten Nachhilfestunde anzutreten, ohne vorher auch nur das Küssen üben zu können. Aber ich war fest entschlossen, mir vor Konstantin nichts von meinem Status anmerken zu lassen, ganz wie Dörte mir geraten hatte. Montag und Dienstag bereitete ich mich mental bestmöglich auf unser Zusammentreffen vor.

Während der Schulstunden war ich etwas abgelenkt, wie üblich durch Simons Drückeraktivitäten und seinen Schweißgeruch, aber auch durch Jennifers zunehmende Dominanz in unserer Klasse. Sie war noch keine volle Woche an unserer Schule, als sie sich meine Sympathien endgültig verscherzte. Und das kam so:

Montag während Mathe informierte Meinrad Sost das Gürteltier über die betrübliche Tatsache, daß wir in diesem Halbjahr noch keinen Klassensprecher gewählt hatten. Das Gürteltier zog erstaunt die Augenbrauen hoch und erinnerte ihn daran, daß sich bei der letzten Wahl kein Kandidat gefunden hätte.

»Wir sollten aber einen Klassensprecher haben«, meldete sich Jennifer zu Wort. »Einen, der unsere Interessen in der Schülermitvertretung wahrnimmt.«

Schülermitvertretung! So ein Streberverein und unsere Interessen wahrnehmen – daß ich nicht lachte! Die organisierten höchstens mal einen Schulgottesdienst in der Aula, wo alle ihre Blockflöten mitbringen durften.

Aber die anderen sahen eine realistische Chance, dem Matheunterricht zu entgehen, klopften mit den Fäusten auf ihre Tische und schrien nach Klassensprecherwahlen. Dem Gürteltier blieb nichts anderes übrig, als zuzustimmen.

»Nun, wer stellt sich als Kandidat zur Verfügung?« fragte sie.

»Jennifer!« brüllte Meinrad, und die Klasse stimmte einen rhythmischen Singsang an: »Jennifer! Jennifer!«

Das Gürteltier schrieb ihren Namen an die Tafel. »Sonst noch jemand, der diese Aufgabe gerne übernehmen würde? Hat jemand einen Vorschlag?«

Niemand rührte sich. Das durfte doch wohl nicht wahr sein! Unmöglich konnte Jennifer einstimmig gewählt werden, konkurrenzlos, in einzigartigem Triumph. Sie würde an Größenwahn zugrunde gehen.

Ich hob meine Hand. »Also, ich fände, Melanie würde sich gut für dieses Amt eignen.« Das Nebelding hatte immer ein paar Fans in der Klasse gehabt, die sie schon mal hatten befummeln dürfen. Ich hoffte, daß sie ihr nun ihre Dankbarkeit erweisen und Jennifer mit meiner Unterstützung möglicherweise auf Platz zwei verdrängen würden.

»Willst du, Melanie?« fragte das Gürteltier.

»Melanie, Melanie!« rief ich und trommelte anfeuernd mit den Fäusten auf meinem Tisch herum. Simons Mitesserspiegel unter dem Pult gerieten in Bewegung und machten einen Heidenlärm. Der Rest der Klasse johlte auch, aber nur, weil sich die Wahlprozedur mit Melanies Kandidatur eindeutig verlängern ließ.

Das Nebelding fühlten sich so geschmeichelt, daß sie

es zuließ, daß ihr Name neben Jennifers an die Tafel geschrieben wurde.

Dann sollte jeder von uns den Namen seiner Wunschkandidatin auf einen Zettel schreiben, zusammenfalten und dem Gürteltier nach vorne reichen.

Meinrad schlug vor, daß zunächst jede Kandidatin eine Rede halten müsse, von wegen Wahlprogramm und so, und damit erwischte er das Nebelding natürlich voll auf dem falschen Fuß.

»Also, ähm, wenn ich Klassensprecherin werde, dann ähm, also, da hab' ich mir so jetzt noch gar keine Gedanken gemacht. Eigentlich.«

Im Gegensatz zu Jennifer. *Die* hatte sich Gedanken gemacht, und in mir keimte der Verdacht auf, daß sie sogar still und heimlich dafür gesorgt hatte, daß Meinrad diese Wahlen überhaupt vorschlug.

»Ich werde mich dafür einsetzen, daß ein Teil des Schulhofes für Inline-Skates zugelassen und die Pflicht zum Tragen der Schultrikots im Sportunterricht aufgehoben wird und daß die Preise für die Vanillejoghurts am Schulkiosk gesenkt werden«, schnurrte sie flüssig herunter, und die Klasse grölte begeistert.

Damit war die Wahl im Grunde schon entschieden, aber Meinrad schlug vor, man solle zuvor noch diejenigen Personen wählen, die die Stimmen auszählen sollten, und zwar in geheimer schriftlicher Wahl. Gute Idee! Auf diese Weise hätte sich die Prozedur noch um ein paar Schulstunden verschieben lassen. Aber das Gürteltier wies diesen Vorschlag völlig undemokratisch zurück.

»Keine Zeit herausschinden!« sagte sie und: »Was wir

in dieser Stunde nicht mehr schaffen, brumme ich euch als Hausaufgabe auf.«

Ich versuchte zu retten, was zu retten war, und wenigstens zwei Zettel abzugeben, alle beide mit Melanies Namen, aber das Gürteltier bemerkte den zweiten Zettel und warf ihn ungelesen in den Papierkorb. Es hätte ohnehin nichts geholfen. Jennifer trug einen triumphalen Wahlsieg davon, das Nebelding versagte kläglich. Es bekam nur zwei von dreißig Stimmen, und da es klug genug gewesen war, sich selber zu wählen, und die zweite Stimme von mir stammte, war klar, daß das Nebelding trotz Fummeln unterm T-Shirt keinen einzigen Fan mehr in der Klasse hatte. Undank ist der Welten Lohn, genau wie Papa immer sagte. Armes Nebelding.

Jennifer hingegen war Siegerin auf der ganzen Linie.

»Weißt du, es ist unheimlich wichtig für unsere Band, daß ich jetzt in der Schulpolitik mitmische«, sagte sie in der zweiten Pause zu mir. Ich wunderte mich, daß sie überhaupt noch mit mir sprach, wo ich sie doch eindeutig nicht gewählt hatte. Aber sie war wohl etwas sadistisch veranlagt.

»Die Schülermitvertretung tagt schon morgen zum Thema 25-Jahr-Feier, und dann mache ich gleich mal etwas Werbung für *die Fünf Falschen Fünfziger*.«

»Woher weißt du denn das alles?«

»Schwarzes Brett. Ich informiere mich eben. Für die 25-Jahr-Feier will ich uns einen Auftritt verschaffen. Du weißt ja, Vitamin B ist alles.«

Ich verstand nur Bahnhof. »Vitamin B?«

»B wie Beziehungen«, erklärte mir Jennifer. »Ohne das

läuft heute gar nichts. Übrigens, rate mal, wer auch in der SMV ist?«

SMV hieß natürlich Schülermitvertretung, wie ich messerscharf schloß. »Wer denn?«

»Kon-stan-tin Drü-cker«, skandierte Jennifer.

Ich war baff. Informieren konnte sie sich, das mußte man ihr lassen. Sie hatte nicht nur herausgefunden, wer Konstantin war, sondern auch noch, was er war, nämlich Stufensprecher und damit in der SMV.

Jetzt musterte sie mich lauernd.

»Wer ist Konstantin Drücker?« fragte ich, da ich mich daran erinnerte, behauptet zu haben, ihn nicht zu kennen.

Jennifer lächelte. »Dein Nachhilfelehrer.«

Informieren konnte sie sich wirklich, da biß die Maus keinen Faden ab. »Stand das auch am Schwarzen Brett?«

»Nö, das hat Simon mir erzählt«, erwiderte Jennifer lächelnd.

Mit dem hatte sie sicher im Rahmen ihrer Wahlkampagne gesprochen. Also gut, diese Runde hatte ich eindeutig verloren. Aber die nächste ging dafür wieder an mich.

»Tja, wenn du und Simon so gute Freunde seid, dann macht es dir sicher nichts aus, wenn ich meinen alten Platz wiederhaben will«, sagte ich. »Und zwar sofort!«

Jennifer mußte sich fügen, ich hatte einfach ältere Rechte. In den letzten beiden Schulstunden hatte ich dann das sadistische Vergnügen, von meinem sicheren Platz in der letzten Reihe aus ihre verkrampfte Körperhaltung zu beobachten. Strafe mußte sein! Der Alke stützte sich mit seinen Händen auf ihr Pult und hob zu einem längeren

Monolog über seine geliebte Ottilie aus den Wahlverwandtschaften an, und dabei konnte man seinen stinkenden Atem förmlich um Jennifers Kopf wabern sehen.

Am Dienstagnachmittag kam ich vor Aufregung beinahe um. Es hatte geschneit, und die Straßen waren glatt, aber Mama fuhr mich trotzdem zur Schule, sie hatte immer noch Gürteltiers warnende Worte von meinem bevorstehenden Absturz im Gedächtnis. In ihrem altem Ford war wieder mal die Heizung kaputt, und Mama bibberte während der ganzen Fahrt auf das erbarmungswürdigste. Mir hingegen machte die Kälte nichts aus, obwohl ich nur ein T-Shirt unterm Mantel trug. Ein enges, ein hautenges T-Shirt, ein bißchen zu frisch für diese Jahreszeit, aber genau die passende Bekleidung für eine Nichtjungfrau.

»Ha-ha-hast d-d-d-du d-d-dich d-d-d-denn g-g-gut vorbereitet?« bibberte Mama.

»Ja«, sagte ich aus vollem Herzen. Ich hatte »Nacht über Schloß Gilmore« zu Ende gelesen und mir noch einmal die entscheidenden Passagen aus *Mädchen* und *Bravo Girl* angeschaut. Außerdem hatte ich einen guten Schuß von Annas Parfüm hinter die Ohren und auf die Handgelenke gesprüht, *Obsession,* wenn das kein passender Name war. Mit anderen Worten, ich war bestmöglich auf meine Nachhilfestunde vorbereitet.

»Dann ist es ja gut«, bibberte Mama. »Ich will das Geld nämlich nicht zum Fenster rausschmeißen. Sag mal, ist dir eigentlich gar nicht kalt?«

Ich schüttelte den Kopf und murmelte: »Nein, meine Hormone heizen mir gerade so richtig ein.«

Glücklicherweise schien Mama mich nicht deutlich verstanden zu haben. Jedenfalls gab sie außer Zähneklappern keinen Mucks mehr von sich, bis wir vor der Schule hielten.

Konstantin wartete schon vor dem Klassenraum. Er sah genauso toll aus, wie ich ihn in Erinnerung hatte, vielleicht sogar noch ein bißchen toller.

»Hallo«, sagte ich überwältigt.

Konstantin knurrte nur etwas Unverständliches, ja, er würdigte mich nicht mal eines Blickes. Dafür fielen ihm dann fast die Augen aus dem Kopf, als ich drinnen meinen Mantel auszog.

»Bist du nicht ganz dicht? Es sind drei Grad unter Null, und du läufst mit kurzen Ärmeln rum!« Er tippte sich an die Stirn.

Ich lächelte gerührt. Ich hatte nämlich ganz genau bemerkt, wie er meine jungfräulichen Brüste angeglotzt hatte, die man in dem T-Shirt zugegebenermaßen auch ganz deutlich sehen konnte. Etwas peinlich, aber es mußte schließlich sein. Ich ließ mich lässig auf einem der Stühle nieder, und zwar rittlings, das Gesicht zur Lehne. Das sah cool aus, ich hatte es zu Hause vor dem Spiegel geübt.

Konstantin schlug mein Mathebuch auf. »Gleichungen mit drei Unbekannten, das ist im Grunde das gleiche wie mit zwei Unbekannten. Deshalb machen wir heute erst noch mal ein paar einfache Übungen zum Auffrischen. Nimm dir mal einen Stift und schreibe: a Klammer auf ...«

Ich lauschte verzückt dem Klang seiner Stimme. Den ganzen Tag hätte ich ihm so zuhören können.

»Halloooo!« Konstantin sah mich durchdringend an. »Wie wär's, wenn du dir mal einen Stift nimmst? Oder weißt du auch nicht mehr, wie man Gleichungen mit zwei Unbekannten löst?«

Es war ihm deutlich anzumerken, daß er dafür kein Verständnis gehabt hätte. Also sagte ich ganz beiläufig, während ich nach meinem Stift kramte: »Oh, das ist schon so lange her. Ich glaube, als wir das hatten, war ich sogar noch Jungfrau!«

Konstantin hörte nicht auf, mich anzustarren. Ich hielt das für ein gutes Zeichen und fuhr ganz lässig fort: »Das waren noch Zeiten. Kann man sich heute gar nicht mehr vorstellen: Ich und Jungfrau. Grauenhaft.«

Konstantin sagte immer noch nichts. Sein Mund stand ein bißchen offen, und ich konnte ganz deutlich seine weißen, ein wenig nach innen gekippten Zähne bewundern. Er war offensichtlich überrascht. Sicher hatte er nicht damit gerechnet, in mir eine erfahrene Frau vor sich zu haben, und jetzt war er vor Glück ganz einfach überwältigt.

»Ich finde Jungfrauen gräßlich«, sagte ich. Man muß das Eisen schmieden, solange es heiß ist. »Sie sind so verklemmt, furchtbare Krampfhennen, immer mit ihren Kissen unterm Hintern und dem Gänsefett und all diesem Kram. Gräßlich.«

Da Konstantin immer noch schwieg, zückte ich meinen Stift und lächelte ihn an. »Wie war das – a Klammer auf und wie weiter?«

Konstantin räusperte sich ausgiebig. »X Quadrat mal zwei a, Klammer zu.«

»X Quadrat mal zwei a«, murmelte ich und setzte so

ganz nebenbei hinzu: »Als ich noch Jungfrau war, dachte ich noch, Oralsex sei pervers. Das muß man sich mal vorstellen! Wo man doch auch kurz vorher aufhören kann, Klammer zu. Ich meine, natürlich nur, wenn man das Sperma nicht schlucken möchte.«

Konstantin hatte die Augen ganz weit aufgerissen. Sein Mund stand jetzt so weit offen, daß ich die Plomben in seinen hinteren Backenzähnen zählen konnte. Er hatte aber nicht sehr viele.

In diesem Augenblick sah er nicht mehr ganz so toll aus, eher ein bißchen wie vor die Wand gelaufen. Vielleicht war die Sache mit dem Oralsex und dem Sperma ein bißchen zu dick aufgetragen gewesen. Ich wollte eigentlich noch sagen, daß das mit dem Sperma und dem Oralsex ja auch von Mann zu Mann verschieden sei, dann hätte er nämlich gleich gehört, daß ich wirklich über einschlägige Erfahrungen mit mehreren Männern verfügte und nicht erst seit gestern über diese Dinge Bescheid wußte. Aber ich hatte das Gefühl, das bisher Gesagte reichte aus. Wenn er mich jetzt noch für eine Jungfrau hielt, dann war mir eben nicht zu helfen.

Für den Rest der Stunde beschloß ich dann, mich ganz auf die Matheaufgaben zu konzentrieren und nur den Duft von *Obsession* und das enge T-Shirt wirken zu lassen. Ich hatte erkannt, daß die Liebe bei Konstantin eindeutig über die Mathematik ging, daher löste ich klaglos sieben Gleichungen mit lauter Unbekannten, ohne zu verstehen, was ich da eigentlich tat. Im Grunde genommen war es Konstantin, der die Gleichungen löste, aber es war schön, so neben ihm zu sitzen, seiner Stimme zu lauschen und sein ungeduldiges Mienenspiel zu beobachten, wenn ich nicht kapierte, was ich mit den X und Ypsilons anfangen sollte.

Schließlich sah er auf die Uhr, seufzte tief und sagte: »Das war's dann für heute. Bis zum nächsten Mal machst du dieses Übungsblatt fertig.«

Ich reichte ihm die sechzehn Mark hinüber, und da seufzte er noch einmal tief. Sicher wollte er ein letztes Mal meinen *Obsession*-Duft inhallieren. Er roch aber auch nicht übel. Also nicht nach etwas Bestimmtem, eigentlich mehr nach nichts. Aber gut.

»Bis zum nächsten Mal«, sagte ich zufrieden, fuhr nach Hause und schrieb noch ein paar Zeilen für meinen Rap. Hypergeniale Zeilen, für die ich leichten Herzens »Ich werde mit dir eins sein und niemals mehr allein sein« strich. Weil nämlich erstens sein und sein kein richtiger Reim ist und zweitens die neue Strophe viel besser war, nämlich:

Ich will dich immer riechen
und mich in dich verkriechen.
Ich werde mich nicht schämen,
mit Gänsefett zu kremen.
Ich werde dich von Osten
nach Süd Nord West verkosten.

Wahnsinn! Die Sache nahm jetzt wirklich hitverdächtige Dimensionen an.

6.

Das schrecklichste an der Schule ist Chemie bei der Klemper. Die Klemper hätte niemals Lehrerin werden sollen. Erstens spuckt sie beim Sprechen – wenn man nicht weiter als einen Meter von ihr entfernt steht, ist man von Kopf bis Fuß zugesabbert –, und zweitens haßt sie Mädchen, insbesondere Blondinen und hier insbesondere mich. Ich hatte in einem Monat bereits drei Eintragungen ins Klassenbuch von ihr erhalten, von wegen Stören und so. Dabei hatte ich nur ganz leise meine Französischhausaufgaben von Leni abgeschrieben, beziehungsweise die anderen beiden Male – ebenfalls ganz leise – Schiffeversenken gespielt.

Es hatte keinen Sinn, mit der Klemper zu diskutieren. Sie war unnachgiebig wie ein tiefgefrorenes Fischstäbchen.

»Noch ein Eintrag«, sagte sie das letzte Mal und spuckte mir meinen guten blauen Pullover voll, »und es gibt eine schriftliche Verwarnung nach Hause.« Na toll, meine Mama wird bestimmt nicht glauben, daß ich bloß ganz brav Schiffeversenken gespielt habe.

Mit den drei Eintragungen von der Klemper und einer von Alke wegen dreimal »vergessener« Hausaufgaben liege ich in der Statistik noch vor Meinrad Sost, und der war bisher immer der unangefochtene Klasseneintragskönig. Aber die Klemper war echt ungerecht, und sie konnte Mädchen, wie gesagt, nicht leiden. Die Jungs hingegen behandelte sie richtig nachsichtig, ausgenommen Simon Drücker, den schien sie fast noch weniger leiden zu können als mich, was ich auf seine Pickel und Klempers falschverstandenen Sinn für Ästhetik schob. Falschverstanden insofern, als sie zwar Simons Pickel für häßlich, aber ihren dunkellila Nagellack für schön hielt. Simon ließ sich nichts zuschulden kommen, weswegen sie ihn nur mit schlechten Noten und ab und zu einer gemeinen Bemerkung über alkoholhaltige Gesichtswässerchen strafen konnte. Meinrad Sost war ihr Liebling, der kriegte nicht mal einen Eintrag, als er einen Haufen Schneebälle mit in die Klasse gebracht und in Robert Beschränkt-Lakowskis Schultasche hatte schmelzen lassen.

Chemie ist aber nicht nur wegen der Klemper schrecklich, sondern auch, weil der sogenannte Chemiesaal in dem alten Pavillon liegt, einem dieser Schulcontainer in Leichtbauweise, die immer dann aus dem Boden gestampft werden, wenn die Schülerzahlen kurzfristig expandieren. Das war an unserer Schule zuletzt Ende der siebziger Jahre der Fall, und der Pavillon war seit damals noch nicht renoviert worden.

Er schimmelte fröhlich vor sich hin, und es gab immer noch die komischen Heizungskästen, die entweder eiskalt blieben oder so heiß wurden, daß man sich den Hintern verbrannte, wenn man sich draufsetzte. Jetzt, im Winter, hatten sie gerade wieder ihre kalte Phase, und man mußte die Anoraks anbehalten wenn man sich keine Erfrierungen holen wollte.

Um unsere Blutzirkulation anzuregen, hatten wir uns

angewöhnt, vor dem Unterricht das Füßetretenspiel zu spielen. Die Regeln hierzu sind sehr einfach, man muß einfach versuchen, dem Gegenüber auf die Füße zu treten. Ein lustiges und herzerwärmendes Spiel, solange man gewisse Rücksichten nimmt. Aber heute hatte ich Pech. Wie aus dem Nichts tauchte plötzlich Simon vor mir auf, täuschte links an und erwischte dann mit dem rechten Fuß meine linke Schnürstiefelette.

»Gewonnen!« keuchte er und blieb etwas unsicher mit seinen geschätzten neunzig Kilo auf meiner Stiefelette stehen, wie ein verhinderter Großwildjäger, der statt eines Nashorns eine Babyschildkröte erwischt hat und nicht weiß, ob er sich darüber freuen soll. Ungefähr so muß es sich anfühlen, wenn einem ein Schwertransporter über den Fuß rollt.

Ich reagierte rein instinktiv, wie jeder, dem ein Schwertransporter über den Fuß rollt. Ich schrie laut »Auuuu!« und schubste Simon mit aller mir zur Verfügung stehenden Kraft von mir. Da er das ganze Gewicht auf seinen rechten und damit meinen linken Fuß verlagert hatte, geriet er völlig aus dem Gleichgewicht, taumelte nach hinten und krachte volle Kanne gegen die Wand. Genauer gesagt, krachte er nicht nur gegen die Wand, sondern durch sie hindurch und somit in den Klassenraum nebenan.

Wir erstarrten samt und sonders zu Salzsäulen, besonders ich und Simon. Nebenan hatte nämlich bereits der Unterricht begonnen, und die staunten nicht schlecht, als Simon so plötzlich durch die Wand kam. Wenn man denn so was überhaupt eine Wand nennen kann. Es war ja nicht mehr als eine popelige Gipskartonplatte, von beiden Seiten mit Tapete beklebt, das konnten wir jetzt, wo das große Loch drin war, deutlich sehen.

Der Lehrer der anderen Klasse half Simon auf die Füße und klopfte ihm den Staub von den Klamotten. Er grinste ein bißchen dabei, und wir alle waren kurz davor, der Sache etwas Komisches abzugewinnen.

Leider kam in diesem Augenblick die Klemper zur Tür herein. Sie sah das Loch in der Wand und den Kollegen auf der anderen Seite, stemmte die Hände in die Hüften und zischte: »Wer war das?«

»Ich nicht«, beteuerte Meinrad, der alte Schleimscheißer, hastig.

Simon schob sich durch das Loch wieder in den Raum zurück. »Es war ein Unfall«, stotterte er.

»Ein Unfall, so so«, zischte die Klemper. »Wem wolltest du denn damit imponieren? Hältst du dich vielleicht für Rambo?«

Zwischen seinen Pickeln lief Simon rot an.

»Ich wollte doch nur mitspielen«, murmelte er.

»Schönes Spiel«, rief die Klemper. »Mutwillige Zerstörung von Schuleigentum, wollen wir doch mal sehen, was deine Eltern davon halten. Auf eure Plätze!«

Wir schlurften zu unseren Stühlen, während die Klasse nebenan sensationsgeil durch das Loch in der Wand grinste und weiter den Atem anhielt.

Die Klemper krallte ihre lilalackierten Fingernägel in Simons Ärmel. »Mit dir bin ich noch nicht fertig, Freund Rambo! Ich hoffe, deine Eltern haben ein bißchen Geld auf die hohe Kante gelegt, denn dein Spiel wird sie teuer zu stehen kommen.«

Simon ließ unglücklich den Kopf hängen. »Ich wollte

das doch gar nicht«, murmelte er, und da krampfte sich alles in mir vor Mitleid zusammen. Es war immer das gleiche, immer dann, wenn ich besser den Mund halten sollte, wurde ich zum Kämpfer für Ehre und Gerechtigkeit.

»Also, eigentlich kann Simon nichts dafür«, sagte ich. »Weil ich ihn nämlich geschubst habe!«

Das war natürlich ein gefundenes Fressen für die Klemper. »Du warst das?« Kurzfristig huschte ein sadistisches Lächeln über ihr Gesicht. »Na ja, auch gut, Fräulein Ramboline. Dann kannst du dem Direktor nicht nur erklären, warum du unsere Schule beschädigst und andere Schüler verprügelst, sondern auch, was er deinen Eltern schreiben soll wegen der vielen Disziplinarverweise.« Mit einer zackigen Bewegung schlug sie das Klassenbuch auf. »Oh, das wäre somit Nummer vier.« Sie schraubte ihren Füller auf und begann zu schreiben: »Jakobi prügelt sich im Unterricht und zerstört mutwillig die Wand im Chemiesaal.«

Ich stand auf. »Also, wenn schon, dann habe ich mich vor dem Unterricht geprügelt.«

»Außerdem ist Simon ihr vorher auf den Fuß getreten«, ergänzte Jens, der zu meiner großen Freude wieder gesund war und kein bißchen wie ein Hamster aussah. »Sie hat ihn aus reinem Reflex geschubst.«

Die Klemper tat, als habe sie nichts gehört.

»Des weiteren legt sie ein impertinentes Widerspruchsverhalten an den Tag«, sagte und schrieb sie gleichzeitig.

»Also, das ist wirklich unfair«, meldete sich Jens wieder, aber ich gab ihm ein Zeichen, er solle besser schweigen. Widerspruch war zwecklos, mit jedem Wort zu meiner Verteidigung hätte ich einen weiteren Eintrag erhalten. Und das wollte ich meiner armen alleinerziehenden Mama doch ersparen. Ganz artig nahm ich das Klassenbuch entgegen und ging damit zur Tür.

»Er soll seine Unterschrift drunter setzen, damit ich sehe, daß du wirklich da warst«, rief mir die Klemper hinterher. »Und dann soll er den Hausmeister schicken, um diese Katastrophe zu besichtigen!«

Sie dachte wohl, ich würde mich vor lauter Angst verpissen, aber da kannte sie mich schlecht. Ich ließ mir doch die Gelegenheit nicht entgehen, dem Direktor meine Version der Geschichte vorzutragen. In seinem Vorzimmer mußte ich ein paar Minuten warten und schüttete daher zuerst der Sekretärin, Frau Dingenskirchen, mein Herz aus. Offensichtlich fand ich die richtigen Worte, denn die Dingenskirchen war voller Mitleid, und weil sie mich so nett bedauerte, fiel es mir gar nicht schwer, in Tränen auszubrechen.

Der Direktor war dann nur noch bemüht, meinen Tränenfluß zu stoppen, aber wenn ich einmal zu heulen anfange, kann ich sehr schwer wieder aufhören. Unter Schluchzen gelang es mir geschickt, die alte Klemperkuh in ein sehr ungünstiges Licht zu rücken, und ich hatte es fast geschafft, den Direktor von einer Benachrichtigung an meine Mutter abzubringen, als er das Klassenbuch aufschlug und meine Verweise durchlas. Jetzt überkamen ihn natürlich Zweifel, ob ich wirklich so unschuldig war, wie ich aussah. Ich aktivierte noch einmal alle meine Tränenkanäle und ließ meine letzten Wasserreserven fließen. Mit Erfolg, zumindest teilweise. Der Direktor versprach mir, nichts zu unternehmen, bevor er die Sache nicht gründlich mit der Klemper und den anderen Kollegen abgestimmt habe.

»Gut«, schluchzte ich abschließend. »Denn meine Mutter ist nicht nur völlig verarmt, sondern auch ziemlich krank. Ich weiß nicht, wie sie so eine Nachricht verkraften würde.«

»Ach, du lieber Gott«, sagte die Dingenskirchen voll mitleidig. »Was hat sie denn?«

Ja, was hatte sie denn? Es mußte schon etwas sehr Schlimmes sein, etwas furchtbar Mitleiderregendes. Und etwas, was keiner kannte, sich aber unheimlich medizinisch anhörte. Jörg-Thomas, Annas Beinahe-Arzt-Freund, warf ständig mit solchen Wörtern um sich. Aber wie es der Teufel wollte, auf die schnelle und vor lauter Panik fiel mit natürlich nichts ein.

»Hä – hä – morrhoiden – ähm Hämatome«, stotterte ich.

»Ah«, sagte der Direktor und verzog so schmerzlich das Gesicht, als seien das keine Fremdwörter für ihn. »Ich schlage vor, du gehst jetzt erst mal zurück in den Unterricht und versuchst zur Abwechslung mal nichts anzustellen.«

»In Ordnung«, sagte ich und lächelte ihn unter Tränen an.

Bevor ich zurück in den Pavillon lief, setzte ich im Mädchenklo mein Gesicht unter Wasser, bis man mir nicht mehr ansehen konnte, daß ich geheult hatte. Ärgerlicherweise hatten wir Chemie in einer Doppelstunde, so daß ich noch mehr als die Hälfte vor mir hatte, als ich wieder in die Klasse trat. Die Klemper setzte ein so widerwärtiges Lächeln auf, daß ich ihr am liebsten das Klassenbuch auf den dauergewellten Plattschädel gehauen hätte. Aber ich tat, was der Direktor mir geraten hatte, gab das Klassenbuch mit seiner Unterschrift zurück und setzte mich stumm auf meinen Platz.

»Da hat unsere Ramboline wohl einen ordentlichen Dämpfer verpaßt bekommen«, versuchte mich die Klemper zu provozieren. Für heute hatte sie wohl noch nicht genug Kinder gequält. Als ich stumm blieb, wandte sie sich beinahe übergangslos an Kati.

»Was sind das eigentlich für neumodische Sitten, im Unterricht Mützen zu tragen?« keifte sie und meinte meine Federkappe, die immer noch Katis Wildpflaumenhaar verbarg. »Sofort runter damit!«

Nun muß man wissen, daß Kati keineswegs der geborene Rebell ist, im Gegenteil, sie ist ein ausgemachter Schißhase. Aber in diesem Fall wäre sie lieber gestorben, als die Kappe abzusetzen. Also flüsterte sie flehentlich: »Ich muß die Kappe tragen, aus gesundheitlichen Gründen. Bitte!«

Die Klemper rollte bedrohlich mit ihren Kuhaugen. »Du willst mir weismachen, daß du diesen Mottenfiffi aus gesundheitlichen Gründen trägst?«

Kati war den Tränen nah. Prompt meldete sich wieder der Kämpfer für Ehre und Gerechtigkeit in mir, aber diesmal ignorierte ich ihn. Für heute hatte ich genug Probleme am Hals, diese Sache mußte Kati allein lösen.

»Runter mit dem ollen Ding, ich zähle bis zehn! Eins, zwei ...!«

Kati rührte sich natürlich nicht. Sie schüttelte stumm den Kopf, ihre verzweifelte Miene hätte jedes schockgefrostete Fischstäbchen der Welt aufgetaut, aber die Klemper war kälter als Eis.

»Acht, neun, zehn«, zählte sie und rupfte die Kappe mit einer heftigen Bewegung von Katis lila Schädel. Wäre sie angetackert gewesen, hätte sie die Ärmste mit einem Ruck skalpiert.

Wie bestellt schien ein Strahl der fahlen Wintersonne auf das Haar und ließ es in seiner ganzen wildpflaumigen Herrlichkeit aufleuchten. Kati sank schameslila auf ihr Pult nieder.

Die Klemper war noch nicht fertig mit ihr. Sie stolzierte mit meiner Kappe nach vorne zum Lehrerpult. Dort hielt sie Katis passiven Widerstand als »impertinentes Störverhalten und das Tragen von Karnevalshüten während des Unterrichts« im Klassenbuch fest.

Trotz des Sonnenstrahls wäre vermutlich niemandem Katis Haar als ungewöhnlich aufgefallen. Kati ist eine unscheinbare Persönlichkeit, bei einer Klassenumfrage hätten höchstens vier Prozent ihre echte Haarfarbe gekannt. Das Lila schien keinem irgendwie komisch vorzukommen. Ich muß sagen, daß ich es auch gar nicht mehr so schlimm fand. Viel schlimmer war die Frisur als solche, die Haare völlig platt an die Kopfhaut gematscht, Kati mußte meine Kappe auch nachts getragen haben. Aber wie gesagt, kaum jemand schenkte ihr besondere Beachtung. Bis ausgerechnet Jennifer, die blöde Ziege, laut aufquiekte, auf Katis Kopf zeigte und ausrief: »Ach du meine Güte, die Haare sind ja ganz lila!«

Jetzt war es endgültig vorbei mit Katis Selbstbeherrschung. Sie plärrte los wie ein Kleinkind. Ein neuerlicher Tumult brach in der Klasse aus.

»Tatsächlich, die Haare sind ja ganz lila!«

»Welche Haare? Ich dachte, das ist eine Bademütze!«

»Frau Klemper, können Sie uns nicht sagen, wie man das chemikalisch erklären kann?«

Bis zum Ende der Stunde gelang es der Klemper nicht mehr, uns unter Kontrolle zu kriegen. Sie verteilte kräftig Klassenbucheinträge nach links und rechts und spuckte, was das Zeug hielt. Auch Jennifer bekam einen Eintrag, wegen »Anstiftung zum Aufruhr«.

Aber nicht nur die Klemper war sauer auf sie, auch mit Kati hatte sie es sich endgültig verscherzt. Als sie endlich aufhörte zu heulen, warf sie Jennifer einen tödlichen Blick zu.

»Mit dir bin ich fertig«, sagte sie.

Ich konnte nicht umhin, mich über diese unvorhergesehene Entwicklung zu freuen. Es wurde nämlich Zeit, daß mit diesem Jennifer-Kult aufgeräumt wurde. Um Kati daran zu erinnern, wer ihre einzig wahre Freundin war, ging ich in der großen Pause mit ihr zum Lehrerzimmer, um meine Kappe abzuholen, die die Klemper konfisziert hatte.

Sie saß allein in einer Ecke vor der Kappe und einer großen Tasse Kaffee und starrte vor sich hin. Sicher dachte sie über ihre verfehlte Berufswahl nach. Leise, um sie nicht zu stören, nahm ich mein Eigentum an mich und schlich hinaus.

»Wenn ich dich nicht hätte«, seufzte Kati. Und dann sagte sie noch, daß sie dafür wäre, Jennifer aus der Band zu schmeißen, weil Fünf Falsche Fünfziger völlig blöde klänge und überhaupt, singen könnten wir schließlich selber gut genug.

Dies war kein guter Tag für Jennifer. Sie verscherzte es sich nämlich nicht nur mit Kati, sondern gleich in der nächsten Stunde auch noch mit Valerie. Und das kam so:

In Französisch gingen wir heute mit Alke ins Sprachlabor, und Valerie war überglücklich, einen Platz neben ihrem geliebten Meinrad zu ergattern. Die beiden durften sich sogar einen Kopfhörer teilen. Valerie schwebte im siebten Himmel, zumal Utz längst verheilt war, und der dicke Megapickel namens Rambert sich auf der Seite des Gesichts befand, die Meinrad nicht einsehen konnte. Wenn überhaupt, konnte er nur Lilli-Marleen und Siglinde sehen, und die waren relativ klein und unter Abdeckstift versteckt. Valerie fühlte sich so gut, daß sie Meinrad von der Tätowierung auf ihrer Schulter erzählte, die natürlich nicht echt war, sondern abwaschbar. Aber gerade als Meinrad Interesse signalisierte, einen Blick auf Valeries Schulter zu werfen, mischte sich Jennifer auf der anderen Seite ins Gespräch ein.

»Du, Meinrad, ich hab' einen gepiercten Bauchnabel«, flötete sie. »Willst du mal sehen?«

Und Meinrad, schneller als der Schall, drehte sich um und vergaß, daß Valerie überhaupt existierte. Oh, war die vielleicht sauer. Man konnte förmlich sehen, wie ihr die Wutpickel sprießten.

»Da! Hildemar und Waltraud«, schnaufte sie in der zweiten Pause im Mädchenklo. »Das werden Riesenmonsterpickel! Und daran ist nur diese Jennifer schuld. Immer muß sie im Mittelpunkt stehen.«

Kati stimmte sofort zu. Die beiden schienen Jennifer endlich durchschaut zu haben. Aber um sicherzugehen, wollte ich das Eisen lieber schmieden, solange es heiß war.

Ich schlug vor, die letzten beiden Schulstunden – Mathe beim Gürteltier – zu schwänzen und statt dessen in der Eisdiele einen Milchshake zu schlürfen. Kati und Valerie hatten nichts dagegen. Kati hätte sich mit ihren lila Matschhaaren am liebsten sowieso in ein Mauseloch verkrochen, und Valerie wollte, daß Meinrad sich Sorgen um ihr mysteriöses Fernbleiben machte. Was er natürlich nicht tun würde, da er aller Wahrscheinlichkeit nach nicht mal registrierte, daß sie überhaupt weg war.

Egal, solange Valerie nur daran glaubte. Sie spendierte jedem von uns einen Milchshake und lehnte sich zufrieden zurück. »Sicher denkt er, mir sei was zugestoßen. Das hat er jetzt davon.«

Ich wollte gerade eine spöttische Bemerkung machen, von wegen daß Liebe blind und blöd macht oder so, als sich die Tür öffnete und Konstantin reinkam. Er und ein halbes Dutzend weitere Schüler aus der Zwölf. Sie kamen direkt an unserem Tisch vorbei, aber sie sahen uns nicht an, vor allem Konstantin nicht. Ich griff kurzentschlossen nach seinem Ärmel. Das war die Gelegenheit, ihm zu zeigen, wie cool ich war.

»Hi, Konstantin. Machst du auch blau?«

Konstantin sah zu mir herab. »Nee, Freistunde.«

»Oh!« Leider fiel mir jetzt nichts mehr ein. Konstantin ging dann einfach weiter.

»Woher kennst du denn den?« fragten Valerie und Kati neugierig. Ich sah seufzend zu Konstantin hinüber. Er sah mich nicht an, aber er bestellte einen Schokomilchshake, genau wie ich. Sicher wollte er mir damit ein geheimes Zeichen geben. Ich fand, daß es an der Zeit war, meine Freundinnen einzuweihen.

»Das ist Konstantin. Der Mann, den ich mal heiraten werde«, sagte ich, und erzählte ihnen, was bisher schon zwischen uns vorgefallen war. Daß wir uns *beinahe* geküßt hatten und so. Kati und Valerie waren nur mäßig beeindruckt.

»Ist das nicht Simons großer Bruder? Der, den Jennifer so toll findet?«

»Schon möglich«, sagte ich kühl. »Aber sie wird ihn nicht bekommen. Nur über meine Leiche.« Und während ich mich zurücklehnte und meinen Milchshake trank, fühlte ich mich wunderbar stark und verwegen.

Leider nicht lange.

Wie aus dem Boden gestampft, stand plötzlich der Alke in der Eisdiele, vom böswilligen Schicksal und einem unbändigen Appetit auf Erdbeereis getrieben. Valerie, Kati und ich zogen die Köpfe ein und versuchten, uns möglichst unsichtbar zu machen, aber dummerweise entdeckte er uns trotzdem.

»Haben Sie jetzt nicht Unterricht?« fragte er.

»Nein«, beteuerten Valerie und ich mit großen, ehrlichen Augen, aber Kati konnte einfach nicht lügen. Sie wurde rot wie eine Tomate und sah aus wie das personifizierte schlechte Gewissen.

»Das meine ich aber doch«, sagte der Alke prompt. »Mathematik, wenn ich mich nicht irre!« Ja, hatte der denn nichts Besseres zu tun, als sämtliche Stundenpläne auswendig zu lernen? Nun sah es ganz so aus, als würde ich dem Direktor heute einen zweiten Besuch abstatten müssen, und das war sicher nicht gut für mich. Aber was tun? Das beste wäre gewesen, in Tränen auszubrechen und vor dem Alke auf die Knie zu fallen, aber das konnte ich natürlich nicht – wegen Konstantin.

Glücklicherweise übernahm Kati dann diesen Part für mich. Sie heulte Rotz und Wasser und schreckte nicht mal davor zurück, flehend nach Alkes Hand zu greifen. Vermutlich nahm er deshalb davon Abstand, uns zum Direktor zu führen, aber er bestand darauf, uns in den Matheunterricht zu bringen und das Gürteltier über unsere Untat zu informieren, daran konnten Katis Tränen auch nichts ändern.

Wie Lämmer wurden wir im Dunst von Alkes Mundgeruch aus der Eisdiele geführt. Ich versuchte, den Abgang so würdevoll wie möglich zu gestalten, und wackelte heftig mit dem Hintern – für Konstantin. Aber er sah gar nicht hin, leider. Immerhin, ein Gutes hatte die Sache doch: In der ganzen Hektik hatten wir völlig vergessen, die Milchshakes zu bezahlen.

Es war ziemlich peinlich, mitten im Unterricht zurück in die Klasse gebracht zu werden, auf frischer Tat beim Blaumachen ertappt. Das Gürteltier war dann auch entsprechend sauer. Gemeinerweise besonders auf mich.

»Als hättest du für einen Tag noch nicht genug Unheil angerichtet«, sagte sie. »Langsam weiß ich wirklich nicht mehr, was ich noch für dich tun kann! Es wird uns nichts anderes übrigbleiben, als deine Mutter zu informieren.«

»Aber die ist krank«, sagte ich empört. Ich dachte, das hätte ich deutlich genug dargelegt.

»Ich weiß, mit Hämorrhoiden«, knurrte das Gürteltier,

und die Klasse kicherte ein bißchen. Ich mußte zu Hause unbedingt nachschlagen, um was für eine Krankheit es sich bei Hämorrhoiden handelte.

Das Gürteltier ließ mich gar nicht erst auf meinen Platz. Ich mußte vorne bleiben und eine Gleichung mit drei Unbekannten lösen. Im Gegensatz zu Konstantin half es mir kein bißchen, sondern belauerte mich nur mit verschränkten Armen. Ergo blieb die Gleichung ungelöst.

Das Gürteltier schüttelte eine ganze Weile scheinbar zutiefst betroffen den Kopf, und dann setzte es zu einer Gardinenpredigt an, die überhaupt kein Ende mehr nahm.

Wie ich die nächste Klassenarbeit zu schreiben gedächte und ob es mir bewußt wäre, daß ich bei einer Fünf einen blauen Brief bekäme. Und überhaupt sei ich versetzungsgefährdet, weil die Klemper mir in Chemie ebenfalls eine Fünf geben wolle, und nach allem, was sie gehört habe, völlig zu Recht. Und daß ich doch gar nicht so dumm sei; im Gegenteil, und wo denn mein gesunder Menschenverstand geblieben sei, und daß ich mir meine Zukunft verbauen würde, wenn ich jetzt auch noch mit dem Schuleschwänzen anfinge. Und daß es von da bis zum Drogenkonsum nur noch ein kleiner Schritt sei – und so weiter und so weiter.

Ich fand das schon ziemlich heftig und auch total ungerecht, aber ich wollte meine Lage nicht noch verschlimmern. Also hielt ich die Klappe und verhielt mich für den Rest des Unterrichts möglichst unauffällig.

»Ich mache mir doch nur Sorgen um dich«, rechtfertigte sich das Gürteltier, und damit schien es nicht der einzige zu sein.

»Ich denke, du hast jetzt Nachhilfe in Mathe«, sagte

Jens nach der Schule auf dem Weg zum Bus. »Wieso kannst du es dann immer noch nicht?«

»Weil ich zu blöd dafür bin«, erwiderte ich schlechtgelaunt.

»Nein«, widersprach Jens. »Ich glaube eher, dein Nachhilfelehrer ist zu blöd, dir was beizubringen. Wenn du willst, könnte ich es dir erklären, es ist wirklich nicht schwer, wenn man den Dreh einmal raushat.«

Ich hatte natürlich nicht die geringste Lust, mir meine kostbare Freizeit mit Mathelernen um die Ohren zu schlagen, aber das war die Gelegenheit, Jens nach seinen Erfahrungen mit Delphine-im-Stringtanga auszufragen und ihn um den kleinen Gefallen zu bitten, mich zu entjungfern.

»Wie wär's mit heute abend?« fragte ich.

Und weil auf Jens immer Verlaß war, antwortete er: »Heute abend wäre okay.«

7.

Ich beschloß, Mama noch nichts von den Geschehnissen in der Schule zu berichten, ich wollte es ihr schonend beibringen oder, noch besser, den Brief, wenn er kam, einfach vor ihr aus dem Briefkasten nehmen und ihre Unterschrift fälschen. Schließlich hatte sie genug Sorgen, die Ärmste.

»In der Schule alles in Ordnung?« erkundigte sie sich ausgerechnet heute.

»Alles bestens«, beteuerte ich und schlug dann im Lexikon unter Hämorrhoiden nach. Leider, leider handelt es sich hierbei um meist harmlose Geschwüre am Darmausgang, etwas Blöderes hätte ich mir wohl gar nicht ausdenken können! Aber wer, zur Hölle, hatte sich diesen schönen Namen für eine solch häßliche Krankheit ausgedacht? Arme Mama, jetzt glaubten alle, sie könne sich den Hintern nicht richtig abputzen. Ich hatte beinahe ein schlechtes Gewissen, weil sie auch noch so nett war und mich am späten Nachmittag mit dem Auto zu Jens fuhr, weil es regnete.

»Ich hab' dich lieb«, sagte ich, bevor ich ausstieg. Das hatte ich schon so lange nicht mehr gesagt, daß Mama nur ziemlich blöd dreinschaute.

Jens' Eltern waren in Urlaub gefahren und hatten ihn drei Tage ganz allein im Haus gelassen, etwas, was meine Mutter niemals tun würde, nicht mal für eine Nacht. Sie hetzte uns dann immer Oma auf den Hals.

»Wie lange sind deine Eltern denn noch weg?« fragte ich neidisch und nicht ohne Hintergedanken.

»Bis Samstag. Dann ist auch die Tiefkühltruhe leergegessen. Möchtest du was von meiner Pizza abhaben?«

»Ja, bitte.« Bei uns hatte es nur belegte Brote zu Mittag gegeben. Wir teilten uns brüderlich eine Quattro Stagioni, dann holte Jens doch tatsächlich sein Mathebuch aus der Tasche.

»Also, wir fangen mit was ganz Leichtem an.«

Der Typ wollte echt Mathe lernen! Und das, obwohl gleichzeitig Telefon, Fernseher, Videorekorder und Tiefkühltruhe zur freien Verfügung standen?

»Sollen wir nicht lieber was anderes machen?«

»Nein«, sagte Jens. »Wenn du jetzt in Mathe den Anschluß verpaßt, schaffst du es nicht bis zum Abi.«

So was Bescheuertes! Erstens konnte man Mathe in der Zwölf abwählen, soweit ich informiert war – und das würde meine allererste Amtshandlung sein –, und zweitens wurde die Erde doch bedeutend früher von einem Meteoriten getroffen. Hatte Jens doch selber gesagt.

»Und wie war das mit dem Meteoriten?«

»Ja, schon möglich, daß der kommt«, lenkte Jens ein. »Aber wenn nicht, stehst du ganz schön dumm da.«

»Welche speziellen Dinge würdest du gerne noch ausprobieren, bevor ... bevor du verglühst?« Das klang ganz schön dramatisch. Und sicher wollte Jens noch vor dem Ende der Welt Sex haben. Welch Glück für ihn, wenn er erfuhr, daß er das gleich hier und heute würde haben können.

Jens überlegte. »Einen Fallschirmsprung, mindestens, und dann will ich noch nach Australien, Känguruhs in freier Wildbahn sehen. Und mit Walen und Delphinen schwimmen.«

Sex gehörte wohl nicht zu seinen *favorites*. Aber Delphine war ein gutes Stichwort. »Ja, nach Australien möchte ich auch mal. Apropos, kannst du dich noch an Delphine erinnern, deine Austauschschülerin?«

»Klar«, sagte Jens.

»Was ich dich schon immer mal fragen wollte ... hattest du eigentlich was mit der?«

»Du meinst ...?«

Ich nickte. Wie schön, daß man sich verständigen konnte, ohne peinliche Worte zu benutzen.

»Hmja«, machte Jens.

Hatte ich es mir doch gedacht. Bei *den* Höschen! »Du hast es gut«, seufzte ich.

Jens sah verwirrt aus. Himmel, er dachte doch wohl nicht, ich hätte auch gerne was mit Delphine gehabt – bäh, nä! So ganz ohne peinliche Worte ging es also doch nicht.

»Weil du schon mal Sex hattest und ich nicht«, setzte ich hastig hinzu. »Und weil man als Jungfrau hoffnungslos aus der Mode ist.«

»Wer sagt denn das?«

»Alle. Und das schlimme ist, ich weiß nicht mal, wie es geht! Ich komme mir so blöd vor.«

»Also, ich finde es völlig unwichtig, ob du in Mode bist oder nicht«, sagte Jens. »Und so was ist dir doch sonst auch immer egal gewesen.«

»Ja, bei Klamotten vielleicht. Aber das hier ist etwas anderes, etwas viel Wichtigeres. Wenn man es genau nimmt, das Wichtigste überhaupt. Schließlich sichert Sex den Fortbestand unserer Spezies. Und ich weiß nicht mal, wie es funktioniert!«

Jens sah beeindruckt aus. »Das scheint dir wirklich was auszumachen.«

Ich nickte. »Wie war das denn so mit Delphine?«

Jens machte ein verlegenes Gesicht. »Na ja, also ... ähm.«

»Jetzt sag bloß nicht, daß man es nicht beschreiben kann, sondern selber ausprobieren muß.« Oh, war ich tückisch. Damit lenkte ich ihn automatisch auf die richtige Spur. Und siehe da, er biß sofort an.

»Also, eigentlich stimmt das. Irgendwie muß man es schon selber gemacht haben, um zu wissen, wie es ist.«

Ich unterdrückte mit Mühe ein triumphierendes Lächeln und versuchte enttäuscht auszusehen. »Tja dann werde ich es wohl niemals erfahren. Außer, du zeigst es mir.«

Jens wurde rot. »Ah, wie, äh ...«

»Oder habt gar nicht richtig miteinander geschlafen, du und Delphine?«

»Äh, na ja, so viel hat da jedenfalls nicht mehr gefehlt.«

»Du könntest mir also zeigen, wie's geht?«

»Also, ähm«, stotterte Jens.

»Ja oder nein?«

»Ich wüßte schon, wie man es dir zeigen könnte, wenn du's unbedingt wissen willst«, sagte Jens.

»Also ja?«

»Ja.«

»Dann zeig es mir.«

»Doch nicht jetzt«, entsetzte sich Jens. »So was haben wir doch nicht hier zu Hause!«

Mit »so was« meinte er vermutlich Kondome. Verantwortungsbewußt wie er nun mal war. »Kannst du das denn bis morgen abend besorgen?«

»Puh!« machte Jens. »Ist gar nicht so einfach, schätze ich mal. Aber ich werd' es versuchen.«

Gar nicht so einfach? War der jetzt verrückt geworden? Die Dinger gab es doch in jedem Supermarkt! Na egal, Hauptsache, das Ganze konnte noch vor der nächsten Nachhilfestunde über die Bühne gehen.

Trotz eines unbestimmten Gefühls, daß wir über zwei völlig verschiedene Sachen gesprochen hatten, war ich für den Rest des Abends voller Zuversicht. Wir ließen das Mathebuch ungeöffnet und machten statt dessen Telefonspiele. Das war immer schon meine Leidenschaft, die Menschen waren ja so leicht manipulierbar. Die Zeiten, in denen wir bei allen Nagels, die im Telefon verzeichnet waren, angerufen und mit hämischer Stimme: »Guten Tag Herr Nagel, hier ist der Hammer!« gebrüllt hatten, waren längst vorbei. Heute waren wir tückischer und weniger primitiv. Immer gut läuft die Nummer mit dem Kleinkind.

»Hallo, ich hab' meine Schuhe bei dir vergessen«, sagte ich etwa mit verschnupfter Kinderstimme.

Sofort Entsetzen am anderen Ende der Leitung. »Du hast da die falsche Nummer gewählt. Hier stehen keine Schuhe!«

»Doch, gleich hinter der Tür«, behauptete ich. »Kannst du die mir wiederbringen?«

»Hör mal! Du hast die falsche Nummer gewählt! Gib mir mal deine Mama!«

»Mama ist nicht da. Ich brauch' aber meine Schuhe. Bitte.«

»Liebes Kind! Hier sind deine Schuhe nicht. Du hast die falsche Nummer gewählt.«

»Warum gibst du mir meine Schuhe denn nicht wieder?« fragte ich schniefend. »Dir sind sie doch viel zu groß.«

»Aber Kind. Ich sag doch, ich kenn' dich überhaupt nicht. Jetzt sagst du mir mal, wie du heißt!«

Ein herrliches Spiel, das es in unendlichen Varianten gab. Einmal hatte ich einen Phantasienamen und die Adresse unserer Nachbarn angegeben, und die ehrlich besorgte Frau hatte wahrhaftig die Feuerwehr dorthin geschickt. Als verantwortungsvolle Bürgerin war das quasi ihre Pflicht. Es ging schließlich nicht an, daß ein Kind allein zu Hause am Telefon nach seinen Schuhen fragte.

Viel weniger harmlos war es, wenn wir richtig fies wurden. Jens machte sich zum Beispiel gut als Herr Mayer von der Versicherung.

»Ich hätte da noch ein paar Fragen zum Schadensfall in der Lilo-Bar«, sagte er mit sonorer Stimme.

»Lilo-Bar? Karl-Heinz, komm mal schnell ans Telefon!«

»In meinem Bericht steht, daß Ihr Gatte über dem Seidenhöschen der Stripteasetänzerin ausgerutscht und dabei die Oben-ohne-Kellnerin angerempelt und umgestoßen hat.«

»*Karl-Heinz*!!!«

»Das Tablett mit vollbeladenen Gläsern fiel zu Boden, die Kellnerin blieb unverletzt«, fuhr Jens unbeirrt fort. Ich lag zu diesem Zeitpunkt schon vor Lachen halb ohnmächtig auf dem Boden und hielt mir den Mund zu.

»Die Lilo-Bar stellt uns aber einen Schaden von eintausendvierhundert Deutschen Mark in Rechnung, und jetzt würde ich gerne Ihren Mann fragen, ob er sich noch erinnern kann, was sich denn so Wertvolles auf dem Tablett befand. Hallo, ist da noch jemand?«

»Hallo, ja, hier Berger.«

»Karl-Heinz Berger?«

»Ja, wer ist denn da?«

»Mayer von der Bar-Varia«, sagte Jens. »Es geht um …«

»Aua! Charlotte! Nicht! Leg das Telefonbuch aus der Hand! Hilfe! Charlotte, schlag mich nicht …«

Jens legte auf. Der Abend von Karl-Heinz und Charlotte war gelaufen. Ich putzte mir die Lachtränen von der Wange.

»Das war richtig schön gemein«, sagte ich zufrieden. Jens zeigte mir dann noch einen kleinen Gesteinsbrocken, der angeblich ein kleines Stück eines Meteoriten war, der Anfang des Jahrhunderts in Sibirien eingeschlagen war.

»Wenn der ein paar Minuten früher eingeschlagen wäre, hätte er New York getroffen«, sagte er. »Es ist mein Glücksstein. Seit ich ihn habe, passieren nur noch gute Dinge. Wenn du willst, leihe ich ihn dir mal.«

»Für die nächste Mathearbeit«, meinte ich leichtsinnig, aber damit erinnerte ich Jens nur an seine vernachlässigten Pflichten.

»Mensch, jetzt haben wir überhaupt nicht gelernt«, rief er aus. »Das holen wir morgen abend unbedingt nach.«

»Nein«, widersprach ich. »Morgen abend zeigst du mir, wie *es* funktioniert, schon vergessen?«

»Nein«, sagte Jens. »Aber so lange dauert das ja nicht.«

In diesem Augenblick klingelte meine Mutter an der Tür, und ich verließ Jens immer noch mit dem unguten Gefühl, daß wir trotz aller direkten Worte ein wenig aneinander vorbeigeredet hatten.

Besser wäre gewesen, ich hätte mir Jens' Glücksstein sofort ausgeliehen, denn gleich am nächsten Tag brach das Unheil über mich herein wie ein Gewitter. Offenbar hatten sich das Gürteltier, der Direktor und die Klemper am besagten Unglückstag gleich zusammengesetzt und einen Brief an meine Mutter aufgesetzt, die Dingenskirchen mußte ihn getippt und in einen Briefkasten geworfen haben, der noch am selben Tag geleert worden war. Als ob die nichts Besseres zu tun hätten! Pfui, schämt euch, ihr beamteten Unholde!

Als ich am nächsten Mittag nichtsahnend nach Hause kam, fand ich meine Mutter mit dem Brief in der Hand vor. Sie schäumte aus dem Mund.

»Das ... das ist unglaublich«, rief sie mir entgegen. »Hast du das wirklich alles angestellt?«

»Nein«, beteuerte ich vorbauend. Wer weiß, was die alles dazugelogen hatten. »Kein Wort davon ist wahr.«

»Dann ist das also alles erfunden, ja? Du hast die Schule nicht geschwänzt? Die Zeche nicht geprellt? Keinen Mitschüler so heftig geschubst, daß eine Wand entzweibrach?« Mama holte tief Luft. »Dann erklär mir mal, warum ich so einen Brief bekomme.«

»Also, das war so«, begann ich, aber Mama unterbrach mich rüde.

»Ich will überhaupt nicht hören, was du dazu zu sagen hast«, schrie sie. »Ich rufe jetzt in deiner verdammten Schule an und rede mit dem Direktor, warum ich erst so spät davon erfahre, daß meine Tochter die meisten Klassenbucheinträge der Jahrgangsstufe zu verzeichnen hat!«

»Hör mir doch erst mal zu«, rief ich, aber Mama wählte schon. Mir blieb nichts anderes übrig, als dem Gespräch aus sicherer Distanz zu folgen. Zuerst war sie sehr zerknirscht, sie hörte dem Direktor zu, nickte immer, was der natürlich nicht sehen konnte, und sprach offensichtlich auch mit dem Gürteltier, obwohl das längst Feierabend hatte.

»Jaja, das ist sehr schlimm«, murmelte sie. »Aber ich glaube ja nicht, daß sie das aus Böswilligkeit tut. Nein, ich denke eine Erziehungsberatung ist hier noch nicht vonnöten.«

Immerhin. Ich nickte beifällig. Jetzt schien wieder der Direktor am Apparat zu sein, denn es ging um den Schadenersatz für die zerstörte Wand.

»Wie genau ist das denn passiert?« erkundigte sich meine Mutter und sagte eine ganze Weile nichts als »Hm, hm«. Dann aber, schlagartig, veränderte sich ihre Miene. »Wieviel? Sind Sie nicht ganz dicht? Jetzt hören Sie mir aber mal zu. Eine Schule, in der man Schüler durch die Wand schubsen kann, ist bestimmt nicht normgerecht und zieht ganz sicher das verstärkte Interesse des Bauaufsichtsamts auf sich. Ich kann Ihnen gerne mal meinen Schwager vorbeischicken, der arbeitet bei dieser Behörde. Wie bitte? Wird fallengelassen, aha. Ja, das wollte ich Ihnen auch empfohlen haben. Und was die anderen Missetaten meiner Tochter betrifft, denke ich, daß ich damit allein zurechtkomme. Sie ist keineswegs erziehungsschwierig oder gar dumm, sie braucht lediglich für eine Weile engere Grenzen. Auf Wiederhören.«

»Denen hast du's aber gegeben«, sagte ich stolz.

Mama sah mich ungefähr so an, wie man eine Kakerlake im Abendessen ansehen würde. »Marsch, in dein Zimmer«, sagte sie nur. »Sonst vergesse ich mich.«

Ich trollte mich sogleich eine Etage höher. In dieser Stimmung ist es zwecklos, mit Mama zu verhandeln, das wußte ich. Trotzdem durfte ihre miese Laune nicht lange anhalten, denn schließlich war ich heute abend mit Jens verabredet, zur Nacht der Nächte. Ich bezweifelte allerdings, daß Mama mir ein zweites Mal Mathelernen so ohne weiteres abnehmen würde. Also entschied ich mich nach etwa zwei Stunden Bedenkzeit für eine leicht von der Wahrheit abweichende Schonversion.

»Mami?«

»Hm.«

»Ich weiß, daß du mir am liebsten Hausarrest oder so geben würdest, aber heute geht es noch nicht. Ich war doch mit Kati verabredet, ich wollte bei ihr schlafen, und du hattest es schon erlaubt.«

»Ich? Ich weiß ja gar nichts davon. Außerdem ist heute Freitag, du hast Klavierstunde.«

»Ich geh' ja auch erst heute abend hin. Bitte, Mami, du hattest es versprochen!« Mütter haben bekanntlich ein Gedächtnis wie ein Sieb, meine ganz besonders.

»Wirklich? Also gut, von mir aus«, sagte sie. »Aber von heute an machst du diesen Unsinn nicht mehr, verstanden? Schuleschwänzen ist was für Dummköpfe. Wenn ich so was noch einmal höre, dann kannst du eure Klassenfahrt nach Berlin vergessen.«

Obwohl das wohl die mieseste Drohung aller Zeiten war, nickte ich verständig und war auch den Rest des Nachmittags unheimlich artig. Zuerst Klavierstunde und anschließend mit Mama einkaufen. Klaglos schleppte ich Klopapier über den Aldiparkplatz, klaglos brachte ich den Einkaufswagen zurück, klaglos stand ich später im Supermarkt eine Viertelstunde an der Fleischtheke an wegen einer einzigen Lage Lachsschinken. Als wir alles im Auto verstaut hatten, wollte Mama noch in den Drogeriemarkt wegen eines neuen Lippenstifts. Obwohl es eine Strafe ist, sie dabei zu begleiten, tat ich es selbstverständlich ebenfalls klaglos.

Zuerst schaute sich Mama jeden einzelnen der siebentausend Lippenstifte genau an, dann krallte sie sich die nächste Verkäuferin und fing an zu meckern: »Die hatten von Betrix mal einen Lippenstift in der Farbnuance Rosenholz. In einer gold-weißen Hülle. Genau den hätte ich gern wieder.«

»Meinen Sie diese hier?«

»Ja, aber den scheint es in Rosenholz nicht mehr zu geben.«

»Da haben Sie leider recht. Aber von Chicogo gibt es auch einen sehr schönen Rosenholzton. Sehen Sie mal.«

»Das ist aber nicht der gleiche.«

»Und was ist mit diesem hier? Der ist sogar kußecht!«

»Ich weiß nicht.«

Zu diesem Zeitpunkt hatte ich bereits unauffällig das Weite gesucht, das Lippenstiftgeplänkel würde Mama mindestens eine Viertelstunde lang beschäftigen. Ich sah mich derweil gründlich im Drogeriemarkt um. Beinahe als erstes fielen mir die Kondome ins Auge, jede Menge in dezenten Schachteln verpackt. Ich hoffte innigst, daß Jens welche mit *Stiftung Warentest sehr gut* besorgt hatte und nicht irgendwelche dubiosen Teile, die im Dunkeln leuchteten. Als ich daran dachte, lief mir ein Schauder über den Rükken. Huh, heute abend würde es also endlich passieren. Danach würde nichts mehr so sein, wie es jetzt war.

Hoffentlich wußte Jens auch wirklich, was er tat. Ich konnte es schließlich nicht überprüfen, da mir die Vergleichsmöglichkeiten fehlten. Ich konnte mich nur auf ihn und auf Delphines einschlägige Erfahrungen verlassen und hoffen, daß ich danach Konstantins Ansprüchen genügen würde.

Gerade zur rechten Zeit und am rechten Ort erinnerte ich mich an den Tip mit dem Gänsefett und sprach eine Verkäuferin darauf an: »Entschuldigen Sie, Gänsefett, wo steht das?«

»Gänsefett? Wofür willst du das denn brauchen?«

Also, das ging sie ja nun wirklich nichts an. »Also, zum Cremen halt.«

»Ich glaube nicht, daß wir was mit Gänsefett führen. Wir haben aber eine sehr schöne Ringelblumensalbe auf Melkfettbasis«, sagte die Verkäuferin. »Vielleicht tut die's ja auch?«

Ich zuckte mit den Schultern. Woher sollte ich das denn wissen? Mißmutig schlenderte ich die Regale entlang, während meine Mama immer noch den Rosenholz-Blues aufführte. Als ich auf die Diätdrink- und Fertigvollwertmenüabteilung zuwanderte, wurde ich um ein Haar von einem Einkaufswagen überrollt. Ich konnte gerade noch beiseite springen.

Der Steuermann war niemand anders als Godzilla, die Mutter der petzenden Fruchtzwerge aus dem Schulbus neulich. Ich konnte von Glück reden, daß sie mich nicht wiedererkannt hatte.

Ein Regal weiter traf ich dann auch auf ihren Sprößling. Er war gerade dabei, sich seine Anoraktaschen mit Zahnpflegekaugummis vollzustopfen. Sieh einer an, soviel kriminelle Energie in so einem Zwerglein. Immerhin achtete er auf seine Zähne.

Ich schlich mich leise an ihn heran und brüllte dann unvermittelt in sein Ohr: »Wie schmecken denn die?«

»Aaaaaahhrrrgh«, gurgelte der Fruchtzwerg, und ich dachte im ersten Augenblick, er würde einen Herzstillstand erleiden. Sein Gesicht wurde joghurtbleich, seine Unterlippe zitterte.

»Mama«, flüsterte er dann.

»Die gurkt da vorne mit dem Einkaufswagen rum«, erwiderte ich lächelnd. »Du mußt schon lauter rufen!«

Der Fruchtzwerg regenerierte sich etwas. »Meine Mama macht dich platt«, flüsterte er.

»Ja, aber dich sicher auch, wenn sie die vielen gesunden Kaugummis in deiner Tasche sieht«, sagte ich. »Los, ruf sie doch her.«

Der Fruchtzwerg griff sich links und rechts an die Anoraktaschen, als ob er die Kaugummis schnell zurücklegen wollte. Aber dann hielt er mit verzweifelter Miene inne.

»Oho, da tummeln sich sicher auch noch ein paar Fruchtgummis und Traubenzucker, was?« schloß ich messerscharf, und der Fruchtzwerg zitterte wieder mit der Unterlippe.

In diesem Augenblick bog Godzilla mit dem Einkaufswagen um die Ecke. Und dieses Mal erkannte sie mich.

»Also, das ist ja wohl die Höhe«, rief sie. »Jetzt macht sich die Kindermafia schon in den Läden breit.«

Ich wich sicherheitshalber ein paar Schritte Richtung Babypflege zurück. Dabei ließ ich den tückischen kleinen Fruchtzwerg nicht aus den Augen.

»Ihr Söhnchen hat Ihnen was zu sagen«, behauptete ich.

Die Unterlippe der kleinen Zecke zitterte heftiger.

»Du Luder, du unverschämtes!« Godzilla richtete den Einkaufswagen auf mich aus und stampfte mit dem Fuß auf wie ein wilder Stier in der Arena. Ich war jetzt ebenfalls versucht, nach meiner Mama zu rufen, aber die war immer noch im Rosenholzfieber.

»Diese Geschichte im Schulbus damals, die hat Ihr Sohn völlig frei erfunden.« Ich redete jetzt um mein Leben. »Wahrscheinlich hat er den Joghurt selber in den Schulranzen gematscht und dann Angst vor Ihnen bekommen. Und später hat er auf die erstbeste Person gezeigt, die aus dem Bus kam. So war es doch, oder?«

Der Fruchtzwerg guckte noch unschlüssig, Godzilla immerhin hatte aufgehört, mit den Füßen zu stampfen.

»War's nicht so?« Ich durchbohrte die prallgefüllte Anoraktasche mit meinen Augen. Der Fruchtzwerg sagte immer noch nichts.

»Fabi«, sagte Godzilla mit überraschend sanfter Stimme.

»Traubenzucker ist auch was Feines«, sagte ich genauso sanft.

»Ja, so war's«, brach es aus dem Fruchtzwerg heraus. »Ich habe den Joghurt selber in meinen Ranzen getan, Mama.«

»Du hast gelogen, Fabi? Das Mädchen hatte gar nichts damit zu tun?« Godzilla sah ehrlich betroffen aus.

»Doch«, sagte der Fruchtzwerg, aber da starrte ich erneut auf die Anoraktasche und imitierte heftige Kaubewegungen mit dem Kiefer.

»Ich meine, nein, hat sie nicht«, verbesserte sich der Fruchtzwerg.

»Ich saß nur zufällig in der Nähe«, ergänzte ich freundlich.

»Aber Fabi!« Godzilla war echt fertig mit der Welt. »Wie konntest du nur!«

Auf den Gedanken, sich bei mir zu entschuldigen, kam sie natürlich nicht, aber darauf konnte ich auch gut und gern verzichten.

»Wiedersehen«, sagte ich und machte mich auf die Suche nach Mama. Sie hatte die Lippenstifte endlich hinter sich gelassen und war bereits zu den Deodorants vorgedrungen.

»Wo warst du so lange?« erkundigte sie sich.

»Ach, bloß hier und da«, murmelte ich und beobachtete nicht ohne Genugtuung, wie Godzilla, den Fruchtzwerg an einem Ohr, an den Wartenden vor der Kasse vorbeizog und den Laden verließ, ohne etwas gekauft zu haben.

Meine Mutter sah ihnen kopfschüttelnd hinterher. »Leute gibt's«, sagte sie.

8.

Ich war ziemlich aufgeregt, als ich bei Jens klingelte, fast so, als wäre er Konstantin und nicht Jens, den ich schon immer kannte. Ich hatte außerdem Angst, weil ich kein Gänsefett hatte auftreiben können und natürlich immer noch nicht wußte, was genau auf mich zukam. Ich konnte nur hoffen, daß Jens bei Delphine wirklich gut aufgepaßt hatte, denn ich würde ihm nicht helfen können, wenn er nicht mehr weiterwußte, soviel war klar.

Jens sah ganz normal aus, genau wie immer.

»Hallo, willst du auch Pizza? Spinaci mit viel Knoblauch. Es ist die letzte.«

Also wirklich, dem verdarb auch rein gar nichts den Appetit. »Nein, ich möchte lieber gleich zur Sache kommen«, sagte ich nur.

»Von mir aus«, erwiderte Jens. »Ich habe im Wohnzimmer schon alles vorbereitet.«

»Im *Wohnzimmer*?« wiederholte ich entsetzt. »Bist du wahnsinnig?«

Jens sah mich verwirrt an. »Wo denn sonst? Wir haben nur einen Fernseher.«

»Fernseher?«

»Wir können ja die Vorhänge zuziehen, wenn du Angst hast, die Nachbarn gucken zu«, schlug Jens vor. Ich folgte ihm völlig verdattert ins Wohnzimmer.

»Ich kann dir sagen, das war vielleicht schwierig, das

Ding zu besorgen«, seufzte Jens, während er die Vorhänge zuzog.

Ich beschloß zu schweigen, denn ich hatte das unbestimmte Gefühl, nur das Falsche zu fragen, wenn ich den Mund aufmachte.

Jens ging zum TV-Schrank seiner Eltern und hielt eine schwarze Videohülle hoch. Meine Verwirrung erreichte ihren vorläufigen Höhepunkt.

»Nadine – heiße Nächte ohne Reue«, rief Jens triumphierend. »Ab achtzehn!«

Ich ließ mich auf das Sofa fallen und begann Fingernägel zu kauen. Da sollte mal jemand den Durchblick behalten!

»Weißt du, wie schwer das war?« Jens schob das Band mit großartiger Geste in den Videorekorder. »Ich hab's nur mit List und Tücke geschafft. Paß auf, ich rein in den Videoladen und schön brav bei den Kindervideos rumgeguckt. Die nichtjugendfreien Sachen sind in einem separaten Hinterzimmer untergebracht, durch einen Vorhang vom Hauptraum getrennt, und der Videoladenbesitzer paßt natürlich auf wie ein Schießhund, daß da niemand unter achtzehn reinkommt. Ich also geguckt und geguckt und schon mal ganz unauffällig den Aufkleber vom ›doppelten Lottchen‹ abgepopelt. Und als dann gerade 'ne Großfamilie reinkam und im Laden rumtobte und der Videoheini eine Omi anmeckerte, weil ihre Kassette nicht zurückgespult war, schlüpfte ich – zong – durch den Vorhang.«

So weit konnte ich mühelos folgen, nur was hatte das alles mit unserem Vorhaben zu tun?

Jens fuhr unbeirrt fort: »Voll gefährlich, verstehste, weil

jeden Augenblick jemand kommen konnte. Ich also nichts wie die nächste Videohülle gepackt, mit der nackten Nadine drauf, und wieder raus, ehe mich der Videoheini sehen konnte. Paß auf, und jetzt kommt das Geniale. Ich popele den Aufkleber ab und klebe statt dessen den vom ›doppelten Lottchen‹ drauf. Außerdem tausche ich die Coverhüllen einfach um, päng. Die anrüchige Nadine verstecke ich hinter einer von den Speed-2-Kassetten. Und dann warte ich noch ein Weilchen und gehe mit dem ›doppelten Lottchen‹, das aber jetzt die Nummer von Nadine trägt, zur Kasse. Und der Depp gibt mir prompt die falsche Kassette. Obwohl die unter Garantie in einer völlig anderen Ecke stand als das ›doppelte Lottchen‹. Ist das jetzt genial oder nicht?«

»Schon«, sagte ich. »Aber warum hast du dir die ganze Mühe gemacht?«

»Na, deinetwegen, du Schaf. Du wolltest doch wissen, wie *es* funktioniert, und ich hatte versprochen, es dir zu zeigen. Auf dieser Kassette kannst du alles ganz genau sehen.«

»Oh«, machte ich. Ich hatte ja gleich gewußt, daß wir uns irgendwie mißverstanden hatten. »Ich dachte ...« Nein, das sagte ich jetzt lieber nicht. Irgendwie wäre es mir peinlich gewesen, wenn Jens jetzt erfahren hätte, was ich eigentlich vorgehabt hatte. Das war jetzt wirklich eine verfahrene Situation. Eine Videokassette ansehen konnte vielleicht hilfreich sein in bezug auf diverse Mysterien – nur entjungfert wurde ich dadurch nicht. Aber ich wollte Jens nicht enttäuschen.

»Also, bist du bereit?«

»Ja«, sagte ich.

Das Video fing ganz harmlos an. Zuerst wurden wir darüber belehrt, daß es uns verboten war, das Video überhaupt anzuschauen. Außerdem war es uns auch verboten, es zu kopieren und die kopierten Bänder in Umlauf zu bringen. Aber das hatten wir ja schon gewußt. Dann sah man Nadine – jedenfalls nahm ich an, daß es Nadine war –, wie sie im Bus saß und alle Fahrgäste außer ihr nach und nach ausstiegen. Als sie und der Busfahrer ganz allein waren, begann sie sich aus heiterem Himmel zu entkleiden. Der Busfahrer beobachtete sie im Rückspiegel und steuerte den Bus an den Straßenrand. Dann kam er zu ihr nach hinten auf die letzte Bank und sagte den ersten Satz im ganzen Film.

Was er genau sagte, kann ich *unmöglich* wiederholen, es war jedenfalls ganz schrecklich, und es kamen jede Menge Wörter drin vor, die unsereins nicht mal auf eine Hauswand sprühen würde. Jens schien auch entsetzt zu sein, denn er setzte sich kerzengerade auf.

Der Busfahrer knöpfte seine Hose auf, und man konnte ganz deutlich sein erigiertes *Dings* sehen. Es sah ganz fürchterlich aus, wie eine rosafarbene Riesenbanane. Aber Nadine schien sich darüber zu freuen. Sie zog sich das ohnehin überflüssige Minihöschen aus und sagte etwas *noch viel Schlimmeres*. Ich hielt mir erschrocken die Hand vor den Mund.

Jens drückte auf die »Mute«-Taste.

»Wenigstens den Ton können wir ja abdrehen«, murmelte er. Ich nickte dankbar.

Nadine auf dem Video ließ sich hintenüber auf die Bank fallen, und der Mann fiel samt seiner Riesenbanane auf sie drauf. Was dann geschah, konnte ich nicht mehr sehen, weil ich die Augen zumachen mußte. Es war einfach zu schrecklich.

Jens schien das auch zu finden.

»Ich hätte nicht gedacht, daß man alles so genau sieht«, hörte ich ihn sagen. Das pure Entsetzen schwang in seiner Stimme mit. »Ich dachte immer, die spielen das nur.«

Ich hielt die Augen weiter fest zusammengekniffen. Aber vor meinem inneren Auge formte sich automatisch das Bild der rosa Riesenbanane.

»Scheußlich«, flüsterte ich. »Mach es weg!«

Ich hörte das Video aus dem Rekorder fahren.

»Das muß man sich wirklich nicht freiwillig angucken«, sagte Jens. »Du kannst die Augen wieder aufmachen.«

Ich sah auf den leeren Bildschirm und seufzte erleichtert. »Hättest du doch nur *›Das Doppelte Lottchen‹* genommen!«

»Ich konnte doch nicht wissen, daß es so – widerwärtig sein würde. Aber wenn du hingeguckt hättest, wüßtest du jetzt wenigstens, wie es geht.«

»Aber das war so ekelig.« Ich schüttelte mich. »Ich wollte das nicht sehen.«

Jens nickte verständnisvoll. »Ich werde nie wieder in Seelenruhe Bus fahren können.«

»Wenn das wirklich so ist, dann bleibe ich wohl lieber Jungfrau bis ans Ende meiner Tage«, seufzte ich.

»Das ist sowieso völliger Blödsinn, von wegen, daß Jungfrauen aus der Mode sind und so«, meinte Jens. »Mir wäre es total egal, ob – jemand noch Jungfrau ist oder nicht.«

»Du bist eben altmodisch«, erwiderte ich, und da sagte Jens nichts mehr. Wir nahmen gemeinsam die widerwärtige Kassette aus dem Rekorder und überlegten, wie wir sie am geschicktesten loswerden konnten.

»Wir bringen sie einfach zurück und sagen gar nichts«, meinte Jens. »So blöd, wie dieser Typ ist, wird er die Verwechslung im Leben niemals merken.«

»Ja, und 1999 geht die Welt sowieso unter«, ergänzte ich hoffnungsvoll.

»Aber was ist, wenn ein anderer ›*Das Doppelte Lottchen*‹ ausleiht und statt dessen diese ekelhafte Nadine und ihren Busfahrer anschauen muß?« Jens und ich wurden gleichermaßen von Mitleid für diese arme unschuldige Person ergriffen. Selbstlos beschlossen wir, einem solchen Mißgeschick vorzubauen und im Videoladen für Ordnung zu sorgen. Ich durfte das Fahrrad von Jens' Mutter benutzen, Jens jagte auf seinem Rennrad vor mir her.

Es war erst kurz vor neun, als wir im Videoladen ankamen, das Geschäft hatte bis zehn geöffnet.

Es war kaum was los, nur ein älteres Ehepaar wandelte zwischen den Regalen auf und ab. Der Besitzer stand hinter der Theke und sah tatsächlich so dämlich aus, wie Jens ihn geschildert hatte. Ein bißchen hatte er Ähnlichkeit mit dem Busfahrer aus dem Video, fand ich. Was ihn nicht gerade sympathischer machte.

Jens legte die Nadine-Kassette vor ihn auf die Tischplatte.

»Die möchte ich zurückgeben«, sagte er. »Das ist die falsche Kassette. Ich hatte ›*Das Doppelte Lottchen*‹ ausgeliehen. Diese hier handelt von einem Busfahrer.«

»Wat weiß denn isch?« knurrte der Ladenbesitzer.

Das ältere Ehepaar kam ebenfalls an die Theke. »Sagen Sie mal, haben Sie keine Filme mit Katharine Hepburn?«

»Wer soll denn dat sein?«

»Sie kennen Katharine Hepburn nicht?«

»Nä, und wennse schon tot is, hapisch se auch nisch.«

Das Ehepaar verkrümelte sich wieder zu den Regalen. Dort stritten sie sich leise darüber, ob Katharine Hepburn nun schon tot sei oder nicht.

»Hier muß eine Verwechslung vorliegen«, fing Jens noch einmal von vorne an. »Ich wollte ›*Das Doppelte Lottchen*‹ ausleihen, nicht diesen – Mist hier.«

»Wat is denn dat überhaupt?« Der Typ nahm Jens die Kassette aus der Hand und suchte nach der entsprechenden Nummer im Regal. Dort zog er dann ›*Das Doppelte Lottchen*‹ raus, natürlich. »Dat is doch korrekt, Junge.«

Jetzt kam das Ehepaar wieder an die Theke. »Haben Sie denn was mit Cary Grant?«

»Das ist auf jeden Fall die falsche Kassette«, wiederholte Jens.

»Oder was mit Ingrid Bergmann?« Der Ehemann ließ nicht locker.

»Oder was mit Cary Grant *und* Ingrid Bergmann«, fügte die Ehefrau hinzu.

»Moment!« Genervt schob der Videoladenbesitzer die Nadine-Kassette in seinen eigenen Videorekorder. Der Dummkopf, das hätte er gar nicht machen müssen, auf der Kassette selber stand dick und fett: ›*Nadine – heiße Nächte ohne Reue*‹ und außerdem die richtige Nummer. Aber vermutlich konnte der Kerl nicht lesen.

Jens und ich starrten angespannt auf den Fernseher,

ich kniff vorsorglich schon mal die Augen zusammen. Weil wir die Kassette nicht zurückgespult hatten, flimmerte sofort die allerschrecklichste Szene über den Bildschirm, der Busfahrer und Nadine auf der letzten Bank. Ich machte die Augen hastig ganz zu und atmete ruhig aus und ein, dem älteren Ehepaar aber entwich ein lauter Schreckensschrei.

Etwas lahmarschig drückte der Ladenbesitzer auf die Ejekt-Taste. »Scheint tatsächlich eine Verwechslung vorzuliegen«, murmelte er.

»Ja, in der Tat«, stimmte ihm Jens zu und wandte sich an das ältere Ehepaar, das wie versteinert neben ihm stand. »Wir wollten ›*Das Doppelte Lottchen*‹ ausleihen.«

Das Ehepaar war gelinde gesagt entsetzt. »Ihr armen Kinder«, rief die Frau. »Ihr armen, armen Kinder.«

»Also, das ist wirklich die Höhe«, sagte der Mann.

»Kann ja mal vorkommen«, mischte ich mich begütigend ein, aber es war schon zu spät.

»Das ist ein Fall für die Polizei«, setzte der Mann hinzu.

»Nun machen Se sisch mal nisch ins Hemd«, knurrte der Ladenbesitzer. »Dat is doch alles nur halb so schlimm.«

»Halb so schlimm?« Der Mann war ehrlich empört. »Sie verleihen hier Pornos an Kinder und nennen das halb so schlimm? Wo ist das Telefon?«

»Jibbet hier keins«, behauptete der Depp hinter der Theke dreist, dabei stand es direkt neben ihm.

»Wie Sie wollen«, sagte der Mann jetzt richtig wütend. »Gleich da vorne ist eine Telefonzelle. Bleib du hier, Liebchen, und paß auf die Kinder auf, ich bin gleich wieder da.«

Jens und ich tauschten einen erschreckten Blick. So hatten wir uns das aber nicht gedacht.

»Wir müssen jetzt leider nach Hause«, sagte ich.

»Ja, und isch hab hier gleisch geschlossen«, fügte der Ladenbesitzer hinzu. Aber der Cary-Grant-Fan war schon Richtung Telefonzelle gesprintet.

»Ihr armen Kinder«, meinte seine Frau und strich mir mitleidig übers Haar. »Wie alt seid ihr denn?«

»Fünfzehn«, antwortete Jens. Es schien ihm überhaupt nicht peinlich zu sein, mit fünfzehn Jahren noch Interesse am ›doppelten Lottchen‹ zu bekunden.

Ich schwieg einfach nur. Das hier war wieder so eine ganz typische Sissi-Katastrophe. Es fing ganz harmlos an und geriet dann schneller außer Kontrolle, als man »Huch« denken konnte. So etwas passierte nur mir, meine ganz privaten Katastrophen. Obwohl ich ja wie immer ganz unschuldig an dieser Misere war.

Das glaubten die freundlichen Polizisten auch, die wenige Minuten später ankamen. Sie schoben die ganze Schuld kurzerhand auf den armen Ladenbesitzer, schimpften ihn tüchtig aus und drohten ihm mit einer Klage. Das Ehepaar hackte obendrein noch heftig auf ihm herum.

»Eine Schlamperei ist das«, sagte die Frau. »Und Cary Grant hat er auch nicht.«

Am Ende sah der Ladenbesitzer richtig bedröppelt aus. Jens und ich kamen beinahe um vor schlechtem Gewissen. Aber die Strafe folgte auf dem Fuße, denn die Polizisten bestanden darauf, uns heimzufahren. Bei Jens nicht weiter schlimm, denn er war schließlich allein zu Hause. Aber bei mir wartete Mama, und die wähnte mich ja bei Kati. Ich hatte plötzlich wieder ihre Worte im Gedächtnis, von wegen, noch einmal so ein Mist und ich würde nicht mit auf Klassenfahrt gehen dürfen. Wenn ich jetzt von Polizisten nach Hause gebracht würde, ganz gleich wie unschuldig ich auch war, konnte ich Berlin vergessen.

»Bitte lassen Sie mich hier an der Ecke raus«, bat ich. »Meine Mutter ist herzkrank. Sie wird einen Heidenschrekken bekommen, wenn ich von Polizisten nach Hause gebracht werde.«

»Wir erklären ihr alles in Ruhe«, sagte der eine Polizist. »Du hast ja nun wirklich nichts angestellt.«

»Bitte«, sagte ich. »Sie ist wirklich sehr schreckhaft. Es könnte ihr Ende sein.«

Der andere Polizist drehte sich zu mir um. »Wir machen das schon. Hab keine Angst.«

Wenn die wüßten! Aber da war nichts zu machen. Sie parkten den Polizeiwagen bei uns in der Einfahrt und stiegen alle beide mit aus.

Meine Mutter sah tatsächlich ziemlich erschreckt aus, als sie die Tür öffnete und mich zwischen zwei Uniformierten sah. Sie griff sich auch an die linke Brust, wie immer, wenn sie sich über etwas aufregte.

»Was ist passiert?« keuchte sie.

»Gar nichts, wirklich gar nichts«, beteuerte der eine Polizist. »Wir haben Ihre Tochter sicher nach Hause gebracht.«

»Warum bist du nicht bei Kati?«

»Ähm, weil Kati ... Kati ist krank geworden, und da bin ich statt dessen zu Jens gegangen.«

»Und da haben sich die beiden Kinder in aller Unschuld ein Video ausgeliehen«, sagte der andere Polizist im Erzählton. »Leider ist dem Videoladenbesitzer ein verhängnisvoller Irrtum widerfahren. Die Kassette in der Pakkung war – nun, sie war nicht für Kinder geeignet. Die beiden haben sie zurückgebracht, und da eine solche Begebenheit gegen das Jugendschutzgesetz verstößt, sind wir dazugerufen worden. Nach der ganzen Aufregung dachten wir, es sei besser, das Kind nach Hause zu bringen.«

»Ich verstehe«, sagte Mama, aber sie sah keinesfalls verständnisvoll aus. »Dann danke ich Ihnen vielmals.«

»Es liegt bei Ihnen, Anzeige gegen den Videoladenbesitzer zu erstatten. Aber ich glaube, Ihre Tochter hat keine bleibenden Schäden davongetragen.«

»Da haben Sie wohl recht.« Mama sah mich durchdringend an. »Jedenfalls noch nicht. Auf Wiedersehen und vielen Dank jedenfalls.«

Mich packte die nackte Furcht. Am liebsten wäre ich wieder mit den Polizisten mitgefahren. Aber die stiegen in aller Seelenruhe in ihr Auto und fuhren davon.

Mama packte mich am Arm. »Und jetzt der Reihe nach, du kleines Monster«, zischte sie.

»Also, das war so«, begann ich, aber Mama wollte überhaupt nicht hören, was ich zu sagen hatte.

»Sei still, du verlogenes kleines Biest«, unterbrach sie mich und griff mit der freien Hand zum Telefonhörer.

»Was machst du?«

Mama wählte schon. »Ich rufe bei deiner Freundin Kati an und erkundige mich nach ihrer Krankheit. Was sagtest du gleich, was sie hat?«

»Es ist viel zu spät. Die schlafen doch schon«, rief ich aus. Da hatte Mama auch schon Katis Mutter an der Strippe. Die wußte natürlich nichts von Katis Krankheit oder davon, daß wir zum Schlafen verabredet gewesen waren. Mama nickte grimmig in den Hörer und wünschte noch einen schönen Abend. Ich wich sicherheitshalber schon mal bis zur Treppe zurück.

»Du hast mich vorsätzlich angelogen«, zischte Mama, und das war in der Tat kein guter Ausgangspunkt. Alles, was ich dann noch zu sagen hatte, von wegen, daß ich ja zum Lügen quasi gezwungen sei und so, hätte die ganze Sache nur noch schlimmer gemacht. Ich versuchte es trotzdem. Aber Mama war nicht in der Stimmung, mir zuzuhören.

»Wir reden morgen darüber«, zischte sie und gab mir einen kleinen Schubs. Ich trollte mich in mein Zimmer und fühlte mich echt mies. Und dabei war ich meinem Ziel keinen einzigen Schritt näher gekommen. So viel Ärger für gar nichts war kaum auszuhalten.

9.

Das Gespräch, das Mama am nächsten Morgen mit mir führte – sie schmiß mich dafür extra eine halbe Stunde früher aus dem Bett –, verdiente diesen Namen gar nicht.

»Jetzt reicht's wirklich!« Mama sah unglaublich böse aus. »Da reicht man dir den kleinen Finger ...«

Was meinte sie denn jetzt wieder damit? Mir hatte niemand auch nur den Schnipsel eines Fingernagels gereicht. Außerdem verstand ich nicht wirklich, was Mama so wütend machte.

»Du wirst dich bis zur Klassenfahrt nicht mehr aus dem Haus rühren, außer zur Schule.«

»Aber die Klassenfahrt ist erst in einer halben Ewigkeit!« rief ich aus.

»In zwei Wochen genau. Und wenn du dir bis dahin noch irgend etwas zuschulden kommen läßt, fährst du nicht mit. Hast du du verstanden?«

Nein, hatte ich nicht. Mal ganz ehrlich, was hatte ich denn schon groß angestellt? Im Grunde doch gar nichts. Und dafür bekam ich Hausarrest, bis der Meteorit die Erde erwischte.

Und nicht nur das. In ihrer schlaflosen Nacht hatte Mama sich eine Menge anderer Gemeinheiten für mich ausgedacht. Für die Dauer meines Gefängnisaufenthaltes mußte ich die Spülmaschine ausräumen, die Waschbecken schrubben und die Treppe putzen. Außerdem die Garage aufräumen und die Wäsche aufhängen.

»Ist das alles?« erkundigte ich mich ironisch.

»Mir wird schon noch mehr einfallen«, sagte Mama. Sie hatte nicht die Spur Humor. Sie ging sogar so weit, daß sie bei Jens' Eltern anrief und denen von der ganzen Geschichte erzählte, von wegen Pornofilm ausgeliehen und von der Polizei nach Hause gebracht. Das fanden Jens' Eltern nicht weiter schlimm, richtig sauer waren sie, weil wir Jens' Fahrrad und das Rad seiner Mutter vor dem Videoladen hatten stehenlassen. Als Jens am nächsten Morgen kam, um sie abzuholen, waren sie leider gestohlen worden. Jens bekam ebenfalls Hausarrest aufgebrummt, allerdings nur eine Woche.

Die Tage im Gefängnis waren nicht besonders erbaulich. Mama kniff auf höchst unangenehme Weise die Lippen zusammen, wenn sie mich ansah, und sie schüttelte praktisch den ganzen Tag lang den Kopf, als könne sie nicht fassen, was für eine fürchterlich mißratene Tochter sie habe.

Als Papa anrief, um das nächste Papa-Wochenende zu planen, erzählte Mama ihm haarklein, daß ich die Schule geschwänzt, einen Klassenraum demoliert, einen Pornofilm ausgeliehen und sie mehrfach auf das hinterhältigste angelogen habe. Wenn man das so hörte, konnte man glauben, ich stünde kurz vor der Einweisung in ein Erziehungsheim.

»Sieh mal, Lisa«, sagte Papa, als ich ihn dann an der Strippe hatte. »Ich habe auch mal Marihuana geraucht, als ich jung war, aber heute weiß ich, daß ich mich damals nur von falschen Freunden habe beeinflussen lassen.«

»Papa, ich habe kein Marihuana geraucht!« Völlig plemplem, diese Alten.

»Ach, was weiß ich, wie diese modernen Drogen heute heißen. Was ich damit nur sagen will, ist, daß du nichts tun sollst, was du eigentlich nicht tun willst! Du darfst dir von niemandem in dein Leben reinreden lassen.«

Jetzt reichte es mir aber zur Abwechslung mal. »Ihr spinnt doch total«, rief ich. »Die einzigen, die mir in mein Leben reinreden, seid doch ihr. Das Papa-Wochenende ist gestrichen!« Und damit knallte ich den Hörer auf.

Mama schüttelte immer wieder nur den Kopf. Meine Güte noch mal, was hätte sie wohl gemacht, wenn ich wirkliche Probleme gehabt hätte, tatsächlich Drogen nähme oder magersüchtig wäre oder ein notorischer Ladendieb oder alles auf einmal?

»Hast du nie mal was angestellt?« fragte ich Anna. »Schule geschwänzt und so?«

»O doch«, sagte Anna. »In der Elf habe ich grundsätzlich nach der vierten Stunde blaugemacht. Wir sind dann mit dem Bus in die Stadt gefahren, schwarz versteht sich, und haben dort geklaut wie die Raben. Für den Fall, daß wir ertappt worden wären, hatten wir einen gefälschten Schülerausweis in der Tasche.«

»Ist nicht wahr!« Die brave Anna und schwänzen, stehlen, schwarzfahren und Ausweise fälschen? Niemals! »Und wieso habe ich davon nie was gemerkt? Du mußt Hausarrest bis zwei Tage nach deinem Tod bekommen haben!«

»Ich habe mich eben nicht erwischen lassen.« Anna

machte ein hochmütiges Gesicht. Dann aber schien sie sich auf ihre Vorbildfunktion als ältere Schwester zu besinnen. »Abgesehen davon war es natürlich dumm, so was zu machen. Ich hab's nur gemacht, weil ich durch die Scheidung von Mama und Papa in einem seelischen Ungleichgewicht war. Ich hätte mir meine ganze Zukunft verbauen können. Glücklicherweise habe ich rechtzeitig den Absprung geschafft. Und das solltest du auch tun.«

Blablabla, die heilige Anna war wieder da.

Es war fürchterlich, nicht mehr am öffentlichen Leben teilhaben zu können. *Die Falschen Fünfziger* probten ohne mich, auf die Idee, aus Solidaritätsgründen die Probe ausfallen zu lassen, kamen sie natürlich nicht. Kati kam mich zweimal besuchen, Valerie einmal und Leni überhaupt nicht. Kati und Valerie sagten, daß sie die meiste Zeit mit Jennifer zusammen war – ihr Pech. Schlimm war nur, daß Kati und Valerie Leni erzählt hatten, daß ich in Konstantin verknallt war – ganz im Vertrauen, versteht sich, aber Leni hatte es natürlich an Jennifer weitergegeben. Sie grinste nämlich immer so vielsagend, und einmal in der Pause sah ich sie ganz lange mit Konstantin sprechen. Mindestens eine Minute oder so. Es war zum Verzweifeln. Und obwohl ich danach ganz nah an Konstantin vorbeiging, schien er mich überhaupt nicht zu bemerken.

Ich folgte ihm bis zum Schwarzen Brett, wo er einen großen Zettel anheftete. Darauf stand, daß ab sofort immer mittwochnachmittags für die Klassen 8, 9 und 10 eine Trambolin-AG in der Turnhalle stattfände, Leitung: Konstantin Drücker.

Der Wahnsinn – der Mann konnte nicht nur Mathe, sondern auch noch Trambolinspringen. Ich mußte natürlich um jeden Preis in diese AG.

Aber Mama blieb knochenhart. »Das sehen wir, wenn dein Hausarrest vorbei ist«, sagte sie.

»Aber Mama, das ist eine AG, da geht niemand freiwillig hin, es ist die reinste Strafe. Bitte, bitte, laß mich doch gehen!«

»Nein«, sagte Mama. »Das hättest du dir alles früher überlegen müssen. Jetzt kannst du auch mal die Konsequenzen tragen.«

»Du zerstörst mein Leben!« Obwohl es bei Mama überhaupt nichts bringt, fing ich an zu heulen, nicht, um ihr Herz zu erweichen, sondern weil ich echt traurig war.

Aber es half nichts. Die Trambolin-AG mußte ohne mich stattfinden. Dafür aber mit – na, wem wohl? – Jennifer und Leni. Kati und Valerie erzählten mir, daß unsere tolle Klassensprecherin sich extra einen neuen Gymnastikanzug gekauft habe, hauteng und schwarz. Ich hielt es zu Hause kaum aus. Es fehlte nicht viel, und ich hätte mein Tamagotchi wiederbelebt, dabei hatte ich es schon vor Monaten mit voller Absicht verhungern lassen. Aber niemanden interessierte, wie es in mir aussah. Außer vielleicht Jens.

Er konnte mich leider nicht besuchen kommen, da er ebenfalls Hausarrest hatte, schlimmer noch, er mußte jeden Abend mit seinem Vater zusammen in dessen Hobbykeller Flugzeugmodelle aus Sperrholz basteln. Trotz dieser besonderen Folter vergaß er mich nicht und rief zweimal an, um zu fragen, wie es mir ginge. Dabei verhielt er sich taktisch äußerst klug.

»Sissi, da ist ein Herr Jost am Telefon«, sagte meine Mutter und hielt mir den Hörer hin. »Von irgendeiner Gesellschaft.«

Ich kannte keinen Herrn Jost, ich nahm wieder nur das Schlimmste an – jemand von der I.G.g.d.A.v.H.i.S., der Internationalen Gesellschaft gegen das Abschreiben von Hausaufgaben im Schulbus, oder ein Mitglied der Kommission gegen den Gebrauch schlimmer Worte im Alltag, K.g.d.G.s.W.i.A., ich rechnete mit allem. Aber es war nur Jens, der unter falschem Namen angerufen hatte, damit meine Mutter nicht sofort wieder auflegte. Man konnte ja nie wissen.

»Wie geht es dir?«

»Na, wie schon«, sagte ich. »Ich bekomme langsam Thrombosen und so was.«

»Du meinst Neurosen.«

»Nein, Thrombosen. Das sind die Dinger, die man kriegt, wenn man sich nicht bewegen darf! Und ich dürfte hier nicht mal raus, wenn das Haus abbrennen würde.«

»Ich jedenfalls bekomme Neurosen, wenn ich noch ein einziges beschissenes Modellflugzeug sehe«, sagte Jens. »Gott sei Dank habe ich nur noch zwei Tage abzusitzen!«

Der hatte es vielleicht gut! »Ich muß hier noch bis zur Klassenfahrt ausharren! Und ob ich mitfahre, das will meine Mutter erst in allerletzter Sekunde entscheiden, hat sie gesagt!«

»O weia, da kommt meine Mutter vom Einkaufen zurück. Wir sehen uns morgen in der Schule. Bye.«

»Bye«, seufzte ich. Schade, daß man diese Entjungferungsgeschichte nicht durchs Telefon hinter sich bringen konnte. Denn hier in der Isolationshaft hatte ich keine Chance auf Körperkontakt.

Obwohl – da war ja immer noch Herr Mann, mein Klavierlehrer. Er kam Freitagnachmittag ins Haus. Weil das mit Jens doch nicht geklappt hatte, war er meine fast allerletzte Rettung, danach blieb mir nur noch Jörg-Thomas oder ein Sprung von der Autobahnbrücke. Herr Mann war ein netter Kerl, ein bißchen zu alt für mich, irgendwo zwischen dreißig und vierzig und nicht so gut konserviert wie dereinst Anton, der Skilehrer. Aber ich wollte Herrn Mann ja schließlich nicht heiraten, ich wollte nur, daß er mich entjungferte. Obwohl – wenn ich ihn mir so von der Seite ansah –, mein Typ war er wirklich nicht. Vollbärtig, Bart und Haupthaar rot-grau gescheckt, Nickelbrille und eine ziemlich fleischige Nase. Egal, ich mußte halt an Konstantin denken und die Zähne zusammenbeißen.

»Herr Mann, wie heißen Sie eigentlich mit Vornamen?« fragte ich. Ich fand, für ein Gespräch auf einer so intimen Ebene mußte man zumindest den vollen Namen voneinander kennen.

Herr Mann wurde ein bißchen rot.

»Herr Mann«, murmelte er.

»Nein, ich meine Ihren Vornamen«, sagte ich. Herrgott noch mal, war der aber verklemmt.

»Herr Mann *ist* mein Vorname«, sagte Herr Mann.

Jetzt kapierte ich allmählich: Hermann! Herr Mann heißt Hermann mit Vornamen. Was sich seine Eltern bloß dabei gedacht haben! »Ach so«, murmelte ich. »Hermann, ähm, Herr Mann.« – Das war wirklich verwirrend! – »Ähm, waren Sie eigentlich schon mal verliebt?«

Herr Mann nickte. »Schon öfter. Jaja.«

»Waren Sie auch schon mal in eine Jungfrau verliebt?« Ich hatte keine Zeit zu verlieren, Herr Mann blieb immer nur eine Dreiviertelstunde.

Herr Mann machte ein nachdenkliches Gesicht. Nach einer Weile meinte er dann: »Nein, ich glaube nicht. Bis jetzt waren es fast immer Schützen, eine Waage und ein Wassermann. Und ein Krebs. Aber keine Jungfrau.«

Haha, sehr witzig! Oder war das etwa ernst gemeint? Ich blinzelte ihn mißtrauisch von der Seite an.

»Seit wann interessierst du dich denn für Horoskope, Sissi?« Er *hatte* es ernst gemeint. Hätte ich mir gleich denken sollen. Zwecklos, Herrn Mann etwas durch die Blume zu fragen. Ich entschied mich einmal mehr für die direkte Methode.

»Herr Mann, wenn ich Sie ganz lieb bitten würde, würden Sie mich dann ...« Halt, das ging einfach nicht. So was konnte man einen Mann nicht fragen, unmöglich!

»Ja?«

»Also, würden Sie mir dann noch einmal diesen Chopin-Walzer vorspielen?« ergänzte ich ohne jeden Elan. Was nicht geht, geht eben nicht. Ich strich Herrn Mann von meiner Liste. Es hätte einfach nicht funktioniert.

In diesem Jahr fielen mehrere Festtage der Familie auf ein und dasselbe Wochenende. Omas einundsechzigster Geburtstag, Opas siebenter Todestag, Uroma Ruths vierundneunzigster Geburtstag und Onkel Heinrichs dritter Herzinfarkt. Außerdem hatte Anna eine angeblich besonders schwierige Klausur bestanden, Oma das Tennisclubturnier im Seniorinneneinzel gewonnen und Jörg-Thomas offiziell seinen Doktortitel erhalten. Oma beschloß daher, aus vielfältigen Gründen eine rauschende Party zu geben.

Wenn Oma eine rauschende Party gibt, sieht das in etwa so aus: Wir, Mama, Anna und ich und alle anderen weiblichen Anverwandten, backen tagelang Kuchen und schleppen diese am Tag X zu Omas Haus. Hier wartet sie schon mit einem leicht irren Blick unter den frisch gefärbten Wimpern und treibt uns zu weiteren Taten an. Alle Tische im Haus werden auf die maximale Länge getrimmt und zu einer Tafel quer durch Wohn- und Eßzimmer aufgebaut, die Oma mit allen weißen Tischdekken behängt, die sie auftreiben kann.

Und dann requiriert sie Stühle. Unsere Küchenstühle, Hocker, Klavierschemel, Gartenmöbel reichen gerade mal für ein Zehntel unserer Verwandten. So ist es immer, und so war es auch diesmal. Trotzdem tat Oma so, als könne sie es gar nicht fassen.

»Lieber Himmel! Wir haben viel zu wenig Stühle! O Gott, o Gott!« Und dann, als wäre der Einfall völlig neu und spontan, drehte sie sich zu uns um und sagte: »Kinder, ihr müßt in der Nachbarschaft herumfragen. Wenn die hören, daß es für eure Oma ist, geben sie gerne ihre Stühle her.«

Es war immer das gleiche, wir, also Anna und ich, durften uns bei den Nachbarn zum Narren machen. »Entschuldigen Sie, wir sind die Enkel von Frau Mattis aus 25 a. Sie bittet Sie, ihr für eine Familienfeier ein paar Stühle zu leihen, wenn es möglich ist.« Peinlich!

Diesmal war es besonders peinlich. Zuerst war ich ganz

froh, mal zur Abwechslung wieder draußen zu sein. Ich hopste sogar übermütig auf einem Bein von Haus zu Haus.

»Scheint dir ja Spaß zu machen«, knurrte Anna. »Vielleicht solltest du ohne mich weitergehen.«

»Kommt gar nicht in Frage«, sagte ich gutgelaunt und sah auf meine Liste. Diese Müllers gleich nebenan wollten vier Stühle rausrücken, Petermanns auch, und der dicke Mann mit Glatze würde sechs Gartenstühle vorbeibringen. Ellerbergs hatten nur Biertische und -bänke und die Leute aus dem blauen Haus an der Ecke nur Philip-Stark-Designerstühle, die sie prinzipiell nicht ausliehen. Wir brauchten also noch mindestens fünfzehn Stühle.

Und jetzt hatten wir wirklich Pech. In Nummer 11 bis 7 machte uns keiner auf, bei Nummer 5 nur ein kleiner Junge, der zwar sofort alle Stühle herausgeben wollte, aber leider allein zu Hause war. Die geraden Hausnummern gegenüber befanden sich erst im Rohbau und waren noch unbewohnt. Nummer 11 bis 7 waren stuhlreiche Familien, hier waren wir bisher immer fündig geworden, so aber mußten wir weiter in Galaxien vordringen, die nie ein Stühlesammler zuvor gesehen hatte. Die Leute in Nummer 3 waren nett, sie kannten Oma zwar überhaupt nicht, erklärten sich aber spontan bereit, sieben ihrer Stühle dort vorbeizubringen.

»Fehlen immer noch acht«, sagte Anna. »Ich hasse diesen Job. Wahrscheinlich müssen wir heute noch sämtliche Querstraßen abklappern.«

Ich hopste fröhlich weiter, nicht ahnend, daß mir das Hopsen bald gründlich vergehen würde. Anna drückte die Klinke des Gartentörchens zu Nummer 1 herab, und ich meinte zuversichtlich: »Hier gibt es bestimmt alle acht auf einmal. Laß mich nur machen.«

Die Tür öffnete sich.

»Guten Tag, wir sind die Enkelinnen von Frau Mattis aus Nummer 25 a. Wir ...«

Jetzt erst sah ich, mit wem ich sprach. Vor mir stand tatsächlich und ungelogen Konstantin, Konstantin Drücker, und starrte mich ziemlich verblüfft an. Wahrscheinlich hielt er mich spätestens jetzt für komplett bescheuert. Da stand ich einfach so vor seiner Tür und bettelte um Stühle für meine Oma! Oh, wie schrecklich, wie fürchterlich, wie unbeschreiblich peinlich! Ich war keines Wortes mehr fähig.

»Hmpf«, machte ich und fiel leider nicht tot um.

»Unsere Oma braucht ein paar Stühle für eine Familienfeier, ihre eigenen reichen nicht. Und da wollten wir fragen, ob ihr uns vielleicht ein paar leihen könnt«, sagte Anna neben mir. »Sind deine Eltern zu Hause?«

Mein Gehirn hatte eine Art Schutzwall um mich errichtet, wahrscheinlich, um mich vor dem Wahnsinn zu beschützen, der einen nach erlittener Peinlichkeit ersten Grades erfassen kann. Ich nahm meine Umgebung nur noch wie durch einen Glaskasten wahr, sah, daß Konstantin wortlos verschwand und wenig später eine Frau erschien, vermutlich seine Mutter. Sie war sehr freundlich und versprach Anna, daß ihre beiden Söhne sogleich acht Eßzimmerstühle vorbeibringen würden. Ich in meinem Glaskasten beschloß, mich für den Rest des Tages auf dem Klo einzuschließen, um jeder weiteren Begegnung mit Konstantin vorzubeugen.

»Wiedersehen«, sagte die Frau freundlich, und ich wollte

das gleiche sagen. Statt dessen kam wieder nur ein »Hmpf« aus mir heraus. Am liebsten wäre ich auf der Stelle in ein anderes Sonnensystem gezogen.

»Komm schon«, zischte Anna und zog mich mit sich.

Ein Gutes hatte mein traumatisches Erlebnis immerhin: Ich nahm die Familienfeier auch nur durch diesen imaginären Glaskasten wahr, alle Geräusche, das Stimmengewirr und vor allem Tante Julias durchdringendes Lachen konnten mich nur durch einen angenehm dämpfenden Filter erreichen. Ich war wie in einer anderen, einer eigenen Welt. Ich saß auf einem der Eßzimmerstühle aus Nummer 1, die Konstantin und Simon vorbeigebracht hatten – Anna hatte ihnen die Tür öffnen müssen, ich hatte mich, wie beschlossen, auf dem Klo in Sicherheit gebracht, schwieg und ernährte mich allein von der Hoffnung, daß dies der Stuhl sei, auf dem Konstantin sonst immer saß.

Erst am Abend, als man von Kaffee und Kuchen unvermittelt zu Gulaschsuppe, Brot und Kartoffelsalat übergegangen war, löste sich mein Glaskasten sanft in nichts auf. Sofort schrillte Tante Julias Gelächter an mein Ohr, und ich roch ihren Gebißreiniger. Da wußte ich, ich war wieder zu den Lebenden zurückgekehrt.

Gemeinsam mit Anna und Jörg-Thomas entließen wir dessen Labormäuse, denen er seinen Doktortitel zu verdanken hatte, in die Freiheit. Sie waren weiß und putzmunter, trotz der mysteriösen Dinge, die Jörg-Thomas mit ihnen angestellt hatte. Etwas wehmütig öffnete er den Käfig.

»Lebt wohl, ihr kleinen Mäuschen«, sagte er und verabschiedete jede einzelne namentlich. Fritz, Willi, Kunigunde, eine hieß sogar Anna. Die Mäuse schnupperten am Ausgang herum, dann verließ eine nach der anderen ihr Gefängnis und verschwand in der Hecke.

Jörg-Thomas wischte sich eine Träne aus dem Augenwinkel. »Wenigstens ihre letzten Lebensmonate werden sie in Freiheit verbringen.«

Leider hatte er unrecht. Keine zehn Minuten später kam Omas Kater Wanja angesprungen und legte eine weiße Maus auf die Fußmatte vor der Terrassentür. Sie war mausetot.

»Oh, das ist Elfriede«, rief Jörg-Thomas und fügte etwas gedämpfter hinzu: »Glaube ich jedenfalls.«

Kater Wanja war schon wieder auf dem Weg zur Hekke. Er hatte offenbar ein Faible für weiße Mäuse entwikkelt.

Jörg-Thomas und ich folgten ihm schreiend und in die Hände klatschend durch den Garten. Es gelang uns schließlich, ihn einzufangen und in Omas Gästezimmer zu sperren. Ein paar Stunden später würden die Mäuse sich sicher verkrümelt haben. Jörg-Thomas begrub die tote Maus unter Omas Flieder und erging sich in Selbstvorwürfen.

»Alle Mäuse leben gefährlich«, versuchte ich ihn zu trösten. »Das ist eben der Preis der Freiheit.« Manchmal fand ich einfach irrsinnig passende Worte. Und so bedeutend!

»Meinst du wirklich?« Jörg-Thomas sah schon weniger bekümmert aus.

»Ja, ganz bestimmt«, sagte ich, und da waren wir uns für einen Moment so nah, wie ich es nie für möglich gehalten hatte. Ich beschloß, diesen seltenen, beinahe magischen Moment zu nutzen.

»Mal was ganz anderes, Jörg-Thomas. Ich hab' da ein – ähm, biologisches Problem und bräuchte deine Hilfe.«

Jörg-Thomas sah mich voller Erwartung an. »Jederzeit«, sagte er ritterlich.

»Auch wenn du es im Leben nicht vermuten würdest, ich bin leider immer noch Jungfrau«, erklärte ich ihm. Deutliche Ereignisse erfordern eine deutliche Sprache. Ich wollte nämlich nicht, daß es mir am Ende mit Jörg-Thomas so gehen würde wie mit Jens. »Diesen Zustand würde ich gerne ändern. So bis nächsten Dienstag. Meinst du, du könntest mir dabei behilflich sein?«

»Ähm«, machte Jörg-Thomas. Meine Sprache war noch nicht deutlich genug gewesen.

»Ich möchte nicht, daß du mir etwas erklärst oder so, ich möchte, daß du es mit mir tust. Von mir aus jetzt gleich.«

»Ähm«, sagte Jörg-Thomas wieder. Jetzt hatte er verstanden. »Also, das ist ein nettes Angebot, echt, und ich würde es auch gerne annehmen, aber ich bin ja, wie du weißt, mit Anna zusammen, und die würde das sicher nicht so gerne sehen.«

»Aber es ist doch rein biologisch«, sagte ich. »Da hätte sie bestimmt nichts dagegen.«

Jörg-Thomas räusperte sich eine kleine Weile lang. »Sissi, das ist niemals rein biologisch, das kannst du mir wirklich glauben. Und daher ist es wichtig, daß du es gerade beim ersten Mal mit jemandem tust, den du liebst und der dich liebt.«

Ja, aber das war doch gerade das Problem, verdammt!

Solange ich es nicht getan hatte, würde ich es niemals mit Konstantin tun können – war das denn so schwer zu verstehen? Aber ich sah schon, mit Jörg-Thomas würde das im Leben nicht hinhauen, er war einfach nicht der Richtige dafür.

»Immerhin, danke, daß du darüber nachgedacht hast«, sagte ich.

So kam es, daß ich am nächsten Dienstag immer noch Jungfrau war, als ich zu meiner Nachhilfestunde mußte. Eine Jungfrau, die bei Konstantin um Stühle gebettelt hatte – am liebsten wäre ich zu Hause geblieben. Aber Mama nahm mir meine Magenverstimmung nicht ab, sie fuhr mich mit der Miene eines Leichenbestatters zur Schule und setzte mich dort ab.

»Keine faulen Tricks, oder ich bringe dich bis vor den Klassenraum«, sagte sie noch. Sie konnte wirklich unglaublich gemein sein.

Konstantin verlor kein Wort über die Stuhlstory, so als wäre sie überhaupt nie passiert. Um so länger hielt er sich aber bei meinem vergessenen Übungsblatt auf. Dabei hatte ich es *echt* vergessen. Ich wußte nicht mal, daß ich überhaupt so ein Ding bekommen hatte! Aber das wollte Konstantin mir aus unverständlichen Gründen nicht glauben.

»Du bist ein hoffnungsloser Fall«, sagte er. »Was Dümmeres ist mir noch nie untergekommen.«

Ich sagte nichts dazu. Jedem anderen außer Konstantin hätte ich für eine solche Bemerkung eine gelangt. Aber bei Konstantin klang es beinahe nett, zumindest aber besorgt, und Sorge ist gleichzusetzen mit Zuneigung.

Eine kleine Weile dachte ich sogar darüber nach, ob ich wohl tatsächlich dumm sein könnte, aber diesen Gedanken verwarf ich schnell wieder. Eigentlich war ich mir sicher, daß es kaum eine klügere Person gab als mich.

Konstantin löste dann wie immer einige Gleichungen mit drei Unbekannten für mich, und ich verstand wie immer nur Bahnhof. Trotzdem war es wie immer schön, seinen Duft nach nichts einzuatmen und so nah bei ihm zu sitzen. Allerdings stand diese Stunde unter keinem guten Stern.

Als sie fast um war, fragte Konstantin plötzlich wie aus heiterem Himmel: »Sag mal, Jennifer Jürgens, die ist doch bei euch in der Klasse, oder?«

Ich nickte überrascht.

»Kennst du die was näher?« wollte Konstantin wissen.

Ich nickte wieder. Das durfte doch nicht wahr sein! Konstantin hatte echt Interesse an dieser Schnepfe.

»Wie ist denn die so? Ich frag' nur, weil die ist jetzt auch in meiner Trampolin-AG.«

»Hmpf«, sagte ich, plötzlich von echtem Haß erfüllt.

»Weißt du, ob sie einen Freund hat?«

Ich sagte nichts mehr. Frag sie doch selber, du Blödmann! Das fehlte noch, daß ausgerechnet ich dich mit meiner besten Feindin verkuppele.

Konstantin sah mich abwartend an.

»Soviel ich weiß, ist sie noch mit dem Musiklehrer von ihrer alten Schule zusammen«, sagte ich und stand abrupt auf. »Mir ist todschlecht, ich muß nach Hause. Hier, dein Geld. Und tschüs.«

Vor der Tür hätte ich tatsächlich beinahe gekotzt, so sehr war mir diese Sache auf den Magen geschlagen. Ich konnte auch nicht laufen, weil meine Knie richtig weich waren. Mühsam schleppte ich mich aus dem Schulgebäude. Mama wartete glücklicherweise schon in der Wendeschleife.

»Na, wie war's?«

Ich sagte nichts. So beschissen wie ich mich fühlte, blieb mir nichts als mein Genie. Auf der Heimfahrt dichtete ich eine neue Strophe für meinen Rap, die mir aus dem Herzen sprach.

Ich will mit dir allein sein,
hau Jennifer die Fresse ein!

10.

Rechtzeitig für die Klassenfahrt nach Berlin hob Mama den Stubenarrest auf. Ich war wieder frei.

»Aber nur auf Bewährung«, sagte Mama. »Eine einzige Dummheit, und du kommst hier erst wieder zu deiner Pensionierung raus.«

Es stellte sich als gar nicht so einfach heraus, den Dummheiten aus dem Weg zu gehen, wie sehr ich mich auch bemühte. Schon auf der Zugfahrt fing es an, schwierig zu werden. Das Gürteltier und der Alke fuhren mit nach Berlin, und natürlich wollte niemand freiwillig mit dem Alke in ein Abteil. Also hatte das Gürteltier uns die reservierten Plätze per Los zugeteilt.

Wie es das Schicksal wollte, kam ich mit Meinrad Sost, dem Nebelding, Kati, Jens und dem Gürteltier höchstselbst in ein Abteil. Es war zuerst ganz lustig. Das Gürteltier war gut gelaunt und erzählte uns Streiche aus ihrer Jugend. Einmal zum Beispiel hatten sie die Schafe des Nachbarn vor der Schur blau angestrichen, und als der Nachbar sich beschwerte, steckten sie eine Kartoffel in seinen Auspuff. Das Auto explodierte.

Selbst wenn man die Hälfte als dazugedichtet bewertete, blieb immer noch genug übrig, um sagen zu können, daß die Jugend von damals viel, viel schlimmer war als wir heute. Aber als ich das sagte, da meinte das Gürteltier doch allen Ernstes, daß *sie* wenigstens niemals einen Mitschüler durch eine Wand geschubst habe.

»In Ihrer Schule waren die Wände auch sicher noch aus Stein«, erwiderte ich, und da lachte das Gürteltier laut.

Als es wenig später für ein paar Minuten verschwand, holte Meinrad eine Tafel Schokolade aus seiner Tasche. Jedenfalls dachte ich im ersten Augenblick, es sei Schokolade.

»Schaut mal, was ich hier habe«, sagte er. »Echter grüner Afghane.«

»Grüner Afghane?« wiederholte Jens.

Meinrad war sofort verunsichert. »Oder schwarzer Afghane. Oder brauner Afghane. Auf jeden Fall erstklassiger Stoff. Seht mal, und so viel!«

Er hielt die vermeintliche Schokoladentafel hoch. Jetzt sah auch ich, daß es keine Schokolade war. Es war grünbräunlich, ein dicker Block aus gepreßten Fasern. Es roch eigentümlich würzig. »Was ist denn das?«

»Hasch«, erklärte der wie immer allwissende Jens. »In rauhen Mengen. Sag mal, dafür mußt du ja ein Vermögen ausgegeben haben, Meinrad.«

»Nee«, strahlte Meinrad. »Gar nix hab' ich ausgegeben. Ich hab' 'ne Tante, die ist noch voll auf der Sechziger-Jahre-Schiene. Sie lebt mit ihrem Mann und einem Haufen Kinder auf dem Land und erstellt Horoskope für alle möglichen Leute. Die lassen 'ne Menge Geld dafür springen, voll cool. Dabei ist das alles nur erlogen, sagt sie selber. Außerdem bauen sie dort Marihuana an. Im Garten. Die rauchen den ganzen Tag ihr Pfeifchen und so, voll cool. Und die Typen, die da rumlaufen, die sehen noch original so aus wie in den Sechzigern. Nur daß manche schon keine Zähne mehr haben. Und kaum noch Haare. Aber die wenigen, die sie noch haben, reichen bis zum Hintern.«

»Das Zeug ist aus eigenem Anbau?« fragte Jens.

»Nee. Das hab' ich von so einem zahnlosen Typ gekriegt. Ey, wenn du unbedingt Drogen ausprobieren willst, dann nimm das hier, hat er gesagt. Alles andere ist voll die Scheiße.«

»Das ist doch genauso Scheiße«, meinte Jens. »Außerdem ist das so viel, das kannst du ja im Leben nicht aufrauchen. Der Typ mußte ja Geld haben wie Heu.«

»Hatte der auch. Und voll den Durchblick. Der sagt, Pillen und so sind voll scheiße, soll man gar nicht erst mit anfangen. Das hat der mir sozusagen aus sozialem Interesse gegeben, versteht ihr? Damit ich keine Dummheiten mache.«

»Haha«, höhnte Jens.

»Ich geb' euch allen was ab«, versprach Meinrad. »Ich hab' hier auch ein echtes Pfeifchen. Ebenfalls geschenkt gekriegt. Von meiner Tante. Original aus Indien.«

Er hielt einen kleinen Gegenstand aus Stein in die Luft.

»Zeig mal«, sagte ich neugierig, und Meinrad reichte es mir herüber. Das Pfeifchen war richtig schwer. Es war flach, trapezförmig und hatte eine winzige Öffnung an der schmalen Seite, die durch den Stein zu einer kreisförmigen Vertiefung an der breiten Seite führte.

»Da kommt das Zeug rein, kleingekrümelt. Dann zündet man es an und nimmt einen tiefen Zug«, klärte uns Meinrad auf. »Und schon ist man im Paradies.«

»Echt?« fragte Kati. »Kriegt man davon keine Löcher im Gehirn und Leberschäden und so?«

»Nee, davon nicht«, versprach Meinrad. Da kam das Gürteltier auch schon zurück, und Meinrad ließ seinen Afghanen blitzschnell wieder im Rucksack verschwinden. Ich steckte mir das verräterische Pfeifchen in die Tasche.

Bis das Gürteltier das nächste Mal in einem anderen Abteil nach dem Rechten sah, verging eine gute halbe Stunde, in der wir fast nichts sagten, sondern bloß bedeutungsvolle Blicke austauschten. Es gibt doch Schöneres als ein richtiges Geheimnis. Endlich verschwand das Gürteltier wieder.

»Sobald wir in der Jugendherberge sind, geht es los«, sagte Meinrad. »Ihr kriegt alle was davon ab, aber zu keinem anderen ein Wort, versprochen?«

Wir versprachen hoch und heilig, in dieser Sache dichtzuhalten.

»Und du bist wirklich sicher, daß man dabei keine Schäden davonträgt?« fragte Kati noch einmal. »Nicht mal Pickel oder so was?«

»Ganz sicher«, sagte Meinrad. »Aber es bleibt unter uns, unter uns fünfen.«

»Ja, ja«, schworen wir wieder, als sich die Tür öffnete und Jennifer hereinkam.

»O Mann«, stöhnte sie. »Ich sitze in einem Abteil mit Simon und dem Alke. Da stinkt es vielleicht, sag' ich euch.«

»Jedem, was er verdient«, bemerkte ich. Jennifer ließ sich ungerührt auf den freien Platz plumpsen.

»Und was gibt es bei euch Neues?«

»Gar nichts«, beteuerten wir, getreu unserem Schwur,

aber Meinrad hatte nichts Besseres zu tun, als sofort seinen grünen Afghanen auszupacken und ihn Jennifer unter die Nase zu halten. Sie schien sofort zu wissen, worum es sich hierbei handelte.

»Wahnsinn, so viel. Das Zeug wird grammweise verkauft!«

»Ich weiß«, sagte Meinrad stolz. »Aber ich hab' da so meine Beziehungen. Wir ziehen uns das Zeug heute nacht rein, willst du mitmachen?«

»Wie wollt ihr das denn machen? Zigaretten drehen? In den Tee krümeln?« Jennifer schien sich echt auszukennen.

»Wir haben ein Profipfeifchen«, strahlte Meinrad. Ich holte das Ding aus meiner Tasche. Jennifer nahm es und warf einen flüchtigen Blick darauf.

»Wo ist denn der Filter?«

»Filter?« Meinrad schaute doof aus der Wäsche.

»Klar, das geht nicht ohne Filter. Meistens schraubt man das Sieb oben aus den Wasserhähnen raus, das ist ein prima Filter«, sagte Jennifer, und mir war schlagartig klar, warum in der Mädchentoilette an unsere Schule fast alle Siebe fehlten. Nicht wegen Jennifer natürlich, sondern wegen all der anderen, die das ebenfalls wußten und das Zeug rauchten. Die Welt war ja so schlecht.

Meinrad sah Jennifer bewundernd an. »Hast du das denn schon mal gemacht?«

»Klar«, meinte Jennifer lässig. »Mehr als einmal.«

»Dann kannst du uns ja zeigen, wie es geht.«

»Kann ich«, sagte Jennifer. »Aber einige von euch müßten dazu erst mal lernen, wie man auf Lunge raucht.«

»Ich rauche nicht«, erklärte Jens kategorisch.

»Ich auch nicht«, stimmte ich ein. Ich fand Rauchen widerlich. Es sah schon so dämlich aus.

»Tja, dann scheidet ihr leider aus«, sagte Jennifer hämisch.

Ich hätte ihr am liebsten eine gelangt, aber da kam das Gürteltier schon wieder und forderte seinen Platz zurück.

Das Jugendhotel, in welchem wir abstiegen, lag direkt am Wannsee, Ewigkeiten von der Innenstadt entfernt, aber in ziemlich idyllischer Umgebung. Es gab Viererzimmer, jeweils zwei mit einem Bad verbunden, richtig luxuriös für eine Jugendherberge. Leni, Kati, Valerie und ich schliefen natürlich in einem Zimmer, aber hinter meinem Rücken hatte man beschlossen, auch Jennifer aufzunehmen, weshalb es ein wenig eng wurde. Sie schlief auf einer eigens für sie requirierten Matratze auf dem Fußboden, hatte einen saublöden Teddybären dabei und trug ein ebenso saublödes Nachthemd mit der Aufschrift: »Kiss the day goodbye«.

Wir Mädchen wohnten im ersten Stock, unsere Jungs im zweiten. Es gab keine Probleme, hinauf oder herunter zu kommen, keinen Stacheldraht, keine Alarmanlage, gar nichts. Aber der Alke und das Gürteltier hatten Besuche aus dem ersten im zweiten Stock oder umgekehrt nach elf Uhr abends strengstens untersagt. Dabei wurde es doch erst dann so richtig interessant. Ich weiß auch nicht, wieso man auf Klassenfahrten überhaupt keinen Schlaf braucht, aber es ist nun mal so. Ein Naturgesetz, schätze ich. Die einzigen, die müde werden, sind die Lehrer. Man muß nur lange genug warten.

Und das taten wir. Um Viertel vor eins schlichen wir

fünf Mädchen uns leise wie die Mäuse an Gürteltiers Einzelzimmer vorbei die Treppe hinauf. Wegen der Sache mit dem grün-braunen Afghanen waren wir mit den anderen in Meinrads Zimmer verabredet. Meinrad, das alte Plappermaul, hatte natürlich seinen Mund nicht halten können und die halbe Klasse eingeweiht. Mindestens vierzehn Leute warteten mit uns auf das Glück, an dem Pfeifchen ziehen zu können.

Meinrad hatte Dutzende von Sieben aus sämtlichen Wasserhähnen der Herberge geschraubt und seine riesige Tafel Afghane mit dem Taschenmesser auf dem Tisch in winzige Krümel gehackt. Im ganzen Raum roch es würzig und gefährlich, aber das konnte auch Simon sein, der ebenfalls zu den Eingeweihten gehörte.

Als Jennifer die vielen, vielen Krümel sah, lachte sie. »Mit dem Zeug könntest du eine ganze Armee high machen, du Idiot, ein Viertel hätte es auch getan. Jetzt kannst du es nicht mehr problemlos aufbewahren.«

»Egal«, sagte Meinrad. »Wir zischen uns das jetzt rein, die volle Dröhnung. Der absolute Jahrhundertrausch. Da werden wir unseren Enkelkindern noch von erzählen.«

»Hast du Zigaretten besorgt?« fragte Jennifer.

Meinrad knallte mit großartiger Geste eine Packung auf den Tisch. Eine Menge der wertvollen Krümel stoben durch die dadurch entstandende Zugluft im Zimmer herum.

»Okay«, sagte Jennifer. »Dann sollten jetzt alle, die noch nicht auf Lunge geraucht haben, ein bißchen üben. Sonst könnt ihr die Wirkung von dem Zeug da vergessen. Das kommt nämlich gar nicht in eurem Gehirn an.« Sie entzündete eine Zigarette und reichte sie Simon weiter.

»Zeig mal, was du kannst.«

Simon nahm die Zigarette etwas ungeschickt in die eine Hand und zog einmal daran.

»Das richtige Ende, aber ansonsten völlig falsch«, kicherte Jennifer überlegen. »Was du tust, ist paffen. Du inhallierst den Rauch nicht, du ziehst ihn bloß in die Mundhöhle und pustest ihn wieder raus. Wenn du auf Lunge rauchen willst, mußt du den Rauch tief einatmen.«

Simon zog erneut an der Zigarette und brach gleich darauf in Husten aus.

»So ist es richtig«, sagte Jennifer und nahm ihm die Zigarette weg. »Und jetzt du, Sissi.«

Mir kratzte der Hals schon vom bloßen Zuschauen wie verrückt. Ich nahm die Zigarette und beäugte sie mißtrauisch.

»Also, das ist eigentlich nicht meine Marke«, sagte ich.

»Angst?« erkundigte sich Jennifer.

»Nee«, erklärte Jens an meiner Stelle. »Aber wir rauchen prinzipiell nicht.«

»Dann könnt ihr auch kein Hasch rauchen«, sagte Jennifer.

»Ich denke, man kann es sich auch in den Tee rühren«, erinnerte ich sie. »Oder Plätzchen damit backen.« Letzteres erschien mir die einzig wahre Methode, sich das Zeug zuzuführen. So harmlos.

»Wer nicht will, kann zugucken«, sagte Meinrad, der allmählich ungeduldig wurde. Immer mehr von den winzigen Krümeln verkrümelten sich im wahrsten Sinne des Wortes durch die Luftverwirbelungen, welche die vielen Personen verursachten. Allerdings war immer noch mehr als genug da.

Meinrad, als Gastgeber, durfte den ersten Zug nehmen. Jennifer zeigte ihm, wie man das Zeug auf den Wasserhahnfilter legte und anzündete. Meinrad wollte sich sogleich die Pfeife in den Mund stecken.

»Warte noch, du Dummkopf«, warnte ihn Jennifer. »Das Zeug darf nicht mehr rot glühen, sonst verbrennst du dir den Hals.«

Wir anderen beugten uns gespannt vor und beobachteten, wie der grün-braune Afghane vor sich hin glühte. Endlich war es soweit. Meinrad nahm den ersten Zug. Etwas enttäuscht reichte er die Pfeife weiter an Kati.

»Und da kriegt man bestimmt keine Pickel von?« fragte sie noch einmal, dann zog auch sie an der Pfeife. Auch bei ihr zeigte sich keine Wirkung.

Nach ihr war Simon an der Reihe, dann Jennifer, Robert Lakowski, Leni, Valerie und all die anderen. Ganz zum Schluß ich. Ich nahm die Pfeife vorsichtig in die Hand und setzte meine Lippen an das kleine Löchlein. Dann saugte ich ganz sachte etwas Luft ein.

Nichts passierte.

Jennifer lächelte mich an. »Das kommt, weil du nicht auf Lunge rauchen kannst.«

Ich sah die anderen scharf an, aber sie sahen alle nicht so aus, als würden sie irgend etwas spüren. Meinrads komischer Bekannter hatte ihm sicher eine Attrappe geschenkt.

»Spürst du irgendwas?« fragte ich Jens. Der schüttelte den Kopf.

»Nicht das geringste.«

»Weil ihr nicht auf Lunge rauchen könnt.« Jennifer erinnerte mich allmählich an eine hängengebliebene

Schallplatte. »Außerdem muß man ja auch mehr als einmal ziehen.«

»Ja«, schrie Meinrad. »Wir haben ja noch genug von dem Zeug. Probieren wir es einfach noch einmal.«

Aber dazu kam es nicht mehr. Denn genau in diesem Augenblick klopfte es draußen an die Tür, die natürlich wohlweislich abgeschlossen worden war.

»Scheiße!« rief Meinrad. »Das ist bestimmt der Alke. Schnell, sammelt das Zeug ein.«

So rasch wir konnten, fegten wir die Afhghanenkrümel in unsere Nachthemden und Schlafanzüge, Simon nahm sogar einen seiner Pantoffel als Auffangbehälter.

Es klopfte erneut, diesmal schon lauter.

»Wer ist denn da?« rief Robert Lakowski. Und weil er echt beschränkt war, setzte er hinzu: »Wir schlafen doch schon.«

»Hier riecht es nach Rauch«, sagte Alkes Stimme vor der Tür. »Machen Sie sofort auf.«

»Los, los, alle die nicht in dieses Zimmer gehören, ins Bad, und runter mit dem Zeug im Klo«, zischte Meinrad. Wir mußten uns zu zehnt in das mickrige Bad quetschen, Meinrad sperrte die Tür hinter uns zu.

Es war in dem Gedränge gar nicht so einfach, den ganzen Afghanen ins Klo zu kippen, aber schließlich hatten wir es geschafft. Wir wagten es allerdings nicht, abzuziehen, weil der Alke jetzt nebenan im Zimmer war. Mucksmäuschenstill und praktisch ohne zu atmen, lauschten wir, was nebenan gesprochen wurde. Jens und ich standen zusammen in der Dusche. Ich fühlte seinen Atem in meinem Nacken, fast so, als würde er mir mit Absicht in die Haare pusten. Weil es ein schönes Gefühl war, tat ich so, als würde ich nichts merken.

»Hier riecht es nach Rauch, ich konnte nicht schlafen«, behauptete der Alke hartnäckig. Das war ja wieder mal typisch: Seinen eigenen Gestank nahm er nicht wahr, aber wenn vier Zimmer weiter eine Zigarette qualmte, konnte er angeblich nicht schlafen.

»Ich habe nämlich eine feine Nase«, setzte Alke zu allem Überfluß hinzu.

»Das ist aber kein Rauch, was Sie riechen«, hörten wir Robert Beschränkt-Lakowskis Stimme. »Das ist ...«

»Marlboro«, fiel ihm Meinrad ins Wort. »Sie haben uns erwischt, Herr Alke.« Seine Stimme bekam jetzt einen weinerlichen Tonfall. »Wir wollten einfach mal cool sein, verstehen Sie, wenigstens einmal wollten wir rauchen, damit wir wissen, wie das ist.«

»Aber, aber«, sagte der Alke. »Seien Sie doch froh, daß Sie nicht rauchen müssen. Jährlich sterben Hunderttausende an Lungenkrebs. Ich selber habe mir nur mit Müh und Not das Rauchen abgewöhnen können. Akupunktur, Hypnose, Nikotinpflaster, ich habe alles versucht. Erst nach monatelangem Entzug habe ich es endlich geschafft. Rauchen ist die Pest.«

»Sie haben ja so recht«, schleimte Meinrad. »Sehen Sie, wir haben auch nur eine Zigarette geraucht, und die hat uns nicht geschmeckt, Ehrenwort. Wir machen es ganz bestimmt nicht wieder.«

»Das finde ich gut«, sagte der Alke, leichtgläubig wie er nun mal war. »Und wenn Sie es doch noch mal machen wollen, dann nicht in diesem Zimmer, ist das klar. Sonst gehen die Feuermelder an, und Frau Gürteler und ich schicken die Verursacher nach Hause. Haben Sie das soweit verstanden, Herr Sost?«

»Ja, völlig«, schleimte Meinrad etwas verblüfft weiter.

»Und sagen Sie den Mädchen im Bad, sie sollen in ihre Zimmer zurückgehen«, setzte Alke hinzu. »Es ist schon lange nach elf.«

»Äh«, stotterte Meinrad nebenan und wir hielten einmal mehr die Luft an. So doof, wie er aussah, war Alke nun auch wieder nicht. Nach diesem ziemlich guten Schuß ins Blaue verließ er das Zimmer wieder. Wir konnten sein Gesicht zwar nicht sehen, uns aber sein triumphierendes Lächeln sehr gut vorstellen.

Meinrad riß die Tür auf. »Das war knapp«, sagte er. »Wo ist der gute Afghane?«

»Im Klo«, sagte Jens.

Meinrad stöhnte. »O Gott, das ganze gute Zeug im Klo runtergespült! Seid ihr des Wahnsinns?«

»Hast du doch selber angeordnet«, verteidigte sich Leni, die den Bärenanteil in ihr Nachthemd und von da ins Klo gefegt hatte.

»Es ist noch nicht runtergespült«, meinte Kati. »Wir könnten es aus dem Klo fischen und trocknen lassen.«

Meinrad sah sie an, als habe sie den Verstand verloren. »Vergiß es. Lakowski war vorher auf diesem Klo, und es hat gestunken wie Jauche. Da hole *ich* nichts mehr raus.«

»Ich auch nicht«, riefen wir alle, einschließlich Robert.

»Ich hab' noch was«, ließ sich Simon vernehmen und zeigte seinen Pantoffel her. Auf der leicht aufgequollenen Sohle fand sich ein ganzer Haufen Afghanenkrümel.

»Iiiiiih«, stöhnten wir einstimmig. »Vergiß es!«

»Das ganze schöne Zeug«, jammerte Meinrad. »Es ist alles zum Teufel!«

Von draußen klopfte es erneut an die Tür.

»Ich sagte, die Mädchen sollen in ihre Zimmer gehen«, hörten wir Alkes Stimme. »Und ich meinte: sofort.«

Und damit war die Aktion sozusagen beendet.

Da der Afghane für immer verloren war, mußten wir uns auf dieser Klassenfahrt anderen Dingen zuwenden. Tagsüber sorgten der Alke und das Gürteltier für jede Menge Action, das meiste davon hatte was mit Kultur zu tun und war in der Regel eher langweilig. Einmal gingen wir mit ihnen zu einer Technoparty, das fanden sie wohl cool. Mit Lehrern zu einer Technoparty – also, was Bescheuerteres gab es ja kaum.

Aber ab und zu ließen sie uns auch in kleinen Gruppen durch die Stadt ziehen und machen, was wir wollten.

Wir fuhren dann endlos lange mit der U-Bahn, spazierten den Ku'damm auf und ab und verbrachten Stunden im berühmten KadeWe, dem Kaufhaus des Westens. Erst testeten wir die Delikatessenabteilung, dann die Spielwarenabteilung und ließen uns in den Fotoautomaten ablichten, vier Fotos für fünf Mark. Immer zu zweit rein in den Automaten, blitzen lassen, rausspringen und die nächsten zwei auf den Hocker hechten lassen. Die Bilder, die dabei rauskamen, waren megakomisch.

Das und unsere Spaziergänge über diverse Flohmärkte hätten einen Riesenspaß gemacht, wenn nicht immer und überall Jennifer dabeigewesen wäre. Sie hatte eigentlich alles schon mal gemacht, daher schienen sie unsere Aktivitäten zu langweilen. Außerdem wußte sie grundsätzlich alles besser und war der geborene Spaßverderber. Aber den absoluten Megahammer packte sie erst am dritten Tag aus.

»Ach übrigens«, sagte sie aus heiterem Himmel in der U-Bahn. »Hab' ich euch schon erzählt, daß ich jetzt mit Konstantin Drücker zusammen bin?«

Das war ungefähr genauso, als habe sie mir einen Dolch ins Herz gestoßen. Ich röchelte bloß.

»Jedenfalls so gut wie«, setzte Jennifer hinzu. »Letzten Freitag waren wir zusammen in der Eisdiele, und da hat er meine Hand gehalten.«

Das war die Wahrheit, ich spürte es genau. Konstantin hatte sich nicht umsonst bei mir nach ihr erkundigt. Nicht mal die Geschichte mit dem Musiklehrer hatte ihn abgetörnt. Im Gegenteil, vermutlich. So waren die Männer.

»Bist du jetzt traurig?« fragte Jennifer.

»Ich?«

»Ja, du. Konstantin hat mir gesagt, daß du ganz schrecklich in ihn verschossen bist.«

»Das hat er gesagt?« Dieser Blödmann. Wie kam er denn nur darauf?«

»Ja«, sagte Jennifer. »Hat er. Er findet dich, glaube ich, auch ganz süß. Nur in Mathe bist du ihm einfach zu dämlich. Außerdem steht er mehr auf Frauen mit Erfahrung, wenn du verstehst, was ich meine. Ich hab' ihm gesagt, daß du noch ein ganz unschuldiges Küken bist.«

»Ich?« Ha, das hatte er ihr im Leben nicht abgenommen, nach allem, was ich ihm gesagt hatte, über Oralsex und so.

»In der Liebe und im Krieg ist alles erlaubt«, sagte Jennifer. »Aber gib noch nicht auf. Noch hast du ja eine Chance, das Ruder herumzureißen. Das ist ein lustiger Wettkampf zwischen uns beiden, und es macht mir immer mehr Spaß zu gewinnen, wenn ich ebenbürtige Gegner habe.«

Dieses Biest! Der würde ich es zeigen. Die sollte Konstantin nicht bekommen, und damit basta. Wie sie schon gesagt hatte, im Krieg und in der Liebe war alles erlaubt. Nun würde sie mich mal kennenlernen. Sobald wir aus Berlin zurückkamen. Ich hatte ja noch gar nicht angefangen, um Konstantin zu kämpfen! Aber jetzt würde ich es nicht mehr seinetwegen tun, sondern um dieser eingebildeten Ziege zu zeigen, was eine Harke war.

Daß Jennifer mir Konstantin streitig machen wollte, berührte meine Freundinnen nicht weiter. Erst als sie sich, vermutlich aus Langeweile, gleichzeitig an Meinrad *und* Robert ranschmiß, erwachte in Kati und Valerie der tief in ihrem Inneren verschüttete Gerechtigkeitssinn. Kati war nämlich seit neuestem in den beschränkten Robert verknallt und Valerie immer noch hartnäckig hinter Meinrad her.

Leni blieb von Jennifers Machenschaften unberührt, sie schwärmte weiter für Johnny Depp und für sonst niemanden – und den konnte ihr nicht mal Jennifer wegschnappen.

Aber mit Meinrad und Robert gelang ihr das vortrefflich. Es war unglaublich, wie sie alle beide gleichzeitig beflirtete. Beschränkt wie die waren, hatten sie nur noch Augen für Jennifer.

Valerie wuchsen vor Zorn gleich ganze Pickelkolonien.

»Ich sollte Gruppennamen für sie erfinden«, klagte sie vor dem Spiegel. »Jeden einzelnen zu taufen wird geradezu ein Ding der Unmöglichkeit. Und daran ist ganz allein Jennifer schuld.«

»Die ist ja so gemein«, stimmte Kati mit ein. »Tut so, als sei sie unsere Freundin, und dann schnappt sie uns die Typen vor der Nase weg. Ich bin sicher, daß sie das bloß aus purer Gemeinheit tut. Wenn ich in Simon verliebt wäre, dann würde sie sich den grapschen.«

Aber in Simon war niemand verliebt, obwohl das auch nicht so viel abwegiger war, als sich in den beschränkten Robert zu vergucken. Als wir am vorletzten Abend im Gruppenraum eine offizielle Klassenfete feierten, wollte niemand mit Simon tanzen. Dabei fragte er beinahe jedes Mädchen mit einer Hartnäckigkeit, die Mitleid erregen konnte.

Jede hatte eine andere Ausrede: »Ich muß mal – ich wollte gerade mal aussetzen – ich hab' mir den Fuß gebrochen ...« Die Möglichkeiten waren vielfältig.

Natürlich war Simon nicht doof, er hätte merken müssen, daß es sich nur um Ausreden handelte. Aber er ging weiter von Mädchen zu Mädchen und holte sich seine Körbe ab.

Jennifer tanzte abwechselnd, später gleichzeitig mit Robert und Meinrad. Kati und Valerie standen zähneknirschend am Rand und sahen ihnen zu. Später setzten sie sich in eine Ecke und steckten die Köpfe zusammen.

Vermutlich schmiedeten sie ein Mordkomplott gegen Jennifer. Ich würde sie nicht daran hindern.

Ich tanzte ein paarmal mit Jens, der mir wie schon so oft als der einzige normale Mensch auf der Welt erschien. Außerdem sagte er, daß ihm Jennifer auf den Nerv ginge, und das war mir natürlich aus dem Herzen gesprochen.

»Alle Jungs finden Jennifer aber toll«, sagte ich.

»Ich weiß nicht, was an der toll sein soll.«

»Na ja, alles eben«

»Nee«, sagte Jens. »Mein Typ ist sie jedenfalls nicht.«

»Vielleicht nur nicht, weil sie kein Interesse an dir hat?«

»Ach was! Die hat an jedem Jungen Interesse. Gestern in dieser blöden Technodisco für Minderjährige hat sie sich ganz schön an mich rangeschmissen. Sie hat gesagt, ich sei der süßeste Junge der ganzen Klasse.«

»Und was hast du gesagt?« Das war ja wohl nicht zu fassen.

»Danke«, sagte Jens.

»Und dann?« Ich mußte lachen.

Jens lachte auch. »Dann hab' ich ihr noch gesagt, daß ich in ein anderes Mädchen verliebt bin.«

»In welches denn?«

Jens wurde plötzlich ernst. »Das sag' ich dir draußen. Komm, wir gehen eine Runde spazieren.«

Ich hatte nichts dagegen. Gemeinsam schlenderten wir zum Seeufer hinunter. Es war schon ziemlich dunkel, man konnte nicht genau sehen, wo man hintrat. Jens nahm meine Hand, was ein gutes Gefühl war, genau wie sein Atem in meinem Nacken in der Dusche neulich.

»Also, wer ist es?« fragte ich gespannt. Hoffentlich war

es eine nette, eine, die ich kannte. Allerdings vermutete ich stark, daß ich sie sehr gut kennen würde.

»Da steht jemand auf dem Steg«, meinte Jens. »Es sieht aus, als ob er ins Wasser springen wollte. Hey, du da!«

»Kommt nicht näher«, schrie die Gestalt auf dem Steg. Es war Simon. »Ich gehe ins Wasser.«

»Spinnst du?« schrie ich. »Das ist höchstens zehn Grad warm oder so.«

»Das kann mir nur recht sein«, rief Simon. »Um so schneller ist es mit mir vorbei.«

Ungeachtet seiner Warnung waren wir mittlerweile auf dem Steg angelangt.

»Nicht näher kommen, habe ich gesagt«, wiederholte Simon.

»Hey, Simon, was soll denn das?«

»Das kann ich euch sagen. Ich hab's satt!«

»Was denn?«

»Das Leben«, sagte Simon: »*Mein* Leben. Könnt ihr euch eigentlich vorstellen, wie ich mich fühle? Keiner mag mich, keiner. Heute abend habe ich die Probe aufs Exempel gemacht. Ich hab' jedes einzelne Mädchen gefragt, ob sie mit mir tanzen möchte, aber keine hat ja gesagt. Keine einzige!«

Ich schwieg betroffen. Ich war diejenige, die behauptet hatte, ihr Fuß sei gebrochen. Aber ich hatte ja nicht ahnen können, daß Simon es so schwer nehmen würde.

»Ich springe jetzt«, rief er.

»Simon, nicht«, rief Jens zurück. »Das ist doch kompletter Blödsinn. Es stimmt doch gar nicht, daß dich niemand mag.«

»Ach nein? Und warum sitzt dann in der Schule niemand neben mir? Warum machen immer alle Witze über mich und rümpfen die Nase, wenn ich komme? Warum will keiner mit mir tanzen? Und warum will niemand Hasch für Hunderte von Mark aus meinem Pantoffel nehmen? Könnt ihr mir das vielleicht erklären?«

»Ja«, sagte Jens. »Dafür gibt es eine ganz einfache Erklärung.«

»Und die wäre?«

»Das sage ich dir erst, wenn du wieder mit uns reinkommst.« Ich konnte nicht anders, ich mußte Jens für diesen Schachzug bewundern. Und er wirkte. Simon zögerte zwar noch, aber dann drehte er sich um und kam auf uns zu. Jens packte ihn am Arm.

»Mensch, du machst vielleicht bescheuerte Sachen«, meinte er.

»Ich mach's wieder«, beteuerte Simon. Immerhin ließ er sich einigermaßen bereitwillig ins Haus zerren. Wir ließen die Klassenfete sausen und setzten uns mit ihm in eines der Etagenrondelle. Dort führten wir ein langes Gespräch über Körpergeruch, Pickelausdrücken während des Unterrichts und andere Eigenschaften sowie Angewohnheiten, die das Freundefinden erschwerten. Obwohl wir sehr diskret auf Hautarzt, diverse Deodorants und die Möglichkeit hinwiesen, seine Pullover öfter als einmal jährlich in die Waschmaschine zu schmeißen, heulte Simon am Ende.

»Wenn das doch alles wäre!« schluchzte er.

»Das *ist* alles!« beschwor ich ihn. »Sieh dir zum Beispiel diesen beschränkten Lakowski an. Der hat auch Pickel, und er ist viel doofer als du. Niemand hat jemals einen vernünftigen Satz aus seinem Mund gehört. Aber trotzdem tanzen die Mädchen mit ihm.«

»Das stimmt«, schniefte Simon, aber er war immer noch der Ansicht, daß ihn nicht sein Körpergeruch oder seine unappetitlichen Quetschspielchen zum Außenseiter machten, sondern ein unbestimmtes, ein quasi angeborenes Flair, das ihn umgab.

»Mein Bruder Konstantin ist ganz anders als ich. Alle Mädchen sind in ihn verknallt«, schniefte er. »Du doch auch, Sissi!«

»Quatsch!« sagte ich schnell, aber Jens sah mich so durchdringend an, daß ich errötend hinzusetzte: »Jedenfalls jetzt nicht mehr.«

Jens sah mich noch eine Sekunde lang an, dann wandte er sich wieder Simon zu. »Simon, beliebt wird man nicht von heute auf morgen. Aber wenn du unseren Rat befolgst und nach ein paar Wochen keine Besserung eingetreten ist, dann kannst du dich von mir aus im Wannsee ertränken.«

Simon lächelte schief. »Dann sind wir doch längst wieder zu Hause.«

»Das stimmt. Aber du kannst dich ja auch vor den Zug schmeißen. Ehrlich, wenn sich bis zum Sommer nichts getan hat, binde ich dich eigenhändig auf den Schienen fest.«

»Das fehlte noch«, sagte Simon, aber sein Lächeln wurde etwas kräftiger. Sicherheitshalber ließen wir ihn für den Rest der Nacht nicht mehr aus den Augen.

Auf der Heimfahrt im Zug kam Meinrad auf die Idee, eine Mißwahl zu veranstalten.

»Wir wählen eine Jury, und die Mädchen müssen in Unterwäsche an uns vorbeigehen und über ihre Hobbys sprechen«, sagte er.

»Du bist wohl nicht gar gebacken«, meinte das Gürteltier.

»Sie können gerne mitmachen, Frau Gürteler«, sagte Meinrad. »Was ist, Jennifer, Sissi, Kati, macht ihr mit?«

Ich zeigte Meinrad einen Vogel. »Wie wär's denn mit einer Misterwahl? Der, der die meisten Popel aus seiner Nase holt, gewinnt. Ich denke, da hast du gute Chancen.«

Meinrad winkte ab. Die Mißwahl fand dann ohne mich statt, und natürlich gewann Jennifer und bekam das Prädikat »Miß 9 a« ausgestellt. Valerie, die auf Platz 2 gelandet war, bekam vor Wut eine neue Pickelkolonie.

»Das ist ein ganzer Kontinent«, sagte sie.

»Ich glaube, ich kriege auch einen«, schimpfte Leni, zum allerersten Mal ebenfalls böse auf Jennifer. Die hatte die Jury nämlich explizit auf Lenis X-Beine und ihren angeblich zu kurzen Hals hingewiesen, weswegen sie auf dem letzten Platz gelandet war.

Mein Mitleid hielt sich in Grenzen. Ich machte einen Spaziergang durch den ganzen Zug, einmal bis zum Ende und wieder zurück. Dabei traf ich auf Jens.

»Für mich gibt es nur eine einzige wahre Miß 9 a«, sagte er, und da legte sich der Zug so in die Kurve, daß ich das Gleichgewicht verlor. Jens fing mich auf, und ehe ich wußte, was geschah, küßte er mich mitten auf den Mund. So richtig echt, mindestens fünf Sekunden lang.

»Entschuldige«, sagte er dann.

Mein Lachen klang etwas unecht. »Du mußt dich nicht

entschuldigen. Das war – wunderschön. Von mir aus können wir gerne noch etwas üben. Das wollte ich schon lange mal.«

»Üben?«

»Ja, für Konstantin. Du weißt schon, Simons Bruder, der, der Jungfrauen blöd findet.«

Jens starrte mich entsetzt an. »Du willst mit mir für diesen – Vollidioten *üben*?«

Ich nickte. Was hatte er denn auf einmal?

»Das könnte dir so passen!« rief er, drehte sich um und rannte den Gang runter.

»Jens!« schrie ich ihm hinterher. »Was ist denn los?«

Aber Jens tat, als hörte er mich nicht. Völlig verwirrt kehrte ich zurück in unser Abteil. Hier überraschte ich allerdings nur Meinrad und unsere Miß 9 a. Sie knutschten auf das heftigste miteinander herum, und wenn ich mich nicht sehr täuschte, war Meinrads Hand unter Jennifers T-Shirt. Ich malte mir voller Schadenfreude aus, wie ein Klümpchen Kaugummi an Jennifers Rippe festklebte oder ein schlimmeres Klümpchen, eins, das seinen Ursprung in Meinrads Nase hatte.

»Laßt euch nicht stören«, sagte ich schaudernd und pflanzte mich auf meinen Platz. Dummerweise ließen sich die beiden davon wirklich nicht stören. Sie knutschten einfach weiter. Eine Weile hörte ich mir ihr eigenartiges Schmatzen und Schnalzen an, dann wurde mir schlecht, und ich beschloß, die Heimfahrt auf dem Gang zu beenden. Jens war nirgendwo zu sehen. Dafür tauchten Kati, Leni und Valerie auf.

»Gut, daß du da bist«, sagte Valerie. »Wir wollten soeben eine Versammlung einberufen.«

»Weswegen?«

»Wir wollen darüber abstimmen, ob Jennifer weiterhin Mitglied in der Band bleibt oder nicht. Wir sind dagegen.«

»Ich war immer schon dagegen«, erinnerte ich sie.

»Dann ist es also einstimmig beschlossen: Jennifer fliegt raus!«

»Weil sie mit Meinrad rumknutscht?«

»Weil sie nicht singen kann«, korrigierte mich Valerie. Immerhin wurde sie dabei ein bißchen rot.

Jens tauchte während der ganzen Zugfahrt nicht mehr auf. Ich sah ihn erst wieder, als wir ausstiegen. Und da hatte er es sehr eilig. Ich nahm meine Reisetasche und rannte hinter ihm her. »Hey!«

»Was willst du?« Jens sah mich an, als ob ich eine Made in seinem Frühstücksmüsli wäre.

»Was hast du denn auf einmal?«

»Also, wenn du das nicht selber weißt …« Jens schulterte seine Tasche und ließ mich einfach stehen. Ich wußte nicht warum, aber plötzlich fühlte ich mich sterbenselend.

11.

Ich fühlte mich das ganze Wochenende über ziemlich mies, dabei war Mama seit langer Zeit endlich mal wieder nett zu mir. Auch Papa und Dörte, die mittlerweile ziemlich schwanger aussahen – Papa hatte sich aus purer Solidarität einen Bauch angefressen, der mindestens so dick war wie Dörtes –, waren gut drauf, als ich sie besuchte.

Ich erzählte ihnen von unserem Afghanentrip, und da kugelte Papa sich vor Lachen beinahe auf dem Boden, so lustig fand er das. Er lud uns erst ins Kino und danach zum Italiener ein, was echt klasse war. Aber die ganze Zeit über mußte ich an Jens denken und daran, wie sauer er ausgesehen hatte.

Als ich Sonntagnachmittag wieder zu Hause war, rief ich sofort bei ihm an.

»Der ist nicht da«, sagte seine Mutter. »Er ist mit seinem Vater Modellflugzeuge fliegen lassen.«

Ich legte betroffen auf. Wenn Jens sich freiwillig mit den Modellflugzeugen abgab, dann mußte er in echt schlechter Verfassung sein.

Montags in der Schule sah ich ihn endlich wieder. Aber er tat so, als würde er mich gar nicht bemerken. Ich fühlte mich wie pure Luft.

In der großen Pause hielt ich es nicht mehr aus. Ich ging zu ihm hin und zupfte ihn am Ärmel.

»Jens, jetzt sag doch endlich, was los ist!«

»Nichts«, sagte Jens. »Oh, sieh mal, da ist dein geliebter Konstantin. Geh schnell hin, sonst schnappt ihn sich Jennifer noch vor dir.«

Ich drehte mich um. Tatsächlich, da lief Konstantin quer über die Schulstraße. Und von der anderen Seite kam Jennifer auf ihn zu. Um die dicken Knutschflecken von Meinrad hatte sie ein Halstüchlein gebunden.

»Konstantin ist mir scheißegal«, sagte ich zu Jens, aber der war einfach gegangen.

Die große Liebe kommt entweder schleichend oder mit einem großen Knall, habe ich ganz zu Anfang geschrieben. Bei mir, dachte ich, sei sie mit dem großen Knall gekommen. Aber das war nicht wahr. In Wirklichkeit hatte sie schleichend von mir Besitz ergriffen, so ganz, ganz heimlich. Deshalb hatte ich auch nichts davon bemerkt.

Bis jetzt. Als ich Jens so davongehen sah, da wußte ich, daß ich ihn liebte, und nicht Konstantin. Und vermutlich war ich das Mädchen, von dem Jens gesprochen hatte, das, in das er verliebt war. Eigentlich war mir das schon vorher klar gewesen, ich war ja nicht völlig blöd.

Aber da war wohl im Augenblick nichts mehr zu machen. Jens war und blieb verstockt bis zum letzten. Ich beobachtete ihn in jeder freien Minute, aber er sah nicht einmal mehr zu mir her.

Am nächsten Tag – Dienstag – fühlte ich mich noch mieser. Aber ich hätte um nichts in der Welt die Schule verpassen mögen, denn dann hätte ich ja Jens nicht sehen können. Auch wenn es weh tat, daß ich für ihn unsichtbar war.

Immerhin hatten wir in Simon eine Art Bindeglied zueinander, denn wir fühlten uns beide für ihn verantwortlich. Unsere Ratschläge in Berlin hatten gefruchtet: Simon hatte sämtliche Pickelspiegel aus seinem Pult entfernt und seine Garderobe um mehrere Hemden erweitert.

»Die hab' ich schon immer gehabt«, sagte er, damit ich bloß nicht auf den Gedanken kam, er habe sie sich neu gekauft.

Außerdem benutzte er ein Deo. Eines von der Marke Mückentod, aber es war allemal besser als vorher.

An diesem Tag regnete es in Strömen. Wir warteten vor unserem Klassenraum auf das Gürteltier und beobachteten, über das Treppengeländer gelehnt, wie Scharen von nassen Schülern die Stufen hinaufströmten. Jeder hatte eine Kapuze an, von hier oben sahen alle gleich aus.

Ich weiß nicht mehr, wer von uns beiden als erster auf die Idee kam, auf die Kapuzen zu spucken, Simon oder ich. Auf jeden Fall spuckten wir in schönstem Einvernehmen, und wir trafen ziemlich gut. Niemand merkte etwas.

Aber dann passierte das Unheil.

Ich spuckte mit unübertroffener Zielsicherheit nach einem dunkelblauen Wetterjäckchen, als der Kapuzenträger just im selben Sekundenbruchteil seinen Schädel entblößte. Und meine Spucke landete mittenmang auf einem Kahlschädel. Mir war, als hörte ich das Aufklatschen bis hier oben.

Die Glatze gehörte niemandem anders als unserem Direktor, und der hob erstaunt den Kopf und sah mir direkt ins Angesicht. Ich starrte wie paralysiert zurück. Leider erkannte mich der Direktor sofort wieder. Er erinnerte sich sogar noch an meinen vollständigen Namen.

»Elisabeth Jakobi«, donnerte er. »Ich denke, du folgst mir am besten in mein Zimmer.«

Ich seufzte. Das war wieder mal so richtig typisch für mich. Von allen Glatzen dieser Schule traf ich ausgerechnet die meines Direktors. Da sollte mir noch mal jemand sagen, das Schicksal sei nicht parteiisch.

Alle, die das kleine Intermezzo mitbekommen hatten, klopften mir mitleidig auf die Schulter – alle, nur Jens nicht. Er starrte weiter durch mich hindurch. Das kam mir beinahe schlimmer vor als die Strafpredigt, die der Direktor mir hielt. Natürlich ließ er meine Entschuldigung nicht gelten, von wegen, daß ich ihn in seinem Wetterjäckchen ja nicht erkannt hätte.

»Man soll grundsätzlich niemanden bespucken«, sagte er und brummte mir für die ganze Woche Turnhallendekorationsdienst auf. Am Wochenende fand nämlich unsere 25-Jahr-Feier statt. Mir blieb nichts anderes übrig, als mich zu fügen. Meiner Mama würde ich sagen, daß ich mich freiwillig gemeldet hätte. Vielleicht würde sie es ja schlucken.

Als ich dann später in den Klassenraum kam, schauten alle zu mir her, das heißt, alle außer Jens. Für ihn war ich immer noch Luft. Das machte mich echt fertig!

»Übermorgen schreiben wir die vorletzte Mathearbeit«, sagte das Gürteltier. »Und es gibt hier einige, die eine Drei schreiben müssen, um einem blauen Brief zu entgehen. Sissi, ich kann nur hoffen, deine Nachhilfestunden haben sich für dich gelohnt!«

Ich sah zu Jens hinüber, aber der sah natürlich woandershin. Das war so schrecklich, daß ich es nicht mehr aushalten konnte. Ehe ich wußte, wie mir geschah, legte ich den Kopf auf die Tischplatte und heulte los. Es kam einfach so über mich.

Das Gürteltier trat besorgt näher. »Was ist denn los?«

»Magenschmerzen«, schluchzte ich. »Ganz schreckliche Magenschmerzen.«

Das Gürteltier befühlte meine Stirn. »Und ganz heiß bist du auch«, sagte sie. »Kati geht mit dir ins Sekretariat, und von dort rufst du deine Mutter an, einverstanden?«

»Ja«. Ich wollte nur noch nach Hause in mein Bett und für immer darin bleiben. Bevor ich die Klasse verließ, drehte ich mich noch einmal zu Jens um. Diesmal sah er mich an, mit ganz großen Augen sogar.

Mama steckte mich sofort ins Bett. Sie brachte mir Zwieback mit Milch, stopfte mir jede Menge Kissen in den Rücken und gab mir meine Lieblingsbücher zum Lesen. Wenn ich nicht so unglücklich gewesen wäre, hätte ich vor Freude gejodelt. So aber starrte ich teilnahmslos vor mich hin und grübelte über das Leben nach. Gerade im Augenblick würde Konstantin vergelblich vor unserem Klassenraum auf mich warten. In der Eile hatte Mama ganz vergessen, die Nachhilfestunde abzusagen. Mir war's egal.

Irgendwann hörte ich es unten an der Haustür klingeln, und etwas später schob Mama Jens durch die Kinderzimmertür.

Meine Übelkeit war mit einem Schlag verflogen.

»Ich bin gekommen, um mit dir für die Mathearbeit

übermorgen zu lernen«, sagte Jens sehr sachlich. »Damit du keinen blauen Brief bekommst.«

Ich strahlte ihn an. »Das ist wirklich lieb von dir.« Es war so wunderbar, daß er wieder mit mir sprach, daß ich es nicht wagte, ihn auf das Geschehene anzusprechen.

Er verlor auch kein einziges Wort darüber. Statt dessen lernten wir wirklich Mathe. Und ich verstand zum ersten Mal, wie man eine Gleichung mit drei Unbekannten löste. Es war eigentlich ganz einfach. Man mußte nur das Prinzip kennen.

»Ich glaube, jetzt hast du den Bogen raus«, sagte auch Jens. »Aber sicherheitshalber komme ich morgen noch mal wieder.«

»Mach das«, bat ich ihn überglücklich.

An der Tür drehte Jens sich noch einmal um und nahm etwas aus seiner Hosentasche.

»Ach ja, das hätte ich fast vergessen. Ich hab' noch was für dich.« Er warf mir einen kleinen, in Geschenkpapier verpackten Gegenstand zu und verschwand. Ich wartete, bis ich die Haustür hört, dann wickelte ich neugierig das Papier ab. Als ich sah, was es war, machte mein Herz einen freudigen Hüpfer. Es war der Meteorit, Jens' Glücksstein. Ich legte ihn mir unters Kopfkissen und fühlte mich so gut wie noch nie im Leben.

Bei der Mathearbeit lief alles wie am Schnürchen. Ich machte es genauso, wie Jens es mir erklärt hatte, und eine Gleichung nach der anderen löste sich in Wohlgefallen auf. Das Gürteltier staunte nicht schlecht, als es mir über die Schulter schaute.

»Sieht so aus, als hätten sich deine Nachhilfestunden

bezahlt gemacht«, sagt sie und klopfte mir anerkennend auf den Schädel.

»Ab jetzt brauche ich keine Nachhilfestunden mehr«, erwiderte ich stolz. Und wenn, dann nur mit Jens, fügte ich in Gedanken hinzu.

In der Mathearbeit schaffte ich mindestens eine Zwei, Schule hatte mir schon lange nicht mehr solchen Spaß gemacht. Überhaupt, das ganze Leben war plötzlich wunderbar. In den letzten beiden Stunden, Chemie bei der Klemper, sahen Jens und ich uns ununterbrochen an. Ich tastete nach seinem Glücksstein in meiner Tasche und fühlte mich furchtbar gut. So gut, daß das Genie in mir sich wieder mal meldete. Ich dichtete kurzerhand eine weitere Strophe für meinen Rap, diesmal über das Ende der Welt:

Ich will mit dir erleben
das letzte große Beben.
Ich will mit dir entschweben
in ein ganz neues Leben.

Diese und alle alten Strophen schrieb ich auf ein Ringbuchblatt. Ich fand, mein Rap war die adäquate Antwort auf Jens' Meteoritengeschenk, mindestens genauso originell. Jens konnte ja nicht wissen, daß ich es ursprünglich mal für Konstantin gedichtet hatte. Und es paßte ja schließlich auf alle beide, deshalb kniff ich den Zettel zusammen und stieß Valerie in die Seite.

»Weitergeben, das ist für Jens.«

Mein Brief hatte schon die vorletzte Station vor Jens erreicht, als die Klemper wie ein Habicht nach hinten schoß und Meinrad, diesem Lahmarsch, den Zettel aus der Hand riß, bevor er ihn unter seinen Kaugummis in Sicherheit bringen konnte.

»Was ist das?« fragte sie mit ihrer tiefgekühltesten Stimme, und Meinrad antwortete brav: »Von Sissi für Jens.«

Jens drehte sich zu mir um und hob fragend die Augenbrauen. Ich zuckte nur mit den Schultern. So eine Scheiße!

Die Klemper verzog die Lippen zu ihrem sadistischsten Lächeln und faltete langsam den Zettel auseinander. »Das ist wohl sehr wichtig, daß es nicht bis zum Ende der Stunde warten kann, was?«

»Auf jeden Fall ist es persönlich«, sagte ich. Es konnte unmöglich angehen, daß die Klemper meinen Love-Rap las.

Aber die hatte wohl noch nie was von einem Recht auf Intimsphäre gehört. »Dann wollen wir doch mal sehen, was du so Wichtiges und Persönliches mitzuteilen hast.« Sie hatte den Zettel jetzt ganz entfaltet. »Ich denke mal, das interessiert uns doch alle.«

Diese alte Planschkuh! Mir blieb nichts anderes übrig, als aufzustehen und über den Tisch hinter Meinrads Platz zu klettern.

»Wie gesagt, es ist persönlich«, wiederholte ich und rupfte der Klemper mit einer mindestens ebenfalls so habichtschnellen Bewegung den Zettel aus der Hand.

Die Klasse johlte. Klar, daß die Klemper das nicht gut fand.

»Du impertinentes Frauenzimmer«, zischte sie. »Gib das sofort wieder her, oder du bekommst großen Ärger. Ich zähle bis zehn. Eins, zwei ...«

Während die Klemper wieder mal bewies, daß sie bis zehn zählen konnte, wägte ich die Alternativen gegeneinander ab. Wenn ich den Zettel nicht rausrückte, dann würde ich zum zweiten Mal an diesem Tag zum Direktor müssen, und den eintausendundelften Eintrag ins Klassenbuch erhalten. Das bedeutete Turnhallendekorationsdienst bis drei Tage nach meinem Tod. Gab ich den Zettel zurück, würde die ganze Klasse wissen, was ich Jens geschrieben hatte.

»Zehn«, sagte die Klemper und streckte herrisch ihren Arm aus.

Ich rollte den Zettel zusammen und steckte ihn mir in den Mund. Langsam, unter dem Gegröle der Klasse, versuchte ich ihn mit Speichel einzuweichen. Die Klemper mußte zähneknirschend einsehen, daß sie das Geheimnis niemals lüften würde. Wütend stolzierte sie zu ihrem Pult zurück und klappte das Klassenbuch auf.

»Jakobi stört den Unterricht durch verbotene Nahrungsmittelzufuhr.« So was in der Art trug sie wohl ein, und beim nächsten Elternsprechtag bekam Mama dann wieder was über meinen bevorstehenden Absturz zu hören. Ich würde die Einladung verschwinden lassen müssen. Vielleicht konnte ich sie aufessen.

Die Klasse tobte immer noch. Nur Jens lächelte mir zu. Ich drückte das Papier an meinem Gaumen platt und begann vorsichtig, darauf herumzukauen. Schmeckte nicht mal schlecht, mein Rap.

Band 12821

Antje de la Porte

Hexen fliegen nicht alleine

Das darf doch nicht wahr sein, denkt Nina, als sie in ihrer Wohnung nicht Ehemann Oliver, sondern dessen Geliebte vorfindet. Nach ihrer Trennung lernt sie die Tücken des Singledaseins kennen. Sie beginnt eine Affäre mit dem schönen Ralph. Schützenhilfe bekommt Nina von ihren Freundinnen Vera und Chantal, deren Beziehungen zum starken Geschlecht ebenfalls recht stürmisch verlaufen. Alle drei Frauen entdecken neue Wege, und es zeigt sich: Moderne Hexen fliegen nicht lange alleine.

Band 12827

Beate Dölling

Mir kann keiner an den Wimpern klimpern

Lilo ist verliebt, aber weiß nicht, in wen. Sie möchte auch in einer »wilden Ehe« leben wie ihre Sportlehrerin. Doch dazu muß sie so schnell wie möglich älter werden. Nur scheinen in Osnabrück die Uhren eingerostet zu sein. Nach den Holzbudennachmittagen auf dem verruchten Spielplatz, einer lebensgefährlichen Dachbodenparty und den täglichen Spaziergängen mit der fetten Promenadenmischung Goldie, lernt Lilo den wesentlich älteren Engländer und Discjockey Peter Lux kennen. Er zeigt ihr – mit einer Kuh als Zeugin – was körperliche Liebe wirklich ist: etwas anderes jedenfalls, als das, was sich Lilo und ihre Freundinnen erzählt haben. Und den festen Freund, der immer fester wird, wieder loszuwerden, erweist sich als äußerst schwierig.

BASTEI
LÜBBE